붉은 핏빛의 유혹

붉은 핏빛의 유혹

초판 1쇄 찍은 날 | 2013년 10월 01일
초판 2쇄 펴낸 날 | 2014년 05월 20일

지은이 | 연蓮
펴낸이 | 서경석

편 집 장 | 권태완
편집책임 | 손수화
편　　집 | 장미연

펴낸곳 | 도서출판 청어람
등록번호 | 제1081-1-89호
등록일자 | 1999. 5. 31
어람번호 | 제5-0346호

주소 | 경기도 부천시 원미구 심곡2동 163-2 서경B/D 3F (우) 420-822
전화 | 032-656-4452 팩스 | 032-656-4453
http://www.chungeoram.com
E-mail | chungeorambook@daum.net

ⓒ 연蓮, 2013

ISBN 978-89-251-3493-2 03810

※ 파본은 구입하신 서점에서 교환하여 드립니다.
※ 저자와 협의하여 인지를 붙이지 않습니다.
※ 이 책은 도서출판 청어람과 저작자의 계약에 의해 출판된 것이므로,
　무단 전재 및 유포·공유를 금합니다.

붉은 핏빛의 유혹

연(蓮) 장편소설
Chungeoram romance novel

ConTenTs

프롤로그 ·· 007

1 ·· 010

2 ·· 031

3 ·· 101

4 ·· 156

5 ·· 185

6 ·· 224

7 ·· 260

8 ·· 312

에필로그 ·· 346

그 후 ·· 376

작가 후기 ·· 397

프롤로그

 오래전, 기억도 생생하게 나지 않는 그날 외할아버지는 나에게 많은 얘기를 해주셨다. 꼭 직접 겪은 일을 얘기하듯 외할아버지는 이야기 속 세상을 생생하게 풀어주셨다. 그중 가장 기억에 남는 이야기라면 당연 뱀파이어의 전설이었다. 영화에서 보던 무서운 흡혈귀가 아닌 사람처럼 슬프기도, 아프기도 하는 뱀파이어.
 외할아버지는 뱀파이어에 대해 정말 많은 얘기를 해주셨다, 꼭 그런 세상에 살았던 것처럼.
 "외할아버지, 뱀파이어는 무서운 거예요? 응?"
 "아가, 왜 그러니?"
 한 번은 눈물을 대롱대롱 매달며 외할아버지에게 안겨 울먹인 적이 있었다. 그때 외할아버지는 그런 나를 안아주며 걱정스런 얼굴로 내려다보며 말씀하셨다.

"친구들한테 뱀파이어는 우리처럼 착하다고 했는데, 아니래요. 뱀파이어는 정말 못되고 나쁘고 악독하고 사람을 잡아먹는 짐승이 랬어요."

그때는 나와 달리 말하는 많은 아이들에게 소외감이 들어 너무 슬펐었다. 유치원에서 외할아버지에게 들었던 뱀파이어 얘기를 하며 같이 좋아하고 싶었다. 하지만 뱀파이어에 대해 알고 있던 몇몇 아이들은 못된 괴물이라고 칭하며 좋은 얘기를 하는 걸 싫어했다. 그것이 너무 속상했었다. 외할아버지가 말씀하신 뱀파이어는 끔찍한 괴물이 아니었다.

"외할아버지, 아니죠? 응? 뱀파이어는 나쁘지 않죠?"

"그럼. 우리 아가가 알고 있는 착한 뱀파이어가 진짜란다. 옛날엔 뱀파이어가 정말 살았단다."

"근데 왜 지금은 없어요?"

천진한 물음에 외할아버지의 눈이 슬픔으로 깊게 가라앉았던 것도 같았다. 기억은 잘 나진 않지만 외할아버지의 얼굴은 그 어느 때보다도 더 슬퍼 보였었다.

"옛날에 뱀파이어 나라에서 나쁜 왕이 전쟁을 일으켰단다. 그래서 지금은 볼 수 없는 게지."

"그럼 지금은 뱀파이어가 없어요?"

"위기를 느끼고 숨은 뱀파이어들이 있단다. 분명 저 멀리 어딘가에 살고 있을 게다."

그때의 외할아버지의 눈이 참 슬퍼 보여서 나는 더는 말을 이을 수가 없었다.

이건 아주 오래전, 기억도 정확히 나지 않을 때의 일이었다. 그리고 그 뒤로 외할아버지는 뱀파이어에 대해 말씀해 주지 않으셨고, 자연히 내 기억에서도 지워졌다.

1

"시운, 어때? 이름 괜찮지? 동양인들이 발음하기도 좋을 거야."
인상 좋은 진이 빙글 미소를 지으며 말했다. 한국으로 가는 비행기의 좌석에 깊이 몸을 뉘인 남자가 작게 중얼거렸다.
"시운이라……."
"마음에 들어?"
"나쁘진 않군."
자신을 보조해 주기 위해 따라온 진을 힐끗 본 남자가 방금 지은 자신의 이름에 별 관심 없다는 듯이 눈을 감으며 의자에 몸을 묻었다.
"그런데 어쩐 일로 이런 조그만 땅까지 직접 행차하는 거야? 그냥 다른 사람 시키면 되잖아."
"동양이 어떤 곳인지도 좀 알아두는 게 좋을 것 같아서. 가는 김에 나의 존재도 제대로 알려주는 게 좋을 것도 같고."

 남자, 아니, 시운이 감고 있던 눈을 느릿하게 뜨며 날카롭게 눈을 빛냈다. 8백 년 전, 뱀파이어 학살을 계획한 왕으로 인해 수많은 뱀파이어가 죽어 나갔다. 당시 어리지만 강한 힘을 가진 시운은 몰래 뿔뿔이 흩어진 뱀파이어들을 모아 힘을 키워 잔인한 왕과 그를 도운 인간들을 쳐내고 새로운 왕이 되었다. 그 후, 다시는 기어오르지 못하게 뱀파이어 학살을 도운 인간들에게 뱀파이어의 잔혹함을 보여주었다. 뱀파이어가 얼마나 뛰어난지, 어떤 위치에 있는지 깨닫게 해주는 동시에 자신들의 존재를 철저하게 숨겼다.

 "인간들의 소문은 과장이 심하니 동양에서도 네 무서움을 알지 않을까?"

 "자신들이 원하는 것만 듣고 믿는 인간들은 보이지 않는 것을 깔보거나 무시하는 경향이 있지. 그런 인간들의 자만심을 한번쯤은 짓밟아주고 오는 것이 좋아."

 동양에서도 힘이 있는 자들은 자신들의 존재를 알고 있었다. 하지만 그들이 지금도 자신을 두려워할 것이라고 생각하면 안 되었다. 욕심이 많은 인간들은 조금만 풀어주면 기어올랐다.

 전에는 시운이 뒤에서 지배하고 있던 서양이 동양의 나라들을 꼼짝없이 정복하고 있었기에 크게 신경 쓰지 않았지만, 지금은 그도 아니다. 그렇기에 한 번은 이리 가서 자신들의 존재를 직접 알려주는 것이 좋았다.

 "하긴, 인간들은 욕심만큼 겁도 많으니 힘을 조금만 보여도 설설 기긴 하겠지. 하아, 것보다 한국 여자들은 맛있을까?"

"뒤처리 잘해. 괜히 이상한 소문 또 만들지 말고."
"네, 우리들의 왕이시여. 분부대로 하겠습니다."
시운의 날카로운 한마디에 진의 얼굴에 개구진 미소가 떠올랐지만 그는 곧 예를 차리며 말했다.

✤ ✤ ✤

다리는 이미 퉁퉁 부어 건드리기만 해도 아팠다. 한숨을 쉬던 운이 미간을 찌푸렸다. 무거운 트레이를 계속 들고 있던 팔은 저려왔고, 계속 웃고 있던 입에는 경련이 일었다. 차라리 맨발로 다니는 게 나을 것 같았다. 그 정도로 이 익숙하지 않은 구두를 빨리 벗어버리고 싶었다. 성실함만 있으면 된다더니 다 거짓말이었다.
"다리 많이 아프지?"
"그걸 말이라고 해요? 발목이 끊어질 것 같아요."
같이 일을 하는 미선이 주방에서 한숨을 푹 쉬고 있는 운을 보고 쿡쿡 웃었다. 운은 트레이 위에 음식을 놓고 반듯하게 서 있는 미선에게 존경이 담긴 시선을 보냈다. 주방에서도 예쁜 웃음을 짓고 있는 그녀가 대단하게만 느껴졌다.
호텔리어가 되는 법은 운의 생각처럼 쉽지 않았다. 구두도 잘 신어야 하며, 잘 웃기도 해야 했다. 그리고 체력도 좋아야 했으며, 단정한 차림에, 거기다 고객들에게는 무조건 친절한 웃음을 지으며 공손하게 말을 해야 했다. 하지만 열심히 해서 인턴이 된다고 하더라도 받는 돈은 백만 원도 되지 않았다.

"직원 되고 싶다며. 주말 말고 평일에도 나와서 열심히 하면 가능할지도 몰라."

"언니, 저 도저히 직원은 못하겠어요."

직원이 되어 평생 이 직업을 가지고 살아갈 것을 생각하니 막막했다. 미선처럼 잘할 수 있을 거라는 생각이 전혀 안 들었다.

'도대체 이 일을 누가 계속하고 싶다고 하겠냐.'

쉴 틈도 없이 계속 일만 해서인지 출근한 지 얼마 안 된 벌써부터 지쳐 왔다. 운이 허벅지를 작은 주먹으로 두드리며 미선을 향해 울상을 지었다. 그러자 미선이 주위를 둘러보다 그녀를 구석으로 데려갔다.

"조금만 쉬다 와."

"이렇게 바쁜데 어떻게⋯⋯."

"저쪽으로 나가서 왼쪽으로 돌면 정원이 보여. 거긴 지금 아무도 없을 테니까 조금 쉬다가 와."

미선의 말에 고민을 한 것은 찰나의 순간이었다.

"진짜요? 언니, 정말 고마워요!"

운이 눈물을 머금으며 그녀의 손을 잡고 고맙다고 작게 외쳤다. 그러자 미선이 작게 웃음을 터뜨렸다. 어린 나이에 시골에서 올라와 힘든 호텔 일을 열심히 하려고 하는 운에게 미선은 평소에도 이렇게 잘 대해줬다. 오랜 시간 아르바이트를 하며 직원으로 올라간 그녀는 호텔에서 모르는 곳이 없을 정도로 빠삭했고, 그로 인해 이렇게 몰래 쉴 곳도 잘 알고 있었다.

"거기서 잠들면 안 된다?"

"네, 조금만 쉬다 올게요."

운이 드디어 환해진 얼굴로 미선이 가리킨 방향으로 빠르게 가며 다시 한 번 한숨을 푹 쉬었다. 역시 남의 돈을 버는 일 중에 쉬운 일은 없었다.

"직원 되는 게 까마득하지만, 될 수나 있을까."

운이 어깨를 작은 주먹으로 통통 두드렸다.

"호텔은 참 크고 넓구나."

운은 주위를 두리번거리며 다른 사람이 있는지를 살폈다. 하지만 이곳엔 그녀의 휴식을 방해하는 사람은 없었다. 다리가 너무 아파서 서 있을 수가 없었다. 연회장의 고객들은 모두 음식을 먹고 그저 수다나 떨고 있으니 크게 바쁘진 않았지만, 그래도 손이 많이 가는 것은 사실이었다. 안도의 한숨을 쉰 운은 들키면 좋은 상황이 벌어지지 않을 것을 알기에 호텔의 정원 깊숙이 들어가 어두운 구석에 철퍼덕 주저앉았다. 타이트한 치마가 위로 올라갔지만 아무도 없기에 눈치 따윈 보지 않았다. 운은 딱딱한 구두를 벗고 발과 종아리를 마구 주물렀다.

"하아…… 시운님."

그때 희미한 여자의 목소리가 들렸다. 들리는 아주 희미한 발자국 소리. 운은 남들보다 예민한 귀에 들리는 소리에 집중하며 숨을 죽였다. 누구인지는 모르겠지만 여기서 직원이 이렇게 쉬고 있는 걸 들키지 않는 것이 좋을 것이다. 하지만 저들은 이곳을 벗어날 생각이 없어 보였다. 운은 이제는 눈앞에 희미하게 보이는 남자와 그 남자의 목에 팔을 두르고 있는 여자의 실루엣에 눈살을 찌푸렸다.

'아, 여기 오래 있으면 혼날 텐데.'

여자가 남자에게 입을 맞추며 몸을 부비적거리는 것을 본 운은 속으로 울상을 지었다. 정원에 배치되어 있는 커다란 나무 뒤에 숨은 운은 도망갈 틈을 노리며 숨죽이고 있었다. 하지만 몰래 도망가려고 해도 풀을 밟는 소리가 들릴까 봐 쉬이 움직일 수가 없었다.

"제발 절 받아주세요, 시운님."

"원한다면."

남자의 중저음의 목소리가 울려 퍼졌다. 남자는 그에게 착 달라붙은 여자를 살며시 떼어내며 입꼬리를 올렸다. 몽롱한 여자의 눈을 잠시 바라보던 남자는 그대로 여자의 가느다란 목에 입술을 가져갔다. 그리고 여자의 목에 입술을 대려던 찰나였다. 순간 남자의 시선이 운에게로 향했다.

'저 남자 지금 날 보는 건가? 에이, 설마…….'

아주 어렸을 때는 자신이 남들과 다를 것이란 생각은 단 한 번도 해보지 않았다. 하지만 학교를 다니면서 운은 자신의 청각이나 시각, 촉각들이 남들보다 예민하게 발달된 것을 깨달았다. 어둠 속에서도 고양이처럼 모든 것들이 보였고, 집중을 하고 있으면 개처럼 아주 희미한 목소리도 들렸다. 그렇기에 초등학생 때 숨바꼭질을 하면 누구에게도 들키지 않고 숨을 수 있었고 누구보다도 예민한 청각으로 찾아냈었다.

운은 아주 어두운 곳에 있었기에 다른 이들은 자신을 잘 보지 못할 것이라고 확신했다. 하지만 남자의 시선은 다른 걸 이야기하고 있었다.

'왜 이쪽을 뚫어져라 쳐다보는 거지? 아니, 그것보다 언제 끝나는……!'

운은 계속 자신에게 향해 있는 남자의 눈을 보다 어디선가 희미한 피비린내가 맡아지는 걸 깨달았다. 그리고 남자가 여자의 목에 키스를 하는 것이 아니라 피를 마시고 있다는 것을 깨달았다. 야릇한 소리가 계속 들렸지만 그건 남자가 여자의 목을 애무하는 것이 아닌 피를 마시고 있는 거였다. 운은 비명이 터지려는 입을 두 손으로 막으며 눈을 질끈 감았다 떴다.

'지, 지금 뭐 하는……. 아니, 것보다 설마 정말로 날 보는 걸까.'

남자의 눈은 계속 자신에게 고정되어 있었다. 절대 이런 어둠에서 구석에 주저앉아 있는 그녀를 볼 수 없을 거라고 생각하고 있지만 그의 시선이 너무 분명했다. 운은 갑자기 온몸이 덜덜 떨려오기 시작했다. 위험한 남자의 눈빛이 순간 번뜩이는 것 같았다.

시간이 조금 지나자 여자는 남자의 품에 쓰러졌다. 남자는 쓰러진 여자를 밀치며 입가에 묻은 피를 닦았다, 시선은 계속 운에게 고정시킨 채로.

"인간 주제에 눈이 좋군."

중저음의 목소리에 오싹함이 몰려와 소름이 돋았다. 운은 입을 막은 두 손을 떼지도 못한 채 자신에게 다가오는 남자를 보았다. 어딘가로 도망가고 싶었지만 다리에 힘이 풀려 그럴 수도 없었다. 어느새 남자는 운의 앞에 다가왔고, 다리를 굽혀 그녀와 시선을 맞췄다. 진갈색의 머리와 서양인 특유의 뚜렷한 이목구비, 그리고 날카롭게 빛나는 짙은 갈색의 눈동자. 모든 게 다 무서웠다.

"내가 두렵나."

순간 그의 눈동자가 깊게 가라앉으며 붉게 변했다. 주변의 공기가 무거워졌다. 운은 온몸에 한기가 들며 소름이 돋는 것을 느꼈다.

"넌 이곳에서 아무것도 보지 못했다. 알겠나?"

운은 멍하게 그를 바라보다가 정신을 차리고 재빨리 고개를 아래위로 강하게 끄덕였다. 남자가 살짝 인상을 찌푸리는 것을 보았지만 운은 그저 빨리 이 상황을 벗어나고만 싶어 말도 빠르게 덧붙였다.

"저, 전 아무것도 안 봤어요! 정말이에요!"

"너…… 보기보다 정신력이 강하구나."

인상을 찌푸리고 있던 시운이 운을 뚫어지게 바라보다 입꼬리를 살며시 말아 올렸다. 정신지배가 통하지 않았다. 웬만한 인간들은 정신력이 그리 강하지 않았지만 간혹 이렇게 귀찮게 하는 인간들도 있었다.

시운이 순식간에 큰 손으로 운의 가느다란 목을 움켜잡았다. 그리고 그의 앞까지 끌어당겼다.

"악!"

운은 가슴이 턱턱 막혀와 숨을 조금이라도 더 편히 쉬기 위해 몸을 동그랗게 말아 남자의 앞에 기울이다시피 했다. 남자에 비해 몸집이 작은 운이 자신의 목을 움켜쥔 남자의 손을 잡아 떼어내려 했지만 꿈쩍도 하지 않았다.

"화장품 냄새와 향수로 범벅된 저런 여자보다 너처럼 정신력이 강한 인간일수록 향기롭지. 네 피가 얼마나 달콤한지 한번 맛보고 싶군."

"시, 싫어요! 이거 놔주세요!"

운이 마구 소리를 지르고 발버둥을 치며 손을 아래위로 휘저었다. 하지만 순식간에 시운에게 양손이 붙들렸고, 곧 말캉한 그의 혀가 가느다란 그녀의 목을 핥고 지나갔다. 운의 심장이 미친 듯이 뛰고 온몸이 부들부들 떨려왔다. 곧 날카로운 것이 그녀의 가느다란 목을 파고들었고, 그곳에서 강한 통증이 일었다. 그리고 진득하게 퍼지는 피비린내와 함께 강한 힘으로 피가 목으로 쏠려 빠져나가는 것이 느껴졌다.

운은 더 이상 움직일 수가 없었다. 그저 몸을 부들부들 떨며, 두렵고 끔찍한 이 시간이 빨리 지나갔으면 하는 마음뿐이었다. 하지만 시간은 아주 느릿하게 흘러갔고, 자신의 모든 피가 다 그의 입속으로 빨려 들어가는 것만 같았다.

"너······!"

영원의 시간처럼 느껴졌던 순간이 끝나고 갑자기 시운이 운의 목에서 입술을 떼어냈다. 그리고 그녀의 어깨를 양손으로 붙잡고 뚫어지게 바라보았다. 피를 마시면 정신지배를 하여 기억을 조작하기 훨씬 더 수월해지기에 일부러 그녀의 피를 마셨다. 하지만 그녀의 피에선 인간의 것과 다른 맛이 났다. 이리 달콤한 맛을 낼 수 있는 건 뱀파이어뿐이었다.

온몸에 힘이 빠져 버린 운은 그저 시운을 몽롱하게 바라보다 끔찍하고 두려운 마음에 소리 없이 눈물을 흘렸다. 시운이 말을 다 끝내지 못하고 닫았던 입을 다시 열며 천천히 말했다.

"너…… 동족이었군."

붉게 빛났던 눈이 어느새 갈색빛으로 돌아온 것을 보며 운의 몸에서 스르르 힘이 빠졌다. 앞으로 기울어지듯 쓰러지는 운의 몸을 잡아세운 시운은 기절한 듯 눈을 꼭 감고 있는 여자를 보았다.

"자신이 뱀파이어라는 것도 몰랐던 건가."

태어나서부터 단 한 번도 피를 마시지 않은 것일까. 시운이 알기론 적어도 몸에 피 냄새가 배이지 않으려면 십 년 이상은 피를 마시지 않고 살아야 했다. 몇 년이라면 모를까, 피 냄새가 배어 나오지 않을 정도로 오랫동안 피를 마시지 않는 뱀파이어는 없었고, 그렇기에 뱀파이어들은 예민한 후각으로 서로를 알아보았다.

정신을 잃은 운의 가느다란 목에서 조금씩 새어 나오는 피를 한 번 핥은 시운이 그녀를 번쩍 안아 들었다. 그리고 정원을 벗어나 진이 미리 잡아둔 객실로 들어와 침대에 운을 눕혀놓고 뚫어지게 쳐다보았다.

겉으론 인간과 다름없어 보였다. 뱀파이어 특유의 분위기라던가 특이한 힘 또한 없었다. 그만큼 인간과 더불어 지내왔다는 뜻일 터였다. 시운이 깊게 가라앉은 눈으로 날카로운 송곳니가 지나간 운의 목에 손을 가져가 부드럽게 쓸었다. 물린 지 오래되지 않아서인지 상처는 선명했다.

시운의 손이 목을 타고 천천히 운의 입술로 다가갔다. 숨소리 하나 내지 않기 위해 숨어 있던 운이 이빨로 불안함을 달랜 듯 뜯은 입술이 거칠었다. 굳게 다문 입술을 매만지던 시운의 손이 순식간에 운의 입술을 벌려 입안으로 집어넣었다. 그리고 단단한 이빨을 벌려 송곳니를 매만졌다.

"인간이나 다름없군."

뭉툭하기 그지없는 이빨이 그다지 마음에 들지 않았다. 인간보다 조금 뾰족한 편일지는 모르겠지만, 뱀파이어로 치자면 이빨 빠진 호랑이나 다름없었다.

"으음."

입을 벌려 이빨을 매만지는 느낌에 운이 몸을 뒤척이며 시운의 손을 쳐내려고 했다. 하지만 시운이 운의 손목을 잡고 펄떡펄떡 뛰고 있는 맥박에 입을 맞췄다. 단번에 송곳니로 꿰뚫고 싶어지게 만드는 건강함이 입술 사이로 느껴졌다. 흡혈의 본능에 순간 본인도 모르게 시운이 움켜쥔 운의 손목을 힘주어 잡았다.

"아……!"

손목을 강하게 압박하는 통증에 운이 눈을 번쩍 뜨며 자신이 누운 침대에 잇닿아 있는 시운을 쳐다보았다. 그리고 그의 손에 잡힌 자신의 손을 보고 기겁하며 손을 빼내기 위해 힘을 주었다.

"노, 놓아주세요!"

운이 잡히지 않은 다른 손으로 시운의 손을 밀어내며 빠져나오려 했지만 그럴수록 손목을 쥐고 있는 힘이 더 세졌다.

"놓아주려고 했는데."

무심하기 짝이 없는 시운의 목소리에 운이 몸을 움찔하며 행동을 멈췄다. 두려움이 가득 담긴 눈동자로 시운을 올려다보는 운의 몸이 미세하게 떨리고 있었다.

"그렇게 보고 있으니 싫어지는군."

"……놔! 놓으란 말이야!"

시운의 팔을 마구 때리고 할퀴며 운이 손을 빼내려 했지만 잡힌 손목은 꿈쩍도 하지 않았다.

"묻는 말에 대답하면 놓아주도록 하지."

"이거 놔!"

"아니면…… 이대로 손목을 끊어버릴까?"

"아악!"

순간 잡힌 손목이 빠질 것 같은 느낌에 운이 비명을 질렀다. 이대로 손목이 끊어지겠다고 생각하는 순간 남자가 힘을 뺐다.

"이름이 뭐지?"

"아아……!"

아직도 남아 있는 고통에 운이 어떠한 말도 하지 못하고 잡힌 손목을 다른 손으로 감쌌다.

"이름이 뭐냐고 물었다."

"우, 운! 운이에요. 고운이에요. 제발 하지 말아요, 흐흑."

다시 한 번 남자가 손에 힘을 주려 하자 운이 다급히 대답하며 눈물을 뚝뚝 흘렸다.

"나이는?"

"스, 스물한 살이에요."

"스물한 살이라……. 그럼 21년간 한 번도 피를 마셔보지 않은 건가?"

"그, 그런……! 전 인간이에요. 당신처럼 피를 마시진 않아요. 이제 제발 놓아주세요."

새파랗게 질린 얼굴로 울먹이는 운을 보며 시운이 더는 관심 없다는 듯 손목을 잡고 있는 손에서 힘을 뺐다. 그러자 운의 손이 힘없이 침대 위로 툭 떨어졌다. 힘이 들어가지 않는 것인지 운이 다른 손으로 힘없이 떨어진 자신의 손을 가져와 맞잡으며 시운을 경계했다.

"네 가족은? 너와 같이 사는 이들은 어디에 있는 거지?"

"그, 그건……!"

운은 말을 꺼낼 수 없었다. 이 남자에게 거짓을 말하면 큰일이 날 것 같았다. 하지만 그렇다고 외할아버지가 어디에 계신지 말하고 싶진 않았다. 이 남자가 안다면 왠지 위험할 것 같았다. 운은 더는 남자와의 눈을 마주치지 못하고 눈을 질끈 감았다.

"말하고 싶지 않다는 건가."

"헉!"

이번엔 시운의 손이 운의 목을 순식간에 움켜잡았다. 겨우 숨을 쉴 수 있을 정도로 움켜쥐고 있었지만 언제 남자의 심술이 다시 돌을지도 모른다는 생각에 운이 한껏 긴장했다.

"제, 제발……."

두려움에 가득 찬 운의 음성이 들리자 시운은 참고 있던 흡혈 욕구가 더 극심하게 달아올랐다. 당장에라도 운의 목을 뜯어 달콤했던 피를 탐하고 싶었다. 목에서 세차게 뛰고 있는 맥박이 느껴지자 아까 잠깐 맛보았던 운의 피를 마시고 싶었다.

"하, 하지 마……!"

천천히 다가오는 시운을 보며 운이 도망가려 했지만 잡혀 있는 목으로 인해 꼼짝도 할 수가 없었다. 운이 자신의 목을 혀로 할짝이는 것을 느끼며 두려움에 몸을 떨었다. 곧 목으로 파고드는 날카로운 송곳니를 느끼며 운이 숨을 멈췄다.

"숨 쉬어."

낮게 가라앉은 시운의 목소리가 귓가에 울려 퍼졌다. 그제야 운은 자신이 숨을 쉬지 않고 있었다는 것을 깨달았다.

"달군."

야릇한 소리와 함께 운은 혼미해지는 정신을 겨우 다잡았다. 온몸에 돌고 있는 피가 다 목을 통해 빠져나가는 것 같았다. 온몸에서 힘이 빠지는 동시에 정신이 몽롱해졌다. 야릇한 소리와 함께 몸이 점점 공중에 붕 뜨는 이상한 느낌이 들었다.

"기분이 어때? 뱀파이어는 피가 빨릴 때 단순히 고통만 느끼는 게 아니야."

무섭기만 했던 목소리가 달콤하게 귓가에 맴돌았다. 하늘을 나는 기분이 이런 것일까. 이대로 피가 다 빨려도 좋다는 생각까지 들 정도로 온몸이 짜릿하니 기분이 좋아졌다.

"이대론 죽겠군."

시운이 초점 없는 몽롱한 눈동자로 자신을 바라보고 있는 운을 보며 눈살을 찌푸렸다. 하얗게 질린 얼굴로 보아 자신의 피가 다 빨려가는 것도 모르는 듯했다. 인간들을 꾀어낼 때처럼 피를 빨며 페로몬을 조금 내뿜었을 뿐인데, 이렇게까지 빠질 줄은 생각도 못했다.

약하디약한 인간. 그리고 그와 별다를 바 없는 뱀파이어. 같은 종족만 아니었다면 가느다란 목을 갈기갈기 찢어 피를 흠뻑 탐하고 싶었다. 그 정도로 운의 피는 오랜만에 시운을 들뜨게 만들었다.

"이제 네 차례야."

시운이 아직도 정신을 차리지 못하고 있는 운을 보며 자신의 손목을 물어뜯었다. 그러자 손목에서 피가 뚝뚝 떨어지며 이불을 적셨다.

운은 멍하니 눈앞에 보이는 새빨간 피에 점점 초점을 맞추며 그의 손목을 쳐다보았다. 점점 운의 동공이 커지며 뒤로 도망가려던 것을 시운은 놓치지 않고 그녀의 입에 자신의 손목을 갖다 댔다.

"우읍!"

후각을 자극하는 진한 피비린내와 함께 입안에 생전 처음 맛보는 피가 들어왔다. 곧 정신을 차린 운이 발버둥 치며 밀어내려 했지만 시운이 침대 위로 그녀를 눕히며 몸을 압박하여 움직이지 못하게 했다. 숨이 막힐 정도로 밀어붙이는 시운으로 인해 운의 눈동자가 두려움으로 흔들렸다. 노크 소리가 얼핏 들린 것도 같았지만, 운은 그 어떠한 것도 신경 쓸 겨를이 없었다.

"이런……."

들어오자마자 보이는 해괴한 광경에 진이 혀를 차며 몸을 문에 기댄 채 시운을 지켜보았다. 진의 목소리에 시운이 운을 잡은 손에서 서서히 힘을 뺐다.

"하아!"

기회를 놓치지 않고 거칠게 숨을 내뱉으며 운이 시운의 가슴팍을 세차게 밀어냈다. 그리고 침대에서 벌떡 일어나 진을 지나쳐 쏜살같이 뛰어 도망갔다.

"어? 잠깐……."

진이 운을 잡으려고 손을 뻗으려는 순간 시운이 침대에서 일어나며 저지했다.

"그냥 둬."

"하, 하지만……."

"아래에 연락이나 해둬, 쓸데없는 소리 못하게."

"오케이!"

운은 눈물을 머금으며 아까 있었던 연회장으로 뛰어갔다. 같이 일하던 사람들한테 미친 남자, 아니, 괴물이 있다고 말해야 했다. 겁에 질린 운이 낯익은 직원을 붙들고 다급하게 말했다.

"하아, 저기, 호텔 객실에 괴물이 있어요! 사람처럼 생겼는데……!"

말이 채 끝나기도 전에 운은 뒤에서 자신의 어깨를 잡는 손에 소스라치게 놀라며 뒤를 바라보았다.

"운 씨, 이곳에 있었군요. 저 좀 잠깐 볼까요?"

언제 왔는지 모르겠지만, 지배인이 운을 까탈스러운 얼굴로 바라보고 있었다. 그리고 직원실을 손가락질하며 말했다. 고개를 끄덕이는 그녀를 보고 지배인이 먼저 자리를 옮겼고, 운은 떨리는 가슴을 부여잡으며 뒤를 따랐다.

직원실 안에 있는 지배인실까지 따라간 운은 방금 전 자신에게 일어났던 믿기 어려운 일을 설명하기 위해 노력했지만 쉽지 않았다. 그녀는 지배인이 자리를 내어주며 앉자 앞자리에 앉으며 속사포처럼 말했다.

"지배인님, 저기 스위트룸에 괴물이 있었어요! 아까 연회장의 여자 고객의 피를……."

흥분한 목소리가 쏟아졌다. 하지만 지배인은 그녀의 말을 믿지 않는 것인지 혹은 이미 알고 있는 것인지 침착한 목소리로 운의 말을 잘라냈다.

"운 씨, 그 일은 잊는 것이 좋겠군요."

"네? 그게 무슨 말이에요? 저기 위에 있는 스위트룸에서 어떤……."

"그 고객님은 비밀리에 이 나라에 오신 국빈이시죠. 금방 고객님께서 운 씨가 일을 하지 않고 오랫동안 자리를 비운 것을 그냥 넘어가 달라고 부탁하셨습니다. 운 씨는 그냥 조용히 입 다물고 계속 일을 해주시면 됩니다."

지배인은 할 말이 다 끝났다는 듯 입을 다물고 운을 지그시 바라보았다. 비록 일을 많이 시키고 까다로웠지만 지배인은 포근한 아빠는 아니더라도 엄한 선생님 정도로, 칭찬할 때는 칭찬해 주고 자신의 아픈 외할아버지까지 진심으로 걱정해 주는 정 많은 사람이었다. 운은 억울함과 답답함에 주먹을 꼭 쥐며 말했다.

"지금 이 일을 무시하고 넘어가자는 말씀이세요?"

"위에서 지시가 내려왔습니다. 이 일에 대해선 발설하지 말았으면 좋겠군요. 무슨 일인지는 모르겠지만, 이번 일은 조용히 넘어갈 겁니다. 무슨 말인지 아시겠죠?"

운은 허탈한 얼굴로 헛웃음을 내뱉으며 그렁그렁 차오른 눈물을 삼켰다. 운도 알고 있었다. 오늘 이곳에 온 고객들은 이름은 모르지만 아주 구석진 시골에서 살았던 운도 언론 매체를 통해 한 번씩은 보았던 얼굴이고, 동료들의 입에 오르락내리락하는 이야기만 들어봐도 전부 대단한 사람들이었다. 하지만 그렇다고 끔찍한 일을 없던 일로 해야 하다니!

운은 눈물을 보이면 괜히 지는 것같이 느껴져서 주먹을 꽉 움켜쥐며 자리에서 일어났다.

"알겠습니다."

"감사합니다, 운 씨. 그럼 이만 나가보시죠."

문을 닫고 밖으로 나온 운의 얼굴은 새파랗게 질려 있었다. 울컥한 마음 때문에 험한 말이 나올 것 같았지만, 그녀는 입술을 앙다물며 한동안 그 자리에 서 있었다.

멍하니 있다가 힘없이 지배인실에서 나온 운이 탈의실로 향했다. 흘러내리려는 눈물을 꾹꾹 눌러 담은 채 휴게실을 지나가던 운은 조잘조잘 쉴 새 없이 떠들어대는 목소리를 무시하고 지나가려 했다. 지금 기분으로는 당장 호텔을 빠져나가고 싶었다.

"얘, 아까 열린 연회의 주최자 봤니?"

"어머, 혹시 스위트룸의 그 멋진 남자 말하는 거야?"

"맞아! 거긴 국빈들이나 머무는 곳인데, 젊은 남자가 들어가서 깜짝 놀랐었잖아."

탈의실로 가던 걸음이 멈췄다. 운이 휴게실에서 새어 나오는 얘기를 듣기 위해 살짝 열린 문 가까이로 다가갔다.

"그 사람은 뭐 하는 사람일까?"

"글쎄, 국빈들이 머무르는 곳에 있으니 역시 나라의 귀한 손님이겠지?"

단번에 아까 본 남자라는 것을 깨달았다. 운이 숨을 죽인 채 얘기를 더 집중해서 듣기 위해 귀를 기울였다.

"이거 비밀인데, 소문에 의하면 어떤 나라의 숨겨진 왕이라는 말이 있어."

"뭐?"

"에이, 설마……."

왕. 한 나라의 왕이라는 것이 어쩌면 진짜일지도 몰랐다. 그렇다면 피를 빨아먹는 괴물들의 왕일 터였다.

온몸이 덜덜 떨려왔다. 운이 피로 빨갛게 물든 옷을 내려다보았다. 아까 있었던 일이 떠오르며 소름이 돋았다. 빨리 유니폼을 벗어던지고 이곳을 벗어나고 싶었다. 벗어나야겠다는 생각을 하는 순간 운의 발걸음이 빠르게 움직였다.

"외할아버지! 저 왔어요!"

센서가 작동하고 현관에 불이 들어왔다. 신발을 벗자마자 캄캄한 거실을 지나 외할아버지의 방문을 두드렸다. 들어올 때부터 왠지 모를 한기가 느껴졌지만 애써 무시한 운은 아무런 기척이 느껴지지 않는 방문을 조심스레 열고 들어갔다.

"외할아버지……?"

원래 어두운 것을 좋아하지 않던 외할아버지가 몸이 아프시고 나서부터는 불을 꺼놓고 자주 누워 계셨다. 천천히 보이는 까만 어둠 또한 그것이라 생각한 운은 방 안을 훑어보았다. 이불을 덮고 누워 계셔야 할 외할아버지는커녕 이불도 깔려 있지 않았다. 깔끔하게 정리된 이불이 있었고, 그 위에 하얀 종이가 보였다.

운은 정갈하게 접혀진 이불 쪽으로 다가가 종이를 들어 올렸다. 하얀 종이에는 힘들게 쓰여졌다는 것이 확연히 보이는 글씨가 써져 있었다. 무슨 내용일지 궁금했지만 읽기가 무서웠다. 왠지 좋지 않은 느낌이 들었다.

―아가, 요즘 호텔 일 하느라 많이 힘들어 보이더구나. 그래도 힘든 티 내지 않고 열심히 일하는 우리 운이 모습에 이 할아비는 얼마나 자랑스러운지 모른단다. 할아비가 요즘 계속 아프기만 해서 힘들었지? 그런데 오늘은 이상하게 기운이 나더구나. 멀리 마실 좀 다녀올 테니 아프지 말고 밥도 잘 챙겨 먹거라. 할아비가 건강해지면 우리 운이 보러 오마.

명심해라, 아가야. 나중에 너에게 무슨 일이 있든 넌 이상한 게 아니야. 먹고 싶은 게 있으면 먹고, 하고 싶은 게 있으면 하렴. 본능에 충실해져야 한다.

어떠한 생각도 하고 싶지 않았다. 아니, 할 수가 없었다. 하염없이 적힌 글을 읽어 내리기를 반복하던 운은 힘없이 종이를 떨어뜨렸다. 살랑살랑 공기의 저항을 타고 낙엽처럼 무릎 위로 떨어지는 종이와 함께 운은 힘없이 이불 위로 쓰러졌다. 얼굴에 닿은 차갑게 식은 이불의 감촉이 마치 외할아버지가 떠난 것이 현실이란 것을 말해주는 것 같아 마음이 아파왔다.

"외할아버지, 어디 간 거예요……."

이렇게 무서운 세상에 혼자 남겨졌다는 것이 끔찍했다. 어젯밤 힘들었냐며, 누가 또 우리 운이를 괴롭혔냐며, 나중에 외할아버지가 혼내주겠다고 엄하게 말씀하시던 모습이 생생했다.

텅 빈 눈동자로 한곳을 멍하니 응시한 운이 눈을 깜박였다.

"외할아버지, 저 무서워요."

운은 자신의 몸을 감싸며 한껏 웅크렸다. 무섭고 끔찍한 세계에 혼자 남겨진 것이다.

2

　가장 먼저 외할아버지를 찾으러 간 곳은 예전에 살던 동네였다. 산속 깊이 있어 사람이 거의 살지 않았던 마을이기도 했고, 남아 있던 이웃 어르신들도 돌아가셨기에 마지막엔 외할아버지와 운만 이 마을에 남게 되었었다. 도시로 이사한 지 얼마 되지도 않았건만 마을은 무척이나 황폐해져 있었다.
　예전에 외할아버지와 함께 살았던 집에 도착한 운이 제일 먼저 외할아버지 방 문을 열었다. 하지만 자욱한 먼지만이 운을 반길 뿐, 방 안엔 사람이 들어온 흔적조차도 없었다.
　"도대체 어딜 가신 거야……."
　집 안 곳곳을 돌아보던 운이 밖으로 나와 한숨을 내쉬며 풀 위에 풀썩 주저앉았다. 이곳 말고 외할아버지가 계실 만한 곳은 알지 못했다.

"하아."

길게 한숨을 내쉰 운이 풀 위에 철퍼덕 누웠다. 어렸을 때 외할아버지와 이곳에 앉아 만들었던 수많은 추억들이 떠올랐다. 외할아버지가 해주는 옛날이야기들을 들으며 까르르 웃었던 자신의 모습이 보이는 듯했다. 지금은 거의 생각도 나지 않지만, 어렸을 때 자상하게 웃으며 해주던 외할아버지의 목소리는 무척이나 포근했었다.

"힘든 일도 다 들어주셨는데……."

산에서 내려가 유치원에 처음 다닐 때도, 학교에 다닐 때도 외할아버지는 든든한 힘이 돼주셨다. 친구와 싸운 일, 공부가 어렵다는 투정, 선생님한테 혼나 속상했던 것 전부 외할아버지는 웃으며 위로해 주었다.

"옛날엔 뱀파이어가 정말 살았어요."
"분명 저 멀리·어딘가에 살고 있을 게다."

몇 살이었는지는 기억이 나지 않았다. 갑자기 외할아버지가 해주었던 뱀파이어 이야기기가 떠올랐다. 운이 상체를 벌떡 일으켰다. 그리고 무슨 얘기를 했었는지, 어떤 내용들이었는지 생각해 내려 애썼다. 하지만 이내 머리를 좌우로 작게 흔들며 엉덩이를 털고 일어났다.

"그런 거 그냥 지어낸 옛날이야기일 게 뻔하잖아."

대수롭지 않게 무시해 버린 운이 산에서 내려가 시장이라도 돌아볼 셈으로 자리를 떠났다.

도어락에 번호를 힘없이 누른 운은 집 안으로 들어가며 한숨을 푹 쉬었다. 외할아버지를 찾으러 가장 먼저 전에 살았던 시골에 가 보았지만 아무도 없었다. 누군가가 다녀간 흔적은커녕 급하게 서울로 떠나기 전 마지막으로 보았을 때의 시간을 알려주듯 먼지만 쌓여 있었다. 거동도 불편한 외할아버지가 어디에 있는지는 모르겠지만 생이 꺼지기 전까지 되도록 오랫동안 같이 있고 싶었다. 봄이라지만 아직 많이 쌀쌀한 이 날씨에 고생하실 외할아버지의 생각에 마음이 아파왔다.

외할아버지와의 추억은 고향이 전부였기에 금방 갔다 온 옛날 집 말고는 짚이는 곳도 없었다. 멀리 나가봤자 고향에서 가장 번화가인 그 동네 시내가 다였기에 외할아버지와 산책을 했던 곳이나 한 번이라도 가보았던 곳까지 다 찾아보았지만 비슷한 사람조차도 보지 못했다.

운은 신발을 내동댕이치듯 아무렇게나 벗어버리곤 거실로 폭삭 주저앉으며 갖고 있던 종이를 바닥에 떨어뜨렸다.

"이상하군요. 고훈이라는 분은 현재 고운 씨의 외할아버지가 아니십니다. 잘못 알고 계신 건 아닐지……. 그리고 고운 씨의 외할아버지로 호적 상에 남아계신 분은 40년 전에 돌아가셨습니다."

아직도 그 말이 메아리처럼 끊임없이 울리며 운의 머리를 강타

하고 있었다. 하루 동안 고향을 찾아보았고 밤이 너무 깊어서 그 근처에서 자고 왔었다. 그리고 다음날 외할아버지와 자주 갔던 곳을 다시 둘러보다가 지친 몸을 이끌고 집으로 향했었다. 그러다 집 근처에 있는 동사무소를 떠올리곤 가게 된 것이었다. 무언가의 단서를 찾을 수 있을 거라고 생각해서 무작정 등본을 떼어봤다. 주소나 다른 건 본인인 자신밖에 나오지 않았지만, 운은 등본을 보고 깜짝 놀라 직원에게 물었었다.

"저희 외할아버지는 고훈이세요. 이거 뭔가가 잘못된 것 같은데……."
"아가씨께서 잘못 알고 있는 건 아니신지……. 아무리 다시 확인을 해봐도 이게 맞습니다."

운은 도무지 어떻게 된 건지 알 수가 없었다. 분명 엄마나 옆집 노부부도 자신이 외할아버지라고 부르는 것을 당연하게 여겼었다. 애초에 부모가 없었다면 어디서 주워왔다고 생각이라도 할 수 있겠지만 운의 머릿속에 엄마와의 추억도 흐릿 하지만 분명히 기억에 있었다. 전부 틀리면 다른 사람과 착각했나 싶을 터인데, 부모님의 이름은 운이 알고 있는 그대로였다. 그리고 외할아버지나 옆집 노부부의 말에 의하면 운은 크면 클수록 그녀의 어머니와도 구별을 못할 정도로 닮았다고 했으니 분명 부모가 맞을 것이었다.
'어디서부터 잘못된 것일까.'
이제는 머릿속에 있는 기억 자체도 믿을 수가 없었다. 나이 차이가 너무 났기에 혼인신고를 하지 않고 살았던 엄마는 아버지가 곧 돌아가시자 미망인으로 운의 성을 어머니의 성, 그러니까 외할아버지의 성을 따게 해서 키웠었다. 그리고 생계를 위해 어린 운을 외할아버지에게 맡기고 일을 하러 가셨기에 운은 외할아버지에게 모든 교육을 받았었다. 글을 쓰는 법부터 외할아버지의 이름, 운의 이름을 쓰는 법까지. 글을 연습할 때부터 써왔기에 운의 이름 다음으로 외할아버지의 이름을 가장 많이 썼을 정도였다. 절대 자신이 잘못 알고 있을 리가 없었다.

머리가 아파왔다. 운은 지끈거리는 머리를 한 손으로 꾹꾹 누르며 인상을 찌푸렸다.

"그렇게 하면 좀 나아지나?"

"누, 누구……!"

언제부터 있었는지 몰랐다. 갑자기 어두운 거실 한곳에서 목소리가 들려 바라본 곳에는 호텔에서 자신에게 끔찍한 만행을 저질렀던 남자가 지그시 운을 바라보고 있었다. 순간적으로 숨을 훅 들이마신 운은 놀란 가슴을 붙잡고 동그란 눈으로 남자를 바라보았다.

"이곳에서 외할아버지와 둘이서만 살았다지?"

"어떻게……?"

시운은 놀란 표정을 짓고 있는 운에게 터벅터벅 다가왔다. 그리고 허리를 굽혀 그녀의 옆에 떨어져 있는 종이를 들어 올려 내용을 훑어보았다.

남자의 옷깃이 스쳐 지나가자 운이 온몸을 굳혔다. 너무 놀라 비명조차 나오지 않았다. 또다시 목을 물어뜯고 피를 마실까 하는 생각에 두려움이 솟아나왔다.

"네 외할아버지를 못 찾았나?"

시운이 다른 손에 있던 조그만 종이를 운의 앞에 들이밀었다.

"이리 줘요!"

운이 멍하니 종이를 바라보다 외할아버지가 마지막으로 남긴 편지인 것을 알고는 신경질적으로 쏘아대며 거칠게 뺏었다. 남의 집에 함부로 들어온 것도 모자라 외할아버지의 편지까지 멋대로 보다니, 용서할 수 없었다. 운은 살기 띤 눈으로 시운을 날카롭게 노려보았다.

"너에게 죽는 모습을 보이기 싫었던 거겠지. 강하고 프라이드가 높은 뱀파이어일수록 사랑하는 가족에게 마지막 모습을 보이기 싫을 테니."

시운이 무심한 목소리로 말했다.

집 안에 피 냄새가 배어 있지 않은 것으로 보아 아마 운과 같이 살았던 외할아버지 또한 오랜 세월 동안 피를 마시지 않은 것이 분명했다. 피를 마시지 않아 기둥이 불편하고 아픈 것일 기다. 뱀파이어 세계에도 의술이 발전한 지금도 그렇지만 의술이 발전하기 전인 과거에도 늙어서 죽는 이는 극히 드물었다. 뱀파이어가 생을 마감한다면 그저 오랜 시간 동안 사는 것이 지루하여 스스로 떠난다거나 누군가에 의해 죽임을 당하는 것이 대부분이었다. 그것이 번식이 안 되는 소수 일족이 이때까지 버틴 방법이었다.

"저나 외할아버지는 사람이에요! 뱀파이어가 아니라고요!"

어쩌다 일족의 손에서 벗어나 쭉 인간으로 살았다고 하지만, 현실은 받아들이지 않고 거부하는 운을 시운은 이해할 수가 없었다. 한 번 피를 맛보았으면서도, 무언가 이상하다는 것을 느끼면서도 현실을 인정하지 않는 운이 한심하게 보일 지경이었다.

"뱀파이어에게 피를 마시지 않는다는 것은 인간이 음식을 먹지 않는 것과 같다. 먹지 못한 인간은 한 달도 못 버티고 죽어버리지."

"다시 한 번 말씀드리지만, 전 뱀파이어가 아니라고요. 전 21년간 피를 마셔본 적도 없고, 외할아버지도 마찬가지였어요!"

"인간의 수명과 우리의 수명을 비교하지 마. 우리는 하루에도 여러 번 음식을 섭취해야 하는 나약한 인간이 아니야."

시운은 날카로운 눈으로 운을 바라보았다. 아직도 자신이 뱀파이어라는 것을 인정하지 않는 그녀가 멍청하게 보였다. 어째서 자신이 인간이라고 믿으며 큰 것인지는 모르겠으나, 그가 모르는 동족을 발견한 이상 왜 이렇게 살아온 것인지 알아야 했다. 그러니 늙은 뱀파이어가 눈앞에서 죽더라도 찾아야 했다.

"네 외할아버지의 노화는 거의 막바지에 이르렀지. 그 상태론 흡혈을 한다고 하더라도 다시 살아나긴 힘들지도 몰라."

"아니에요! 그럴 리가 없어요!"

운이 히스테릭하게 소리를 지르며 메고 있던 가방을 시운에게 휙 집어 던졌다. 하지만 가방은 시운에게 닿지 않았다. 시운에게 향하던 가방은 시운의 바로 앞에서 시간이 멈춘 듯 그냥 떠 있다가 그의 앞에서 떨어졌다.

"아……!"

"행동이 거칠군."

운은 뒷걸음질쳤다. 그러다 등 뒤에 신발장이 닿자 바닥에 주저앉아 버렸다. 그녀는 최후의 발악을 하는 사람처럼 금방 자신이 벗어둔 운동화를 집어 세게 던졌다. 하지만 운동화 또한 시운에게 도달하지 못하고 바로 앞에서 떨어졌다. 시운이 하얗게 질려 주저앉아 있는 운에게로 저벅저벅 걸어갔다. 앞에 있었던 가방과 운동화는 건드리는 자도 없지만, 시운의 움직임과 함께 바다가 갈라지듯 옆으로 치워졌다.

"오, 오지 마!"

운의 말에도 시운은 느릿한 발걸음을 멈추지 않았다. 운의 머릿속에는 도망가야겠다는 생각만이 지배했다. 운은 본능에 의해 벌떡 일어나 신발도 신지 않은 채로 현관문을 열고 뛰쳐나갔다. 거동이 불편한 외할아버지 때문에 1층으로 이사 왔기에 엘리베이터는 탈 필요가 없었다. 누군가 따라온다는 느낌은 나지 않았지만 운은 최대한 집에서 멀리 벗어나기 위해 앞도 보지 않고 마구 달렸다.

"하아, 하아!"

숨이 넘어갈 것처럼 목이 아팠지만, 그녀는 걸음을 멈추지 않았다. 그때였다.

빵빵!

강렬하고 환한 빛이 운을 덮쳐 왔다. 커다랗게 울리는 클랙슨 소리가 고막을 찢을 듯이 울려 퍼졌다. 운은 그대로 강렬한 빛 때문에 눈도 제대로 뜨지 못한 채 멍하니 서 있었다. 그리고 곧 둔탁한 소리와 함께 몸이 포물선을 그리며 날아갔다. 흐릿해진 시야로 세상의 풍경들이 지나가듯 느리게 보였다. 몸이 허공에서 땅으로 떨어지며 끔찍한 통증이 온몸을 덮쳐 왔다.

"외할아버지……."

몸이 땅으로 곤두박질쳤을 때 웅성웅성거리는 게 멀리서 들리는 듯했지만 소리가 점점 멀어져서 꿈처럼 느껴졌다. 아니, 꼭 다른 세상에 있는 것 같았다.

눈물이 흘렀다. 흐릿한 시야가 뿌옇게 번지자 더는 앞이 보이지 않았다.

'외할아버지, 보고 싶어.'

이제는 소리조차 나오지 않아 마음속으로만 외쳤다. 이대로 죽는다면 외할아버지를 볼 수 있을 것만 같았다.

남자의 말이 맞았다. 외할아버지의 마지막 모습은 혼자 나가신 것이 신기할 정도로 많이 쇠약해져 계셨다. 언제 돌아가셔도 모를 정도로 편찮으셨지만 자신의 앞에서 애써 티 내지 않으신 것뿐이었다. 운은 무거운 눈꺼풀을 이기지 못하고 스르르 감았다.

✤ ✤ ✤

"어떻지?"

"생명에 지장은 없습니다. 그래도 생체회복이 느린 편이니 회복될 때까지 안정을 취해야 합니다."

시운은 일족의 의사 말을 들으며 고개를 돌려 무심한 눈으로 침대 위에 누워 있는 운을 바라보았다. 동양으로는 처음 오는 것이기 때문에 많은 수하를 데려왔었다. 그리고 그중에는 혹시 모를 사고를 대비해 의사도 당연히 데려왔었다.

병원에서 급히 수술을 한 운은 새하얗게 질린 얼굴로 의식 없이 누워 있었다. 시운이 침묵하며 운을 바라보자 옆에 있던 진이 의사에게 밖으로 나가라는 듯이 손짓을 했다. 그러자 곧 눈치 빠른 의사가 나가고 병실 문이 닫혔다.

"왕의 피를 불과 며칠 전에 마셨으니 생체회복이 그래도 조금은 빠를 거야. 그러니까 걱정하지 마."

진은 장난스럽게 시운이 걱정하는 부분을 콕 찝어 말했다. 그러자 시운이 진을 쏘아보았다. 무시무시한 그의 눈빛에 진이 꼬리를 내리고 바로 화제를 돌렸다.

"진짜 어리네."

진은 입꼬리를 비스듬히 올리며 미동도 없이 누워 있는 앳된 운을 바라보았다. 시운의 말대로 운은 반란을 위해 도망 나온 일족은 아니었다. 운이 살았던 동네 또한 오래전에 있었던 일까지 조사해 보았지만 인간과 별다른 사고나 피를 마신 흔적 따위는 없었다. 놀랍게도 그들은 한적한 시골마을에서 시대에 한참이나 뒤떨어진 생활을 하고 있었으며, 종족 특성상 긴 수명 때문에 아이를 못 갖는 저주받은 장수마을 사람이라고 불리우고 있었다. 뱀파이어에겐 아주 어린 나이일지 모르겠지만 인간에게는 장수라고 불리는 긴 시간이었으니 장수마을이라 불린 모양이었다. 그리고 노산을 해서 겨우 한 명의 아이를 낳거나 죽을 때까지 아이를 못 갖는 부부를 보며 아마 저주받았다는 말이 돌았을 것이었다.

"그 늙은 뱀파이어는 죽었겠지?"

"말을 들어보니 노화가 끝까지 진행됐더군. 피를 다시 마신다고 하더라도 버틸 수 있을지 모르겠어. 빨리 발견이 된다고 하더라도 살 수 있는 가능성은 희박해. 아주 강한 뱀파이어라고 해도 잘 모르겠군."

"흐음, 아쉽네, 아쉬워. 결국 살린 일족은 단 한 명이란 거군. 어떻게 이리 먼 땅까지 오게 된 걸까? 반란 계획도 없던데, 여기까지 와서 왜 인간인 척하고 살고 있었을까?"

진이 의문을 가진 얼굴로 시운을 향해 물었다. 시운이 그런 진을 힐끗 보다 다시 운을 보며 나지막하게 입을 열었다.

"8백 년 전 이곳으로 도망 온 자들이 아닐까 해."

"전쟁 때 말이야? 그때 도망갔던 뱀파이어들은 다 죽임을 당했어. 그건 우리들이 더 잘 알잖아?"

"우리가 모르는 마을이 있었다면 또 모를 일이지."

"다른 마을?"

"진, 전쟁을 하기 전에 우리 일족이 평화롭고 행복하게 살았다고 단언할 수 있나?"

진은 갑자기 생뚱맞은 얘기를 하는 시운을 이상하다는 눈초리로 보았다. 진이 알기론 왕이 배신하기 전까지만 해도 일족은 행복했다. 모든 것이 풍족했고 만족스러웠다. 하지만 시운의 대답은 전혀 반대였다.

"일족들 사이에선 항상 시기와 질투가 일어났지. 행복 속에서 왜 그런 감정이 생긴 줄 아나?"

오래 생각할 것도 없었다. 일족들은 풍족하게 살았고, 일상은 항상 평화로웠고 안정적이었다. 하지만 가난도 없고 행복하기만 했던 일족에게 시기, 질투가 일어났다.

"아이를 말하는 거야? 그거야 사랑하는 이와의 아이를 갖고 싶지만 생기기 힘드니까 어쩔 수 없는 거잖아. 그게 무슨 상관이야?"

지금의 발달된 과학과 의학으로도 알 수 없었다. 아무리 노력과 연구를 해봐도. 일부에선 거의 영원을 사는 강한 뱀파이어가 끊임없이 늘어난다면 먹이사슬에 영향을 미쳐 신이 애초에 인간과 같은 번식 능력을 주지 않은 것이라는 말이 있을 정도로 아이를 갖기란 힘이 들었다. 영원에 가까운 삶을 사는 일족이지만 실제로 영원을 살지 않고 죽는 이가 있기에 일족들에겐 탄생보다 죽음의 수가 미비하지만 더 컸다.

"과거에도 마찬가지였지. 하지만 번식능력이 발달된 뱀파이어도 있어. 죽을 때까지 아이를 낳지 못하는 일이 허다하지만 젊은 부부가 아이를 갖는 경우도 있어. 그리고 그들이 모여 시기와 질투를 피해 만든 마을도 있지."

"그런 마을이 있나? 난 처음 듣는데……."

"과거에 만났던 자가 말했지. 겉으로는 축하한다고 하면서 뒤에서는 부러움에 미쳐 버리는 일족이 무섭다고. 여러 마을을 돌아 동지들을 모아 시기와 질투가 없는 먼 곳에서 마을을 만들어 살고 싶다고."

시운이 아련하게 말을 내뱉으며 눈을 감았다. 그런 남자가 있었다. 운을 다시 본 순간 시운의 머릿속에 희미한 남자의 모습이 스쳐 지나갔었다. 임신한 아내와 함께 마을을 돌고 돌던 남자. 그리고 저와 같은 두려움과 불안함을 갖고 있는 부부를 찾아 모으던 남자. 그 남자는 시운에게 말했었다.

"축하한다고 하면서 뒤로는 나도 못 가질 바엔 남도 못 가졌으면 하는 마음으로 칼을 가는 자들도 있다네. 자네도 결혼을 하고, 만약 아이를 갖게 된다면 이 불안함에 잠도 제대로 못 잘 거야. 난 나와 같은 이들을 모아 최대한 먼 곳에서 마을을 만들어 살 생각이네."

정말로 그 남자가 모은 뱀파이어들의 후손일까. 만약 전쟁이 났을 때 성과 가장 멀리 떨어진 구석진 마을에 있었다면 충분히 도망갈 수도 있었다. 왕이 주변을 탐색할 때를 틈타 벗어났다면 말이 되었다. 그리고 유전적인 것도 크게 포함이 된다는 번식능력으로 본다면 그들이 끼리끼리 아이를 낳고 살았을지도 모르는 일이었다. 이 추측이 틀릴 수도 있겠지만 아주 터무니없는 것은 아니었다. 시운은 어리둥절한 얼굴로 자신을 보는 진을 향해 말했다.
"이 아이의 상태를 잘 지켜보라고 해."
"그거야 당연하지."
"도망가지 못하게 하고."
시운의 말에 진은 키득키득 웃음을 터뜨리며 고개를 끄덕였다. 그리고 시운의 명을 전하기 위해 밖으로 나갔다.

시운은 운의 모습을 다시 한 번 바라보고 문을 천천히 닫고 짧게 한숨을 내쉬었다. 뱀파이어란 사실을 인정하지 않고 무작정 겁을 먹고 도망만 가던 운을 굳이 따라가지 않고 내버려 두었더니 갑자기 멀리서 그녀의 피 냄새가 일어났었다. 그 어느 피보다 달콤하게 마셨기에 단번에 알 수 있었다. 급하게 냄새를 따라간 곳에 널브러진 그녀를 보았을 때 쿵 떨어지던 심장이 아직도 생생했다.

깨어날 만도 하건만 눈앞의 그녀는 일어날 기미를 보이지 않았다. 깰 때까지 그냥 호텔에 있어도 되지만 왠지 신경이 쓰여 가만히 앉아서 기다릴 수가 없었다. 시운이 생기 잃은 운의 볼을 살며시 쓰다듬었다.

"마을 곳곳을 돌아다니면서까지 그렇게 하는 이유가 뭐죠? 그런 귀찮은 짓을 하다니, 이해할 수가 없군요."
"사랑하는 사람의 아이일세. 그것 하나만으로 충분하지 않나. 겨우 생긴 아이야. 나처럼 행복하면서도 불안감에 잠을 못 이루는 사람들과 함께 살고 싶은 것뿐일세."

어리석다고 생각했다. 그때도 인간들에 비하면 턱없이 부족했지만, 그래도 종족을 늘려야 한다는 생각까지는 들지 않았다. 굳이 아이 한 명을 낳기 위해 마을을 만들고, 사람을 모을 필요는 없다고 생각했다. 하지만 지금 왕이 되어 얼마 남지 않은 소수의 뱀파이어들을 보면 그때의 생각이 잘못되었다는 것을 깨달았다.

"아이는 소중하지."

비록 그때 만나던 남자와 생각하는 관점이 다르다고 할지라도 지금 뱀파이어 세계에선 새생명이 절실했다. 그 때문인 것일까. 앞에 누워 있는 여자가 뱀파이어라는 것을 깨달은 순간 어떻게든 데리고 가서 종족을 한 명이라도 늘리고픈 마음이 들었다. 그렇기에 눈이 가고 관심이 간다고 생각했다.

"이상해."

하지만 지금의 관심은 단지 종족을 보호하기 위해서만이 아니었다. 계속 눈이 가고 찾게 된다. 언제 깨어날지, 또다시 도망가다 그런 사고가 나지 않을지, 라는 생각들이 머릿속을 맴돌았다.

운의 얼굴을 뚫어지게 보던 시운이 낯선 감정에 인상을 살며시 찌푸리며 병실을 벗어났다.

✤ ✤ ✤

극심한 갈증이 일었다. 온몸이 바늘로 찌르는 것처럼 아파왔고, 눈꺼풀이 너무 무거워 눈을 뜨기가 힘들었다. 벌떡 일어나 이 갈증을 해소하고 싶었지만 손가락 하나 움직이는 것조차 너무나 힘들었다. 하지만 운은 코를 찌르는 지독한 소독약 냄새에 힘겹게 눈을 떴다.

"어머, 일어나셨네요. 괜찮으세요?"

친절한 미소의 간호사가 빙긋 웃으며 말했다.

"아, 으......"

눈을 뜨자 곧바로 극심한 고통이 밀려왔다. 저도 모르게 신음을 내뱉는 운을 보며 간호사가 친절하게 현재의 상황을 설명해 주었다.

"교통사고를 당하셨어요. 수술 경과는 좋았지만 워낙 많이 다치

서서 조심하셔야 해요. 그러니까 너무 무리해서 움직이지 마세요. 선생님 호출할게요."

물을 달라 말을 하고 싶었지만 신음 소리 말고는 아무런 말도 나오지 않았다. 목이 마르면 마를수록 이상한 갈증과 함께 제 속에서 끓어오르는 무언가를 느꼈다. 지금 당장 갈증을 해소하지 않으면 죽을 것 같았다. 링거가 연결되어 있는 손 말고, 다른 손을 움직이기 위해 안간힘을 썼다. 온 힘을 다해 겨우 움직인 손이 금세 힘을 잃고 침대 밖으로 툭 떨어졌다. 링거액을 조절한 후, 주치의에게 바로 호출을 한 간호사가 반대편 이불을 정리하기 위해 손을 뻗으며 운 쪽으로 몸을 기울였다. 운은 겨우 힘을 끌어 모아 입을 벌렸다.

"무울······."

"물이요? 목이 마르세요?"

눈앞에 아른거리는 새하얀 간호사의 목이 이상하게 탐스러웠다. 간호사가 친절하게 무언가를 물어봤지만 운의 귀엔 들리지 않았다. 저절로 입안에 침이 고였고, 갈증이 더 심하게 일어났다.

"입술을 조금 적셔 드릴게요."

간호사가 거즈에 생수를 묻혀 그녀의 입술로 가져갔다. 축축하고 껄끄러운 것이 입술을 적셨지만 갈증이 해소되진 않았다. 오히려 갈증이 더 극심하게 번져 갔다. 예민해진 후각으로 들어오는 특유의 병원 냄새와 간호사의 옷에 배어 있는 알코올 향이 역겨웠다.

"목말라······."

"곧 의사선생님 모셔올게요. 잠시만 기다려 주세요."

친절한 간호사의 목소리가 다시 들려왔다. 그녀에게서 나는 알코올 향은 역겨웠지만 그 사이로 맡아지는 살 내음은 이상하게 식욕을 자극했다. 운이 눈을 감았다가 다시 떴다. 그리고 조금 또렷했진 눈동자로 간호사를 쳐다보았다. 그녀의 가느다란 목에 시선이 계속 갔다.

"……줘."

운의 목소리에 간호가가 걸음을 멈추며 그녀를 살폈다. 운의 분위기가 스산해 오한이 든 간호사가 자기도 모르게 몸을 살짝 떨었다가 멈췄다. 눈동자 또한 또렷하긴 했지만, 진한 갈색에서 조금 붉은빛으로 변한 것 같았다. 착각인가? 그렇게 생각한 간호사가 어딘가 이상한 운의 동공을 확인하기 위해 그녀의 얼굴로 다가왔다.

"줘…… 물을 줘……."

운이 잔뜩 갈라진 목소리로 간절하게 말했다. 그러면서도 간호사의 목에서 시선을 떼지 않았다. 기분 나쁜 시선에 간호사가 조금 떨떠름한 표정을 지었지만 특유의 직업병으로 다시 미소를 지으며 친절하게 말했다.

"제가 곧 선생님 불러올게요. 된다고 하시면 물 바로 갖다 드릴 거니까 조금만 기다려 주세요."

평소처럼 또박또박 이해하기 쉽게 큰 목소리로 말하며 간호사가 운의 동공을 바라보았다. 어두워서 그런 것일까. 붉은 갈색으로 보였던 눈동자가 핏빛처럼 보였다. 나가기 전에 한번 확인하기 위해 간호사가 손을 올려 그녀의 눈에 가져갔다. 눈을 억지로 벌려 한번 확인해 봐야 할 것 같았다.

"물……."

"엄마야!"

갑자기 운이 손을 들어 얼굴 앞까지 다가온 간호사의 팔을 덥석 잡았다. 놀란 간호사가 무의식적으로 소리를 질렀지만 곧 직업 정신으로 미소를 지었다. 간호사의 입술 끝이 파르르 떨렸다.

"죄송해요, 너무 놀라서. 바로 선생님 불러올게요."

간호사가 목이 말라 너무 힘들어하는 운을 보며 급히 밖으로 나가려고 했다.

하지만 운은 강한 힘으로 간호사의 손을 잡고 놓아주지 않았다. 그저 갈증을 빨리 해소하고 싶었다. 이렇게 극심한 갈증이 나기는 처음이었다. 눈앞에 썩은 물이라도 있다면 망설이지 않고 전부 마셔 버리고 싶을 정도로 지독한 갈증이었다. 운은 절대 놓을 수 없다는 듯이 있는 힘을 다해 간호사의 팔을 잡고 있었다.

"환자분, 이것 좀 놓아주시겠어요?"

피가 통하지 않을 정도로 잡힌 팔에서 강한 힘이 느껴지자 간호사가 조금 짜증을 담은 목소리로 말하며 손을 뿌리치려 했다. 하지만 그럴수록 운의 힘은 더 강해질 뿐이었다.

"물……."

"선생님께 확인해 보고 어떻게든 해줄 테니까 좀 놓아주세요."

그래도 손을 놓지 않는 운에게 간호사가 시선을 돌렸다. 그리고 조금 주춤거리며 뒤로 물러났다. 운의 눈동자에 서린 광기에 두려움이 왈칵 밀려왔다.

하지만 그런 간호사의 말이 들리지 않는지 운이 더욱 세게 팔을 잡았다. 그리고 간호사의 목을 보며 침을 꿀꺽 삼켰다. 끔찍하게 치밀어 오르는 갈증을 지금 당장 해결하고 싶었다. 처음 깨어났을 때에는 눈 하나 뜨는 것도 너무 힘이 들었는데, 어디서 그런 힘이 나오는지 알 수가 없었다. 하지만 갈증을 풀 수 있다고 생각하니 몸 안에서 힘이 솟아났다.

"이것 좀 놓아주······!"

운은 꽉 움켜쥐고 있던 간호사의 손을 끌어당겼다. 그리고 갑작스런 힘에 침대로 기운 간호사의 어깨와 얼굴을 붙잡고 목을 덥석 물었다.

"아아악!"

간호사가 발버둥을 치며 벗어나려고 했지만 믿을 수 없을 정도로 엄청난 힘에 벗어날 수 없었다. 도저히 중상을 입었다고 믿을 수 없을 정도로 운의 악력은 엄청났다. 그러다 순간 간호사의 하얀 목덜미에 날카로운 이가 박혔다. 운의 날카로운 송곳니가 박힌 곳에서 피가 주르륵 흘러내리고 있었다. 얼마나 많은 양을 빨아들이는 것인지 옆으로 흐르는 양 또한 상당했다.

병실 안에는 곧 피 냄새가 진동을 했고, 그 달콤한 냄새에 운은 정신을 차릴 수가 없었다. 어떻게 물었는지도, 어떻게 마시고 있는지도 몰랐다. 운은 미친 듯이 탐했다. 마시고 마셔도 부족했다.

"으으······."

옅은 신음 소리를 내며 간호사가 운의 위로 풀썩 쓰러졌다. 하지만 운은 개의치 않고 간호사의 목을 물어뜯으며 계속해서 그녀의 피를 탐할 뿐이었다. 피를 마시는 것이 익숙하지 않아 무작위로 목을 물어뜯어 살점이 떨어져 나갔다. 혈관이 펄떡이는 것이 보이고 붉은 피가 이불을 적셨지만 운은 오히려 상체를 일으켜 무릎으로 간호사를 받치며 더 많은 피를 마시기 위해 자세를 바꿨다. 순식간에 입가와 손에 피 범벅이 되었고, 이불 위로 피가 계속 번졌지만 아무것도 신경 쓸 수가 없었다.

"고운 씨, 정신 차리세요! 이러다가 이 여자 죽습니다!"

문이 열리는 소리도 듣지 못했는데 어느새 들어왔는지 의사가 피를 탐하고 있는 운을 말리고 있었다. 왕께서 직접 맡기고 간 여자가 사고를 치게 놓아둘 순 없었다. 운은 날을 세우며 그들을 노려보았다. 붉은 눈이 상당히 위협적이었다. 곁에서 피를 마시지 못하게 말리는 이를 경계하면서도 운은 끊임없이 피를 핥아 먹었다. 아무리 마셔도 갈증은 아직도 해소되지 않았다. 그런 운에게 흰 가운을 입고 있는 의사가 다시 한 번 소리를 질렀다.

"인간을 죽이는 흡혈 행위는 안 됩니다! 아직 몸이 회복되지 않은 건 이해하겠지만 이러다 인간을 죽이면 저도 뒷일은 어떻게 될지 장담할 수 없습니다!"

"크으……."

흡혈 행위란 말에 순간 퍼뜩 정신이 들었다. 운은 눈을 껌벅껌벅 떴다 감는 것을 몇 번 반복했다. 그러자 붉은 핏빛이었던 눈동자가 원래의 색으로 돌아오기 시작했다. 번뜩 정신이 든 것인지 자신의 손을 잡고 말리는 의사를 멍하니 바라보았다.

"내가 지금 뭘……."

쉬어버린 목소리로 말을 하던 운은 축축하면서도 묵직한 느낌이 드는 무릎으로 시선을 내렸다.

"아아……!"

너무 놀라 아무런 말도 할 수가 없었다. 피로 범벅이 되어 온통 새빨개진 여자의 옷과 이불은 끔찍했다. 코를 찌르는 피 냄새에 질식할 것만 같았다. 피에 젖은 이불에서 느껴지는 축축함에 구역질이 올라왔다. 무릎 위에 쓰러져 있는 간호사의 얼굴은 시체처럼 새하얗게 질려 있었다. 운은 벌벌 떨리는 손을 들어 바라보았다. 손에는 온통 피가 묻어 있었다.

'내가 그러지 않았어! 내가 어째서…… 왜!'

아니라는 생각을 억지로 하고 있지만 금방 있었던 일이 점점 뚜렷하게 기억나기 시작했다. 갈증으로 목이 너무 타들어갔었고, 간호사의 가느다란 목을 보자 군침이 돌았었다. 역하다고 생각했던 피의 향이 지금은 맛있는 음식 냄새를 맡듯 군침이 돌게 했다. 자신이 한 짓이 아니라고 부정하려 해도 머릿속에 남아 있는 기억은 자신이 했다고 말하고 있었다.

'난 괴물이 아니야! 난 아니야!'

계속해서 현실을 피하려고만 하던 운은 피로 범벅된 손과 간호사를 보며 그대로 정신을 잃었다.

✥ ✥ ✥

호텔 바로 옆에 있는 병원으로 가면서도 진은 시운에게 알릴까 고민을 하다가 대충 보고를 하고는 병실로 들어왔다. 달콤한 냄새가 진동을 하는 운의 병실로 들어온 진은 피범벅이 된 운의 옷을 보며 못마땅한 표정을 지었다. 운을 감시하고 있는 의사에게 진이 퉁명스럽게 물었다.

"어떻게 된 거야?"

"링거액을 조절하려고 온 간호사의 피를 마셨습니다."

"지금은?"

"정신을 차리더니 많이 놀란 것 같습니다."

"흐음."

진이 한 손을 올려 검지로 입술을 쓸며 운의 모습을 훑어보았다.

"그 간호사는?"

"한꺼번에 피가 많이 빠져나가 쇼크 상태가 왔었습니다. 현재 수혈 중입니다. 정신을 차리자마자 기억을 조작하기 위해 다른 의사를 붙여놓았습니다. 간호사가 깨어나면 사고로 위장하고 자를 예정입니다. 늦게 발견됐다면 과다출혈로 아마 죽었을 겁니다."

"그래? 알겠어, 나가봐."

진이 대기하고 있던 의사에게 손을 저어 밖으로 내보냈다. 병실 안에 진동하는 피 냄새는 이곳의 처참했던 상황을 말해주는 듯했다. 피를 마실 줄 모르는 이답게 자제를 하지 못했는지 그녀의 상의는 피로 범벅이 되어 있었고, 병실에 배어 있는 피 냄새는 아직도 진득하니 남아 있었다.

"본능적으로 살기 위해 이성을 잃은 것인가…… 그런 것치곤 양호하군."

뱀파이어가 상처를 입고 이성을 잃게 된다면 본능적으로 살기 위해 눈앞에 있는 생명체를 갈기갈기 찢어 피를 탐하게 된다. 피는 뱀파이어에게 꼭 필요한 영양분이기도 했지만 생체회복을 상승시키는 역할 또한 하기 때문이었다. 하지만 이 멍청한 뱀파이어는 달랐다. 흡혈을 당한 인간이 살아 있으니까. 이때까지 인간으로 살았던 본능이 있었던 것일까. 처음엔 혹시라도 인간의 피가 섞인 혼혈이 아닐까라는 생각도 했었다. 하지만 목을 제대로 물고 깔끔하게 마시지도 못하고 인간의 목을 왕창 물어뜯어 대부분의 피를 흘린 이 어린 뱀파이어는 검사에 따르면 놀랍게도 100% 뱀파이어 혈통이었다.

진은 픽 하고 웃으며 운의 입을 벌려 송곳니를 확인했다. 인간의 이처럼 밋밋했지만 피의 향기로 가득했다.

"처음 맛본 피가 최고급이었으니, 다시 먹고 싶을 만도 하지."

진이 손을 떼고 침대 옆에 있는 의자에 앉으며 뾰로통한 표정을 지었다. 만약 피의 맛을 몰랐다면 이성을 잃고 피를 찾지도 않았을지도 몰랐다. 진은 시운의 피를 마신 운이 못마땅했다. 저깟 것이 뭐라고 왕의 피를 마신단 말인가. 일족이 원하는 왕비는커녕 피를 나누는 그 비슷한 애인도 만들지 않는 시운이 이때까지 누구에게도 주지 않은 피를 이 조그만 꼬맹이한테 줬다는 사실에 짜증이 났다. 그리고 아까 이곳에 오기 전 시운에게 이 사실을 알리기 위해 전화했을 때, 바로 오겠다는 그의 말에 감히 왕을 부르게 한 이 여자가 얄미웠다. 가만, 여자……?

벌컥.

"멀리서부터 피 냄새가 진동을 하는군."

"아아, 왔어?"

진이 싱긋 웃으며 시운을 반겼다. 시운의 말로는 아직 어린아이이고 그저 보호 대상이라고 했지만, 시운이 이렇게까지 여자에게 관심을 가진 적은 없었다. 상대가 성인이 된 지 얼마 안 되었고, 아직은 보호를 받아야 될 나이지만 그러면 어떠랴. 아직 심하게 어리지만 하나의 성인이니, 시운의 여자가 될 자격은 충분했다. 일족의 품에서 자라지 않은 여자임이 조금 걸리지만 인간도 아니고, 반란자의 아이도 아니다. 여자에게는 철통방어를 하는 시운의 마음을 보호받을 어린 대상이라는 이유로 허물 수 있을 것도 같았다.

진은 비집고 새어 나오려는 웃음을 꾹꾹 참으며 한숨을 푹 쉬었다.

"아직 어린데 고통이 너무 심했나 봐. 인간으로 치면 죽느니 사느니 하는 정도로 다쳤으니. 아무리 뱀파이어고, 네 피를 얼마 전에 마셔서 생체기능이 좋아졌다고 하더라도 피를 한 번밖에 탐하지 않은 연약한 몸이야. 본능적으로 죽을 것 같은 고통에 살려고 몸부림치는 어린 일족을 보니 같은 일족으로서 참 안타까워."

진은 안타까움이 묻어나는 말투로 한숨을 푹푹 쉰 뒤 안쓰러운 눈빛으로 운을 바라보았다. 아무리 냉정해도 일족에 대한 사랑이 속으로 가득 찬 시운이란 것을 알기에 진은 더욱더 안타까움을 표현하기 위해 노력했다.

시운이 그런 진을 이상하게 쳐다보다 천천히 운의 옆으로 다가간 뒤 우뚝 멈췄다. 피로 범벅된 옷에서는 마시는 법도, 맛도 모르는 그녀가 얼마나 이성을 잃고 피를 탐했는지를 알려주었다. 시운은 잠시간 운을 내려다보다가 진에게 툭하니 말했다.

"데리고 가지."

"뭐? 어디로?"

"……."

진이 물었지만 시운은 대답하지 않았다. 그저 운을 바라보다 천천히 나갈 뿐이었다. 진은 운과 시운을 번갈아보다가 급히 겉옷을 벗어 운을 감쌌다. 혹시라도 피가 범벅된 옷을 입은 운이 다른 사람들의 눈에 띈다면 곤란해진다.

진은 바로 운을 안아 들고 시운을 뒤따라갔다. 생각보다 일이 빨리 풀릴 수도 있을 것 같았다. 아직 앞길이 창창한 어린 이 아이에겐 미안하지만 알게 모르게 차가운 시운을 좀 녹여줬으면 좋을 것 같았다.

✤ ✤ ✤

캄캄한 곳을 거닐다 오싹한 기운이 흘러나오는 방 앞에 도착했다. 운은 손잡이를 잡고 조심스레 열었다.

"왔나."

"헉……!"

방 안에 들어서자 아름다운 여자의 피를 탐하고 있는 시운이 보였다. 시운이 여자의 목에서 얼굴을 살며시 떼며 운을 물끄러미 쳐다보았다. 여자의 가느다란 목에서 새어 나오는 피를 혀로 한번 핥은 시운의 모습에 몸이 뻣뻣하게 굳어졌다. 곧 정신을 차린 운이 뒷걸음질치며 밖으로 뛰쳐나가려고 했다. 하지만 어느새 문이 없어져 버렸다. 차마 시운에게 다가가지 못한 운이 벌벌 떨며 두려운 눈동자로 그를 쳐다보았다.

"이제는 잘 먹더군."

"무슨…… 악!"

운이 의문이 담긴 물음을 작은 목소리로 말하다 아래에서 느껴지는 감촉에 고개를 내렸다. 그리고 바로 앞에서 피를 흘리며 쓰러져 있는 간호사를 보며 깜짝 놀라 소리를 질렀다. 쓰러졌다고 생각했던 간호사는 흐느적거리며 운의 옷깃을 잡았다.

"괴물, 이 괴물……."

"내가? 아니면 네가?"

시운의 말에 운은 귀를 틀어막았다. 듣고 싶지 않은 이야기를 들은 것처럼.

"아, 아니야, 난 아니야!"

어떻게든 떨어뜨리려고 했지만 간호사의 힘은 너무 강인했다. 운은 고개를 강하게 저으며 부정했다. 하지만 간호사는 계속 운에게 매달렸다.

"뭐가 아니란 거지? 이제 그만 일어나."

"꺄아악!"

뺨에서 차갑지만 부드러운 감촉이 느껴졌다. 운은 번쩍 눈을 뜨며 앞에 있는 시운을 보고 놀라 소리를 질렀다. 시운이 귀가 떨어질 것 같은 고음의 비명 소리에 인상을 찌푸렸다.

"이제 몸은 괜찮나 보지?"

"모, 몸이라니요?"

"다친 상처. 하긴 피를 그만큼 마셨으면 생체회복력이 월등히 빨라졌겠지."

"피……?"

갑자기 모든 것이 생각났다. 지독한 갈증과 손에 가득했던 피. 새하얗게 질려 있던 간호사의 얼굴. 짐승에게 물어뜯긴 것처럼 엉망이었던 새하얀 목. 모든 것이 눈앞을 지나가자, 덜컥 겁이 났다. 운은 끔찍했던 기억과 금방 꾼 꿈을 떠올리곤 몸을 벌벌 떨었다. 무서웠다.

"그, 그럴 리가…… 그럴 리가 없어."

"기억은 나나?"

"……."

그 말에 운이 입을 꾹 다물고 시선을 피했다. 아직도 선명하기만 한 기억이 운을 괴롭혔다. 목을 조여올 정도로 끔찍한 죄책감에 고개를 들 수가 없었다.

"말을 하지 않는 것을 보니 기억이 나나 보군. 이래도 인정하지 않을 텐가?"

시운은 지그시 운을 바라보았다. 그러곤 무심한 눈초리로 한순간에 송곳니를 세우고 자신의 손목을 물어뜯었다. 인정하지 않는다면 본능을 깨우는 수밖에 없었다.

"아직 몸이 회복되지 않았지? 이 피를 마시면 넌 곧 몸이 회복

될 거야. 마셔본 적이 있으니 맛을 알겠지."

"이게 무슨……."

운은 침대 위로 뚝뚝 떨어지는 피를 보며 침을 꿀꺽 삼켰다. 아직도 피 비린내가 역하게 나는 것도 같았지만, 그와 다르게 달콤한 냄새가 느껴졌다. 처음 이 남자를 만났던 날, 자신에게 억지로 피를 먹였을 때는 그저 끔찍했고 두려웠기에 무슨 맛이 났는지 기억이 나지 않았다. 하지만 운의 몸은 기억하고 있었다, 시운의 달콤하고 강한 피를.

"난 누구보다도 생체회복이 빠르지. 지금 먹지 않으면 곧 찢어진 내 상처는 없어질 거야."

운은 흔들리는 눈망울로 뚝뚝 떨어지는 핏방울을 바라보았다. 이상하게 또다시 갈증이 났다. 심장이 쿵쾅쿵쾅 뛰었다. 두려움에 뛰는 것이 아니었다. 아니, 두려움도 있었지만 그건 이 위험한 남자에 대한 두려움이었다. 하지만 느껴지는 두려움보다는 등골을 오싹하게 만드는 짜릿함과 달콤한 냄새에 대한 기대감이 더 컸다. 하지만 운은 끊임없이 마음속으로 자신은 인간이라고 되새기며 이성을 차리려 노력했다.

"내, 내가……."

"몸이 아프지 않아? 이 피를 먹으면 넌 금방 나을 거야."

"난, 난……."

"아무도 뭐라고 하지 않아. 그저 본능에 충실해져."

주문과도 같은 말이었다. 시운의 말이 끝나자마자 운은 부들부들 떨리는 손으로 천천히 시운의 팔을 잡았다. 시트를 붉게 물들이는 붉은 피는 끔찍했다. 하지만 그와 동시에 더 깊은 갈증이 운을 사로잡았다. 운이 흔들리는 눈동자로 뚝뚝 떨어지는 피를 노려보았다.

"괜찮아. 그저 밥을 먹는다고 생각해."

"하, 하지만······."

시운의 목소리가 달콤한 악마의 유혹으로 들렸다. 모든 것이 다 괜찮다고 말하는 그의 목소리에 마음이 기울었다. 하지만 지금 그의 피를 마신다면 제 인생이 모두 뒤틀릴 것만 같은 예감이 들었다. 무서웠다. 갑작스럽게 변하는 모든 것들에 정신을 차릴 수가 없었다.

"마셔."

그가 명령조로 말했다. 그러자 운은 자신도 모르게 시운의 팔에 얼굴을 가져갔다. 지독한 갈증으로 인해 더는 참을 수가 없었다. 군침이 돌았고 갈증은 극심하게 찾아왔다.

운은 눈앞의 새하얀 팔을 보며 망설이다 그의 팔을 갑자기 덥석 물며 정신없이 흘러나오는 피를 탐했다. 달콤했다. 끔찍할 정도로 점점 증폭되던 갈증이 한순간에 사라지기 시작했다. 하지만 정신을 차릴 수 없을 정도로 더 피를 탐하고 싶었다.

춥춥. 방 안에 무언가를 핥고 빠는 소리가 들렸다. 색스러운 소리가 났지만 운은 그 소리를 듣지 못했다. 그저 피를 마시는 것에 정신이 팔려 있었다.

찢어진 살이 거의 회복되어 피가 나오지 않자 운은 무의식적으로 짜증이 났다. 그리곤 자기도 모르게 시운의 팔을 꽉 물어버렸다. 어떻게든 더 먹어야 했다. 지금 먹지 않는다면 죽을 것 같았다.

"옳지, 송곳니는 그렇게 세우는 거야."

옆에서 시운이 무언가를 말했지만 들을 정신 따윈 남아 있지 않았다. 이때까지 먹어본 어떤 음식보다 달콤하여 짜릿함이 느껴질 정도였다. 이상하게도 탐하고 있는 피 안에선 강인한 힘이 느껴졌고, 그 강인함은 운의 몸에 점점 퍼져 갔다.

"먹는 것보단 흘리는 게 더 많군."

침대 위로 뚝뚝 떨어지는 피에 시운이 피식 웃었다. 본능에 의해 송곳니를 꺼내는 것까지 어떻게든 했지만, 물어뜯는 방법이나 마시는 방법을 제대로 알지 못하는 운은 그저 사자가 마구잡이로 동물을 물어뜯듯이 자신의 손을 물어뜯었다. 아이가 혼자 밥을 먹겠다고 식탁을 숟가락으로 어지르며 여기저기 흘리며 먹는 것을 보듯이 절로 미소가 지어졌다. 혹여나 자신이 다칠까 아이처럼 조심스레 피를 핥는 운의 모습이 시운을 조금씩 흥분시키고 있었다. 지금 당장 운을 침대로 밀어 눕혀 그녀의 속살을 마음껏 탐하고 싶었다. 점점 더 끓어오르는 굶주림에 시운이 끝을 모르고 계속해서 달려드는 운의 눈을 막으며 저지했다.

"이 정도의 피를 흘리면 인간은 살기 힘들어. 조절하는 법까지 가르칠 게 많군."

"조금만, 조금만 더……."

시운은 피를 더욱더 탐하려 하는 운의 눈을 커다란 손으로 가리고 밀어내어 그녀를 저지했다. 그리고 막아두었던 생체회복기능을 방출시켰다. 손목에 생긴 상처는 순식간에 회복되었다. 눈이 가려졌지만 새어 나오던 피의 향이 옅어지며 이미 떨어진 향만이 남아 있자 무의식적으로 아쉬움에 입맛을 다셨다.

"네 몸이 충분히 회복될 정도로 피를 탐했어."

"아, 난……."

순간 정신을 차린 운은 이때까지 정신없이 피를 탐한 것을 깨닫고 눈을 질끈 감았다 떴다. 시운의 손이 서서히 치워졌고, 운은 멍한 얼굴로 앞을 바라보았다.

"넌 누가 뭐라고 하더라도 뱀파이어야. 그 사실을 잊지 마."

시운은 피가 덕지덕지 묻어 있는 운의 입가에 손을 올려 닦아주었다. 너무 많은 피라 다 닦을 수 없을 정도였다. 시운은 그녀의 붉은 입술을 더 붉게 만든 피를 바라보며 얼굴을 가져갔다. 그리고 그녀의 붉은 입가를 혀로 할짝거리다 얼굴을 떼었다.

"그렇게 있으니 이제야 우리의 일족답군."

시운은 그 한마디와 함께 몸을 일으켜 밖으로 향했다. 그리고 문을 닫기 전, 운에게 나지막하게 경고했다.

"나가려고 하지 않는 게 좋을 거야. 언제 이성을 잃고 인간 세계를 혼란에 빠뜨릴지 모르니 당분간 이곳에서 보호를 받으면서 교육을 받는 게 좋겠군."

문이 닫히는 소리에 완전히 정신을 차린 운은 벌떡 일어나 문으로 달려가 손잡이를 잡았다.

달칵달칵, 장금장치가 걸리는 소리가 들렸다.

쾅쾅!

"문 열어주세요!"

운이 말아 쥔 주먹으로 문을 두드리며 소리쳤다. 하지만 주먹이 아플 정도로 두들겨도 꽉 닫힌 문은 열리지 않았다.

  문을 두드리다 지친 운이 침대 위에 멍하니 누웠다. 문을 너무 두드려서 손이 얼얼하게 아파왔다. 이러다 시운의 말처럼 정말 자신이 뱀파이어가 되는 것은 아닐까 하는 불안감에 잠도 오지 않았다. 여러 감정이 교차되며 머리를 아프게 했다.
"밥 먹자!"
갑자기 벌컥 열린 문으로 진이 방긋방긋 웃으며 들어왔다.
"악!"
깜짝 놀란 운이 상체를 벌떡 일으키며 소리를 질렀다. 갑작스런 진의 방문에 깜짝 놀랐는지 심장이 쿵쾅쿵쾅 뛰었다.
"누, 누구······."
"전에 잠깐 봤지? 난 진이야."
딱딱하기만 한 시운과 다르게 싱긋 웃어가며 한 손을 내미는 진의 얼굴이 어딘가 익숙하면서도 낯설었다.
"아, 그때······."
곧 진이 처음 시운을 만나 방에서 도망갈 때 있었던 사람이라는 것을 기억해 내곤 작게 탄성을 내뱉었다. 운은 시운과 함께 있는 진 또한 뱀파이어라는 것을 눈치채곤 잔뜩 경계하며 몸을 움츠렸다. 진의 밝은 모습에 순간 인간이라 착각할 뻔했다.
"그렇게 겁먹을 필요 없어. 난 널 해치려고 온 게 아니야. 밥 먹어야지?"
그러고 보니 진의 손에는 작은 쟁반 하나가 들려 있었다. 운의 눈이 빵 옆에 있는 컵으로 향했다. 예쁜 유리컵에 있는 빨간 액체를 보는 순간 구역질이 나올 것 같았다. 아까까지 시운의 피를 마시고 더 달라고 애원했던 것을 생각하자 끔찍했다.

운의 시선을 눈치챈 것인지 진이 싱긋 웃으며 유리컵을 내밀었다.

"이거 토마토주스야. 빨간 것에 빨리 익숙해지라고 내가 특별히 룸서비스 시키면서 부탁했다니까."

피가 아니라는 것에 긴장이 풀린 동시에 어이가 없었다. 같은 뱀파이어임에도 시운과 다르게 참 인간 같다는 생각을 하며 운이 진을 노려보며 싸늘하게 말했다.

"안 마셔요."

"조금이라도 마시지 그래? 여기 호텔 음식 맛있는데."

정말 아쉽다는 얼굴로 쟁반을 들이대는 진을 보자 기가 막혔다. 사람을 납치해서 가둬둔 것을 잊은 것인지 태연히 음식을 내미는 모습이 꼴도 보기 싫었다.

"됐다고요! 나가요."

운이 이불을 머리끝까지 뒤집어쓰며 툭 쏘아댔다.

"진짜 맛있는데……."

아쉬운 목소리와 함께 빨대로 무언가 마시는 소리가 들렸다. 그리고 터벅터벅 밖으로 나가는 힘없는 발소리가 들려왔다. 운이 문이 닫히는 소리까지 들으며 한숨을 쉬었다. 이곳에 정상적인 사람은 한 명도 없었다. 빨리 이곳에서 벗어나고 싶었다.

"오늘도 밥은 안 먹을 거야? 시운이가 먹는 게 좋겠다고 하던데……."

"……."

운은 몸을 동그랗게 감싼 채로 침대에 누워 있었다. 끼니때가 되면 지금처럼 진이 밥을 가져왔지만 운은 대부분 꼼짝도 하지 않은 채 누워만 있었다.

진은 미동도 없이 누워 있는 운을 물끄러미 바라보다가 음식을 테이블 위에 내려놓고 밖으로 나갔다. 벌써 수일이 지났다. 아무리 인정하지 않으려 해도 인정할 수밖에 없었다. 진이 시운이라고 부르는 남자의 말처럼 자신은 인간이 아니었다. 벌써 며칠째 음식을 먹지 않았지만 어느 때보다 힘이 났으며, 일어날 때 현기증이 나지도 않았다.

"난 괴물이 아니야."

그 간절한 말만 계속해서 머릿속을 맴돌고 있었다. 현기증이 일어나고 몸이 아파오길 바랐다. 처음 여기로 밥을 들고 온 진의 말로는 시운은 강하기에 그의 피를 탐했다면 밥을 먹지 않아도 힘이 날 거라고 했다. 진의 말을 확인하기 위해 이렇게 금식을 하는 것도 웃기는 일이었다. 하지만 그 말이 농담을 가장한 진담인 것을 확인하자 소름이 돋았다. 이따위 웃기는 농담에 놀아나는 모습도 어이가 없었지만 이게 진실이며 자신이 괴물이라는 생각을 하자 끔찍했다.

"난 도대체 누굴까……."

서글픈 운의 목소리가 방 안에 울렸다. 운은 침대 위에서 상체를 스르르 일으키며 멍하니 창문을 바라보았다. 심하게 다쳤던 몸은 교통사고를 당하지 않았던 것처럼 신기하게도 상처 하나 없이 멀쩡하게 나아 있었다. 시운이 한 말들이 모두 맞았다. 운은 눈을 감으며 외할아버지를 생각했다.

―명심해라, 아가야. 나중에 너에게 무슨 일이 있던 넌 이상한 게 아니야. 먹고 싶은 게 있으면 먹고, 하고 싶은 게 있으면 하렴. 본능에 충실해져야 한다.

외할아버지의 편지에 적혀 있던 글이 생각났다. 외할아버지는 이렇게 될 것을 알고 있었던 것일까. 아니면 그저 우연이었던 것일까. 도대체 이때까지 자신이 외할아버지라 믿었던 사람은 누구였던 것일까. 운의 머리에는 복잡한 생각들로 가득 차 있었다.
그때였다. 문이 부드럽게 열리고 그날 이후 볼 수 없었던 시운이 저벅저벅 들어왔다.
"밥을 안 먹는다지?"
시운의 물음에도 운은 입을 꾹 다물었다. 그리고 경계 어린 눈으로 시운을 바라보았다. 진의 말에 따르면 시운은 누구보다도 강한 뱀파이어라고 했다. 아무리 같은 일족이라도 함부로 할 수 없는 이이기에 항상 조심하고 또 조심하라고 했었다.
"금식에 말도 안 하겠다는 건가? 꼭 시위하는 것 같군."
"그, 그런 건 아니에요. 그저 새, 생각할 게……."
"아직도 본인이 인간일 것이라는 생각?"

빈정거리는 시운의 목소리에 운이 인상을 찌푸렸다. 인정할 수 밖에 없는 상황이라고 하더라도 쉽게 인정할 수 없었다. 평생을 인간이라 믿고 살아왔기에 더 그랬다. 아무리 음식을 먹지 않아도 멀쩡하다지만 도저히 믿기지가 않았다.

 "제, 제가 조금은 특별한 사람이라고 생각했어요. 청각이나 시각이 조금 예, 예민하다고만……."

 운의 얼굴이 흐려졌다.

 "그, 그냥 그랬어요……."

 "웃기는군."

 시운이 입꼬리를 비스듬히 말아 올리며 의자에 앉아 운을 바라보았다. 시운은 의자에, 운은 더 높은 침대에 앉아 있어 눈높이는 비슷했지만 운은 그의 모든 것을 내려다보는 눈빛에 몸을 움츠렸다. 하지만 운은 애써 티 내지 않고 시운을 노려보았다.

 "나, 난 이제 어떻게 살아야 하죠? 절 놓아줄 생각은 애초에 없죠?"

 아무리 밖으로 내보내 달라 문을 두드리고 부탁해도 아무도 들어주지 않았다. 필요한 것들을 얘기하면 순식간에 전부 가져다줬지만 나가는 것만은 들은 척도 하지 않았다. 운의 공격적인 말에 시운이 그녀를 뚫어지게 바라보며 말했다.

 "당연한 거 아닌가? 넌 아무것도 모르는 아이야. 밖에 내놓으면 어떤 사고가 일어날지 모르는. 너는 우리와 같이 일족의 품으로 돌아간다. 언제 이성을 잃고 혼란을 만들지 모르는 널 이곳에 혼자 두고 돌아갈 순 없지."

"다시는 피를 마시지 않을 거예요. 이제 몸도 괜찮아졌고 정신도 뚜렷해요."

운이 지지 않고 시운에게 강하게 쏘아댔다. 자신을 무슨 이성 잃은 어린 짐승처럼 말하는 시운에게 짜증이 났다.

"내가 널 너무 어리게 취급하는 것 같나? 일족에선 열일곱 살이 넘으면 성인으로 인정을 하긴 하지. 하지만 그건 사랑을 하고 자신의 미래를 스스로 결정할 수 있다고 인정을 해주는 것뿐, 실제로 부모의 도움을 받아야 해."

"언제까지 그 보호란 걸 받아야 하죠?"

"글쎄, 백 년 정도?"

백 년이란 말에 운이 눈을 동그랗게 뜨고 시운을 바라보았다. 그러다 붉으락푸르락해진 얼굴로 시운을 노려보았다. 시운이 진지한 얼굴로 자신에게 장난을 치는 것 같았다. 웃기지도 않은 농담에 단번에 화를 낼 수도 없었다.

"장난 같나? 인간으로 산 너에게는 백 년이 긴 시간이겠지만 뱀파이어에게 백 년은 그저 일생의 한 부분이야."

"그럼 그 말이 진짜란 거예요?"

운의 말에 시운의 얼굴에 진한 미소가 머물렀다. 자신의 말을 점점 믿기 시작하는 어린 뱀파이어를 보자 그 안에 있던 악마가 꿈틀거리기 시작했다.

"뱀파이어는 어떤 종족보다도 더 지능적이고 강한 힘을 가졌다. 다만, 피를 향한 본능이 너무나도 강해 자기 통제를 하는 것에 오랜 시간이 걸릴 뿐이야. 아니, 오랜 시간도 아니다. 백 년이라는 시간은 우리에게 그저 하루와 같은 시간이니까."

시운이 벌떡 일어나 운에게 다가왔다. 그의 큰 키와 위압감에 숨이 턱턱 막혀오는 것 같았다. 시운은 운의 앞에 다가와 그녀의 턱을 잡고 올렸다.

"네가 또다시 이성을 잃고 다른 이의 피를 탐할지 모른다. 21년 만에 피 맛을 알게 된 네가 스스로 통제할 수 있을까? 넌 네 뜻과는 상관없이 나와 일족의 품으로 돌아간다. 그리고 피를 탐하고 통제하는 것에 익숙해질 때까진 내 품을 벗어날 수 없어."

잠시 말을 멈춘 시운은 곧 멍한 표정으로 자신을 올려다보는 운을 보며 무심한 목소리로 말했다. 그의 말엔 경고가 담겨 있었다.

"여러모로 조심하는 게 좋을 거야. 특히나 내 앞에선 말이야."

시운이 나지막한 목소리로 경고했다. 나이를 먹고 통제 가능한 강한 힘을 가지고 있다지만 눈앞에서 짜증과 함께 갈증을 일으키는 운을 그냥 놓아두기는 힘들었다. 지금도 달콤한 향을 내뿜는 그녀의 피를 탐해 시도 때도 없이 생기는 이 갈증을 없애고 싶었다. 아직 어린 운에게 더는 겁을 주지 않기 위해 뱀파이어의 세계에 데려가더라도 그녀를 아무도 건드리지 못하게 할 생각이었지만 지금 피어오르는 이 갈증을 무시하고 싶진 않았다.

시운이 그녀의 목에 입술을 맞췄다. 솟아나려는 송곳니를 가까스로 참은 시운은 그녀의 부드러운 살결을 강한 힘으로 빨아들였다. 잠시 야릇한 소리가 조용한 방 안에 울려 퍼졌다.

"뭐, 뭐 하는 짓이에요!"

운이 앙칼진 목소리로 외치며 그의 가슴팍을 확 밀쳐 내자 시운이 가볍게 뒤로 밀려났다. 순간 무거운 분위기가 운을 옴짝달싹 할 수 없게 만들어서 움직일 수가 없었지만 그의 촉촉한 입술이 목에서 느껴지자 정신을 차린 것이다. 그가 빠는 쪽으로 온몸의 피가 쏠리는 것 같았다. 얼굴만큼 붉게 달아오른 목을 운이 손으로 마구 문질렀다.

"앞으로 긴장하라고."

운에게만 하는 말은 아니었다. 시운은 속으로 욕지기를 내뱉었다. 하마터면 그녀의 목을 물어버릴 뻔했다. 가까스로 이성을 차리고 물러났지만 위험했다.

'앞으로 정말 긴장 좀 해야겠군.'

시운이 머리를 쓸며 두려움에 침대 위에서 벌벌 떨고 있는 운을 두고 밖으로 나갔다.

"뭐야, 정말!"

몸속에서 퍼지는 야릇한 기운에 운은 시운이 나간 문을 노려보며 씩씩거렸다. 굳게 닫힌 문이 시운이라도 되는 양 살기를 뿜으며 문을 노려보던 운은 한숨을 푹 쉬며 다시 목을 세게 비볐다. 촉촉한 입술이 청소기를 들이댄 것마냥 강하게 빨아오던 느낌에 오소소 소름이 돋았다. 그래 봤자 그리 크게 강한 힘도 아니었지만 그로 인해 온몸의 피가 목으로 다 쏠리는 느낌이었다.

"나쁜 놈!"

시운의 앞에선 할 수 없는 말을 뒤에서 외치며 운이 길게 숨을 내쉬었다. 내보내 달라고 말하려고 했지만 하고 싶은 말은 한마디도 할 수도 없었다. 답답함에 한숨이 계속 새어 나왔다. 운이 신경

질적으로 침대에서 일어나 문에 다가가 밖의 상황을 알아보기 위해 귀를 기울였다. 아무런 소리가 들리지 않자 운이 조심스레 문을 조금 열었다.

"야!"

"엄마야!"

운은 문 바로 앞에서 진이 소리를 치며 놀래키자 뒤로 벌러덩 넘어졌다. 그 꼴을 보고 배를 잡고 시원스레 한바탕 웃은 진이 계속 킥킥거리며 그녀에게 손을 내밀었다.

"괜찮아?"

"문 여는 것 미리 알고 있었죠?"

"응, 네 발소리를 주시하고 소리 지를 준비를 하고 있었지. 난 너보다 훨씬 더 청각이 좋거든."

운이 눈을 부릅뜨며 자신의 앞에 내밀어진 진의 손을 탁 쳐냈다. 그리고 스스로 자리에서 일어났다.

"삐쳤어? 야, 뭘 그런 거 가지고 삐치냐."

"삐친 거 아니에요."

하지만 누가 봐도 운은 삐친 얼굴이었다. 볼을 크게 부풀리고 입술을 삐쭉 내밀고 있는 운이 진을 흘겨보며 거의 보지 못했던 거실을 둘러보았다. 그러자 진이 소파에 먼저 앉고는 옆자리를 툭툭 치며 말했다.

"여기에 앉아."

"저 나와도 돼요?"

"여기까지는. 네가 아무리 도망간다고 해도 나한테서 도망가진 못하니까. 내가 있을 때는 거실까지 허락할게."

큰 인심이라도 쓰는 듯이 말하는 진이 얄미웠다. 하지만 방에서 나오는 일은 극히 드물었기에 괜한 자존심을 세워 다시 들어가고 싶지 않았다. 운은 진과 최대한 멀리 떨어진 개인용 소파에 앉으며 주변을 둘러보았다. 운의 직접적인 거절에도 진은 손이 민망하지도 않은지 옆자리를 두드리던 손을 치우며 그녀를 뚫어지게 쳐다봤다.

"왜 그렇게 쳐다봐요?"

운의 앙칼진 목소리에 진이 어깨를 으쓱이며 고개를 저었다. 잔뜩 날을 세운 고양이처럼 구는 운의 행동이 귀엽게만 보였다. 나이를 먹은 것인가. 아니면 시운과의 미래의 인연을 생각해서 그런 것일까. 한참이나 어린 운이 뭐라고 하든 마냥 좋았다.

"시운이가 네 피는 안 마셨어?"

"그런 소름 끼치는 소리 하지도 마세요."

운이 진을 흘겨보며 손으로 아까 시운의 입술이 닿았던 목을 쓸었다. 진의 눈이 순간 날카롭게 빛나며 그녀의 목을 훑어보았다. 하지만 곧 부드럽게 눈꼬리를 내렸다.

"그거 알아? 동족 간에도 피를 마셔, 강한 유대감을 느끼거나 표현하기 위해서."

"서로를 뜯어먹는다는 거예요?"

생각만으로도 소름이 끼쳤다. 언젠가 TV에서 본 식인 부족이 생각났다. 그런 운의 마음을 안 것인지 진이 고개를 저으며 말했다.

"피를 마시는 거지, 살을 먹는 게 아니야. 뱀파이어는 서로의 피를 탐하면서 유대감을 느끼거든."

그래도 께름칙한 것은 사실이었다. 서로의 목을 뜯어 피를 탐하는 뱀파이어가 세상에 있다니 믿기지가 않았다. 하지만 완전히 믿지 않을 수도 없었다. 극심한 갈증을 이기지 못하고 인간의 목을 뜯어 짐승처럼 마구잡이로 피를 마신 것은 운, 자신이었다.

"너무 죄책감을 갖지 마. 그게 우리가 사는 방식이야."

"별로 그런 건 아니에요."

빙긋빙긋 웃으면서도 속마음을 훤히 들여다보고 있는 진은 한 번씩 오싹할 만큼 날카로웠다. 멋쩍게 목을 긁으며 일부러 새침하게 말한 운이 시선을 피했다. 진이 그런 그녀의 목을 보며 눈을 빛냈다. 말하는 낌새로 보아 아직 운과 시운의 관계는 아무런 진전도 없어 보였지만 아주 가능성이 없는 건 아니었다. 아직 때가 아닐 뿐. 진은 아쉬운 속내를 감추며 진이 장난스런 얼굴로 가볍게 말을 돌렸다.

"연인이 아니라도 위급 상황에 피를 주긴 해. 인간의 피는 허기를 달래는 정도지만 동족의 피는 진하고 강해서 죽어가는 동족을 살리기도 하거든. 경우에 따라선 노화를 막기도 하지."

노화라는 말에 운이 진을 뚫어져라 쳐다봤다. '노화'라는 단어를 굳이 말하는 이유는 외할아버지의 얘기하기 위해서였다.

"외할아버지를 찾았어요? 다시 건강해지실 수 있는 거예요? 네?"

운이 다급하게 물어왔다. 내내 걱정이 되었지만 할 수 있는 것이 없었다. 이곳에 갇혀 있지 않는다고 하더라도 어떻게 할 방법이 없었다. 외할아버지와 있었던 곳은 예전 집밖에 없었고, 그곳은 아무도 없었다. 호적에도 없는 분을 다른 곳에서 찾을 수도 없었다.

"아직 찾진 못했어. 네 외할아버지라고 추측되는 일족의 흔적은 발견했지만 말이야."

"어디서요? 무슨 흔적인 거예요? 어떤 건데요. 제발 가르쳐 주세요, 네?"

진이 흔들리는 눈동자로 위태롭게 자신에게 다가와 매달리는 운을 바라보았다. 성인이 된 지 얼마 되지 않은 아이가 부모를 대신해 오던 외할아버지를 한순간에 잃은 충격은 엄청날 것이다. 겉으로는 아무렇지도 않은 척했지만 소중한 존재를 잃은 슬픔은 누구에게나 큰 법이었다.

"정확한 정보는 아니야……."

진이 말끝을 흐렸다. 뒤늦게 정확하지 않은 정보를 괜히 말했다 싶은 후회가 일었다. 운의 외할아버지일 거라는 추측은 강했지만 완전히 확신할 수 없기 때문이었다. 하지만 운은 그마저도 놓치고 싶지 않은지 진의 옷깃을 잡으며 애원했다.

"그래도 가르쳐 주세요. 이 땅에 뱀파이어는 별로 없다고 하셨잖아요? 외할아버지일지도 몰라요! 흔적이라도 좋으니 제발 알려주세요."

"네 부모를 이곳으로 데려와 피도 먹이지 않고 모든 진실을 숨겼던 자야. 진실을 숨겨 네 마을에 살던 뱀파이어들은 저주받은 장수 노인들로 죽어가게 했던 장본인일지도 몰라. 원망스럽지 않아?"

"그분이 누구라고 밝혀져도 제 외할아버지인 건 변함없어요. 절 키워주신 분인걸요."

진이 난감한 표정을 지으며 잠시 고민했다. 만약, 정말 만약에 이번에 발견된 흔적이 운의 외할아버지가 아니라면 그녀는 큰 실망을 할 것이다. 하지만 여기서 말해주지 않는다면 무거운 짐을 얹어놓은 듯 잠도 제대로 못 잘 것이 분명했다.

"외할아버지가 어떤 행동을 하셨든 절 진심으로 사랑해 주셨고, 아껴주셨어요. 아무리 어리다고 해도 그분이 진심으로 절 사랑해 주셨다는 것에 속을 정도로 저 바보 아니에요."

편지의 내용만 보아도 외할아버지는 모든 것을 알고 있었을지도 모른다는 추측을 할 수 있었다. 이때까지 속고 있었다는 배신감도 조금은 들었지만 하나뿐인 외할아버지였다. 아무리 혈연으로 맺어져 있지 않다고 하더라도 외할아버지의 사랑은 진심으로 나온 것임을 운은 알고 있었다.

운의 절박함과 외할아버지의 사랑을 느낀 진이 한숨을 푹 쉬며 입을 열었다.

"지나가는 젊은 여자의 피를 마신 흔적이 발견됐어. 그 여자의 기억도 세뇌로 인해 깔끔하게 지웠지. 피를 마신 자의 정신을 조종하는 것은 아주 쉽거든."

그러고 보니 시운이 정신력이 강하다는 이유로 자신의 피를 마셨었다. 운이 그때의 일을 생각하며 다시 물었다.

"그러면 외할아버지가 아닐 수도 있는 거 아니에요?"

"소수의 일족인 만큼 우리는 동족을 보호하고 관리해야 해. 우리가 사는 세계를 벗어나려면 안전과 보호를 위해 무조건 허락을 받아야 하지. 지금 뱀파이어의 세계를 벗어난 일족은 시운과 나를 따라온 일족을 제외하곤 너와 네 외할아버지뿐이야."

운처럼 보고되지 않거나 알려지지 않은 다른 도망자가 있을 순 있지만 아직 밝혀진 건 아무것도 없었다. 운을 발견하자마자, 그리고 그녀의 외할아버지가 없어지자마자 일어난 이 사건의 주범은 그녀의 외할아버지일 확률이 높았다.

"외할아버지가, 외할아버지가 피를 마시고 정신을 조종할 수도 있는 건가요?"

"피를 마시는 건 어린 뱀파이어도 해. 너도 그 누구에게도 배우지 못했잖아? 한번 피를 마셔본 이라면 아무리 몸이 불편하더라도 본능적인 감각으로 더 쉽게 먹을 수 있지. 그건 네가 가장 잘 알지 않아?"

실제로 움직이기도 힘들었다. 온몸이 아파왔고, 눈을 뜨기도 힘들었다. 하지만 눈꺼풀을 겨우 들어 올리자 보이는 가느다란 간호사의 목에 어느 순간 이끌리게 되었다. 어디서 나왔는지 모르는 힘으로 간호사를 붙잡고 피를 탐했던 자신의 모습을 기억한 운은 주먹을 꽉 쥐며 고개를 숙였다. 괴물이 아니라고 했지만 괴물 같았다. 피를 탐하는 괴물. 손가락을 움직일 수도 없었지만 극심한 갈증에 간호사의 목을 무자비하게 물어뜯은 것을 기억해 낸 운이 고개를 끄덕이며 수긍했다.

"하지만 정신을 조종해서 기억을 없애거나 바꾸는 일은 배운 자만이 할 수 있는 거야. 만약 도망간 일족의 주동자 정도 된다면 피를 안 먹은 지 꽤 오랜 시간이 흘렀을 테고, 노화가 거의 끝까지 이루어진 상태에서 쓴 능력은 완벽하지 못했겠지."

목을 물어뜯긴 인간의 기억은 완벽하게 지워지지 않았다. 극심한 갈증을 참다 오랜만에 마셔서 그런지 제대로 된 통제도 안 되어 피도 무자비하게 마셨다. 피가 빠져 쇼크로 죽기 직전에 병원에 도착한 여자는 기억나는 몇 가지만 횡설수설하며 말했다. 진이 직접 기억을 지우고 수혈을 해서 지금은 젊은 만큼 빠른 속도로 회복을 하고 있지만 하마터면 큰일로 번질 뻔했다.

"외할아버지를 찾을 순 있는 건가요?"

"한번 밴 피 냄새는 적어도 십 년 이상은 지속돼. 하지만 도시의 매연이나 여러 잡냄새로 인해 언제 찾을 수 있을지는 몰라."

알 수 없다는 진의 말에 운이 우울함을 감추기 위해 고개를 숙였다. 살아 있다는 흔적을 찾았지만 찾을 수는 없었다. 세상은 너무 넓었고 정보는 너무 적었다. 외할아버지를 찾을 방법은 그리 많지 않다는 것을 운은 깨달았다.

진은 우울한 운의 얼굴 앞에 자신의 얼굴을 들이밀었다. 그리고 궁금증 가득한 얼굴로 그녀에게 물었다.

"근데 시운이랑 방에서 뭐 했어?"

진이 우중충한 분위기를 바꾸기 위해, 그리고 궁금증을 풀기 위해 그녀의 목을 뚫어지게 쳐다보았다. 괜히 아까 시운이 한 행동에 찔린 운이 몸을 뒤로 젖히며 무의식적으로 목을 부여잡았다. 다시 목이 화끈거리며 얼굴에 피가 몰리기 시작했다.

"목에 말이야, 혹시 키스마크?"

"무, 무슨 소리예요!"

운이 벌떡 일어나며 소리를 질렀다. 하지만 자신도 모르게 목을 가린 손에 힘이 들어갔다. 그 모습이 더 강한 긍정을 말하는 것 같아 진의 입술엔 미소가 진해졌다. 운이 자신의 목소리가 큰 것을 깨닫고 주변을 둘러보았다. 혹시나 시운이 들은 것은 아닐까 하는 마음에서 하는 행동이란 걸 깨달은 진이 키득거리며 말했다.

"시운이라면 서재로 들어갔어."

"따, 딱히 찾은 건 아니에요."

진이 개구쟁이 같은 미소를 지으며 운을 바라보았다. 그러다 주변에 장신용으로 있는 거울을 가리키며 그녀를 쳐다보았다. 불안한 마음에 떨떠름한 표정을 지으면서도 운이 천천히 거울에 다가가 발개진 얼굴을 살폈다. 그러다 목을 잡은 손을 살짝 내렸다. 벌레가 물린 것처럼 살이 조금 벌겋게 변해 있었다.

"키스마크 맞지?"

"아, 아니에요. 절 뭐로 보고……."

운이 강한 부정을 하다가 입술을 꾹 깨물었다. 그 모습에 진이 이번엔 큰 소리로 웃어댔다. 목에 어떤 자국이 있는지도 몰랐는지 거울을 보고 당황하면서도 그런 티를 내지 않으려고 부단히 노력하고 있는 운이 우스웠다. 더 놀려주고 싶었지만 사과만큼 빨갛게 변한 그녀의 얼굴이 얼마나 부끄러워하는지를 알게 했기에 진이 가까스로 장난기를 접었다. 나중에 어떻게 될지 모르는 아가씨에게 밉보여서 좋을 건 없었다.

"모르는 거 있으면 나한테 물어봐. 한평생 인간으로 믿고 살아왔으니 자신에 대해서 궁금한 게 얼마나 많겠어? 그래 봤자 21년 이겠지만, 하하!"

운은 뾰로통한 얼굴로 진을 바라보았다. 항상 느끼는 거지만 진은 운을 아주 갓난아이 취급을 했다. 아무리 뱀파이어 세계에선 21년이란 세월이 짧다고 하더라도 스물한 살이면 성인이지 않은가! 그냥 무시하고 싶었지만 진의 말대로 운은 뱀파이어에 대해 모르는 것이 너무 많았다. 운은 화제도 돌린 겸 새침한 얼굴로 물었다.

"뱀파이어의 세계라는 곳은 도대체 어디에 있는 곳이에요? 영국? 미국?"

"땡! 우린 메드리아라는 섬에서 살고 있어. 지도에는 없어. 인간들이 못 보게 우리가 숨겨놨거든."

"나라를 숨겨놨다고요?"

운이 경악을 하며 동그란 눈으로 진을 바라보았다. 그에 진이 또다시 키득거리며 웃었다.

"너 정말 인간같이 말하는구나. 우리의 존재를 인간이 알면 아마 큰 혼란이 일어나겠지. 그리고 갑작스런 전쟁에 대비하기 위해 보호도 할 겸 우린 숨어서 지내는 거야."

"전쟁?"

"그래, 전쟁. 8백 년 전까지만 하더라도 우리도 인간의 땅에서 같이 생활을 했었지. 마을을 이뤄서 멀지 않는 곳에 살았어. 하지만 왕의 배신으로 덫에 걸린 일족을 인간들이 죽였어. 그때 살았던 뱀파이어 대부분이 아주 잔인하게 학살당했지."

믿을 수 없었다. 뱀파이어는 특이한 힘을 가지고 있었는데, 평범한 사람에게 있는 아주 강력한 무기보다도 더 강하고 기이한 힘이었다. 그런 뱀파이어가 학살을 당하다니.

"뱀파이어는 그 어떤 종족보다 강하다고 했잖아요? 한데 어떻게 한꺼번에 그렇게 다 죽을 수 있죠?"

"말했잖아? 왕이 배신했다고. 우리 세계에서 왕은 가장 강한 자야. 그리고 그만큼 절대적이지. 왕의 부름으로 대부분의 뱀파이어들이 대강당에 모였고, 인간은 미리 설치해 두었던 수많은 폭탄으로 방심한 뱀파이어들이 있는 곳을 폭파시켰지. 미리 방어를 해두었다면 모를까, 왕의 부름을 받고 희희낙락한 채 모여 있던 이들은 조그만 나라도 거뜬히 무너뜨릴 수 있는 폭탄에 의해 전부 죽임을 당했지."

순간 진의 눈이 날카롭게 변했다. 하지만 운은 진의 변화를 신경 쓸 겨를이 없었다. 너무 잔인했다. 절대적인 왕의 부름에 모여 있다가 모두 학살을 당해야 했던 것에.

"대부분의 뱀파이어들이 죽자마자 수많은 인간들이 남은 뱀파이어들을 죽이기 위해 쳐들어왔지. 갑작스러운 침입에 남아 있는 이들도 거의 죽었고, 살아서 뿔뿔이 도망간 얼마 남지 않은 뱀파이어들은 숨죽이며 벌벌 떨고 있을 뿐이었지. 하지만 배어 있는 피의 향으로 왕이 숨어 있는 이들도 찾아내어 죽였어."

"그, 그럼 지금은 어떻게……."

"시운이가 각성을 했거든. 백 살 정도쯤에 어느 순간 자신의 잠재적인 힘을 각성하는 뱀파이어들이 한 번씩 있지. 시운은 원래부터 강했기에 다른 이들처럼 커가면서 각성이 다 된 줄 알았는데, 각성한 후엔 누구도 감히 대항하지 못할 정도로 강해진 거야. 갑자기 느껴지는 엄청난 힘에 왕이 인간들과 달려왔고, 그때 시운이 각성한 힘으로 왕을 죽이고 그곳에 있는 인간들을 다 복종시켰지."

순간 운은 등골이 오싹해졌다. 아무리 계략이 있었다고 하더라도 뱀파이어들을 거의 학살시킨 왕을 죽이다니 무서웠다. 가장 강하다는 왕을 죽인 시운. 잠깐, 그렇다면……!

"뱀파이어의 왕은 가장 강한 자가 된다고 하지 않았나요? 그럼……."

운이 말을 다 잇지 못하자 진이 하하 웃었다.

"너, 너무 눈치가 없다. 당연히 지금 왕은 시운이지. 딱 봐도 왕의 포스가 느껴지잖아? 시운인 8백 년 전에 뿔뿔이 흩어졌던 일족을 모아 인간들의 눈에 띄지 않는 곳에 나라를 세웠어. 그리고 뒤에서 인간들을 조종하며 지냈지."

"잠깐! 그럼 그 나라가 폭발하면 끝이잖아요!"

"걱정 마. 거긴 인간들이 손도 못 댈 정도로 강력한 결계도 있고, 또 계속 움직이고 있으니까."

움직인다니, 어떻게 나라가 움직인단 말인가. 운은 못 믿겠다는 듯이 게슴츠레한 눈으로 진을 바라보았다.

"정말이야! 나중에 너도 가보면 알겠지, 뭐."

진의 말에 운은 고개를 절레절레 저었다. 한 번쯤 가보고 싶기는 했지만, 그곳에 발을 디디는 순간 다시 이곳으로 돌아올 수 없을 것만 같았다. 그래서 그녀는 딱 잘라 거절의 말을 했다.

"굳이 눈으로 확인하고 싶진 않아요."

"외할아버지, 어디 가시는 거예요? 외할아버지!"
천천히 어딘가로 걸어가고 있는 외할아버지의 뒷모습을 보며 있는 힘껏 쫓아갔지만 가까워지기는커녕 점점 더 멀어질 뿐이었다. 운이 더 빨리 달리려고 노력했지만, 이상하게도 천천히 걷고 있는 외할아버지는 더 멀어져만 갔다.

"외할아버지!"
운이 눈을 번쩍 뜨며 외할아버지를 불렀다. 그러다 부드러운 침대에 누워 있는 것을 느끼며 꿈이었다는 사실을 깨닫고 안도의 한숨을 내쉬었다.
"악몽을 꾸었나 보군."
갑자기 들려오는 목소리에 운이 흠칫 몸을 떨며 목소리가 들리는 곳으로 고개를 돌렸다. 그러자 환한 달빛을 받으며 창문 앞에 서 있는 시운이 보였다. 달빛과 어울려져 기묘한 분위기를 내뿜는 그의 모습이 아름다워 눈을 뗄 수가 없었다. 운이 대답할 생각조차 하지 못하고 멍하니 그의 뒷모습을 바라보았다.
"평소보다 일찍 깼군."
드디어 시운이 무거운 정적을 깨고 뒤를 돌아 운과 눈을 마주쳤다. 달빛을 받으며 걸어오는 그의 모습이 아직도 꿈속을 헤매는 듯한 착각이 들 정도로 정신을 몽롱하게 만들었다. 시운이 침대에 앉아 손을 뻗어 땀이 송골송골 맺힌 자신의 이마를 건드렸을 때서야 운이 화들짝 놀라며 정신을 차렸다.

"아······!"

"아직도 꿈속을 헤매고 있는 건가?"

운은 살며시 미소를 지으며 내뱉는 시운의 말에 얼굴이 확 달아올랐다. 그녀는 자신의 얼굴을 가리기 위해 재빨리 이불을 잡고 코까지 올렸다. 그러면서도 운은 시운에게서 눈을 떼지 않았다.

운이 당황하며 빨개진 얼굴을 이불 속에 숨기는 것을 보며 시운이 작게 소리 내어 웃었다. 벌벌 떨며 피하는 것과 다르게 수줍음에 몸을 숨기는 운의 모습은 보기 좋았다.

"여, 여긴 언제 들어오신 거예요?"

"아까."

깜깜한 방 안에서 달빛에 보이는 시운의 옆모습이 평소 그의 모습과 달랐다. 처음부터 무서운 존재라고 인식하고 있었기에 남자가 정말 잘생겼다는 사실을 잊고 있었는지도 몰랐다. 하지만 지금은 이 남자가 위험한 존재라는 것을 잊을 정도로 가슴이 설레었다.

갑작스레 그가 의식돼서 그런 것일까. 갑자기 입고 있는 옷이나 자신의 모습이 신경 쓰였다. 금방까지 자고 있었기에 분명 머리는 부스스하고 얼굴이 탱탱 부어 있을 터였다.

"갑자기 말이 없어졌군."

"네? 아, 그게······."

두려움에 벌벌 떨면서도 더듬거리며 할 말 다 하던 운의 목소리가 듣고 싶어 방을 찾아왔다고 한다면 이상한 것일까. 수줍음에 몸을 숨기는 모습은 좋았지만 종알종알 진의 앞에서 잘도 떠들어대던 입이 자신의 앞에서는 꾹 다물린다는 건 그다지 마음에 들지 않았다. 하지만 그렇다고 운에게 말을 하라고 억지로 강요할 수도 없는 노릇이었다.

"굳이 할 말이 없다면 하지 않아도 돼."

"아…… 네."

고분고분 얌전히 대답을 한 운이 어색한 분위기를 벗어나기 위해 시운을 피하며 침대에서 일어났다. 불이라도 켜서 이 몽롱한 기분을 조금이라도 없애고 싶었다. 달빛에 비친 시운의 모습을 계속해서 보고 있는다면 이성을 잃을 것 같았다.

어두운 곳에 익숙해져 있던 눈이 갑자기 켜진 형광등 빛에 적응을 하지 못하고 깜박깜박거렸다. 운이 미간을 찌푸리며 눈을 깜박이는 모습을 보고 시운이 흘리듯 작은 웃음소리를 냈다.

"너, 너무 어두워서요."

괜히 불을 켠 변명을 해가며 운이 어색한 몸짓으로 침대에 앉았다. 둘 다 어두운 시야도 훤히 잘 보이기 때문에 이런 변명 따위가 먹히지 않다는 것을 알고 있었지만 이미 뱉어버린 후였다. 자신이 내뱉은 말을 후회하며 운이 시운의 눈을 피하며 자신의 무릎을 내려다보았다. 그러자 헐렁한 병원복이 눈에 들어왔다. 괜히 바지를 매만지며 운이 입을 삐쭉 내밀었다.

'괜히 불을 켰나.'

자신의 초라한 모습을 훨씬 더 잘 보이게 한 것을 후회하며 운이 길게 한숨을 내뱉었다.

"재미있군."

"네?"

"네 얼굴, 재미있다고."

혼자 빨개지고 당황하다가, 갑자기 미간을 찌푸리며 길게 한숨을 내뱉는 운의 표정은 정말 다양했다. 어느 뱀파이어도 단시간 안에 이렇게 다양한 표정을 짓긴 힘들 것이었다. 그래서 그런 것일까. 운의 얼굴을 계속 관찰하게 됐다. 처음엔 떨어져 나간 종족을 챙겨야 한다는 책임감에 귀찮기만 했지만, 지금은 오히려 반대였다. 자신의 옷을 보며 울상을 짓는 운에게 예쁜 옷을 입혀주고 맛있는 것도 먹여주고 싶었다.

"더 자."

한참을 가만히 있다가 한마디 내뱉고 밖으로 나가는 시운의 뒷모습을 허망하게 바라보다 운이 침대 위로 벌러덩 누웠다. 뭐 때문에 이렇게 긴장하며 생전 신경도 안 쓰던 자신의 모습을 신경 쓴 것인지 도무지 알 수가 없었다.

깜깜한 밤하늘엔 무수히 많은 별이 떠 있었지만 다른 곳으로 향한 정신 때문에 하나도 세어볼 수가 없었다. 지루함을 느낀 운이 방 밖으로 나오자 이제 막 집 안으로 들어온 진이 손을 흔들며 인사를 해 보였다.

"이 밤에 어딜 갔다 온 거예요?"

"어린아이는 몰라도 돼."

씨익 웃으며 장난스럽게 말하는 진을 흘겨보며 운이 입을 쀼쭉 내밀었다. 진이 내뱉는 한마디, 한마디가 어찌나 얄미운지 입을 꿰

매 버리고 싶었다.

"다 됐나?"

어디서 나타났는지 갑자기 시운의 목소리가 들려왔다. 운이 깜짝 놀라며 서재 쪽으로 고개를 돌렸다. 어젯밤 일이 떠오르자 저도 모르게 얼굴이 붉게 달아올랐다.

"응. 오는 길에 들러서 준비시켜 놓고 왔지."

진이 만족스럽게 웃으며 칭찬해 달라는 눈빛으로 시운을 쳐다보았다.

"준비해. 나갈 거야."

가볍게 진의 눈빛을 무시한 시운이 운을 향해 말하고 방으로 쏙 들어갔다. 운이 영문을 모르겠다는 얼굴로 답을 요구하듯 쳐다보았지만 진은 아무런 말도 없이 그저 웃을 뿐이었다.

운은 진에게서도 더는 어떠한 대답을 들을 수 없다는 것을 깨닫곤, 당장 나가야 되는 상황에 대해 생각하기 시작했다.

"저 이러고 나가요?"

오랫동안 입고 있어서 꾀죄죄해진 병원복을 보자니 한숨부터 나왔다. 창피해서 이 상태로 나가고 싶지 않았다. 진도 같은 생각인 것인지 자신의 방에 들어갔다 나오며 겉옷 하나를 건네주었다.

"이거라도 입을래?"

운이 얼떨떨한 얼굴로 진을 바라보다가 다시 자신의 앞에 내밀어진 코트를 받아 들었다. 그리고 께름칙한 표정으로 옷을 조심스레 입었다.

"야, 나도 내 옷을 너한테 빌려주는 거 싫거든? 그것도 예쁘고 섹시한 여자도 아닌 꼬맹이한테!"

"그거 잘됐네요, 피차 께름칙하다니."

운이 얄밉게 말하면서 입을 삐쭉 내밀자 진이 그녀를 쏘아보았다. 진은 그녀를 보고 귀엽다고 생각한 것을 취소했다. 귀여운 걸 떠나서 운이 하는 말은 밉상이었다. 밉상 꼬맹이가 미래에 시운의 옆자리에 있을 수 있다는 생각에 마음이 놓인 한편 다른 쪽으로 골치가 아파왔다. 진이 심술을 참지 못하고 운과 실랑이를 벌이려는 찰나 시운이 나와 둘을 멈추게 만들었다.

"가지."

"저기, 그런데 어디 가는 거예요? 제가 갈 데가 있어요?"

"곧 우리의 세계로 돌아갈 거다. 가기 전에 네가 입을 옷 정도는 몇 벌 사가는 게 좋겠지."

"이 시간에요?"

캄캄해진 지는 오래되었으니 시간이 많이 지났을 것이다. 운은 벽에 걸린 시계를 보았고, 시계 바늘이 가리킨 시각은 아니나 다를까, 아홉 시를 가리키고 있었다. 지금 이 시간에 옷을 사러 간다니, 있을 수 없는 일이었다. 그런 운을 보며 옆에 있는 진이 퉁명스럽게 말했다.

"우리가 아무리 숨어 산다고 하더라도 뒤에서 인간계를 조종하면서 살았다고. 설마 백화점 문 하나 못 열까 봐."

진의 말에 운이 고개를 주억거리다 벌써 저만치 가고 있는 시운을 따라갔다. 시운과 떨어져 있는 게 싫었다. 왠지 여기서 시운이 자신을 버린다면 모든 이가 다 등을 돌릴 것만 같았다. 혼자 떨어진 뱀파이어로서 인간 세계에 버려지긴 싫었다. 아무리 평범한 사람으로 계속 살아왔다고 하더라도 시운의 말처럼 자신은 인간이 아니었다. 아직도 생각하면 할수록 끔찍하고 오싹하지만 피를 탐하며 탐해지는 것을 알아버린 지금 인간계에서 혼자 살 자신이 없었다. 그녀도 점점 현실을 받아들이고 있었다.

"잠깐! 나도 같이 가!"

시운과 그를 따라 엘리베이터에 탄 운이 내려갈 것 같아 진이 허둥지둥 따라왔다. 1층으로 내려온 셋은 곧 대기해 놓은 검은 차에 탔고, 차는 부드럽게 출발하였다. 얼떨결에 시운과 뒷좌석에 앉게 된 운이 어색하여 긴 소매로 가려진 손가락을 꼼지락거렸다. 그런 운을 보며 조수석에 앉은 진이 뒤를 돌아 그녀에게 말을 걸었다.

"운아, 운아. 추울 시, 운이는 나한테 말해. 알았지?"

진이 키득거리며 장난을 쳤다. 일부러 문장을 어색하게 만들지언정 '시'로 끝나는 말을 하여 운의 이름을 바로 붙여 넣어 시운의 이름을 만든 것이었다. 진의 말장난에 운이 하, 하고 허탈함을 토해냈다. 아까의 말로 들어보면 진은 8백 년을 넘게 산 뱀파이어일 텐데, 장난하는 폼은 여덟 살 난 아이 같았다. 운은 그런 진에게 아이취급을 받는 것이 억울하고 어이가 없었다.

"운아, 깜깜해서 무서울 시, 운이는 나한테 붙어도 돼."

"그만해, 진."

계속 장난을 거는 진을 시운이 툭하니 말을 내뱉으며 저지시켰다. 하지만 진은 그만두지 않고 계속 장난을 쳤다.

"왜, 왜? 난 차 안에서 심심할 시, 운이가 갈증이라도 날까 봐 말을 걸어주는 거라고."

"전 하나도 안 심심하거든요?"

"하하, 그래도 혹시 모르는 거잖아? 어린 뱀파이어들은 언제 어디서 갈증이 날지 모르니."

운이 새침하게 대꾸했지만 진은 계속 장난스럽게 말했다. 이런 남자에게 꼬맹이라고 불리는 것에 자존심이 상했다. 운은 진을 격렬하게 째려보았고 진은 계속 개구쟁이 같은 눈으로 그녀를 바라보았다.

"차 세워."

서로의 암묵적인 눈싸움을 시운이 말 한마디로 저지시켰다. 시운의 말에 곧 차가 도로 끝으로 가 부드럽게 멈췄고, 진과 운이 어리둥절한 얼굴로 시운을 바라보았다.

"진, 내려."

"나, 나?"

진이 손가락으로 자신을 가리키며 묻자 이때까지 창문만 바라보고 있던 시운이 고개를 돌려 날카로운 눈으로 진을 쏘아보았다.

"내려서 뒷 차 타고 와."

"자, 잠깐! 뒤엔 자리도 없을 거라고!"

"그럼 택시라도 타고 오던지."

시운이 무심하게 말하며 다시 고개를 돌려 창문을 바라보았다. 진은 어쩔 수 없이 슬픔에 찬 얼굴로 문을 열고 내렸다. 건너편에서 창문을 통해 자신을 쏘아보고 있는 시운이 너무 무서웠다. 결국 큰 미련을 두며 진은 울며 겨자 먹기로 문을 탁 닫았다.

"너……."

"네? 저요? 전 왜요?"

금방 진이 쫓겨난 걸 본 운은 갑자기 자신을 부르는 시운의 목소리에 한껏 긴장을 하고 그를 바라보았다. 계속 창문을 보던 시운이 고개를 돌려 운을 한껏 가라앉은 눈으로 바라보았다.

"너 이름 바꿔."

"이름이요?"

갑자기 이름을 바꾸라는 시운의 말에 운이 바로 놀란 눈으로 대꾸했다.

"이참에 이름 바꿔."

"싫어요! 이 이름 우리 외할아버지가 지어준 거예요! 한평생 이 이름만 썼는데 어떻게 바꿔요?"

"한평생이라도 21년밖에 안 되잖아? 바꿔!"

어이가 없었다. 뱀파이어들은 다 이리 유치하단 말인가! 진의 말을 빌리자면 시운은 9백 년을 살았단 얘기가 되었다. 그리 오래 살았는데도 뭐가 이렇게 유치한지! 운은 어린아이들만 모아놓은 것 같은 늙은이들 무리에 황당함을 감출 수가 없었다.

"싫어요! 전 평생 운으로 살 거예요! 고운! 놀림당하기 싫으면 그쪽이 먼저 바꿔요."

운은 더 이상 듣기 싫다는 얼굴로 고개를 돌려 창문을 바라보았다. 그리고 시운이 보이지 않게 입꼬리를 살며시 말아 올렸다. 항상 무뚝뚝하고 싸늘했던 시운에게 이런 유치한 모습을 보니 우습기도 했던 것이다.

 백화점에 도착하자 앞에 매니저로 보이는 사람이 나와 있었다. 시운에게 깍듯이 인사한 그는 안에 있는 VIP룸으로 세 뱀파이어를 안내했다. 그곳에는 수많은 옷들이 미리 진열되어 있었고, 정중앙엔 고급스런 소파가 있었다. 백화점 내부에 이런 곳이 있다는 것 자체를 몰랐던 운이 신기한 듯 주변을 둘러보았다.
 "네가 필요한 것을 골라."
 "여기서요……?"
 아무리 돈이 많아 보이고, 왕이라고 하지만 운은 께름칙했다. 자신의 돈도 아니고, 생활용품이나 입을 옷을 남의 돈으로 사다니 모든 것이 부담이 되었다. 운이 머뭇거리며 눈치만 보자 한가운데 있는 편안한 소파에 앉은 시운이 높아 보이는 사람에게 눈짓했다.
 "뭐 찾으시는 거라도 있으십니까?"
 "이 여자가 편하게 입을 수 있는 거로 다 가져와."
 "네, 고객님."
 갑자기 주위가 분주해지기 시작했다. 대기하고 있던 직원들 몇몇만 남고 운에게 어울리는 옷을 골라내기 시작했다. 운이 떨떠름한 얼굴로 그 모습을 멀뚱멀뚱 바라보았다.
 "이걸로 갈아입어."
 시운은 직원들이 가져온 옷 하나를 가리키며 운에게 말했다. 생각보다 예쁜 옷을 보며 운의 눈이 은근히 반짝이고 있었다. 여자는 여자인 것일까. 곧 밝고 환한 미소를 짓는 운을 보며 시운은 자신도 모르게 미소를 지었다.

"빨리 갈아입고 내 옷이나 좀 줘."

갑자기 나타나 분위기를 초치는 진이 운의 뒤에서 말했다. 그리고 운이 입고 있는 옷에 주름이 진 것마냥 옷을 탁탁 털어주었다.

"옷 안 더러워졌거든요?"

"에이, 여기 봐. 구겨졌잖아. 나중에 다림질까지 해서 줘라?"

"호텔 드라이에 옷 다 맡기잖아요! 그때 봤다고요!"

"이건 안 맡길 거야. 네가 다 해."

티격태격 싸우는 운과 진의 모습이 마음에 들지 않았다. 그리고 운을 뒤덮다시피 하고 있는 진의 옷이 갑자기 거치적거렸다.

"갈아입고 와."

기분 좋게 웃으며 끄덕인 운이 탈의실로 들어가려 했다. 하지만 시운이 일어나 그녀의 뒷덜미를 잡으며 막았다.

"이거 벗고 가야지."

"네?"

"벗고 가라고."

"진짜, 둘 다 치사하게! 다시는 남의 옷 안 빌려 입을 거예요!"

진의 옷을 입은 것 가지고 그러는 줄 안 운이 뾰로통한 얼굴로 옷을 벗어 시운에게 던지듯 주고 탈의실로 들어갔다. 시운은 옷을 그대로 진에게 넘기며 다시 소파에 편안하게 앉았다.

"내 옷 입고 있는 게 보기 싫었어?"

"무슨 뜻이지?"

"아니, 그냥. 그런데 쟤 귀엽지 않아? 꼭 나이 차이 많이 나는 어린 여동생 같다고나 할까."

진이 시운의 옆에 앉으며 싱글싱글 웃었다. 시운은 진의 웃는 모습이 이렇게까지 짜증 났던 적은 없었다.

"메드리아에 데려가면 인기 많겠지? 어린 뱀파이어잖아? 그것도 아이를 낳을 수 있는 여자."

뱀파이어 세계인 메드리아에선 여자의 인기가 엄청났다. 특히나 임신 확률이 높은 어린 여자는 많은 이들이 반기는 존재였다. 진의 말대로 운의 나이가 이제 갓 성인이 지난 나이이니 그녀를 데려간다면 많은 남자들에게 둘러싸여질 확률이 높았다. 그 생각을 하면 할수록 시운은 짜증이 치밀어 오르는 것을 느꼈다. 많은 남자들에게 둘러싸여 구애를 받는 운을 생각하면 할수록 열이 받았다. 우연이든 운명이든 운의 피를 제일 먼저 탐한 것은 자신이었다. 다른 이들에게 그녀의 피를 맛보게 하고 싶지 않았다.

"데려가는 것은 일단 비밀로 한다. 운에게 적응할 시간을 주고 일족에게 알려도 돼."

"그럴 필요 있을까? 주위에 있는 남자들이 운을 보면 친절하게 이것저것 설명해 주지 않겠어?"

"그녀와 친구를 할 정도로 어린 뱀파이어도 없고, 흑심을 품고 다가오는 남자도 있을 거다. 처음으로 고향을 떠나 낯선 곳에 혼자 사는 거니 약하고 외로운 마음 때문에 유혹에 쉽게 넘어갈 수도 있어."

시운의 말처럼 낯선 곳에서 혼자 버텨 나가야 하는 것이니 향수

병에 걸리거나 우울증에 걸릴 수도 있다. 하지만 왠지 그 이유 말고도 다른 이유로 일족에 바로 알리지 않는 것 같았다.

진이 의미심장한 웃음을 지으며 시운을 바라보다가 탈의실의 문이 열리는 것을 보며 고개를 돌렸다.

"이 옷, 진짜 예뻐요!"

운이 거울에 자신의 모습을 비춰 보이며 싱글싱글 웃었다. 가느다란 그녀의 허리 라인을 살리면서 밑으로 넓게 퍼지는 치마가 운을 한층 더 밝게 만들어주었다. 아주 깊고 한적한 시골마을에서 살았던 운은 이렇게 예쁜 원피스를 입어본 적이 없었다. 이러한 옷은 거의 들어오지도 않았으며, 항상 소일거리를 하기 위해 편한 옷만 추구했었다. 운은 현재 자신이 입은 귀여운 원피스에 푹 빠져 미소를 짓고 있었다. 운이 거울을 보며 한 바퀴 돌아보다가 시운에게 다가와 팔짱을 끼며 매달렸다.

"제 옷 더 골라주면 안 돼요? 보는 안목이 진짜 좋으세요! 네? 골라주세요."

운이 자연스레 애교를 피우며 시운에게 반짝이는 눈으로 바라보았다. 항상 외할아버지에게 무언가를 요구할 때, 이런 식으로 매달리며 애교를 피웠던 운은 자신이 어떤 이에게 매달린지도 모르고 자연스레 웃었다.

"저거 다 가져와, 진."

시운은 직원들이 고르고 있는 수많은 옷들을 가리키며 말했다. 그 말에 운이 경악을 하며 시운을 쳐다보았다.

"이, 이렇게 많이요? 간단히 옷 몇 벌만 사러 온 거 아니었어요?"

"그만 가지."

운의 작은 항의를 무시한 시운이 말 한마디를 끝으로 문으로 향했다. 아직 룸에 남아 시운을 따라갈 생각이 없어 보이는 진과 저 멀리 벌써 사라지려 하는 시운을 번갈아 본 운이 급히 시운을 따라 밖으로 향했다.

백화점 입구로 나오자 따뜻한 공기 사이로 시원한 바람이 불어와 운을 감쌌다. 시운을 따라가던 운이 입구에서 멈춰 있는 그를 물끄러미 쳐다보았다.

"안 가요?"

"차가 곧 올 거야. 기다려."

"그냥 버스나 지하철 타고 가면 안 돼요?"

운이 시운을 지나쳐 백화점 앞에 보이는 버스정류장으로 향했다. 차도 좋긴 했지만 운은 버스나 지하철이 편했다. 시골에 있을 때 그런 고급 차는 보는 것 자체가 힘들었기 때문에 조금 부담이 되었다. 거기에 자신 때문에 실을 짐도 많아 운전기사를 보기 민망하기도 했다. 생판 모르는 여자가 괜히 꽃뱀처럼 달라붙어 수많은 옷을 사달라고 했다며 오해하지 않을까, 하는 걱정이 앞서기도 했다.

하지만 시운은 그런 마음을 모르는 것인지 정류장으로 가는 운의 손목을 잡으며 막았다.

"기다려."

"갑자기 왜 손을 잡아요."

괜히 자신에게 키스마크를 남긴 시운을 떠올리며 운이 손을 뿌리치려 했다. 밖에서 또 무슨 짓을 하려고.

"가만있어."

"뭘 가만있어요. 싫어요, 이거 놔요."

시운은 운의 앙칼진 목소리를 가볍게 무시하며 그녀의 손을 꽉 쥐고 놓아주지 않았다.

그때였다.

"죽어라!"

"꺄악!"

갑자기 눈 깜짝할 사이에 아주 긴 손톱을 가진 남자가 시운에게 달려들었다. 가느다란 운의 비명 소리와 함께 시운이 운을 감싸며 빠르게 돌진해 오는 남자를 노려보았다. 순간 시운의 눈이 깊게 가라앉았고, 눈동자는 빛을 번쩍이며 붉게 변했다. 그러자 시운의 앞에서부터 땅에 얼음 조각이 솟아났고, 보기만 해도 날카로운 얼음 조각들은 남자에게까지 향해 그의 배에 그대로 박혔다.

"헉……!"

신음 소리가 어딘지 낯이 익었다. 하지만 소름 끼치는 소리와 무겁게 짓눌러 오는 공기에 운은 귀를 막으며 시운의 품 안에서 몸을 부르르 떨었다. 꼭 얼음덩어리가 짓누르고 있는 것처럼 온몸에 한기가 일어났다. 짙은 피의 향이 퍼지는 것으로 보아 운은 상대편이 단 한 순간에 큰 상처를 입었다는 것을 깨달았다.

"괜찮아. 이제 널 해치지 않을 거야."

극심하게 떨리는 운의 몸을 더 꽉 감싸며 시운이 말했다. 그러면서도 시운은 얼음에 박혀 있는 남자에게 시선을 돌리지 않았다.

시운의 붉은 눈이 더 깊게 가라앉자 끔찍한 한기가 주변을 뒤덮었다. 주변을 전부 얼려 버릴 정도로 얼음에서 흘러나오는 하얀 연기가 운을 한껏 움츠리게 했다. 그 한기를 직접적으로 느끼고 있을 남자가 극심한 고통에 비명을 질렀다.

"으아아아악!"

남자는 배를 뚫은 얼음이 뼈에까지 번져 오자 한기에 소름 끼치는 비명을 질렀다. 바로 앞에서 감싸는 시운에게서 내뿜어지는 두려움에 정신을 차리지 못하고 있던 운이 순간 번쩍 고개를 들었다. 비명 소리여서 정확하지는 않지만 어딘지 낯이 익은 목소리였다.

운이 의아함에 두려운 마음으로 겨우 고개를 들고 앞을 쳐다보았다.

"자, 잠깐……."

말을 하는 것조차 쉽지가 않았다. 입술이 덜덜 떨리며 이빨이 위아래로 딱딱 부딪쳤다. 운이 겨우 내뱉은 작은 목소리였다. 그 소리를 듣지 못한 시운이 앞으로 한 걸음 걸어갔다. 그러자 얼음 위에 뿜어지던 하얀 연기가 푸른빛을 띠는 불로 변하더니 훨훨 솟구치기 시작했다.

와장창!

극심한 차가움에 시운의 앞에 있는 얼음들부터 딱딱거리며 깨지기 시작했다. 얼음이 다 깨지자 주변은 한기가 도는 푸른 불로 에워싸여 있었다. 그리고 푸른 불 가운데에 차갑고 끔찍한 불에 훨훨 타고 있는 남자가 고통에 찬 비명 소리를 지르며 꿈틀거렸다.

"으으윽, 으아악!"

어디서 그런 힘이 나왔는지 고통 속에서 헤매던 남자가 괴성을 지르며 시운에게로 고개를 돌렸다. 그리고 시운을 향해 날카로운 손톱을 크게 휘저었다.

콰지직!

"까악!"

번쩍이는 번개가 시운이 있는 자리에 내리꽂혔다. 시운은 재빨리 운을 반대편으로 밀어내고 자신도 피했다. 주변의 무거운 공기에 한껏 얼어 있던 운은 아무런 힘도 내지 못하고 주저앉았다. 그 모습에 시운이 바로 일어나 남자를 완벽히 죽이기 위해 기다란 손톱을 내밀며 달려갔다. 위협을 하는 존재는 심장을 파헤치며 한순간에 죽여야 했다.

"외, 외할아버지!"

남자에게 달려가던 시운이 운의 목소리에 자리에서 우뚝 멈췄다. 운이 떨리는 몸을 제대로 지탱하지 못하고 푸른 불에 휩싸여 괴로워하고 있는 남자를 향해 겨우 기어가며 다시 한 번 겨우 말했다.

"외, 외할아버지."

오싹한 한기로 턱이 딱딱 부딪혀 왔지만 운은 손가락에 힘을 주어 남자에게 기어가는 것을 멈추지 않았다. 낯익은 목소리는 분명 외할아버지였다. 이때까지 같이 살았기에 아무리 낯선 괴성이라도 알아들을 수는 있었다.

"으으……!"

고통에 찬 신음 소리를 내면서도 쉐인이 운의 목소리에 반응하며 그녀에게로 몸을 돌리려 애썼다. 운이 그제야 정신을 차리며 무거운 압박감을 이기고 일어났다. 그리고 푸른 불 사이로 희미하게 보이는 쉐인에게로 세차게 달려갔다. 강렬하게 솟구치는 불이 운에게 닿으려 하자 시운이 놀라며 급히 힘을 풀었다.

활활 타오르던 푸른 불은 순식간에 사그라져 갔다. 불이 순식간에 꺼졌지만 그로 인해 주변은 새하얀 연기로 가득 덮였다.

"외할아버지, 외할아버지!"

금방까지 불이 있었던 곳에 남아 있는 강한 한기가 피부를 얼리는 듯했다. 몸에 서리가 생기는 것도 무시하며 운이 쉐인에게로 달려갔다. 처참하게 찢어져 피를 뿜어내고 있는 쉐인의 모습에 운이 어찌할 바를 모르며 눈물을 흘렸다.

"운아, 도망가……. 도망가야 한다. 넌 살아야 한다……."

"무슨 소리예요! 외할아버지, 외할아버지!"

운의 목소리가 구슬프게 울렸다. 겨우 만난 쉐인의 몸은 온통 피투성이였다. 배는 아까 커다란 얼음에 관통당해 한눈에 보기에도 큰 구멍이 나 있었다. 아까의 날카로운 손톱도 없엔 채 힘없이 누워 있는 쉐인의 몸은 차갑게 식어가고 있었다.

"아무도, 아무도 널 찾지 못하는 곳으로……. 넌 살아야…… 쿨럭!"

기침과 함께 쉐인의 입에서 피가 솟구쳐 나왔다. 쉐인은 점점 흐릿해지는 시야에서 운을 놓치지 않기 위해 억지로 눈에 힘을 주었다. 하지만 천근만근으로 점점 더 무거워지고 있는 눈꺼풀로 더는 눈을 뜨기가 힘들었다.

"외할아버지, 말하지 마세요, 제발!"

운이 오열을 하며 쉐인을 놓지 않겠다는 듯이 꼭 붙잡았다. 쉐인의 주름진 눈가가 죽음의 그림자로 더 짙어져 가기 시작했다. 운에게 빨리 도망가라고 하고 싶었지만 이제는 말할 힘도 없었다.

"일어나야 해요, 외할아버지. 나한테 아무것도 가르쳐 주지 않았잖아요! 정신 차리세요. 제발요……."

쉐인이 눈앞에서 슬픔에 울부짖는 운을 달래기 위해 흐릿한 미소를 지었다. 백화점을 지나가다 희미하게 맡아지는 피의 향에 의해 이끌리듯 오게 되었다. 혈향은 동족의 것이었다. 아직도 동족을 죽이고 다니는 뱀파이어인지, 아니면 다시 자유의 몸이 된 뱀파이어인지 알아야 했다.

'남은 너의 인생을 뱀파이어로서 살았으면 싶었다, 운아.'

어차피 자신의 수명은 얼마 남지 않았었다. 남은 생이 얼마 되지 않았기에 되도록 몸을 돌보고 난 후 운을 도와주고 싶었다. 그녀에게 사실을 알려주며 교육을 시킬 때, 미친 늙은이가 아닌 강한 뱀파이어로서 알려야 한다고 생각했다. 그래서 자신이 만든 규율을 어기고 피를 탐했다. 오랜만에 마신 피는 너무나도 달콤했다. 노화된 몸은 크게 좋아지지 않았지만 불편했던 거동이 조금은 편해졌다. 피를 먹을 때마다 조금씩 몸을 움직일 수 있게 되는 것을 느낀 쉐인은 조금 더 몸이 괜찮아진 뒤에 운에게 나타나 뱀파이어로서의 모든 것을 가르칠 생각이었다.

'아직 알려줘야 할 것이 많은데…….'

동족의 향에 이끌려 온 백화점의 입구에서 한 뱀파이어에게 억지로 잡혀 있는 운을 보는 순간 가만히 있을 수가 없었다. 아무리 뿌리치려고 해도 약하디약한 운이 벗어나기란 힘들어 보였다. 일족의 손에 귀한 손녀를 죽게 내버려 둘 수 없었다.

"도, 도망……."

겨우 시야를 확보한 쉐인이 운의 뒤에서 이곳을 향해 걸어오고 있는 시운을 보며 겨우 입을 열었다. 하지만 원하는 말을 전부 할 수도 없었다. 운을 억지로 데려가려던 시운을 쳐내고 운을 도망가게 하고 싶었지만 더는 움직일 수가 없었다. 눈물을 뚝뚝 흘리는 운의 얼굴을 닦아주며 도망가라는 말이라도 다시 한 번 해주고 싶었지만 그럴 수조차 없었다. 쉐인은 그저 그녀의 손을 한 번 꼭 잡아주다 놓는 것을 끝으로 눈을 감았다.

3

진한 피의 향에 진이 순식간에 시운이 있는 곳으로 나왔다. 백화점에 같이 왔던 이들도 피 냄새를 맡고 차를 끌고 입구로 모여 있었다. 시운의 명에 의해 쉐인은 차로 병원에 바로 이송되었다. 허망한 눈으로 차갑게 식은 쉐인만 보던 운이 다른 남자들에 의해 방해받자 쉐인에게서 떨어지지 않기 위해 발버둥을 쳤다. 병원으로 데리고 가야 한다며 겨우 달랜 진이 운을 떨어뜨렸다. 다행히 순간적으로 피한 쉐인은 심장이 관통되지는 않았지만, 이미 노화가 많이 진행되어 그리 상태가 좋지 않았기 때문에 생체회복기능이 거의 이루어지지 않았다. 병원에 이송된 쉐인은 시운이 데려온 의사에 의해 수술이 진행되었고, 생체회복기능을 최대한 살리기 위해 계속 그에게 피를 주입했다. 하지만 쉐인의 몸은 예상했던 것보다도 더 좋지 않았다.

"저기, 운아, 내가 대신 보고 있을게. 조금만 쉬어, 응?"

운은 고개를 절레절레 저으며 멍하니 외할아버지를 바라보았다. 산소호흡기를 끼고 온갖 의료용품들을 다 달고 있는 외할아버지를 볼 때마다 마음이 미어졌다. 일주일을 넘게 깨어나지도, 호전을 보이지도 않는 쉐인의 곁을 운은 묵묵히 지켰다. 그런 그녀가 걱정된 진이 운을 여러 번 설득했지만 아무런 소용도 없었다.

"잠도 거의 못 잤잖아. 그냥 한숨만 자고 오면 안 될까?"

깨질 것 같은 유리잔처럼 위태로운 그녀의 모습에 진은 걱정이 되어 부탁조로 말했다. 하지만 운은 멍하니 외할아버지를 바라볼 뿐, 아무런 말도 하지 않았다. 밥도 거의 먹지 않으며 간간이 외할아버지의 옆에서 조는 것 외에 운은 아무것도 하지 않았다. 그 모습이 너무 애처로워 보였다. 진은 운의 위태로운 모습을 보다 한숨을 푹 쉬며 문을 열고 나왔다. 그리고 문 옆에 등을 기댄 채 자신을 기다리고 있던 시운을 보며 고개를 저었다.

"아무리 설득해도 소용없어."

진이 시운의 눈치를 보며 말했다. 운이 위태로워질수록 시운은 더 예민해져 갔다. 얼마 전에 새벽에 쉐인을 붙잡고 오열하는 운을 본 뒤로 시운은 더 날카로워지기만 했다. 이러다가 큰일이 생길 것만 같았다. 괜히 중간에서 이러지도 저러지도 못하던 진이 머리를 굴리던 끝에 생각한 것은, 진은 서로가 최대한 안 마주치게 눈치껏 운을 확인하고 시운에게 말해주는 것이 다였다.

"아무도 들어오지 말라고 해."

시운은 싸늘하게 말하며 진을 스쳐 지나가 병실로 들어가려 했다. 그의 싸늘한 목소리에 진은 혹시라도 무슨 일이 생길까 봐 문 앞에 꼿꼿이 버티고 섰다.

"그러지 말고 내가 다시 들어갔다 나와 볼게."

"아니, 내가 들어간다. 아무도 들이지 마."

시운의 단호한 어조에 진이 어깨를 축 늘어뜨리며 옆으로 물러났다. 진을 제치고 병실로 들어간 시운이 운의 옆으로 다가갔다.

"밥이라도 먹어. 아무리 피를 얼마 전에 마셨다고 해도 영양을 보충하지 않으면 몸이 버티기 힘들어."

시운의 말에도 운은 고개를 저을 뿐이었다. 별로 생각이 없었다. 입맛도 없었고, 밥을 억지로 먹기 위해 병실을 비우고 싶지 않았다.

"내가 원망스럽나?"

시운의 말에 운이 눈물을 가득 머금은 눈동자로 그를 보았다. 날카로운 눈과 날렵한 콧날, 딱 다물어진 그의 입술이 눈에 들어왔다. 시운의 잘못이 아니라는 건 알고 있었다. 왕의 위치에 있는 시운의 행동은 어쩌면 당연한 거였다. 쉐인을 공격하던 시운의 모습을 생각할 때마다 증오로 온몸이 떨려왔다. 하지만 그래선 안 된다는 것을 알고 있었다. 운은 마른 입술을 떼며 천천히 입을 벌렸다.

"원망스럽지 않다면 거짓말이겠죠. 그래도 당신을 탓하진 않아요. 외할아버지가 먼저 달려들었고, 당신은 방어를 위해 공격을 한 거니까요. 하지만 당신을 보고 싶지는 않아요. 지금은 보고 있을 자신이 없어요."

잔뜩 갈라진 운의 목소리에 시운은 마음이 아려왔다. 그는 안타까움에 답지 않게 변명 아닌 변명을 했다.

"노화가 많이 진행된 상태였어. 너와 떨어져 여러 인간의 피를 마시고 몸이 좀 좋아진 것도 같지만, 심한 노화나 죽음을 막아주진 못해."

운에게는 잔인한 말이었다. 꼭 시운이 사형선고를 내리는 것 같아 더 원망스러웠다. 거동이 불편하긴 했지만 백화점 앞에서는 자신이 알아보지도 못할 정도로 강한 힘으로 시운에게 달려들었다. 그 때문에 바로 알아보지 못했지만 분명 쉐인은 뛸 수 있을 정도로 몸이 좋아진 것이 사실이었다. 그걸 시운이 망쳐 놓은 것 같아 괜한 원망이 더 치밀어 올라왔다.

"그만해요. 누구의 잘잘못을 따질 수 있는 문제가 아니잖아요. 이젠 그런 건 다 상관없잖아요."

초췌한 운의 깊은 눈동자에서 점점 고여가던 눈물이 기어코 뚝뚝 떨어졌다. 많은 피를 뿜어내며 죽어가던 외할아버지가 아직도 눈앞에 생생했다. 뱀파이어가 얼마나 강한지, 그들이 얼마나 뛰어난 생체회복력을 갖고 있는지는 모르지만 아무리 건장한 뱀파이어라고 해도 살 수 없었을 정도로 처참했다. 배에 커다란 구멍이 뚫렸고, 바닥은 붉은 피로 흥건했었다. 그때의 모습을 생각한다면 아직도 생명줄을 붙잡고 있는 쉐인에게 감사할 지경이었다. 하지만 슬픈 것은 어쩔 수 없었다. 지금이라도 일어나 아가, 하고 불러주실 것만 같은 외할아버지가 그럴 수 없다는 사실에 마음이 아파왔다.

"네 외할아버지, 너의 가족이 맞더군. 아주 오래된 조상으로 보이지만 말이야."

 시운이 슬픔에 젖어가는 운의 모습에 더는 참지 못하고 말을 돌렸다. 그나마 이 이야기가 그녀에게 힘을 줄 수도 있을 것 같았다. 쉐인과 가족이 아닐지도 모른다고 생각하며, 이때까지 자신을 속인 것은 아닐까 하는 불안함을 예전에 운에게서 언뜻 읽었기 때문이다.

 "조상……?"

 "피를 마시고 기억을 조작하고 힘을 쓸 줄 아는 것을 보니 동족들을 이곳에 끌고 온 이들 중 한 명인 듯해. 애초부터 피를 마시지 않던 동족들에 비해선 아주 오랜 시간을 살았을 거다. 인간인 척 살기 위해 피를 마시지 않아 수명이 단축되었지만 인간들에 비해선 아주 긴 시간이야. 너처럼 자신이 인간이라 생각하는 동족들의 기억을 조작하며 살았을 거다."

 피 검사를 하고 운과 혈연으로 이루어진 것은 알았지만 남자의 신체기능으로 보아, 최소 2대 이상의 관계였을 터였다. 누워 있는 남자가 얼마나 살았는지도, 운과 몇 대째의 가족인지도 모르겠지만, 피를 마시지지도 않고 이 정도까지 살았다는 것은 아주 강한 힘을 갖고 있는 일족이라는 말이 된다.

 "힘이 떨어져 감에 따라 수가 줄어들었을 테니 기억을 조종하긴 더 편했겠지."

 "가족이 아니었다고 하더라도 이제는 상관없어요. 피가 그렇게 중요한가요? 혈연으로 이루어지지 않았다고 하더라도 외할아버지랑 전 가족이에요."

작은 목소리에서도 그녀의 단호함이 묻어 나왔다. 처음에 쉐인과 가족이 아닐지도 모른다는 생각에 연결고리가 끊어진 듯해 슬퍼하기도 했었다. 하지만 지금은 상관없었다. 혼자 있는 시간이 많아질수록, 생각하는 시간이 길어질수록 운은 알게 되었다. 혈연으로 이루어지지 않더라도 가족이 될 수 있음을. 그러기에 쉐인과 진짜로 혈연으로 이루어져 있다는 것이 크게 중요치 않았다. 운의 말에 시운은 말 없이 아련한 눈으로 그녀를 바라보았다.

"상태가 너무 좋지 않습니다. 지금 살아 있는 것도 신기할 정도입니다. 아무리 피를 주입하고 약을 투입시켜도 상처회복은커녕 아무런 효과가 없습니다."
"안락사를 권장하고 싶습니다. 몸은 이미 한계에 달한 지 오래입니다. 아마 정신력으로 지금까지 버티고 있는 것 같습니다. 살아 있다고 한들 환자는 고통만 받을 뿐입니다."

데려왔던 일족 의사들의 말이 귀를 맴돌았다. 하지만 도저히 운에게 말할 수 없었다. 안락사를 시켜 편히 보내주자는 말을 하러 왔을 때, 병실 안에서 소리를 죽이며 흐느끼던 그녀의 울음소리가 아직도 생생하게 울려 퍼져 왔다. 미동도 없는 쉐인을 붙잡은 채 아무도 없는 새벽에 오열을 하는 그녀를 본 후 시운은 도저히 운에게 편히 보내주자는 말을 할 수가 없었다. 하지만 이러다가는 운의 몸이 상할 것 같았다.
"네 외할아버지의 몸은 오래전부터 한계에 도달했어. 고통 속에서 지금까지 계속 버틴 건 이 세상에 큰 미련이 남아서겠지."

아마 미련은 운 때문일 것이다. 운도 쉐인의 미련이 무엇을 뜻하는지를 알고 있는지 눈가가 더 축축하게 젖어 들어갔다. 오랜 시간을 살기에 세상에 거의 미련을 두지 않는 뱀파이어에게 미련이라는 말은 우스웠지만, 그 이유가 아니라면 한계의 몸으로 지금까지 버틴 걸 설명할 길이 없었다. 가족에 대한 사랑이 있어도 자식이라고 한다면 대부분 오래 산 성인이었기에 걱정과 불안함도 없다. 세상을 사는 지루함에 스스로의 생도 끊어버리는 일족에게 있어서 이런 미련은 흔치 않았다.

"인간들처럼 우리의 세계에서 이런 일은 흔치 않아. 오래 살수록 스스로를 위해 이기적으로 변해가니까. 하지만 네 외할아버지는 그걸 이길 정도로 널 사랑한 것 같군. 그러니 이만 고통에서 풀어드려."

시운은 점점 시들어가는 운을 볼 때마다 가슴이 무너지는 것처럼 아파왔다. 운을 그렇게 만드는 쉐인이 원망스럽고, 쉐인을 그리 만든 자신이 끔찍하게 싫어졌다. 더는 새벽에 혼자 숨죽여 우는 운의 모습을 보고 싶지 않았다.

"아무리 깨어 있지 않아도 고통스러울 거야, 망가져 버린 육체를 갖고 있으면서도 정신력으로 떠나지 못한다는 것은."

시운의 말에 운의 손이 미세하게 떨려왔다. 운은 그가 하는 말의 뜻을 차라리 이해하지 못했으면 싶었다. 하지만 시운이 이리 돌려 말해도 그의 말이 무슨 의미인지 알 수 있었다. 이곳에서 계속 고통받고 있는 쉐인을 보며 한 번씩 운도 마음속 깊이 생각했었던 거였다. 지나가는 이들의 얼굴로 인해 운은 쉐인의 육체가 이미 끝을 향해 달리고 있다는 것을 짐작하고 있었다. 단지 직접 듣고 확인하고 싶지 않아 가만히 있었을 뿐이다. 운은 눈을 질끈 감았다 뜨며 떨리는 목소리로 말했다.

"안 돼요. 외할아버지를 포기할 수 없어요."

슬픔에 잠긴 눈망울에서 끊임없이 눈물이 흘러나왔다. 새하얀 운의 볼에 눈물자국이 생기자 시운은 더욱더 마음이 저려오는 것을 느꼈다. 하지만 더는 미룰 수는 없었다.

"떠나보낼 수는 없어요. 이렇게 떠나게 할 수는 없어요."

입술을 꾹 깨물며 눈물을 참아보려 했지만 운의 눈에선 쉼 없이 눈물이 흘러나왔다. 꾹 다문 입술 사이로 새어 나오는 운의 흐느낌에 시운은 마음이 아파와 천천히 눈을 감았다 떴다.

"네 외할아버지는 더 이상 살기 힘들어."

"그런 말 하지 말아요! 그럴거면 나가요! 여기서 나가 버려!"

운이 한껏 소리를 지르며 시운의 가슴팍을 때렸다. 주먹을 꽉 쥔 채 힘없이 때리는 운의 손은 핏기 없이 질려 있었다. 기운이 빠진 것인지 몇 번 때리지도 못하고 오열하며 어린아이처럼 큰 소리로 울어댔다. 시운은 한없이 작아 보이는 운의 어깨를 끌어안으며 그녀의 등을 토닥여 주었다.

"울지 마."

"왜, 왜 우리 외할아버지만 이래요? 뱀파이어는 강하다고 했잖아요! 인간처럼 쉽게 죽지 않는다면서요."

"……"

운이 강하게 밀치자 시운이 쉽게 뒤로 물러났다. 그리고 아무런 말 없이 가늘게 떨고 있는 운의 어깨를 바라보았다. 누군가를 위로해 본 적이 없기 때문에 위로하는 방법도 알지 못했다. 하지만 어떻게든 위로해 주고 싶었다. 흐느끼며 슬픔을 한껏 토해내는 운을 달래주고 싶었다.

"이젠 다 지긋지긋해."

시운은 운의 몸이 옆으로 푹 쓰러지려 하자 그녀를 재빨리 붙잡았다.

"진! 의사를 불러와!"

시운이 밖에 대고 소리를 지르자 문 앞에서 있던 진의 기척이 사라졌다. 시운의 품에 안긴 운의 초췌한 얼굴은 이미 하얗게 질릴 때로 질려 있었다.

결국 쓰러진 운으로 인해 쉐인의 옆에 침대를 하나 더 갖다 놓았다. 다른 병실에 그녀를 두게 할까도 생각했지만 일어나면 아픈 몸을 이끌고 쉐인에게 가려고 할 운임을 알기에 그렇게 조치한 것이다.

"조금 더 누워 있어. 아니면 다른 곳으로 네 외할아버지를 치울 테니까."

일어나자마자 눈물이 말라 떨어지지 않는 눈을 겨우 뜨면서도 쉐인을 찾는 운을 보며 시운은 차갑게 말했다.

"우리 외할아버지, 정말 안 되는 건가요? 아무런 방법도 없는 거예요?"

잔뜩 갈라진 운의 목소리에 시운이 잠시 고민했다. 방법이 아예 없는 것은 아니었다. 그것은 자신의 피를 내어주는 거였다. 하지만 이 방법은 쓸 수 없었다. 쓰면 안 되는 방법이었다.

 "그만 포기해."

 시운도 쉐인을 살리고 싶었다. 하지만 아무리 동족이라 해도 정체를 정확히 알 수 없는 이에게 자신의 많은 양의 피를 내어줄 수는 없는 일이었다. 강한 왕의 피는 죽어가는 일족도 살릴 수 있었지만 그만큼 함부로 쓰면 안 되는 것이었다.

 "이 세상에 악마는 없나요? 뱀파이어도 있잖아요. 내 영혼을 팔아도 되니 외할아버지를 살려주세요. 악마가 없다면 다른 강한 존재라도 알려줘요."

 운의 애원에 시운은 계속 고민했다. 초조함에 이미 갈라져 버린 입술도 물어뜯으며 제정신을 차리지 못하는 운의 모습을 더는 보고 싶지 않았다. 시운이 누워 있는 쉐인과 운을 번갈아 보며 결심했다.

 "네 외할아버지, 살리고 싶나? 널 팔아도 상관없을 정도로 붙잡고 싶이?"

 시운의 말에 운이 고개를 들어 그를 바라보았다. 날카로운 그의 눈빛에서 강한 힘이 느껴졌다. 왠지 이 남자라면 외할아버지를 살릴 수 있을 거라는 생각이 들었다. 저도 모르게 눈물을 흘리며 운이 고개를 끄덕이자 시운이 한 손으로 그녀의 뺨을 감싸며 눈물을 닦아주었다.

 "외할아버지를 살려주세요."

"영혼까진 필요 없어. 널 나에게 받쳐라. 그러면 네 외할아버지를 살려주지."

"정말, 정말 살릴 수 있나요?"

시운의 목소리가 가느다란 희망의 빛이 되어 운에게 비쳐드는 것만 같았다. 쉐인을 살릴 수 있다. 그렇게만 된다면 운은 자신의 영혼까지라도 바칠 수 있었다. 악마의 유혹처럼 시운의 강한 힘이 실린 목소리가 달콤하게 들렸다.

"나만 드리면 되나요? 그럼 살려주세요! 외할아버지를 살려주세요."

애절한 운의 목소리에 시운이 단호하게 말했다.

"나의 것이 되어 내 옆에 평생을 살아야 한다. 그럴 수 있겠나?"

"그럴 수 있어요! 외할아버지를 살려주세요, 제발."

애절하게 말하는 그녀를 지나쳐 시운은 쉐인에게 다가갔다. 그리고 그의 생명을 지탱시키는 산소호흡기를 뺐다. 뒤에서 운이 놀라는 소리가 들렸지만 말리려 하진 않았다. 그는 강한 사람이니까. 외할아버지를 꼭 살려줄 거란 믿음 때문이었다.

시운은 거칠게 자신의 손목을 물어뜯었다. 깊게 파인 상처에서 피가 콸콸 뿜어져 나왔다. 시운은 쉐인의 입을 다른 손으로 벌리고 피가 흘러내리고 있는 손목을 가져갔다.

"외할아버지!"

미동도 없이 누워 있던 쉐인의 눈이 번쩍 뜨여졌다. 붉게 빛나는 눈은 흡사 광기에 휩쓸린 듯했다. 옆에 있는 운은 보이지도 않는지 쉐인은 그녀에게 시선 한 번 주지 않고 시운의 팔을 덥석 물

뿐이었다. 그리고 게걸스럽게 시운의 피를 먹기 시작했다.

"지금 뭐 하는 짓이야!"

운이 멍하니 그 광경을 보고 있을 때, 갑자기 문이 거칠게 열리며 진이 소리를 지르며 달려들어 왔다. 짙게 배인 피 냄새가 주변을 에워싸고 있었다. 진은 시운의 팔을 물어뜯고 있는 쉐인을 저지하려고 했다.

"그만둬!"

"안 됩니다! 저자에게 감히 왕의 피를 내어주시다니요! 있을 수 없는 일입니다!"

진이 저지하는 시운에게 무릎을 꿇으며 강하게 반박했다. 이건 운에게 피를 주는 것과는 차원이 다른 문제였다. 약한 여자나 어린아이라면 모를까, 성인 뱀파이어, 특히나 신분도 확인되지 않은 죽기 직전의 자에게는 왕의 피를 내어주는 것은 있을 수 없는 일이었다. 왕의 반려가 될 자나 그의 아이가 아니라면 누구도 탐할 수 없게 애초에 정해져 있는 룰이었다. 아무리 운의 외할아버지라고 하지만 시운을 공격한 이가 아닌가!

시운이 손을 들고 저지했음에도 진은 무릎을 꿇고 긴곡하게 청했다.

"왕이시여, 이렇게 살아난 저자는 왕권을 위협하게 됩니다! 그걸 아시면서도 이러시는 겁니까!"

강한 자의 피를 마시면 그 뱀파이어 또한 강한 자의 힘을 따라간다. 그렇기에 죽기 직전의 노인이라도 왕의 피를 쉽게 내어주어선 안 되었다. 그걸 알고 있었기에 시운도 수십 번, 수백 번 고민했었다. 안 된다고, 있을 수 없는 일이라고 몇 번이나 생각했었다. 하지만 운이 슬픔에 잠겨 이대로 떠나보낼 수 없다며 애원하는 모습에 마음이 흔들렸다.

힘없이 슬픔을 쏟아내는 운을 보는 순간, 더는 그냥 내버려 둘 수 없었다. 어차피 쉐인은 운에 의해 끈질긴 생명력을 보이며 살아가고 있었다. 운을 왕의 연인으로 만든다면 문제될 건 없었다. 운이 배신만 하지 않는다면 아무도 뭐라 하지 못할 것이다. 일족의 미래를 갖고 이리 도박을 하게 될 줄은 생각도 하지 못했지만, 이미 자신이 선택한 일이었다.

"하아."

쉐인이 움켜쥐고 있던 손을 놓았다. 쉐인은 온몸에서 힘이 불끈불끈 솟아나는 걸 느끼며 정신을 차렸다. 한계에 다다른 몸이 겨우 받아낼 정도로 막대한 힘이었지만, 몸은 점점 편안해졌다. 일족의 품에서 뱀파이어로 살았을 적에도 이처럼 강한 피 냄새는 맡아본 적도, 들어본 적도 없었다. 쉐인은 눈을 한번 껌벅이며 고개를 들었다.

"운아."

쉐인이 끔찍하게 갈라진 목소리로 운을 불렀다. 눈물자국이 아직 채 마르지도 않은 운이 눈을 뜨고 말을 하는 쉐인을 멍하니 바라보았다. 붉은 핏빛처럼 새빨갛게 변했던 눈이 원래의 색으로 돌아왔다. 오랜 생사의 갈림길에 있어서인지 주름져 깊게 패인 눈가와 마른 얼굴의 쉐인이었지만 혈색이 돌고 있었다. 입가에 묻은 피가 혐오스럽게 보였지만 운은 쉐인이 살아났다는 것만으로도 기뻐 그런 것 따위는 느낄 수도 없었다.

"지금 당장 죽여야 합니다!"

진이 벌떡 일어서며 깨어난 쉐인에게 달려들었다. 옆에서 느껴지는 강한 살기에 쉐인은 눈을 부릅뜨며 본능적으로 살기를 뿜었다. 순간 아까와 같이 쉐인의 눈이 붉게 변했다. 그러자 강한 바람과 함께 마구 달려들기만 하던 진이 벽으로 튕겨져 나가 버렸다.

몸에서 본능적으로 뿜어져 나온 강한 힘에 쉐인은 자신도 놀라 벽에 쓰러진 진을 멍하니 쳐다봤다. 전성기였을 때도 이런 힘을 가지진 못했었다. 도대체 얼마나 강한 자의 피를 마셨단 말인가. 쉐인의 눈이 놀라움으로 커졌다.

"안 돼요, 외할아버지! 그러지 말아요!"

운이 쉐인에게 다가가 꽉 안으며 말했다. 쉐인은 지금 일어나는 상황을 제대로 인식하지 못하고 멍하니 주위를 둘러보았다. 그러다 바로 옆에서 식은땀을 흘리며 손목을 부여잡고 있는 남자를 보며 인상을 찌푸렸다. 백화점 앞에서 운을 붙잡고 있었던 시운을 기억해 낸 쉐인이 운을 끌어안았다.

"아니에요, 외할아버지. 나쁜 사람들이 아니에요! 우릴 구해준 분들이에요."

쉐인은 자신을 필사적으로 막는 손녀를 내려다보았다. 그리고 침착하게 주위를 둘러보며 이 상황을 이해하기 위해 노력했다. 품 안에 있는 귀하디귀한 손녀인 운이 고개를 저으며 쉐인을 진정시키기 위해 노력하고 있었다.

"이게 도대체 어떻게……."

쉐인은 손목을 꽉 누른 채 지혈하며 날카로운 눈매로 자신을 바라보는 남자를 살펴봤다. 그는 많은 피가 갑자기 빨려 재생능력이 순간 떨어졌는지 아직도 낫지 않은 상처 사이로 핏방울이 떨어지고 있었다. 미친 듯이 탐했던 피가 시운의 것임을 깨달은 쉐인이 운에게 답을 요구하듯 그녀를 바라보았다.

"저분들이 외할아버지를 살려주셨어요. 그러니 진정하세요, 네?"

쉐인은 품에 안겨 옷깃을 더욱더 꽉 잡는 운을 진정시키는 듯이 보듬어주었다. 미세하게 떨고 있는 운은 외할아버지의 토닥임에 차차 진정하고 있었다.

"진, 쓸데없는 짓 하지 마."

"하지만……!"

여전히 쉐인을 죽일 듯이 노려보던 진이 반박을 하려다 시운의 날카로운 눈빛에 고개를 숙이며 기운을 풀었다. 시운은 어깨를 축 내리며 경계를 푸는 진을 보다가 병실 밖으로 나갔다. 피를 너무 많이 빨렸다. 아무렇지 않은 척하고는 있었지만, 한 뱀파이어를 살리기 위한 피는 엄청난 양이었다. 시운이 나가자 진은 운과 쉐인을 째려보다 따라 나갔다.

"저 남자들은……."

"왕이라고 했어요. 뱀파이어 세계의 왕……."

"왕이시라고?"

쉐인이 깜짝 놀라 운의 어깨를 잡으며 물었다. 쉐인이 알고 있는 배신한 왕의 얼굴이 아니었다. 그리고 그 왕은 어떻게든 일족을 찾아내 더 죽이려고 한 배신자였다. 누군가를 살리기 위해 귀한 왕의 피를 내어주는 뱀파이어가 절대 아니었다.

"운아, 그럼 지금 내게 피를 준 분이……."

"뒤따라갔던 사람이 저한테 그랬어요. 전쟁에서 왕을 죽이고 올라간 새로운 왕이라고."

운의 말에 쉐인은 눈을 부릅 뜨며 이미 닫혀 버린 문을 바라보았다. 지금의 뱀파이어 세계가 어떤지는 알 수 없었지만 왕은 한없이 절대적이어야 하며, 다른 이에게 반란의 기미를 주어선 안 된다. 그렇기에 강한 힘을 유발하는 피를 남에게 내어주는 일은 절대 있을 수 없는 일이었다. 전쟁에서 배신한 왕을 죽이고 왕의 자리에 앉았다면 그 뜻도 알 터였고, 한번 일어난 배신으로 그런 여지도 주지 않기 위해 노력했을 것이다.

"외할아버지?"

눈을 가느다랗게 뜨며 상황을 이해하기 위해 노력하던 쉐인이 고개를 내려 눈에 넣어도 아프지 않을 손녀를 내려다보았다. 주위에 있는 의료기구들과 채 마르지 않은 운의 눈물자국이 그녀의 상태가 어떠한 지를 말해주고 있었다.

"운아, 지금 꼭 꿈을 꾸고 있는 것 같구나."

세월이 많이 지난 만큼 전과 많이 달라졌겠지만 동족을 만났다. 죽기 직전의 몸은 어쩐 일인지 왕의 피를 받아 깨어났다. 병원에 아무렇지도 않게 있는 걸 보면 인간과 조금은 다른 구조를 가지고 있는 뱀파이어를 숨길 수 있을 정도로 일족은 힘을 가지고 있고 지금 그들은 보호받고 있다는 뜻이었다.

쉐인이 기쁨에 찬 눈으로 아직 앳되고 순수하기만 한 운을 내려다보며 행복의 미소를 지었다. 드디어 돌아갈 수 있는 것이다. 꿈에 그리던 일족의 품에 안겨 동족들과 함께 뱀파이어답게 살 수 있게 되었다.

쉐인이 시운의 피를 받아 깨어난 지 3일이 지났다. 그동안 시운은커녕 진도 보이지 않았다. 운은 감사의 뜻을 전하기 위해 시운이 데려온 의사들에게 물어봤지만 싸늘한 얼굴로 냉대하며 아무런 대답도 해주지 않았다. 진이 불같이 화를 내고 갔던 것이 마음에 걸렸다. 운이 걱정스런 얼굴로 한숨을 푹 쉬자 쉐인은 그녀의 머리를 쓰다듬어 주었다.
"걱정이 되느냐."
"아, 그게……. 실은 왜 그렇게들 화를 내는지 모르겠어요. 그 뒤로 보이지도 않고……."
이때까지의 모든 상황을 운에게 들은 쉐인이 씁쓸한 미소를 지었다.
"화를 내는 게 당연하다. 원래 왕의 피는 함부로 주는 게 아니야."
"하지만 저한테도 줬는걸요?"
생각해 보니 시운은 항상 못되게 굴긴 했지만, 다시 생각해 보면 다 자신을 위한 것이었다. 정말 자신이 뱀파이어라면 뱀파이어의 방식대로 살아야 했다.
"외할아버지를 구해주기도 했고……."

운은 외할아버지에게 피를 나누어 주던 시운을 곰곰이 생각하며 말끝을 흐렸다. 무조건 무섭다고, 나쁘다고 생각했던 뱀파이어에 대한 인식이 조금씩 깨지기 시작했다. 외할아버지 또한 뱀파이어라고 확인하니 이제는 끔찍하게만 생각되지도 않았다. 피를 먹는 건 아직 꺼려졌지만 딱히 나쁜 짓을 하는 것도 아니고, 오히려 동족이라며 구해주기까지 했다.

"그건 네가……."

쉐인이 할 말을 찾지 못하고 입을 닫았다. 이리저리 카사노바처럼 여러 연인을 만들어 피를 내어주는 이들을 보긴 했지만 신분이 높은 이가 그러는 경우는 거의 없었다. 아무리 운이 어리고 인간으로 살아 피 한 방울 마시지 못한 채로 살았다고 하지만, 왕의 피를 주다니……. 흔치 않은 일이었다. 쉐인은 시운이 운에게 특별한 감정을 가지고 있다는 것을 눈치챘다.

'그래, 운의 할아비인 나를 살리기 위해 그 귀한 피를 내어주지 않았던가.'

쉐인이 말을 얼버무리며 혼자만의 세계에 빠지자 운이 그의 몸을 살짝 흔들며 물었다.

"외할아버지, 제가 뭐요?"

"운아, 절대적으로 강한 피는 상대방을 강하게 만들지. 왕의 피를 주는 것은 힘으로 지배되는 세계에서 반란의 여지를 준단다. 그러니 그리 화를 내고 이 할아비를 죽이려 한 거지."

쉐인이 말을 돌리며 운이 가지고 있던 궁금증을 풀어주었다. 하지만 절대적인 지배 속에 살아본 적이 없는 운이 뾰로통한 얼굴로 말했다.

"그렇다고 죽이려고 하다니요! 그건 너무하잖아요."

그때는 정신을 차리지 못하고 그저 지켜보기만 했지만, 진이 쉐인에게 했던 행동들은 용서할 수 없는 일이었다. 시운이 만약 그만두라고 하지 않았다면 큰일이 났을 수도 있었다.

"그게 양육강식의 세계란다. 그나저나 걱정이 되는구나. 왕께서 지금 어떤 상태이신지……."

꺼져 가는 생명의 불씨를 살리기 위해 쉐인은 이성을 잃고 엄청난 양의 피를 마셨다. 아무리 절대적이라 할지라도 그만큼의 피를 빨린다면 필히 몸이 좋지 않을 것이다.

"운아, 네가 가보지 않으련? 이제 나는 괜찮으니 가서 왕께서 몸이 괜찮으신지 보고 오려무나."

"몸이 괜찮은지 보라니요? 그 남자가 몸이 좋지 않나요?"

"내게 그 많은 피를 주었으니 좋진 않겠지."

쉐인의 말에 운은 시운이 걱정되기 시작했다. 아무렇지 않은 얼굴로 떠났기에 몸이 좋지 않을 정도로 그리 많은 피를 내어줬다는 것은 몰랐다. 아무리 정신이 없다고 한들 감사의 인사도 제대로 못 했기에 인사도 전할 겸 시운을 봐야 할 것 같았다. 운은 고민 끝에 자리에서 일어났다.

"외할아버지, 그럼 저 갔다 올게요."

"왕께 함부로 대하면 안 된다, 운아. 잘 갔다 오려무나. 감사하다고 꼭 전해드리고."

"네, 다녀올…… 외할아버지!"

"왜 그러느냐."

"예전에, 그러니까 아주 오래전에 말이에요. 저한테 해주신 얘기 중에……."

운이 뜸을 들이며 입술을 오물거렸다. 무언가 말하고 싶었지만 생각이 잘 나질 않았다. 어렴풋이 기억이 날 듯했지만 도무지 생각나지가 않았다.

"아니에요. 그럼 저 다녀올게요!"

뒤도 돌아보지 않고 급하게 가는 운을 보며 쉐인이 허허, 웃었다.

"피도 내어줬으니 왕께서는 아마 보통 마음이 아닐지도……."

가끔 걱정스런 얼굴로 혼자 고민하는 운도 분명 시운에게 다른 감정이 있으리라. 뱀파이어의 세계에서 왕비의 자리란 순수하게 시골에서 자란 운에게 버거울지 모르겠지만, 그녀라면 분명 잘해낼 수 있을 것이다. 또한 피에서도 강한 기운을 내뿜고 있는 시운이라면 운을 지켜줄 수 있을 것이다.

"이제라도 다행이구나. 운아, 너는 행복하게, 일족답게 살거라."

쉐인은 환하게 웃는 운을 생각하며 쓸쓸한 미소를 지었다. 죽음이 다가오는 것을 알았을 때, 운이 그녀를 지켜줄 일족의 남자를 만나 결혼을 하는 것을 바라고 또 바랐다. 그 꿈이 이루어지는 것 같아 행복함이 온몸에 퍼져 나갔다. 하지만 그와 동시에 성인이 된 그녀를 떠나보내야 된다는 생각에 쓸쓸함이 밀려들어 왔다. 아장아장 걷던 운을 품에서 떠나보내야 하는 것에 만감이 교차했다.

✤ ✤ ✤

기억나지 않는 위치를 겨우 생각해 내며 도착한 호텔방 문을 바라보고 있던 운은 심호흡을 크게 한 번 했다. 벨을 누른 운이 초조함에 주먹을 꽉 쥐었다.

"누구…… 돌아가."

문을 열리자마자 진한 피 냄새와 함께 진이 보였다. 3일 만에 본 진이 날카로운 눈으로 미간을 찌푸리며 운을 향해 싸늘히 말했다.

"저기, 감사의 인사를 하고 싶은데……."

"돌아가."

냉랭한 대답에도 운은 떠나가지 못하고 머뭇거렸다. 평소답지 않은 무뚝뚝한 진의 표정에 운이 바짝 긴장했다. 하지만 시운이 걱정되어 쉬이 떠날 수가 없었다.

"한 번만 보게 해주세요. 인사만 드리고 바로 갈게요!"

운이 끈덕지게 문에 붙어 사정을 했지만 진은 냉랭하기 그지없었다. 진은 짜증이 올라오는지 신경질적으로 운을 밀치며 문을 닫으려고 했다.

"꺄악!"

문이 닫히기 직전, 안에서 여자의 비명 소리가 들려왔다. 진은 끝까지 문에 붙어 있는 운을 떼어내는 것을 포기하고 안으로 재빨리 들어갔다. 운도 그의 뒤를 따라 안으로 들어갔다.

"저, 저기 안에 괴물이……!"

시운의 방 앞에는 아슬아슬하게 내려가는 옷을 쥔 채 벌벌 떨고 있는 여자가 있었다. 그녀의 목에 깊게 파인 상처는 여자가 시운의 방에서 무슨 짓을 당했는지를 말해주고 있었다. 진은 여자의 어깨를 양팔로 붙잡았다. 순간 진의 눈이 붉은빛을 띠며 반짝거리자 여자가 털썩 하고 쓰러졌다. 운은 그 모습에 움찔거렸다. 그러다 진이 자신을 막고 있지 않다는 것을 깨닫고는 시운이 있는 방으로 다가갔다.

"들어가지 마!"

진의 다급한 목소리가 들렸지만 운은 침을 꿀꺽 삼키며 손잡이를 돌렸다. 몸이 좋지 않을 거라는 쉐인의 말에 걱정이 되었다. 여기까지 온 이상, 그의 상태만이라도 눈으로 확인하고 싶었다.

"진, 내가 아무도 들이지 말라 했을 텐데."

문을 열자마자 진한 피비린내가 코끝을 마비시켰다. 금방 보았던 여자의 피 냄새만 맡아지는 것이 아니었다. 몇 명, 아니, 몇십 명의 피였다. 어떻게 알 수 있는지는 모르겠지만, 왠지 여러 피 냄새가 나고 있다는 건 알 수 있었다. 시운의 날카로운 눈빛과 탁하게 가라앉은 말을 들으며 운은 아무런 말도 행동도 하지 못하고 그대로 멈춰 있었다.

"죄송합니다. 곧 내보내도록 하겠습니다."

"아니, 그냥 둬. 저 여자나 잘 처리하고 나가."

"네, 명을 받들겠습니다."

장난스럽던 존댓말이 아니었다. 정말 왕과 신하처럼 딱딱하게 대화를 이끌어가자 무거운 분위기가 감돌았다. 곧 진이 뒤에서 소리 없이 사라졌다.

"이리 와."

거부할 수 없는 힘이 깃든 목소리였다. 운은 천천히 시운에게 다가갔다. 잔뜩 흐트러진 채, 퇴폐적인 모습으로 침대에 누워 있는 시운의 모습에 절로 몸이 굳어졌다. 운이 침대의 가까이에 갔는데도 만족을 하지 못했는지 시운은 눈살을 찌푸리며 탁한 목소리로 말했다.

"더 가까이."

운이 손에 잡힐 듯이 다가가자 순식간에 시운은 그녀의 손을 잡아당기며 침대 위로 쓰러뜨렸다. 시운은 운의 몸 위에 자신의 몸을 포개며 무게로 압박했다.

"널 나에게 준다고 했었지?"

시운의 목소리에 가슴이 떨려왔다. 지독하게 낮은 시운의 목소리가 그의 기분을 말해주고 있었다. 시운은 그녀의 목에 얼굴을 묻었다.

"네 피를 맛본 뒤에 다른 여자들의 피가 역겨워졌어. 머릿속에 그때 마셨던 네 피가 계속 맴돌더군."

시운이 운의 목에 입술을 맞추며 낮게 속삭였다. 한번 맛보았던 운의 피가 간절하게 생각나 잊을 수가 없었다. 수많은 여자들의 피를 마시려고 했지만 역겨움에 제대로 입도 대지 못하고 여자들을 쫓아 보냈다.

"무섭나?"

시운의 숨결에 목이 간질거렸다. 그와 동시에 목에 있는 맥박이 힘차게 뛰어왔다. 몸을 무겁게 짓누르는 위압감에 운은 호랑이 앞의 사슴마냥 심장이 세차게 뛰는 것을 느꼈다. 곧 말캉한 시운의 혀가 운의 목을 핥았다. 운은 따뜻함과 동시에 축축한 그것이 목에 닿아오자 몸을 움찔거리며 눈을 꼭 감았다.

"무, 무서우면 하지 않을 건가요?"

"아니, 넌 내 거야. 네가 널 나에게 주지 않았나."

정신없는 와중에 그에게 모두 긍정의 대답을 하긴 했지만, 그때는 그게 무슨 의미였는지는 확실하게 알지 못했다. 쉐인의 목숨과 맞바꾸어 피를 시운에게 내어줘야 한다는 의미였을까? 운이 눈을 꼭 감은 상태에서 의미심장했던 그의 말뜻을 알아내기 위해 노력했다. 그리고 진한 피 냄새에 운은 그의 의도를 눈치챘다.

"괜찮다면 내 피를 마셔도 돼요."

아직 피를 빨리는 것이나 보는 것이 무섭긴 하지만 줘도 상관없었다. 쉐인의 목숨 값으로는 싸다고 생각했다.

'그래도 무서워.'

아직 뱀파이어니 흡혈이니 하는 것이 익숙하지 않았다. 운은 곧 다가올 고통에 눈을 꼭 감았다. 그리고 파르르 떨리는 손으로 침대 커버를 꾹 잡았다. 뱀파이어가 나쁘지 않다고 더는 무섭지 않다고, 생각은 하고 있었지만, 그렇다고 시운이 무섭지 않다는 것은 아니었다.

"오늘은, 봐주지 않을 거야."

봐주지 않는다는 말에 잠깐 의아해했지만, 운은 그 의미를 곧 깨달았다. 곧 살이 쭉 찢어지는 것 같은 끔찍한 고통이 닥쳐 왔다. 살을 뜯어낼 것처럼 깊이 문 시운으로 인해 방 안엔 곧 운의 피 냄새로 가득 찼다. 거칠게 물고 피를 탐하는 시운이 낯설고 무서웠다. 운의 몸에 있는 모든 피를 다 빼앗아갈 것 같은 기세로 시운은 극심한 갈증 속에서 운의 피를 탐했다.

"아, 아파······."

목이 찢어져 나갈 것 같았다. 온몸의 피가 다 목으로 몰렸고, 시운의 입을 통해 전부 빠져나가는 것 같았다. 이러다 꼭 죽을 것 같았다. 하지만 손가락 하나 꼼짝할 수 없었다.

운이 살며시 눈을 떠 천장을 보았다. 누워 있는데도 현기증이 몰려와 시야가 흐려졌다.

"네 피가 생각나 아무것도 먹을 수가 없었어. 넌 나를 너무 갈증나게 해."

"아아······."

"더 어지러우면 말해."

다시 갈증을 느낀 시운이 또 운의 목으로 파고들었다. 몸은 끔찍한 갈증을 일으키며 운의 피를 갈구했다. 야릇한 소리를 내며 온몸에 피를 다 빨아들이듯이 마신 시운이 운의 목에서 살짝 떨어졌다. 시운은 새어 나오는 피까지 남기지 않고 핥았다. 그러다 순식간에 그녀의 티를 올렸다.

"앗, 하지 마······."

역한 피 냄새와 어지러움에 정신을 차리지 못하고 있다가 옷이 올라가는 것을 깨닫고 운이 작게 저항했다. 하지만 시운의 입술이 저항하는 운의 입술을 막았다. 입속으로 침범해 오는 시운의 혀에서 비릿한 피 맛이 강하게 났다. 시운이 운의 혀를 뽑아버릴 것처럼 깊게 침범했다. 운이 그를 뿌리치려 했지만 그럴수록 시운이 자신의 무게로 점점 더 압박해 와 옴짝달싹할 수가 없었다. 그의 손이 올려진 옷 안으로 들어와 등을 어루만지며 브래지어 후크를 풀었다.

"하아."

숨이 막혀 운이 다시 발버둥을 치자 시운은 그제야 입술을 뗐다. 겨우 숨을 몰아쉬며 운이 시운을 밀어내려 했다. 하지만 시운은 오히려 밑으로 내려가 운의 가슴을 덥석 물었다. 운이 그로 인해 숨을 흡 하고 크게 들이마셨다. 끔찍한 어지러움 속에 느껴지는 수치심과 야릇함에 정신을 차릴 수가 없었다. 겨우 힘을 내어 든 손으로 시운을 밀쳐 내려 했지만 역부족이었다.

"뭐, 뭐 하는…… 악!"

작지만 탐스럽게 올라온 그녀의 가슴을 약하게 물고 빨던 시운이 그녀의 가슴을 세게 꽉 물었다. 곧 피가 새어 나오자 시운은 그녀의 가슴을 타고 흐르는 피를 조심스레 핥았다. 부드러운 가슴과 함께 탐해지는 운의 피맛은 최고였다.

한쪽 가슴을 농락당한 운은 계속 움찔거리며 빠져나오려 애를 썼지만, 시운으로선 절대 포기할 수 없었다.

"하악!"

시운이 봉긋한 봉오리를 약하게 물고 핥자 운이 견디지 못하고 신음 소리를 내뱉었다. 그 어떤 피보다, 그 어떤 몸보다 운은 탐스러웠다. 절대 남과 공유하고 싶지 않을 정도로. 달콤한 사탕을 탐스럽게 빨듯 계속해서 그녀의 가슴을 탐하던 시운이 힘을 스르륵 풀며 늘어지는 운을 느끼며 고개를 들어 그녀를 쳐다보았다.

"운."

아무런 대답이 없었다. 시운은 그녀의 한쪽 볼을 두드려 보았다. 기절한 듯 미동도 없이 흔들리는 운을 바라보던 시운은 낮게 가라앉은 눈으로 그녀의 몸을 살폈다. 송곳니로 거칠게 찢겨진 가느다란 목과 빨갛게 부풀어 오르다 못해 벌써 시퍼렇게 멍이 든 한쪽 가슴이 눈에 보였다. 시운은 한숨을 푹 쉬며 그녀의 옷을 정돈해 주었다.

"네 몸은 나의 것이다. 네 외할아버지의 생명과 맞바꾸어 나에게 준 나의 것."

시운이 작게 중얼거리며 그녀의 목에 얼굴을 깊게 묻었다. 깊게 물어뜯은 그녀의 목에서 진한 혈향이 났다. 시운은 혈향이 깊게 배어 있는 가느다란 목을 치료하듯 조심스레 핥았다. 자신의 품 안에 쏙 들어오는 운의 몸에 만족하며 시운은 그녀의 상처에 약을 바르듯 계속 그녀의 목을 핥으며 눈을 감았다. 영원히 갖고 싶었다. 끝을 모르던 이 갈증을 해결해 주는 운을 갖고 싶었다.

✥ ✥ ✥

진은 운이 방에 들어가고 얼마의 시간이 흐르지 않아 그녀의 피 냄새가 객실의 입구까지 퍼져오자 안심이 되었다. 다른 이들에게 입구를 편히 맡긴 진의 발걸음은 가벼웠다.

"둘이 정말 잘될까나."

뱀파이어 여자의 피를 미친 듯이 탐하는 시운은 한 번도 보지 못했다. 이성을 잃고 혈향이 짙게 밸 정도로 운을 탐하는 시운의 마음이 궁금했다. 그 정도로 운의 피를 마셨다면 분명 몸이 거의 회복되어 어떤 이의 공격이든 피할 수 있을 것이다. 며칠 동안 신경질적으로 행동하고 예민한 모습만 보이며 인간들의 피도 제대로 먹지 않는 시운을 걱정했던 것이 허탈할 정도였다.

걸음을 옮기던 진은 눈앞에 보이는 쉐인의 병실 문을 노크도 없이 벌컥 열고 들어갔다.

"실례가 많았습니다. 운에게 듣기론 시운님을 옆에서 모시는 분이라고 들었습니다."

진은 쉐인의 의중을 살피기 위해 눈을 가느다랗게 뜨고 그를 쳐다보았다. 인자한 웃음을 지으며 진을 보고 있는 쉐인의 얼굴엔 가식 따윈 없어 보였다. 하지만 진은 경계를 풀지 않았다. 늙으면 늙을수록 가면을 쓴 능구렁이가 되는 이들은 많이 봐왔다.

"운을 보내면 어떻게 되는지 알고 있었을 텐데?"

쉐인은 자신들이 인간이 아닌 뱀파이어라는 것을 원래부터 알고 있었다. 그렇다면 운이 시운의 방에 간다면 무슨 일이 있을지 쉐인은 충분히 예상할 수 있었다. 진이 쉐인의 의중을 알아내기 위해 눈을 게슴츠레 뜨며 노려봤다. 자신이 뭔지도 모르는 운과 다르게 쉐인은 모든 것을 알고 있었고, 흡혈에 대해 딱히 거부감도 없었다. 운을 보는 쉐인은 눈빛 또한 너무 진실되어 연기를 하고 있다는 생각은 도저히 할 수 없었다.

"설마 우리가 누군지 모른다고 하진 않겠지? 그러면 가만두지 않을 거야."

진이 이를 갈며 단호하게 말했다. 시운에게 위협이 될 존재인지 아닌지 확실하게 알아야 했다. 그래야 운을 시운의 옆에 마음 편히 둘 수 있었다. 그리고 사랑하는 손녀의 건강까지 위협하며 왜 인간인 척 산 건지도 알아야만 했다.

"내 죽기 전에 소원이 있다면 운이 일족의 남자를 만나 행복하게 오래오래 사는 것이었죠. 운의 걱정스런 얼굴을 보고 싶지 않은 것이 가장 큰 이유지만, 저로 인해 귀하신 분께서 갈증에 괴로워하는 것 또한 원치 않아 운을 보냈습니다. 제 선택에 혹 잘못된 것이 있습니까?"

진이 눈을 가늘게 뜨고 그를 노려보았지만, 거짓말을 하는 것처럼 보이진 않다. 보기만 해도 이 남자가 운을 얼마나 사랑하는지 느껴질 정도였다. 이기지 못할 것을 알면서도 상황을 오해한 쉐인이 운을 구하기 위해 시운에게 달려든 행동만 따져 봐도 손녀에 대한 사랑이 깊은 것은 알 수 있었다. 하지만 진은 경계를 풀지 않았다. 중요한 사안인 만큼 신중해야 했다.

"도대체 왜 이곳까지 오게 된 거지? 배신인가? 아니면 반란?"

"살기 위해 도망을 온 겁니다."

"살기 위해?"

진이 눈살을 찌푸리며 되물었다.

"제 이름은 쉐인. 예전 어느 구석진 곳에 2대를 가진 소수의 일족들과 마을을 꾸리며 살고 있었지요. 하지만 8백 년 전 왕이 배신을 했습니다."

쉐인은 생각만 해도 화가 치밀어 오르는지 살기를 뿜어내며 눈을 부릅떴다. 분노에 찬 쉐인의 마음이 진에게 전해져 왔다. 숨기려고 해도 숨길 수 없는 분노였다. 그건 직접 전쟁의 끝을 본 진이 가장 잘 알고 있는 감정이었다.

"마을엔 임산부와 어린아이를 키우고 있는 일족만 남아 있었죠. 죽어가는 일족을 위해 앞으로 나가 싸우고 싶었지만, 그럴 수가 없었습니다. 곧 태어날 아이와 사랑하는 아내를 두고 갈 수는 없었으니까요. 그래서 고향을 버리고 도망을 쳤죠. 피 냄새를 지우기 위해 흡혈도 하지 않았습니다. 숨어 있던 일족들이 힘을 모아 다시 땅을 되찾기 전까지 숨죽이며 살기로 했죠. 저희들의 본능까지도 숨기면서 말입니다."

예전에 시운이 했던 말이 생각났다. 아이를 가진 부부가 시기, 질투가 무서워 마을을 만들어 살려고 했다던 뱀파이어들. 진이 어느새 울분을 토하며 말하는 쉐인의 말에 집중하며 듣기 시작했다.

"이곳을 찾을 때까지 피를 마시지 않는다면 저희를 발견했을 때, 피 냄새는 배어 있지 않을 거라 생각했습니다. 아무리 강하다고 하더라도 이 먼 곳까지 감시를 오기도 힘들 테니까요."

만약 온다고 하더라도 아주 오랜 시간이 지나서일 것이다. 아이를 가진 부모의 마음은 모르겠지만 진은 그가 얼마나 간절하게 가족을 지키기 위해 노력했는지는 느낄 수 있었다. 피폐한 전쟁으로 인해 수북이 쌓인 시체들, 그리고 가족들을 생각하면 진은 아직도 편히 잠을 이룰 수 없었다.

"그래서 자손들에게까지 인간이라 속인 건가?"

"아이들은 아마 자신이 뱀파이어란 걸 알았다면 참지 못하고 피를 마셨을 겁니다. 그럼 피로 인해 순간적으로 힘이 증폭되어 기이한 현상들이 일어나 정체가 들킬지도 모르죠. 그렇기에 뱀파이어의 아이를 제어할 수 있는 유일한 방법이었습니다."

알고 있는 욕망을 참는 것보단 아예 처음부터 모르고 있는 것이 나은 방법이었다. 한 번 피를 탐한 자가 있다면 배어 있는 피의 향을 맡은 모든 이들이 참지 못하게 될 것이니까. 진은 그제야 쉐인과 운의 존재가 이해되었다.

"나머지는 알 만하군. 현재 우리나라는 전보다 더 철저히 숨겨져 있으니 이 먼 곳에선 소식을 듣지 못했겠지."

"서양의 소식에 항상 귀를 기울였죠. 조금이라도 기이한 현상이 일어난다면 어떻게든 알아보려 했습니다. 하지만 흡혈에 대한 소식도, 기이한 힘의 발견도 들리지 않았죠. 제 무지가 같이 도망 온 모든 일족과 그 후손들을 죽이고 말았습니다."

씁쓸한 미소를 지으며 말하는 쉐인의 얼굴에 슬픔이 배어 있었다. 전쟁이 끝났을 때에는 피해가 막심했기 때문에 한동안은 쥐 죽은 듯이 숨어 살 수밖에 없었다. 그 후 시운이 새로운 땅에 나라를 만들었고, 그곳에서 힘을 키운 일족은 아무도 모르게 인간 세계를 뒤에서 지배했다. 그리고 인간들이 발전시킨 과학과 의학을 강한 힘으로 강탈해 비상한 머리로 발전시켰다.

"운의 말에 따르면 새로운 나라가 만들어져 있다고 하더군요. 어리석은 판단으로 모두를 죽여놓고도 전 살고 싶습니다. 욕망이라는 것이 끝이 없듯 이리 살아나니 운이가 행복한 모습으로 일족의 품에 섞여 사는 것이 보고 싶군요."

쉐인의 웃음소리는 쓸쓸하기 그지없었다. 그의 목소리에서 흘러나오는 한탄 속에는 일족에 대한 사랑이 느껴졌다. 그래서 감히 왕의 피를 마시고도 살아남을 수 있냐며, 스스로 과분함에 자결을 하라 화를 낼 수도 없었다. 일족을 사랑하고, 같은 고통을 느낀 일족에게 도저히 함부로 대할 수가 없었다.

"이제 걱정 마십시오. 당신과 운은 안전한 일족의 품에 속하게 될 겁니다."

진의 강한 미래에 대한 확신에 쉐인이 눈을 감으며 편안한 미소를 지었다. 주름진 눈가에서 눈물이 흘러내렸다. 드디어 길고 긴 혼자만의 전쟁이 끝났다. 아내부터 시작하여 데려온 모든 일족들이 죽고 그 후손들까지 죽었다. 죽어가는 것을 보면서도 언제 들켜 죽임을 당할까 하는 불안함에 아무런 대처도 할 수 없이 마냥 지켜보기만 해야 했다.

"새로운 세계의 이름은 메드리아. 고향이라 여겨도 되니 남은 생은 그곳에서 편히 지내세요."

"감사합니다. 저희를 구원해 주셔서 감사합니다."

쉐인은 고개를 깊게 숙이며 계속해서 감사하다는 말만 되풀이했다.

✤ ✤ ✤

"뱀파이어는 실제로 존재한단다, 아가."

"정말요?"

"그럼! 그들은 절대 무서운 괴물이 아니야. 너무 아름답고 강하기 때문에 사람들이 질투를 해서 그렇게 부른 것이지. 뱀파이어는……."

외할아버지의 목소리가 머릿속에서 점점 멀어져 갔다. 지금은 기억도 나지 않는 어린 시절. 그 시절 들었던 옛날얘기들이 계속해서 머릿속에 떠올랐다. 하지만 더 기억하려고 하는 순간 머리가 아파왔다. 운은 지끈지끈 아파오는 머리를 부여잡으며 힘겹게 눈을 떴다. 그리고 눈앞에 보이는 시운의 모습에 모든 상황을 기억해 내곤 벌떡 일어나려고 했다. 하지만 시운이 그녀의 몸을 다시 눕혔다.

"아직 더 누워 있어."

운은 시운이 자신의 목을 거칠게 물고 야릇한 소리를 내며 빨았던 것을 기억해 내고 얼굴을 붉혔다. 순간적인 고통과 온몸의 피가 다 빨려나가는 느낌에 현기증이 일어났고, 그 뒤로 기절을 했다. 운이 자신의 목에 손을 가져가 더듬었다. 울퉁불퉁한 것이 만져졌고, 그와 동시에 목이 아려오자 상처가 생각보다 깊게 난 것을 알았다.

"으으."

운이 아픈지 인상을 찌푸리며 약간의 신음 소리를 내자 시운이 그녀의 손에 치우며 상처를 만졌다. 아직도 깊게 패인 상처가 남아 있는 운의 목을 만지니 시운은 또 갈증이 일어날 것만 같았다. 시운은 그녀의 가느다란 목을 만지작거리다 세게 눌렀다.

"아! 아파요!"

운이 갑작스런 고통에 욱한 마음을 고스란히 담아 빽 소리를 질렀다. 사자가 먹잇감의 목을 물어뜯듯이 거칠게 피를 빨린 것도 열받는 마당에 상처를 만든 당사자가 세게 만지자 짜증이 났다.

"아픈가?"

"당연히 아프죠! 그렇게 세게 물면 어떡해요!"

그걸 말이라고 하냐는 식으로 시운을 흘겨보던 운이 툭 쏘아댔다. 전에는 약간 따끔할 정도로만 물었다면, 이번엔 피가 아주 철철 흘러나오도록 세게 물었다. 무슨 심보로 이번엔 이리 세게 물었는지, 가만히 있어도 쓰라렸다.

시운의 손을 홱 밀친 운은 다시 우둘투둘한 상처를 만지작거렸다. 남들에게 보이는 부분이라 괜히 신경이 쓰인 운이 계속 만지작거렸다.

"내 피를 마시면 빨리 나을 수 있겠지."

"싫어요."

운이 단번에 거절을 했다. 빨리 나으면 좋겠지만 왕의 피는 함부로 탐하면 안 되는 것을 이번 기회로 알게 되었다. 외할아버지에게 피를 주어 어제 자신이 그에게 험한 꼴로 피를 내어주지 않았던가. 하지만 그것보다도 가장 문제가 되는 것은 피를 마실 줄 몰랐다. 혀로 만져지는 자신의 송곳니는 인간의 것과 같아 목을 찌를 만큼 뾰족하지도 않았으며, 전에 간호사를 물었을 때는 어떻게 물었는지 생각도 나지 않았다. 무엇보다도 피는 절대 마시고 싶지 않았다.

"기억을 지우는 방법도 모르니, 인간의 피는 혼자 힘으로 절대 못 마시겠지. 줄 때 편하게 받아 마시는 게 좋은 거야."

시운의 말처럼 운은 절대 인간의 피를 마신다는 생각을 할 수 없었다. 기억을 지우는 것은 물론 어떻게 마셔야 하는지, 얼마나 마셔야 하는지도 몰랐다. 전의 간호사처럼 목숨이 위험할 때까지 마실 수도 있었다.

"어린아이도 잡지 못하겠지. 지금이 아니면 마시지 못해."

빈정거림이 들어간 달콤한 유혹의 목소리로 시운이 하는 말에 운이 그를 흘겨보았다.

"그래도 싫어요."

운이 다시 한 번 단호히 거절했다. 누군가의 살을 물어뜯어 피를 마신다는 것이 아직 운에겐 끔찍한 일이었다.

"지금 이대로 일어나면 어지러울걸?"

"금방 괜찮아질 거예요. 전에도 괜찮았어요."

"그때와 지금은 다르지."

시운이 손에 턱을 괴며 말했다. 중간에 기절을 해서 모르는 것일까. 아니면 인간으로 알고 지낸 그녀가 자신의 몸에서 얼마나 많은 피가 빠져나갔는지 모르는 것일까. 분명 둘 다일 것이다. 피를 빠는 것이나 빨리는 것이 얼마 되지 않았으니 아직 모든 것이 서투를 게 분명했다.

"지금이야 누워 있어서 괜찮아도 어지러움이 느껴지면 몸에서 갈증을 일으켜 나중에는 이성을 잃고 아무 피나 마시려고 할지도 몰라."

 무심하게 말했지만 운에게는 아주 효과적이었다. 시운의 말에 피범벅이 된 간호사가 떠올랐기 때문이다. 그의 말대로 지금이야 누워 있어 괜찮겠지만 어느 순간 어지럽게 되면 운은 자신도 모르게 또 그런 일을 할지도 몰랐다. 그때 아마 누군가가 자신을 말리지 않았더라면 그 간호사는 싸늘한 시체가 됐을지도 모르는 일이었다. 운의 얼굴이 심각하게 변해가자 시운이 픽 하고 웃었다.

 "외할아버지한테 갈래요."

 운이 진지하게 그때의 일을 고민하다가 시운에게 툭 내뱉었다. 하지만 쉐인에게 간다고 무슨 해결방도가 있을까. 어린아이에게는 부모의 피를 주거나 가족이 피를 나눠준다고 했지만 운으로선 도저히 쉐인의 피는 마실 수가 없었다.

 운의 말에 다른 의미로 기분이 나빠진 시운은 한쪽 눈썹을 찡그렸다.

 "어린아이처럼 외할아버지의 피를 받아 먹을 셈인가?"

 상상하는 것조차 싫었다. 아무리 가족이라지만 쉐인의 피를 마시고 있는 운은 상상하니 짜증이 치밀어 올랐다.

 "그쪽 세계에서 제 나이는 어린 측에 속한다면서요?"

 "이제 네 세계도 돼. 아무리 어린 나이라지만 성인의 나이이기도 하고. 다 큰 성인이 모유를 마시는 것 봤나?"

 "그럼 의사선생님한테 가서 채혈한 피를 좀 달라고 하면 되잖아요."

 시운은 순수하게도 채혈한 피를 마시겠다고 말하는 운이 귀여웠다. 채혈한 피를 마실 생각을 하다니, 우스운 짓이었다. 물론 그렇게 피를 마시는 이들이 있긴 하지만, 그건 부득이한 경우로 누군가의 피를 마시지 못할 때다. 하지만 인간 세계를 지배하며 다 풍요롭고 여유로운 삶을 살기에 그런 일은 흔치 않았다.

"그런 피는 신선하지 않아서 맛이 없지."

"피를 맛도 따져서 마셔요?"

"피에 따라 힘과 맛은 다 달라. 따로 뽑아서 마시는 피는 신선하지도, 맛있지도 않아. 꼭 진짜 바나나가 아닌 바나나향이 나는 바나나 맛 우유를 마시는 것과 같지."

그럴듯한 비유에 운은 고개를 끄덕였다. 이상하게 무슨 의미인지 알 것 같았다. 하지만 기분이 나빴다. 제시한 해결책을 막아대며 이러지도 저러지도 못하게 하는 시운이 얄미웠다.

"저 바나나우유 좋아해요."

"지금 나랑 장난치자는 건가?"

싸늘한 시운의 시선에 운이 꼬리를 내리며 시선을 피했다. 원래부터 날카롭게 생긴 시운의 눈은 조금만 더 치켜뜨면 무서울 정도로 날카로워졌다. 운이 한발 물러서며 풀죽은 목소리로 물었다.

"그럼 제 나이의 뱀파이어는 어떻게 피를 마시죠?"

"네 나이면 인간의 피를 마시거나 애인의 피를 마시겠지."

"애인?"

"피를 주는 동족은 가족이나 가까운 사이의 관계를 가진 자들이지."

애인과 만나서 서로를 물고 피를 빠는 것을 상상한 운이 소름이

돈은 팔을 감싸며 눈살을 찌푸렸다. 갓 성인이 된 이들이 그리 야하면서도 께름칙한 데이트를 한다니, 상상만 해도 끔찍했다. 물론 피를 빠는 것이 야한 것도 아니고, 뱀파이어 또한 살기 위해 식사를 하는 것과 같은 것이라고는 하지만 느낌이 이상한 건 어쩔 수 없었다.

"그럼 그냥 의사선생님한테 피를 놓아달라고 할래요. 그렇게 하면 맛도 못 느끼고, 신선한지 아닌지도 모르잖아요?"

운에게 남의 피를 먹이고 싶지 않았다. 하지만 지금 운에겐 피가 필요했다. 그는 무서웠을 텐데도 자신에게 피를 내어주기 위해 제 발로 찾아온 운에게 피를 내어줄 생각이었다. 하지만 계속 운이 말도 안 되는 말로 거부를 하니 오기가 생겼다. 남들은 감히 엄두도 못내는 피를 기어이 거절하는 운에게 어떻게든 피를 먹이고 싶었다.

"인간의 피는 회복 능력을 그리 크게 늘려주지 않아. 링거를 통해서 받은 피는 그리 큰 효과도 없지. 그냥 물어. 여기 바로 있는데 그렇게 번거롭게 굴 필요가 있나?"

시운이 손목을 들이대자 운이 상체를 조금 뒤로 뺐다. 목을 무는 것도 정말 원치 않았지만 손목을 물어뜯는 것 또한 자신이 없었다. 누워 있어서 그런지 현기증도 심하게 느껴지지 않았고, 딱히 생살을 물어 흡혈을 해야 한다는 생각 또한 들지 않자 운이 다른 핑곗거리를 꺼냈다.

"됐어요. 왕의 피는 함부로 탐하면 안 된다면서요?"
"네 피를 주었잖아? 그러니 너도 마셔."

겨우 짜낸 핑곗거리에도 불구하고 억지로 피를 권하는 시운으로 인해 운이 난처한 표정을 지었다. 웬만하면 쉐인의 은인인 그의 말을 따르고 싶었지만 짐승처럼 살을 물어뜯는 건 정말이지 내키지 않았다.

"그, 그건 제 피를 주기로 했으니까 그런 거죠."

"난 너를 달라고 했지 네 피만을 달라고 하지 않았어."

시운이 눈썹을 꿈틀거리며 말했다. 순수하게 피만 원했다고 생각하고 있는 운을 보니 답답했다.

"저를요? 그게 피를 달라고 한 것과 뭐가 다르죠?"

"완전히 다르지. 네 몸을 내 마음대로 할 수 있으니. 이렇게."

시운이 운의 위로 올라가더니 그녀의 한쪽 가슴을 부드럽게 쓸었다.

"엄마야! 뭐 하는 짓이에요? 그, 그러고 보니 어제도……!"

피를 많이 빼앗겨 어제의 일이 흐릿흐릿 생각이 났지만 시운이 그녀의 가슴을 쓸자 모든 기억이 생생하게 떠올랐다. 짐승처럼 가슴을 물어뜯으며 흡혈을 하던 시운의 모습이 생각나자 운은 얼굴을 붉히며 벗어나려 발버둥 쳤다. 강한 힘도 아니었지만 시운의 부드럽게 쓸어내리는 가슴이 한없이 아려왔다.

"아, 아파요. 하지 마세요."

아니, 아픈 것도 문제였지만 남자에게 가슴이 만져지는 것이 낯선 운이 울 것 같은 얼굴로 고개를 저으며 거부했다. 운이 어떻게든 양손으로 그의 손을 떼어내려 했지만 시운의 팔은 얄밉게도 미동조차 하지 않았다. 운은 어젯밤 가슴이 농락당했던 것과 지금 상황에 겁을 먹고 울먹였다.

"이, 이러지 마세요. 아파요."

"자, 마셔. 그러면 놓아주지."

시운이 팔을 운의 앞으로 갖다 대며 강요했다. 그러자 운이 잠시 망설이다 시운의 팔을 잡았다. 어떻게든 이 민망하고 부끄러운 상황에서 벗어나고 싶었다. 시운이 계속 머뭇거리면서도 어쩔 수 없이 팔을 입 앞으로 가져가는 운을 기다려 주었다. 하지만 운이 계속 행동에 옮기지 못하자 시운이 짐짓 엄한 목소리로 말했다.

"지금 마시지 않는다면 더한 짓을 할 거야. 그래도 상관없다면 마시지 않아도 좋아."

망설이는 운을 보며 참지 못한 시운이 그녀의 가슴을 덮고 있던 손을 떼어냈다.

"마, 마실 거예요."

운이 모기만 한 목소리로 작게 대답하며 어깨를 움츠렸다. 정신이 온전한 상태에서 처음으로 무는 생살에 두려움을 느낀 운이 눈을 꼭 감았다. 계속해서 뚫어져라 보는 시운의 날카로운 시선을 느끼며 운이 시운의 팔을 덥석 물었다. 잠시간의 정적이 흘렀고, 운이 한쪽 눈을 조심스레 뜨며 시운의 눈치를 보았다.

"……지금 뭐 하는 거지?"

시운의 목소리가 나지막하게 울렸다. 운이 조금 더 세게 시운의 팔을 물었다. 하지만 이상하게도 살이 뚫리지도 피가 나오지도 않았다. 이상함을 느낀 운은 덥석 물고 있던 시운의 팔을 떼어내어 자신이 문 부위를 보았다. 자그마한 두 개의 구멍이 있을 거라는 생각과는 전혀 다르게 타원형의 이빨 자국이 고르게 찍혀 있었다. 운이 민망함에 고개를 갸웃거리다 다시 그의 팔을 가져와 콱 물었다.

"날 갖고 노는 건가?"

다시 똑같은 고른 이빨 자국을 만들어낸 운을 보며 시운이 작게 한숨을 쉬었다. 아까부터 은근히 피를 받아먹을 운을 상상하며 기대했던 시운이었다. 그의 아래에서 간절히 피를 빨아먹으며 달려드는 그녀를.

"이, 이상하네. 다시 해볼게요!"

운이 더 세게 콱 물었지만, 역시나 살이 뚫는 느낌은 들지 않았다. 시운은 짜증스럽게 자신의 팔을 빼내며 그녀의 위에서 몸을 일으켰다.

"완전 어린애가 따로 없군. 아직 송곳니도 제대로 못 세우다니."

시운이 손을 빼내며 물러나자 오기가 생긴 운은 다시 그의 손을 덥석 잡고 갖고 오기 위해 손을 뻗으며 상체를 일으켰다.

"앗!"

몸을 일으키자 순간적으로 몰려오는 현기증에 눈앞이 뿌옇게 변하는 것 같았다. 그저 앉아 있는 것일 뿐인데도 몸을 가눌 수가 없었다. 시운은 운의 어깨를 잡고 거칠게 침대로 다시 눕혔다.

"피를 많이 빨렸어. 일어나면 어지러울 거라고 했을 텐데."

어제 예민함이 극을 달렸던 시운은 욕구를 통제하지 못하고 피를 빨았다. 쉐인으로 인해 많은 피를 쏟아냈기에 컨디션도 엉망이었다. 거기다 억지로 다른 피를 마셔 짜증도 심하게 났었다. 그러다 계속해서 머릿속을 어지럽혔던 운이 다가왔기에 자제가 힘들었었다.

운에게 반드시 피를 먹여 영양을 보충시켜 줘야 했다. 그 생각을 하며 시운이 손으로 그녀의 입을 억지로 벌렸다.

"송곳니 못 빼? 피를 마시고 싶다고 생각해 봐. 날카로운 송곳니로 살을 뚫고 피를 탐해야 해."

시운이 그녀에게 세세한 기분까지 말해주었지만 운은 그저 멀뚱멀뚱 그를 바라볼 뿐이었다. 시운은 한숨을 쉬다가 결국 자신의 손목을 약하게 물어뜯었다. 그리고 그녀의 입에 대주었다.

"나머지는 네가 물어, 언제까지 내가 이리 해줄 순 없을 테니."

억지로 마시려고, 나중엔 오기로 마시려고 했던 피였다. 하지만 막상 피 냄새를 맡으니 지금까지의 감정은 모두 사라졌다. 입안에서 군침이 돌고 어떻게든 마시고 싶었다. 이런 자신이 짐승 같았지만 피 냄새를 맡자 끔찍한 갈증이 시작되었다. 아까의 망설임이 언제 그랬냐는 듯이 운이 시운의 팔을 잡고 조금씩 흐르는 피를 핥아가기 시작했다. 깊은 상처가 아니라서 많이 나오지 않아 답답했다.

"물어. 무는 거 몰라?"

시운이 윽박지르자 운이 주인에게 혼나 꼬리를 축 내린 강아지마냥 몸을 움츠리며 그의 눈치를 보았다. 피가 감질나게 들어오니 운도 콱 물어서 조금 더 많은 피를 마시고 싶었다. 그만큼 갈증은 극심했고, 이성을 잃게 만들고 있었다. 작은 상처이고, 빠른 회복력 때문에 이제는 피가 거의 들어오지 않고 상처가 아물려고 하니 운 또한 아쉽던 차였다. 하지만 운은 아까처럼 또 이빨 자국만 낼

까 봐 쉬이 묻지도 못했다.

"안 물어?"

시운이 날카로운 눈으로 짜증스럽게 말하자 운이 눈치를 보다 이제는 피가 나오지 않는 그의 손목을 거칠게 홱 밀쳤다. 짜증 났다. 물어줄 거라면 어제 자신을 물 때와 같이 피가 콸콸 나오게 세게 물어줄 것이지, 병아리 오줌마냥 피가 아주 조금만 나오게 물어 준 것도 모자라 계속 이리 윽박지르기만 하자 화가 났다. 운은 눈물을 그렁거리며 빽 소리를 질렀다.

"안 물어지는 걸 어떡해요! 나 갈래요!"

이러지도 저러지도 못하게 하자 서러움이 몰려왔다. 침대에서 일어나자 현기증이 몰려왔지만 꾹 참고 운은 앞으로 저벅저벅 걸어갔다. 감질나게 입맛을 적셔놓으니 끔찍할 정도로 갈증이 났다. 쉐인에게 가서 어떻게 물고 마시는지 물어보거나, 그게 아니라면 어디서라도 피를 구해서 마실 셈으로 뒤도 안 돌아보고 걸었다.

"엄마야!"

순식간에 나가려는 운의 팔을 잡아당긴 시운이 그녀를 침대에 다시 눕혔다. 어느새 상체까지 눌린 운이 시운의 품에서 빠져나가기 위해 발버둥을 쳤다.

"다른 이의 피는 마시지 마. 내 피만 마셔."

운의 양옆을 손으로 짚은 시운이 깊게 가라앉은 눈으로 그녀를 뚫어지게 바라보았다. 시운은 인간이든 가족이든 그녀가 자신의 피 외에 다른 피를 탐하는 것은 절대 보고 싶지 않았다.

"주지도 않을 거면서······."

"자, 여기. 실컷 마셔."

시운이 거칠게 자신의 손목을 물어뜯으며 그녀의 입에 대주었다. 송곳니도 제대로 나오게 하지 못하는 운을 보자니 속이 꽉 막힌 것처럼 답답했지만 당분간은 이렇게 할 수밖에 없을 듯했다.

시운의 손목에서 피가 이제 만족할 정도의 양이 나오자 운의 눈이 금세 붉게 변했다. 코를 확 찔러오는 혈향에 어느새 침을 꿀꺽 삼키며 입맛을 다셨다. 운이 더는 참지 못하고 시운의 손을 덥석 잡으며 갈증을 해소하기 시작했다.

"인간이든 네 외할아버지든 동족이든 다른 피는 절대 마시지 마. 약속대로 넌 나의 것이야. 절대 다른 이의 피를 탐하면 안 돼. 만약 그렇게 한다면 내가 준 것을 다시 돌려받을 테니까."

열심히 팔을 부여잡고 피를 마시는 운을 보며 시운이 나지막하게 속삭였다. 상처에서 흘러나오는 피를 꿀꺽꿀꺽 잘도 받아 마시면서 운은 그의 말에 고개를 끄덕였다. 돌려받는다면 쉐인의 목숨일 것이다.

'무서워.'

운은 강한 힘으로 무서운 뱀파이어들을 지배하고 죽이기는 쉐인까지 살려낸 시운이 무서웠다. 그러면 정말로 쉐인의 목숨을 돌려받을 것 같은 마음에 운은 몇 번이고 고개를 끄덕였다. 그러다 이내 곧 피를 마시는 것에 열중했다. 아무리 마셔도 시운의 피는 자존심을 다 버리게 할 정도로 커다란 중독 증세를 일으켰다. 계속해서 일어나는 갈증에 운은 점점 이성을 잃으며 시운의 피를 탐해갔다. 달콤했다. 영원히 시운의 피만 마시고 싶을 정도로. 그의 피는 운에게 끔찍한 중독을 일으켰다.

✥ ✥ ✥

"걔가 얼마나 순딩이던지, 그냥 시운이가 있는 방을 들어갔다니 까요?"

"허허, 내가 줄줄 따라오던 인간 남자들을 쫓아내며 애지중지 키우기만 했더니 남자가 무서운지를 모르는구먼!"

쉐인과 이것저것 얘기를 나누다 진은 왕의 보좌관으로서 시운에게 다시 돌아왔다. 오랜만에 일족을 만난 기쁨에 진을 따라온 쉐인은 시운이 있는 바로 옆 객실에서 진과 수다 삼매경에 빠져 있었다. 엄청난 양의 피를 마셨던 쉐인의 몸은 이미 건강을 찾은 지 오래였고, 그저 감시를 받는 상태로 병원에 있는 거나 마찬가지였기에 진을 따라 쉬이 퇴원할 수 있었다. 처음엔 혹시 모를 의심에 경계를 풀지 않던 진은 쉐인과 차차 대화를 나누다 시운과 운의 밝은 미래를 바라는 그의 의중을 알고 봇물 터지듯 수다를 떨기 시작했다.

"아주 여자를 있는 대로 계속 데려오라더니 전부 마음에 들지도 않는지 물기만 하고 피는 거의 마시지도 않는 까칠 모드에서 운이 찾아왔으니. 혹시라도 무슨 일이 날까 봐 얼마나 조마조마하던 지……."

진은 자신보다 훨씬 나이가 많은 쉐인과 둘의 문제점에 대해 열심히 토론을 하고 있었다. 뱀파이어의 미래를 의미하는 시운과 눈에 넣어도 아프지 않는 운을 잘 이어보자는 이야기는 끝이 보이지 않을 정도로 길게 이어졌다.

"한번 마음에 든 이성의 피를 맛보면 다른 여자의 피는 눈에 들어오지도 않지. 그래서 그런 거 아니겠나."

"주위에서 그렇게 말하긴 하던데, 전 그런 경험은 없어서······ 혹시 그런 경험 있어요?"

사랑하는 이성의 피를 마신 자는 다른 피는 시시해서 제대로 마시지 못한다. 다른 이들의 피를 마실 수야 있겠지만 그건 그저 갈증해소일 뿐 의미는 없었다. 사랑을 나누는 것과 마찬가지로 사랑하는 이들 사이에는 큰 유대감이 존재해 서로의 피에 매력을 느꼈다. 아마 시운은 극도로 예민해진 상태에서 다른 이들의 피가 짜증을 불러일으킬 정도로 싫었을 것이다. 쉐인도 그 기분을 알 수 있었다. 아내가 임신 중일 때, 그저 갈증을 해소하기 위해 마셨던 인간의 피맛은 기분을 더럽게 만들 정도로 맛이 없었다.

"내 아내의 피는 날 정말 미치게 했었지. 9백 년 동안 사랑하는 이도 없었나?"

쉐인이 아련한 눈으로 과거를 회상하다가 진에게 물었다.

"전 만인의 연인이라 딱히······."

"반려를 만나기 전에 많은 이들은 만나보는 것도 좋지. 하지만 나중에 후회할 짓은 하지 말게."

싱긋 웃으며 장난스럽게 하는 진의 말에 쉐인이 진심 어린 충고를 하며 허허 웃었다.

"하하, 그래야죠. 그보다 어제 피 냄새가 진동을 하던데, 괜찮을

까요?"

"왕께서도 마음이 있다면 운이가 피를 받지 않겠나. 너무 걱정 말게. 난 평생을 인간으로 믿고 살았을 운이가 피나 제대로 마실 수 있을 지 걱정이 되는구먼."

"에이, 그것도 다 사랑의 힘으로 알게 되겠죠. 우린 그냥 둘이 빨리 잘되길 바라며 기다려요. 아아, 아이는 안 생기려나? 그건 무리겠죠? 아이라도 생기면 바로 결혼에, 후계자에, 우리의 미래가 되는 건데……."

속도위반을 바라는 진이 아무런 말도 없는 쉐인을 보다 뜨끔했다. 그러다 쉐인이 운의 고조외할아버지, 그것도 아주 가족애가 넘치는 가족이라는 것을 생각해 냈다. 그 누가 손녀가 만난 지 얼마 되지 않는 남자와 속도위반을 하길 원할까. 시운과 운의 사랑을 응원하는 마음이 너무 잘 맞았기에 미처 생각하고 말하지 못한 것을 탓하며 진이 어색한 미소와 함께 농담이라 말하려 했다. 하지만 그보다 진지하게 진을 바라보던 쉐인이 먼저 말을 꺼냈다.

"그럴 확률이 적지는 않지 않겠나? 내가 만든 마을은 전부 번식을 했고, 대대로 내려온 자손들도 거의 다 번식을 했네. 그저 두 사람이 합쳐져 한두 명의 자손들을 만들어왔기 때문에 인원이 줄어든 것일 뿐이지, 번식력은 최고라네. 내 그건 장담할 수 있다네."

쉐인이 자랑스레 진에게 말하며 허허, 하고 웃었다. 작은 마을에서 계속 수가 줄어드는 일족들을 걱정하며 살아온 쉐인에겐 속도위반이란 아주 크나큰 선물 같은 거였다.

"운이가 너무 어려서 걱정이 되는구먼."

혀를 차며 걱정스럽게 말하는 쉐인이 아직도 순진하고 해맑기만 한 손녀인 운을 생각하며 한숨을 쉬었다. 동족 중에서도 최고의 위치에 있는 왕의 여자라니, 믿을 수가 없었다. 사랑 앞에서는 어쩔 수 없다고 하니 시운이 서투른 운을 잘 돌봐주겠지만 왕의 여자가 된다는 것은 만만치 않은 일이다.

"잘될 거예요. 같은 뱀파이어니 전과 같이 인간에 미쳐 전쟁이 일어날 일도 없고 애도 잘 낳는다면 그만큼 일족이 번창하잖아요? 그것만큼 좋은 일이 어디 있어요?"

전대 왕이 사랑하는 인간 여자로 인해 일으킨 전쟁을 말하며 진이 쉐인을 안심시켜 주었다. 최악의 상황들은 다 벗어날 수 있다는 진의 말에 쉐인이 다시 허허, 웃었다. 일족에게 희망을 주고 번창을 일으키는 역할을 운이 해준다면 더 바랄 것도 없어 기쁠 것 같았다.

"그래, 빨리 아이나 만들었으면 좋겠네."

절대 외할아버지로서 할 수 없는 말을 하는 쉐인으로 인해 진이 멀뚱멀뚱 그를 바라보다가 크게 웃었다.

"외할아버지!"

운이 밖으로 나오자마자 보이는 쉐인의 모습에 달려가 덥석 안겼다. 진과 쉐인은 그 뒤에서 짜증이 가득한 얼굴로 인상을 찌푸리고 있는 시운의 눈치를 보았다. 쉐인이 날카로운 시운 때문에 운을 꽉 안아주지도 못하고 어정쩡하게 품 안에 있는 그녀를 받아주었다.

"외할아버지 언제 오셨어요? 이제 몸은 괜찮으세요?"

순수한 눈망울로 올려다보는 운에게는 시운의 향이 진하게 배어 있었다. 아까 잔뜩 퍼지던 시운의 피를 마음껏 마셨는지 운의 얼굴에서 생기가 돌았다.

"할아비는 이제 괜찮지, 허허."

사랑스런 손녀의 건강한 모습을 확인한 쉐인은 그녀를 제치고 시운의 앞으로 가 정중히 한쪽 무릎을 꿇었다.

"새로운 왕이시여, 이 쉐인이 이제야 이렇게 인사 올립니다. 부디 용서해 주소서."

쉐인이 옛 기억을 떠올리며 왕인 시운에게 자연스레 인사를 올렸다. 운은 쉐인의 낯선 모습에 뒤에서 멍하니 두 남자를 바라보기만 하였다. 쉐인의 이름을 듣던 시운은 곰곰이 생각을 하다가 쭈글쭈글 주름이 많아진 그의 얼굴을 보며 나지막하게 말했다.

"일어나라. 아이를 가진 부부를 찾아다니더니 결국 마을을 만들었나 보군."

시운의 말에 쉐인이 일어나며 그를 바라보았다. 하도 여러 마을을 돌아다녔고, 오래된 기억이라 뚜렷하진 않지만 기억이 나는 것도 같았다. 여러 곳을 돌아다니며 마을에 살게 될 부부를 만나러 다닐 때, 뭐 하러 그리 고생을 하고 다니는지를 물어보던 시운을 만난 걸 어렴풋이 기억해 낸 쉐인이 눈을 크게 뜨며 그를 바라보았다.

설마 그때 그 청년이 이렇게 왕이 될 줄이야. 쉐인은 반가운 시선으로 그를 바라보았다. 하지만 시운은 그런 쉐인을 무시하고 그대로 운에게 다가갔다.

"지금 웃음이 나오나?"

"그치만 외할아버지가 건강하신 모습을 보니까 기분이 좋은걸요."

운이 입을 삐쭉 내밀며 기어들어 가는 목소리로 대답했다. 아까 시운의 피를 마시고도 한참 동안 그의 손을 붙잡고 무는 연습을 했다. 하지만 어찌 된 일인지 계속 이빨 자국만이 찍힐 뿐이었다. 결국 짜증을 한바탕 낸 시운이 포기하고 운을 데리고 나온 터였다.

"나머지는 후에 내가 직접 가르쳐 줄 테니 각오하라고."

시운이 으름장을 놓으며 하는 말에 운이 기가 죽은 채 어깨를 축 늘어뜨렸다. 하지만 시운은 그런 그녀를 신경도 쓰지 않으며 단단히 각오하란 눈빛을 보냈다. 괘씸하기만 했다. 시운은 쉐인을 보자마자 자신을 내버리고 달려가는 운의 모습에 심술이 난 것이었다. 운이 외할아버지에 대한 사랑이 극진하다는 것은 알지만, 괜히 짜증이나 화기애애했던 주변 공기를 무겁게 누르며 말했다.

"진, 이제 이곳에서의 볼일은 끝났다. 내일 바로 돌아갈 준비를 해."

"응응, 그럼 전부 준비시킬게."

무거운 분위기를 없애기 위해 조금 발랄하게 말한 진이 휴대폰을 꺼내 어딘가로 전화를 걸었다. 신호음을 들으며 진은 쉐인에게 말했다.

"이제 메드리아로 갈 거니까 필요한 거 다 챙겨가요."

"그래야겠구먼. 운아, 넌 시운님과 여기에 있거라."

쉐인이 무거운 공기의 원인인 운을 두고 가려고 했다. 아무리 예전에 어렸던 시운을 봤었다고 해도 그는 이제 절대적인 왕이었다. 하지만 운은 고개를 저으며 애교스럽게 쉐인에게 팔짱을 꼈다.

"외할아버지, 저도 같이 가요. 제가 짐 들어드릴게요."

"이제 할아비는 튼튼하니까 여기에 있으려무나."

"맞아, 내가 같이 갈 테니까 넌 제발 여기에 있어. 네 물건은 전에 다 사놨으니까 걱정 말고. 알았지?"

시운에게 여러 잔소리들을 들으며 어색한 분위기를 만드는 것이 싫어 쉐인을 따라가려던 운은 자신을 말리는 진과 쉐인을 보며 뾰로통한 표정을 지었다.

"저 외할아버지 따라갈 거예요."

운이 조금 더 단호한 목소리로 말했다. 시운의 옆에 남아 그가 윽박지르는 걸 들으며 기죽고 싶지 않았다. 건강해진 쉐인과 오랜만에 산책 겸 짐을 챙기며 같이 시간을 보내고 싶었다.

"그냥 여기 있지……."

"싫어요. 그리고 진은 매일 왕 옆에 붙어 있어야 한다면서요? 그러니 전 외할아버지 따라갈래요."

운이 진에게 퉁명스럽게 말하며 더욱더 쉐인에게 다정하게 팔짱을 끼며 몸을 밀착시켰다. 그에 시운이 못마땅한 표정을 지으며 다시 방으로 들어가 버렸다. 쉐인은 사랑스런 손녀의 모습에 더는 거부도 하지 못하고 난감하게 웃었다.

"넌 어째 눈치가 그리 없냐? 아이고, 갈 길이 멀었네, 멀었어."

"제가 뭘요! 외할아버지랑 오붓하게 데이트할 거니까 진이나 괜히 눈치 없이 끼어들지 마세요!"

운이 쉐인을 끌며 밖으로 향했다. 운의 뒤통수를 보며 진이 뒤에서 머리를 한 대 쥐어박을 것처럼 하다가 시운이 들어간 방을 바라보았다. 다행히 운의 피를 마시고 컨디션을 회복했는지 평소의 모습으로 돌아와 있었다. 하지만 시운의 앞날은 운으로 인해 한없이 캄캄해 보였다.

"그래서 네가 그냥 물었단 말이냐?"

"송곳니를 어떻게 빼는지 몰라서요. 계속 옆에서는 물라고 하니까 그냥 물었는데, 전처럼 안 물리잖아요."

결국 쉐인과 진, 그리고 운까지 셋이 쉐인의 짐을 챙기러 나오게 되었다. 이것저것 챙기고 돌아오는 길에 셋은 이런저런 얘기를 나눴다. 그러다가 운이 쉐인에게 송곳니는 어떻게 빼서 무냐고 물었고, 그 얘기를 하다 보니 그녀가 시운의 피를 마시기 위해 그의 팔을 깨문 것에 대한 얘기가 나왔다. 진과 쉐인은 황당한 얼굴로 운을 바라보았다.

"아니, 피 마시고 싶지 않았어? 전에 병원에서 간호사 피는 마셨잖아?"

"한번 맛을 보니까 정말로 마시고 싶긴 했는데, 남의 살을 뚫고 상처를 입혀서까지 마시고 싶진 않은걸요."

뱀파이어로서는 피를 마시기 위해 상처를 내는 것은 당연한 일이었다. 하지만 자신을 인간으로 알고 산 운에게 피를 마시기 위해서 남에게 상처를 낸다는 생각은 있을 수 없는 일이었다. 쉐인은 이때까지 그녀를 속여 이렇게 만들었다는 죄책감에 씁쓸한 표정을 지울 수가 없었다.

"아가, 그래서 어떻게 물었느냐."

쉐인은 걱정스런 얼굴로 운에게 물어보았다. 서로의 피를 마시며 진한 교감을 느껴야 하는 것이 정상인데, 운은 무는 것조차 안 되니 심히 걱정스러웠다. 하지만 운에게 배인 향은 다름 아닌 시운의 체취와 피였다. 시운의 피를 마셨기 때문에 이것이 당연히 시운의 피 냄새라는 것을 알 수 있었다.

"계속 이빨 자국만 나고 못 물었어요. 그래서 그, 음, 왕께서 손목을 물어서 저한테 주셨어요."

시운에 대한 호칭을 마땅히 찾지 못한 운이 고민을 하다가 결국 왕이라 칭하며 말했다. 이름을 부르기엔 외할아버지인 쉐인이 시운을 너무 높게 대했기에 함부로 부를 수가 없었던 것이다.

"스물한 살에 제대로 물지도 못하는 뱀파이어라니. 같은 일족인 게 창피하다, 창피해."

진이 키득거리며 하는 말에 운이 그를 잠시 쨰려보다가 쉐인을 돌아보았다. 이제는 가족인 쉐인도 있어 혼자가 아니니 일일이 날을 세우고 상대하며 발끈하고 싶지 않았다.

"외할아버지, 뱀파이어 세계란 곳에서는 정말 제가 어린 건가요?"

주변에게 계속 어린아이 취급을 하니 신경이 쓰였다. 인간 세계에선 어엿한 성인이건만 이곳에서는 한참 어린 꼬맹이 취급을 받아야 한다는 것도 억울했다. 운이 아니라고 말해주길 바라며 기대를 가지고 물었다. 하지만 쉐인은 운이 바라는 대답과 정반대의 대답을 해주었다.

"그럼, 많이 어린 편이지. 그래도 걱정하지 마렴. 아이가 많이 없는 곳이니 너 같은 어린아이는 특히나 더 보호를 받고 예쁨을 받는단다."

"맞아. 가면 내가 더 예뻐해 줄게."

옆에서 말리는 시누이가 더 얄밉다는 뜻을 이제야 뼈저리게 알 수 있었다. 하지만 어떻게 반박할 수 없는 말에 운이 시무룩해졌다. 어엿한 성인으로서 인정받는 날은 아직 멀고 먼 것인 걸까.

'하긴, 나이 차만 해도 엄청난데.'

운은 거의 통증이 느껴지지 않는 목과 다르게 아직도 속옷에 쓸려 따끔거리는 가슴을 느끼며 한숨을 푹 쉬었다. 예민한 부위라서 그런지 계속 쓰려오는 한쪽 가슴이 신경 쓰였다.

조금, 아니, 조금 많이 무섭긴 하지만, 남자로서 시운은 아주 매력적이었다. 그런 남자가 외할아버지의 목숨을 담보로 자신에게 소유욕을 보이니 혹시나 하는 마음이 있었다. 하지만 현저하게 차이 나는 나이 차와 자신을 어린아이로 취급하는 뱀파이어들을 보면 아마 자신을 이성으로 생각하기는 힘들 것 같았다.

"외할아버지는 할머니랑 나이 차이가 얼마나 나셨어요?"

"서른 살 정도 차이가 났던가……? 우리 일족은 나이에 그리 크게 신경을 쓰지 않는단다. 왜, 누구 좋아하는 사내라도 생겼느냐?"

"아니요! 그냥요, 그냥."

위로의 말에도 운은 전혀 위안받지 못했다. 운이 걱정에 찬 얼굴로 호텔로 돌아가는 차에서 창밖을 바라보았다.

운이 걱정스런 얼굴로 지나가는 풍경을 지켜보자 쉐인이 인자한 웃음을 지으며 손녀를 바라보았다. 인간의 나이로 서른 살도 많은데, 거의 9백 년의 시간은 엄청나게 차이 날 것이다. 하지만 시간이 보잘것없을 정도로 아주 긴 시간을 사는 뱀파이어에게 나이란 크게 중요한 부분이 아니었다.

"야, 꼬맹이도 섹시한 옷 입고 유혹적으로 변신하면 여자로 보여. 여자가 아무리 어려도 여자 옆의 남자는 다 짐승이야, 짐승. 나도 어린 여자들하고만 연애하니까 걱정 마."

"그게 무슨 자랑이에요?"

운이 진을 흘겨보다 다시 창밖으로 시선을 돌렸다.

운은 시운이 자신에게 보이는 소유욕을 도무지 이해할 수가 없었다. 정말 쉐인의 목숨을 담보로 잡으려는 것은 아닌 것 같았다. 아니, 그렇게 생각하고 싶지 않았다. 왠지 그 이유로 자신에게 그리 대했다면 조금은 서운할 것 같았다. 아니, 조금 많이 서운할 것 같았다.

4

"이, 이게 전용기라고요?"

지도에는 표기되어 있지 않은 먼 곳이라고 했기 때문에 분명 비행기를 타고 가서도 다른 교통수단을 이용해 한참을 가야 할 거라고 생각했다. 하지만 그 생각과는 다르게 뱀파이어 전용 비행기가 있었으며, 그 나라를 들어가는 입구까지 간다고 했다. 인원이 적기에 모든 동족이 사는 곳임에도 작은 나라의 도시처럼 규모가 작다고 들었다. 그래서 분명 뱀파이어 전용 비행기 또한 엄청 작을 거라고 생각했다. 하지만 운이 본 전용기의 크기는 어마어마했다.

"우리가 얼마나 고급 일족인데 조그만 장난감 비행기를 타겠냐?"

옆에서 진이 뭘 이 정도 갖고 놀라고 그러냐고 놀려댔지만 운은 벌어지는 입을 다물 수가 없었다. 엄청난 크기도 크기지만 내부는 더욱더 놀라웠다. 마치 조그만 방처럼 각자의 의자와 침대가 하나씩 있으면서 좌석이 나눠져 있었다. 운은 연신 감탄을 하며 눈을 휘둥그레 떴다.

진은 놀래도 아랑곳하지 않고 신기해하며 구경을 하는 운이 재미없는지 시운의 뒤로 다가와 주머니에서 연고처럼 생긴 무언가를 꺼내주었다.

"이게 뭐지?"

"이거 바르면 아기들이 물지 않는대. 원래 모유 끊을 때 쓰는 거긴 한데 쟨 어리니까 이것도 먹힐걸? 운이 네 팔에 이빨 자국을 만들었다며?"

키득거리며 장난기 가득 담긴 얼굴로 말하는 진을 시운이 날카롭게 노려보았다. 언제 운에게 들었던 것일까. 진은 운이 여러 개의 이빨 자국을 만들다 결국 실패를 한 것을 알고 있는지 연신 싱글벙글이었다. 하지만 어떠한 반박도 할 수 없었다. 부끄럽지만 운의 피에 미쳐 날뛰었으면서도 운에게 피를 먹이진 못했다. 그만큼 자신의 피는 갈증이 일어나지 않을 정도로 매력이 없었던 걸지도 모른다며 스스로에게 회의감을 느끼던 시운이었다.

"모유 끊을 때 이거 발라놓으면 절대 젖을 안 문대. 너도 이거 써봐. 함부로 너 못 물게."

진이 주제도 모르고 끝까지 기어오르며 하는 장난에 시운이 우뚝 멈추며 진을 불렀다.

"진."

"으, 응?"

묘하게 가라앉은 시운의 분위기에 진이 허리를 꼿꼿이 세우며 긴장했다. 보기에는 평소와 같지만 시운에게 이렇게 불리면 진은 자기도 모르게 긴장이 됐다.

"나는 아둔하게 네 농간에 빠져들지 않아. 죽고 싶지 않으면 알아서 잘 처신해."

"그, 그럼! 그렇지, 하하."

땀을 뻘질 흘리며 대답을 하는 진을 지나쳐 시운은 운에게 다가갔다. 시운을 바보 취급 당하게 만든 당사자는 마냥 태평스러웠다. 시운은 어디에 앉을지 정하지도 않고 계속 내부를 구경하고 있는 운의 팔을 잡고 끌고 앞으로 걸음을 옮겼다.

"어, 어? 어디로 가는 거예요?"

긴 다리로 휘적휘적 걸어가는 시운을 종종 걸음으로 겨우 따라가던 운이 다급하게 물었다.

"네가 앉을 좌석은 거기가 아니야."

시운이 마지막 문을 열고 들어간 곳은 마치 호텔의 조그만 고급 객실 같았다. 바닥에는 고급스런 카펫이 깔려 있었고, 침대 앞에는 마치 DVD방처럼 큰 스크린이 앞에 세워져 있었다. 침대는 두 사람이 넉넉히 누울 수 있을 정도로 넓었으며, 침대 옆의 의자는 아주 포근해 보였다.

"어? 비행기 안에 이렇게 큰 침대가 있어도 돼요?"

"우리의 과학은 인간들 이상이야. 인간의 기준에서 같은 취급은 하지 말아줬으면 좋겠군."

운은 비록 자신도 인간이 아니지만 인간을 비하하는 말에 기분이 나빠졌다. 아직은 어쩔 수 없는 감정에 시운을 잠시 흘겨본 운이 다시 이리저리 구경을 시작했다. 그러다 밖으로 가기 위해 문으로 향했다.

"어디로 가는 거지?"

"외할아버지 옆으로요."

"네 자리는 여기라고 말했을 텐데?"

나가려는 운의 팔목을 잡은 시운이 그녀를 끌고 침대에 앉혔다. 하지만 운은 어정쩡하게 일어나며 고개를 저었다.

"의자도 하나밖에 없잖아요."

"침대에 누워."

"안전벨트가 없잖아요."

운이 계속 말대꾸를 하자 시운이 그녀를 위에서 내려다보았다. 안 그래도 요 며칠 날카로운 시선과 그에게서 흘러나오는 위압감에 기가 죽어 계속 시선을 피하게 되었다. 하지만 피할 수도 없게 운은 이리 내려다보니 자신도 모르게 몸이 더 움츠리며 시선을 피하려고 했다.

"이곳은 흔들리지 않아. 이 방 밑에는 물이 있어 방의 평형을 유지시키지. 안전벨트 따위는 필요 없다."

"물이요?"

"비행기가 기울어도 바닥은 물로 수평이 맞춰질 거야. 알겠나?"

운이 더는 대꾸를 하지 못하고 고개를 주억거렸다. 이 이상 말을 한다면 전처럼 무서운 상황이 연출될 것 같았다. 운이 착하게 고개를 끄덕이자 시운은 그 옆에 앉으며 그대로 상체를 뉘이고 눈을 감았다.

메드리아로 운을 데려가고 싶지 않았다. 다른 일족들에게 운의 존재도 알리고 싶지 않았다. 시운은 운을 방에 가둬놓고 그저 자신만 알게 하고 싶은 욕구를 꾹 눌러 참았다. 자신의 피만 먹이고 자신이 주는 밥을 먹으며, 쉐인에게가 아닌 자신에게 달려드는 운을 보고 싶었다.

"피곤해요?"

시운이 바로 앞에서 느껴지는 운의 기척에 천천히 눈을 떴다. 시운의 위에 얼굴을 들이대며 있는 운의 눈동자는 건드려서 더럽히고 싶지 않다고 생각할 정도로 맑았다. 그렇게 생각하자 곧 갈증이 일어나기 시작했다. 시운이 갈증을 견뎌내기 위해 눈을 감았다. 피에 대한 갈증도 있었지만, 그보다는 다른 갈증도 일어났다. 탐하고 싶었다. 갈증이 해소가 될 때까지 그녀를 탐하고 또 탐하고 싶었다.

"갈증 나."

"피, 피라면 어제 마셨잖아요!"

"아침에 밥을 먹으면 점심엔 안 먹어도 되니 보지?"

"그, 그치만 피는 자주 마시지 않아도 된다고 했단 말이에요!"

운이 지레 겁을 먹고 자신의 목을 감싸며 물러났다. 시운은 슬금슬금 몸을 뒤로 빼며 자신에게서 멀어지려 하는 운의 허리를 잡고 옆에 뉘었다. 보고 있으면 갈증이 일어났고, 그 갈증을 쉬이 해소할 수가 없어 짜증이 났지만 곁에서 떨어뜨리고 싶지는 않았다.

"네 외할아버지를 살리기 위해 많은 피를 빨렸어. 아직도 어지럽군."

 물론 거짓말이었다. 그 당시에는 약간의 어지럼증과 함께 짜증이 났지만 운의 피를 마시자마자 언제 그랬냐는 듯 씻은 듯이 사라졌다. 하지만 뱀파이어가 얼마의 피를 마셔야 회복이 되고, 회복 속도는 얼마나 걸리는지를 잘 모르는 운은 걱정스러운 얼굴로 시운을 바라보았다.

 "승무원한테 빈혈 약이라도 받아올까요? 아니면 다른 사람의 피를 마시면 안 돼요?"

 다시 아프게 목을 물리거나 가슴을 물리고 싶지 않은 운이 다른 해결책을 제시하며 물었다. 하지만 그 말을 들은 시운은 한쪽 눈을 뜨며 날카롭게 노려볼 뿐이었다.

 "전에 못 들었나? 다른 피는 마시고 싶지 않았다고 했을 텐데."

 "꼭 제 피만 마셔야 하나요?"

 물리고 싶지 않았다. 흡혈을 하기 위해선 가까운 신체적 접촉이 필요했고, 그건 운의 몸과 마음을 야릇하게 만들었다. 특히나 아직도 가슴을 물던 시운을 생각하면 잠도 못 이룰 정도로 몸이 부끄럽게 달아오르는 것 같았다. 하지만 운은 이런 생각과 마음이 자신에게만 나타나는 감정이라는 생각에 마음이 텅 빈 듯 허전했다. 어째서 그때 가슴을 물어 피를 마셨는지는 모르겠지만 시운은 자신을 그저 어린애로만 볼 것이 뻔했다.

 "아프게 물지 않을게."

 허리를 비틀어 조금씩 도망가려 했지만 그러면 그럴수록 그의 팔은 더 견고해져 갔다. 시운의 말에도 운은 내키지 않는지 도망가려는 것을 포기하지 않았다. 굳이 자신의 피가 아니어도 되었고, 괜히 몸에 상처를 내고 싶지 않았다. 다른 뱀파이어들은 아무렇지 않을 수도 있겠지만 그런 야릇한 느낌이 아직 운에겐 낯설고 부끄러웠다. 그리고 그로 인해 어지러움을 느껴 다시 그의 피를 마시고 싶지 않았다. 운에게 아직은 피를 빨거나 빨리는 것은 꺼려지는 것이 사실이었다.

"상처가 나잖아요. 싫어요."

"다시 내 피를 마셔. 그러면 금방 나아."

"별로 피를 마시고 싶진 않아요."

시운은 꼬박꼬박 대꾸하는 운을 노려보았다. 몸을 움츠리고 무서워 피하면서도 어찌나 말대답은 잘하는지, 시운은 꼬박꼬박 대꾸하는 그런 운이 얄밉기까지 했다. 시운은 운의 허리를 홱 끌어당기며 그녀의 위로 올라갔다.

"그럼 상처가 안 보이는 곳을 물어주지."

"가슴도 싫……!"

상처가 안 보이는 곳이라기에 운이 급하게 가슴을 양손으로 가렸지만 시운은 그녀의 입술로 내려왔다. 갑작스런 침입에 아무런 방어도 못한 운은 그대로 자신의 혀를 시운에게 빼앗겼다. 뽑을 듯이 혀를 엉켜 가져간 시운은 그대로 그녀의 혀를 콱 물었다. 몸이 움찔할 만큼 따끔한 고통에 눈물이 찔끔 흘러나왔다. 뭐라고 하고 싶었지만 혀에서 피가 새어 나오자 더 저돌적으로 나오는 시운으로 인해 운은 그저 당하는 수밖에 없었다. 밀어내던 그녀의 손은 언제 잡혔는지 시운의 한 손에 양손목이 붙잡혀 있었다. 야릇한 소리가 내부를 울렸고, 운은 배가 간질간질한 느낌이 들자 몸을 배배 꼬며 비틀었다. 시운은 입을 살짝 떼어내곤 잔뜩 잠긴 탁한 목소리로 말했다.

"가만히 안 있으면 밖에 나가서 할 줄 알아."

시운의 말에 어떻게든 벗어나기 위해 몸을 꿈틀대던 운이 울상을 지으며 몸에서 힘을 뺐다. 이 남자, 정말이지 못됐다.

울상을 짓고 있는 운은 손거울을 보며 계속 혀를 내민 채 자신의 혀를 살폈다. 운은 정말 눈물이 찔끔찔끔 나올 정도로 아팠다. 운이 알고 있었던 영화 속 뱀파이어들은 목을 통해서만 피를 마셨다. 뱀파이어 자체도 평범하진 않지만 존재 자체가 특별한 시운은 피를 팔목에서도 마시고 혀를 통해서도 마셨다. 영화나 소설은 상상력을 바탕으로 쓴 것이기 때문에 당연히 진실은 아니겠지만, 아는 지식들과 너무 다르니 운은 도저히 어떻게 대해야 할지 알 수가 없었다.

"언제까지 볼 거지?"

마치 아무 일도 없었다는 듯이 침대에 기대어 여유롭게 묻는 시운을 보니 화가 치밀어 올랐다. 운이 무심한 시운의 모습을 세차게 흘겨보다 혹여 그가 돌아볼까 무서워 다시 눈을 내리깔았다. 그리고 다시 손거울로 자신의 혀를 바라보았다. 혀는 시퍼렇게 멍이 들어 있었고, 상처가 났는지 입천장에 대고 문지르면 까슬까슬하니 따끔거렸다.

"그렇게 본다고 뭐가 바뀔 것 같나?"

'어쩜 저리 얄미울까.'

무표정한 얼굴로 얄밉게도 말하는 시운이 무서워 운은 함부로 째려보지 못하면서도 속으로 그에게 욕을 한 바가지 쏟아부었다. 그래도 분이 안 풀리는지 운은 거울을 통해 그를 노려보면서 씩씩 거렸다.

"양심의 가책도 느껴지지 않아요?"

"왜지?"

"왜라니요! 제 혀를 깨물었잖아요!"

운은 기가 찬지 콧김을 씩씩 내뿜으며 빽 하고 소리 질렀다. 일말의 죄책감도 없는 그의 모습에 열이 받았다. 똑같이 혀를 깨물어서 피를 철철 흘리게 만들고 싶었다.

"그게 네가 원하던 게 아니었나? 피도 마시지 않고, 상처도 보이지 않는 곳에 내고 싶어 했잖아."

"상처를 만드는 거 자체가 싫은 거였다고요. 거기다 왜 혀를 물어요? 정말 눈물 나올 정도로 아팠다고요."

"나올 정도가 아니라 나온 거겠지. 아까 울지 않았나?"

뭐가 자랑이라고 이리 말하는지. 운은 기가 차서 더는 말도 나오지 않았다. 열이 받을 대로 받은 운은 이번엔 겁먹지 않고 눈을 부릅뜨며 살기에 찬 시선으로 시운을 노려보았다.

"억울하면 너도 물어. 송곳니로 물 수 있다면."

얄미워 죽겠다. 피를 마시고 안 마시고를 떠나서 정말 세가 콱 물어버리고 싶었다. 이때까지 그에게 물린 곳들을 그대로 그에게 다시 물어 돌려주고 싶었다. 그의 말대로 할 수만 있다면 말이다.

"연습해 봐. 차차 하면 되겠지. 자."

시운이 피곤한지 살포시 감은 두 눈을 손으로 마사지하면서도 다른 한 손을 태연히 운에게 내밀었다. 내밀어진 손이 더 얄밉게만 느껴졌다.

할 수만 있다면 해보라니. 운은 할 수 있든 없든, 어떻게든 자신처럼 그의 피도 보고 말겠다는 집념하에 그의 손을 덥석 잡았다. 왠지 이번에는 송곳니가 나올 것 같았다. 그리고 있는 힘껏 콱 물었다.

"윽!"

시운은 살점이 떨어져 나갈 것 같은 아픔에 인상을 찌푸리며 상체를 들어 올렸다. 그리고 자신의 팔을 물고 있는 운의 정수리를 내려다보며 한숨을 쉬었다.

"무는 것에 아주 재미가 들렸나 보지?"

송곳니가 나오지 않는 상태에서 있는 힘껏 물었는지 정말 살이 떨어질 것 같았다. 시운의 신음 소리에 운이 물고 있는 팔에서 입을 떼지 않은 채 고개를 살짝 들어 그를 올려다보았다. 위를 보자 치켜 올라간 운의 순수한 눈동자가 또다시 갈증을 일으키게 했다.

"미안해요. 꽉 물면 송곳니가 나올 줄 알았어요."

운이 살벌한 시운의 말에 다시 눈을 내리깔며 살며시 입을 떼어냈다. 원하는 대로 피는 나오고 있었다. 하지만 송곳니로 뚫은 것이 아닌 이빨 모양으로 살이 파여 그 사이로 나오는 피였다. 갑자기 미안해졌다. 이렇게까지 해서 피를 보고 싶진 않았다.

"진짜 이렇게까지 하려고 한 건 아닌데…… 미안해요."

운이 모기만 한 목소리로 시운에게 다시 사과했다. 이빨 자국과 함께 움푹 파인 시운의 팔은 아파 보였다. 원치 않게 잘못을 저지르자 운은 이 자리에서 벗어나고 싶어 슬그머니 일어났다.

정신적 지주이자 부모인 쉐인이 보고 싶었다. 쉐인이 시운에게 꼼짝도 못하는 것을 알고는 있지만 왠지 막아줄 것 같았기 때문이다. 이때까지 나이가 제일 많고 웃어른으로 다른 이들로부터 운을 감싸주었기에 아직도 그녀의 마음속에는 외할아버지가 가장 높은 어른으로 인식이 되어 있었다.

"어딜 가려는 거지? 화장실이라면 저기야."
"외할아버지한테……."
"지금 이래 놓고 도망가겠다는 건가?"

시운이 험악한 눈으로 쏘아보자 운이 최대한 몸을 움츠리고 그의 눈치를 살폈다. 직설적인 말로 운의 행동을 꼬집어 말하는 그로 인해 양심이 심하게 찔려왔다. 운은 이 상황을 피하기 위해 시운의 말에도 불구하고 조심스레 한걸음씩 물어났다.

"네가 한 일은 책임지고 가."
"채, 책임이라니요!"
"이거 다 마시고 가."

눈을 부릅뜨고 싸늘하게 말하는 시운으로 인해 운이 도망가지 못하고 울상을 지으며 다시 돌아와 앉았다. 그리고 울상을 지으며 시운의 손을 쳐다보았다. 피가 송골송골 맺히다 곧 팔을 타고 미끄러지고 있었다.

꿀꺽. 운의 눈이 점점 붉게 변해갔다. 눈앞에 보이는 피를 보자 갈증이 일었다. 운이 혀를 내밀어 그의 손을 붙잡고 흘러나오는 피를 조심스레 핥았다. 혹시나 상처가 벌어질까, 아플까 하는 마음에 조심조심 혀를 날름거리는 운을 보며 시운이 속으로 웃음을 삼켰다. 이리저리 눈치를 보며 핥는 모습이 주인에게 혼난 강아지 같았다.

"간이 배 밖으로 나왔군. 감히 주인을 버리고 도망가려고 하다니."

"주, 주인이라니요!"

시운의 말에 운이 발끈하며 항의했다. 하지만 시운의 눈빛이 너무 무서워 강력한 항의는 나오지 않았다. 꼬리 내린 강아지처럼 작게 반박하는 운의 무력한 외침에 시운이 콧방귀를 뀌며 말했다.

"나에게 모든 것을 주기로 했으면 넌 나의 것이 아닌가."

주인에게 혼난 강아지처럼 벌벌 떨면서도 주인이란 말에 볼을 잔뜩 부풀리는 운이 우스웠다. 하지만 시운은 자신의 속내를 감추며 일부러 싸늘하게 말했다. 그에 운이 기가 죽어 다른 반박도 못하고 고개를 숙여 다시 시운의 팔을 할짝할짝 핥았다. 도저히 운의 모습에서 뱀파이어의 모습을 찾을 수 없었다. 이제 시운의 눈에는 순한 그녀의 눈망울 또한 강아지의 귀여운 눈처럼 보이기 시작했다.

"다음부터 이렇게 물면 나도 송곳니를 세우지 않고 물 줄 알아."

시운은 농담으로 한 말이었지만 운은 농담으로 받아들이지 못하고 시무룩한 얼굴로 고개를 끄덕였다. 운은 그의 범접할 수 없는 아우라에 기가 팍 죽었다.

"다음부턴 안 그럴게요."

시무룩하게 운이 대답을 하며 마저 핥았다. 안 그래도 송곳니로 살짝만 물려도 아픈데 그냥 이빨로 물다니. 시운이 무서운 기세로 평평한 이빨로 살점을 물어뜯는다면 눈물이 찔끔 나오는 정도로 끝날 것 같지 않았다. 어쩔 수 없이 운은 가는 내내 시운의 눈치를 보며 그의 비위를 맞춰주어야 했다.

전에 진과의 대화에서 뱀파이어의 나라는 인간들의 눈을 피해 숨겨놓았다고 들었지만 그때는 그 말의 의미를 이해할 수 없었다. 하지만 이제 이해할 수 있었다. 나라는 정말 보이지 않는 곳에 있었다. 그것도 사람들의 눈에 띄지 않는 바닷속에!

"우와! 여기가 정말 뱀파이어 세계?"

운이 갈라진 바다 사이에서 눈을 동그랗게 뜨며 두리번거렸다. 신기했다. 백사장 앞으로 착륙하려는 비행기에 고개를 갸웃거렸다. 하지만 곧 바다가 양옆으로 갈라지며 비행기가 지나가는 자리를 만들어주자 운의 눈이 휘둥그레 떠졌다. 비행기의 속도는 조금 줄었지만 멈추려던 것이 아닌 듯 계속 앞으로 가고 있었다. 바다는 비행기를 따라 그대로 양옆으로 갈라졌고, 점점 밑으로 내려갔다.

"어떻게! 들어간다."

운이 조마조마한 마음으로 갈라진 바다 사이로 들어가는 것을 보고 있었다. 갑자기 바닷물이 쏟아지지 않을까 하는 불안함과 새로운 세계를 본다는 기대감에 어쩔 줄을 몰라 했다. 신기했다. 비행기의 가장 앞자리에 있기에 앞과 연결된 창문을 통해 밖의 풍경을 바로 볼 수 있었기에 더 신기했다. 연신 운의 입에서 감탄사가 흘러나왔다.

"어머! 저기 봐요, 저기! 진짜 큰 물고기가 있어요!"

해저로 내려가면 내려갈수록 신기하고 기이한 물고기가 나왔다. 그러다 갑자기 비행기가 비눗방울에 들어가듯이 어느 막 안으로 들어갔다. 운은 창문에 얼굴을 딱 붙여 밖을 보면서도 침대에 시큰둥하게 누워 책을 보고 있는 시운에게 쉴 새 없이 질문했다.

"여기 안으로 물 들어오는 건 아니죠? 그러면 어쩌죠?"

"그럴 일 없어."

"장담할 수 있어요?"

"겉은 물과 융합이 되지 않는 물체로 만들어졌어. 정 뭣하면 다른 곳으로 옮기면 되고."

그러고 보니 진이 나라도 옮긴다는 말을 한 적이 있었다. 운은 고개를 돌려 침대에 누워 있는 시운을 멀뚱멀뚱 바라보았다.

"나라를 그렇게 자주 옮기면 불편하지 않겠어요? 집도 새로 만들어야 하고, 아무리 인원이 적고 과학이 발달했다고 해도 귀찮잖아요."

"나라를 통째로 옮기는 거야. 전에는 구름 위에 살았었지. 거긴 빛이 너무 강해서 금방 해저로 옮겼지만."

"구름 위요? 구름 위면 하늘? 어떻게 그래요, 네?"

운이 꼭 SF영화의 신기한 장면을 보듯이 눈을 반짝반짝 빛내며 시운을 바라보았다. 시운은 그녀의 강렬한 시선에 책에서 눈을 떼고 운을 바라보았다. 호기심 많은 어린아이처럼 쉴 새 없이 눈을 빛내며 질문하는 운 때문에 도저히 책에 집중할 수가 없었다.

"나라를 덮고 있는 막을 가볍게 조절했지. 지금은 무겁게 조절해 놓은 거고."

"우와, 그럼 여기서 사람이 살고 있는 곳으로 나가려면 어떻게 나가야 해요? 네? 나갈 때마다 이 전용기를 타고 나가야 되는 거예요?"

하나를 해결하면 여러 개로 뻗어가는 질문들에 결국 시운이 책을 탁 소리가 나게 덮었다. 끝도 없이 눈을 빛내며 질문을 하는 운을 보니 지금의 질문 모드가 쉬이 끝날 것 같지 않았다. 흥분한 운의 모습에 괜스레 시운은 괜히 자신도 웃음이 새어 나오는 것을 느끼며 픽 웃었다.

"전용기를 타고 나가기도 하지만 보통은 가지고 있는 자동차를 타고 가거나 그냥 날개를 펴서 빠르게 바닷속에서 빠져나오지. 나올 때 지금 전용기에서 나오는 결계처럼 자신의 몸에 결계를 치면 날아서도 충분히 지상으로 나갈 수 있지."

"나, 날개요?"

운이 입을 떡 벌리며 되물었다. 날개라니, 들어보지도 못한 말이었다.

"나중에 나는 법을 가르쳐 줄 선생님을 붙여주지. 결계 치는 법까지 다 배울 수 있게."

"그, 그럼 하늘 위에서 살았을 때에는 날개를 펴서 날아서 내려온 거예요? 그럴 수도 있는 거예요?"

"아무래도 넌 도착하면 바쁠 것 같다. 기본 상식이 너무 떨어지니."

시운이 더는 말해주기 귀찮은지 다시 책을 폈다. 몸도 다 큰 성인이면서도 갓난아이처럼 모르는 것투성이인 운에게 지금 그녀가 궁금해하는 모든 것을 다 가르쳐 주기는 무리였다. 차차 배우고 겪으며 알아가는 방법이 제일 좋을 터였다. 호기심 어린 눈을 동그랗게 뜨는 운이 귀엽기도 했지만 뱀파이어 자체를 몰랐던 운에게 뱀파이어 세계의 모든 것을 단번에 알려줄 수는 없었다. 시운이 더는 볼일이 없다는 듯이 책을 읽자 운은 그에게서 설명을 듣는 것을 포기하곤 다시 창밖을 바라보았다.

"여기가 내가 살 세계구나."

운이 작게 중얼거렸다. 낯선 곳에서 살아가게 될 것이 무서웠지만 나쁘지만은 않을 것 같았다. 피를 먹는 괴물이라 생각했던 사람들, 아니, 뱀파이어들이 모두 모여 사는 곳. 이곳에서는 이성을 잃고 사람을 물어뜯을까 하는 걱정은 안 해도 된다. 무엇보다도 앞으로 외할아버지와 오랜 시간을 살 수 있는 곳이다. 그것만으로도 운은 좋았다. 아직은 기본 상식이나 행동이 모두 미숙할지라도 차차 적응을 하면 될 것이다. 운은 밖을 향해 환하게 미소를 지었다. 도착했다는 기내방송과 함께 시운이 자신을 끌고 나갈 때까지.

바다 안으로 들어가기에 애니메이션 인어공주의 환하고 화려한 배경을 생각했었다. 하지만 운은 차 속에서 현재 보이는 풍경에 금세 실망해 시큰둥하게 창에 얼굴을 기대며 밖을 바라볼 뿐이었다. 깊은 바닷속은 에메랄드 빛깔의 환한 배경이 아닌 어두침침하고 암울한 곳이었다. 다행히 동그란 막 안에 들어가자 바닷물의 짠 냄새라던가 습기는 느껴지지 않았지만, 밖은 훤한 낮이었는데도 불구하고 이곳은 캄캄하기만 했다. 곳곳에 가로등이 있었지만, 강한 빛을 내지 않아 분위기는 전체적으로 어두웠다.

"원래 이렇게 어두워요? 아직 저녁때가 아니잖아요."

운이 투덜거리며 말하자 진이 씩 웃으며 말했다.

"넌 빛이 좋아? 어두우니까 이곳에 메드리아가 있는 거라고."

빛을 좋아하진 않는다. 솔직히 말하자면 싫어했다. 강렬한 햇빛에 있으면 겨울에도 눈이 너무 부셔 인상이 절로 찌푸려질 것 같았기 때문이다. 그냥 취향일 뿐이라고 생각했던 것이 뱀파이어의 특성이라 말하자 운은 신기하기만 했다.

"그래도 너무 어두운데……."

빛이 들어오지 않는 것이나 운치 있는 이곳이 마음에 들지 않는 것은 아니었지만, 인이공주의 바닷속 풍경이 아닌 것이 아쉽기만 했다.

"일단 저기가 임시 거처. 집이 완성될 때까지는 성에서 살아. 왕께서 그리 하라 했으니."

"성?"

"저기, 보여?"

진이 손가락으로 멀리 떨어진 검은 성을 가리켰다. 운은 멍하니 바라보며 침을 꿀꺽 삼켰다. 무섭게 생겼다. 꼭 영화 속에서 나오는 관이 있고 박쥐가 있을 것 같은 성이었다. 뱀파이어니 인어공주 따위가 아닌 지금 생각나는 영화 속 배경을 생각하는 것이 맞는 것일까. 더럽거나 지저분하게 보이진 않았지만 전체적으로 암울한 분위기를 내뿜고 있는 성의 외곽에 절로 걸음이 멈춰졌다.

"아직 네가 살 집은 공사 중이야."

"옛 기억이 새록새록 떠오르는구먼. 고맙네, 고마워."

쉐인이 아련한 눈빛으로 성을 바라보았다. 8백 년이나 떨어져 지낸 고향이다. 태어나고 자라길 이곳에서 해서 그런지 8백 년 동안 살았던 동양의 나라엔 쉬이 정이 가지 않았었다. 전쟁으로 망가져 다시 세운 나라였지만 전에 살았던 고향의 냄새가 물씬 풍겼다. 과학의 발전으로 조금씩 전과 다른 점들이 보였지만 나라 자체에 풍기는 피 냄새나 어두운 분위기는 그대로였다. 항상 고향에 올 날을 갈망하고 향수에 젖어 그리워했던 쉐인의 눈가가 살짝 젖어 있었다.

"이렇게 숨어 있었으니 몰랐던 게지. 옛 모습들과 다름이 없구먼. 아주 잘 만들었네. 정말 고생했겠구먼."

쉐인은 메드리아가 눈에 띄지 않고 항상 어두운 심해에 있는 것도 마음에 들었다. 환한 낮에 눈살을 찌푸릴 일도 이제는 없으리라.

"별말씀을. 전부 왕께서 이리 하라 명하신 거니 이제부터 마음 놓고 편히 지내세요."

내리자마자 시운은 대기하고 있던 이들에게 인사를 받으며 순식간에 다른 차를 타고 쌩 하니 가버렸다. 어차피 성에 갈 거라면 같이 가면 좋은 테지만, 진의 말에 따르면 성은 생각보다 넓어서 가는 길이 다르다고 했다. 운은 옆에 앉아 있는 쉐인의 벅찬 얼굴을 보며 진에게 물었다.

"여기서 우린 뭘 해야 돼요?"

"각자 나름의 할 일을 찾아 해야지. 흐음, 넌 일단 일보다 교육을 좀 받아야 되지 않을까?"

앞자리에 앉은 진의 말에 운이 인상을 찌푸렸다. 시운도 그렇고 진도 운에게 계속 상식에 대한 공부를 하라고 하니 절로 기분이 가라앉았다.

"외할아버지는 이곳에서 뭐 하면서 사셨어요?"

"전에는 마을 수장 역할을 하며 살았지. 운아, 여기선 인간들처럼 바쁘게 일을 찾으면서 살아갈 필요는 없단다. 너무 걱정하지 마렴."

혹시나 노화된 몸을 이끌고 무리하게 일을 할까 봐 걱정하는 운의 시선에 쉐인이 그녀의 머리를 쓰다듬으며 말해주었다. 원래부터 인간들이 일정하게 바치는 음식과 생필품으로 살았던 뱀파이어들은 딱히 직업을 가지고 일하지는 않았다. 지금이야 많이 바뀌었다고 하지만 진의 말을 들어보면 과학자나 의사가 조금 늘었을 뿐, 달라진 건 많지 않다고 했다. 곳곳에 소규모 마을을 이루고 왕족, 귀족, 서민층으로 신분이 나눠지긴 했지만, 서민도 전부 풍요로운 삶을 살기에 불평을 하는 자는 거의 없었다.

"넌 당분간 일을 하지 못할걸? 뭐 하나 할 수 있는 게 있어야 하지. 거기다 상식 부족에 피도 못 빠니 참 걱정이 태산이다."

진의 말을 무시하던 운은 마지막 말에 고개를 홱 돌리며 쫙 찢어진 눈으로 노려보았다. 하지만 어떠한 반박도 하지 못했다. 할 수 있는 것이 아무것도 없었다. 하물며 뱀파이어면서도 혼자 힘으로 피를 빨지도 못하며, 남에게 받아먹는 신세이지 않은가. 운이 입을 꾹 다문 채 강하게 진을 쏘아보자 쉐인이 그녀의 머리를 정돈해 주며 어깨를 툭툭 쳐주었다.

"이 할아비가 널 그리 키웠구나. 운아, 그래도 넌 여기서 아주 어린 나이이니 천천히 배우려무나. 우리에게 이제 시간은 크게 중요치 않은 거란다. 하나하나 천천히 배우다 보면 나중엔 익숙해질 게다."

"네, 외할아버지! 우리 이제 여기서 행복하게 살아요."

쉐인의 기쁜 표정을 보는 운도 기분이 좋았다. 평생 동안 이렇게까지 기뻐하는 쉐인의 모습은 본 적 없었다. 어렸을 때는 잘 몰랐지만 크면서 본 쉐인은 웃어도 항상 근심이 있어 보였다. 마음 놓고 진심으로 기뻐하고 행복해하는 모습에 이때까지 근심과 걱정을 안고 살아야 했던 쉐인을 느낀 운은 마음이 아프면서도 기뻤다.

"저도 여기서 행복해지려 노력할게요. 그러니까 외할아버지도 여기서 오래오래 사세요."

운에게 메드리아란 낯선 세계가 아직 어색하고 불편했지만, 쉐인의 말대로 차차 익숙해지면 된다. 운은 그렇게 생각하며 쉐인을 보고 환하게 웃었다.

그저 준비된 비행기와 차를 탔을 뿐인데, 장거리여행이 몸을 피곤하게 했는지 도착을 하자마자 푹 잠이 들었다. 운이 깨어난 건 곤히 자고 있는 여자의 방에 아침부터 무례하게 들어온 시운 때문이었다. 갈 곳이 있다며 다짜고짜 방에 들어와 억지로 운을 깨운 시운은 씻어도 비몽사몽거리는 그녀를 데리고 어디론가 향했다.

"여기가 어디예요?"

뱀파이어라서 그런지, 아니면 원래 체질이 그런 것인지 아침잠이 많은 운은 아직도 정신을 차리지 못하고 눈을 비비며 옆에 있는 시운에게 물었다.

"왕실 전용 병원."

"병원? 혹시 외할아버지가 아프세요?"

운이 한순간에 잠에서 깨어나 시운을 잡고 물었다. 병원이란 말에 쉐인이 생각난 것이었다. 아무리 괜찮다, 괜찮다 했지만 장거리여행이 쉐인에게 부담을 줬을지도 몰랐기 때문이다.

"아니, 너 때문에 온 거야."

"저요? 제가 왜요?"

눈을 동그랗게 뜬 운이 손가락으로 자신을 가리키며 물었다. 하지만 중후한 인상의 의사가 허겁지겁 방에서 나오자 시운은 그대로 그녀를 놓고 지나치며 무시했다.

"왕을 뵙습니다."

"예는 됐다. 지금 바로 검사 시켜."

시운이 턱짓으로 운을 가리키자 의사가 고개를 끄덕이며 뒤에 있는 두 간호사를 바라보았다. 곧 두 명의 간호사에 의해 운은 어디론가 끌려갔다.

"어? 나 어디로 데려가는 거예요? 이거 놔요!"

멀리서 억지로 끌려가는 운의 목소리가 들렸지만 시운은 근처에 있는 편한 소파에 앉으며 뒤로 손을 내밀었다. 그러자 곧 누군가가 다가오더니 시운의 손에 어떤 봉투를 정중하게 내려놓았다. 시운은 봉투를 열어 안에 들어 있는 여러 장의 사진을 한 장씩 차례대로 보았다. 비행기를 타고 오는 동안에도 그녀에게 송곳니를 꺼내는 방법을 가르쳤지만 운은 번번이 실패를 했었다.

"하나도 제대로 문 것이 없군."

어제 메드리아에 도착하자마자 이성을 잃은 운에게 물려 입원한 간호사의 상처를 찍은 사진을 갖고 오게 했다. 간호사를 물고 난 후에 시운은 그녀에게 자신의 팔을 물어뜯어 피를 주었고, 운은 피를 더 마시기 위해 그의 팔을 물었다. 그때의 기억이 확실치 않지만 운이 제대로 물지 못했다는 것은 알고 있었다. 운이 마신 피는 그저 시운이 물어뜯어 놓은 상처에서 나온 것일 뿐이었다. 그때는 운이 아직 미숙해서 그런 것이라 생각을 했지만, 계속되는 실패에 시운은 이상함을 느끼고 운을 데려올 수밖에 없었다.

"페트로, 운의 외할아버지인 쉐인이란 남자도 여기서 정밀검사를 시켜봐."

"알겠습니다."

뒤에서 시운에게 사진을 주고 정자세로 대기하고 있던 페트로가 깊이 고개를 숙이더니 순식간에 사라졌다. 시운은 사진을 차례차례 보다가 테이블 위에 던졌다. 간호사를 물긴 했지만 예상대로 제대로 된 송곳니 자국이 찍히지 않았다. 그저 과도한 힘과 조금 나온 송곳니로 간호사의 목을 물어 피를 탐한 것뿐이었다.

"하아."

시운이 깊게 한숨을 내쉬었다. 운을 돌본다고 간호사의 상처는 신경 쓰지 않았기에 몰랐었다. 그리고 메드리아의 의사들이 아닌 인간 의사들에게 간호사를 맡기고 처리했었다. 그저 운이 간호사를 물고 피를 마셨다는 생각만 했기에 아무런 이상도 없는, 본능에 충실한 뱀파이어라고 생각했었다. 한데 이렇게 송곳니도 제대로 나오지 않을 거라고는 상상도 하지 못했다.

도착하자마자 한숨도 자지 못하고 밀린 업무를 본다고 피곤이 쌓인 시운은 눈을 감고 한 손으로 눈마사지를 하며 그녀를 기다렸다.

"왕께서 예상했던 대로 기능이 많이 쇠퇴되었습니다. 송곳니는 있지만 그 기능을 거의 하지 못하고, 손톱 또한 기능을 거의 상실했다고 보시면 됩니다. 송곳니가 나오더라도 인간 가운데 조금 날카로운 정도와 다를 바 없습니다. 아마 몇 세대를 거치면서 오랫동안 사용하지 않아 그런 것 같습니다."

시운이 그녀에 대한 검사 결과지와 엑스레이를 보며 설명하는 의사의 말을 잠자코 듣고 있었다. 손톱도 세우지 못하고, 송곳니도 제대로 나오지 않는 뱀파이어라니, 확실히 일족의 망신감이었다. 거기다 상처만 보아도 지레 겁을 먹으며 피를 마시는 것을 피하려 하는 그녀의 모습은 아무리 좋게 보아도 도무지 뱀파이어 같지 않앉다.

"성장이 다 끝난 시기라 다시 발달을 시키는 치료를 하기엔 무리입니다. 거기다 이제껏 피를 마시지 않아서인지 인간의 힘과 비슷할 정도로 약하기 그지없습니다. 이 부분이야 계속 노력하고 피를 섭취한다면 나아질 수도 있겠지만, 이 또한 완전하지 않거나 아주 오랜 시간이 걸려야 비슷해질 것 같습니다."

시운의 옆에서 시무룩한 얼굴로 묵묵히 설명을 듣고 있던 운은 의사의 말에 고개를 푹 숙였다. 뱀파이어지만 인간과 비슷하여 섞일 수 없는 자신의 모습에 실망이라도 한 듯 운은 한껏 기가 죽어 있었다.

"가지."

시운은 고개를 끄덕이며 운의 손을 덥석 잡고 일어났다. 뒤에서 의사가 예의를 차리며 인사를 하는 것이 보였지만 시운은 무시한 채 그녀를 끌고 어딘가로 걸었다.

"어, 어디 가요?"

운이 다급하게 물었지만 시운은 말이 없었다. 아침부터 끌려와 여러 검사를 받고 좋지 않은 소식까지 들으니 기운이 빠져 빨리 방으로 돌아가서 쉬고만 싶었다. 운이 손을 빼내려 했지만 시운의 힘이 더욱 강해져 그녀의 손목을 옥죄었다.

어느 한 방에 도착한 시운은 그녀를 방 안에 넣고 자신도 따라 들어가 문을 닫은 다음에야 그녀를 놓아주었다.

"여긴 왜……?"

"물어봐."

시운이 자신의 손목을 가져가 그녀의 앞에 들이댔다. 하지만 운은 시무룩한 얼굴로 고개를 저을 뿐이었다.

"물어."

"전 못 물어요. 계속 실패했잖아요? 거기다 기능도 거의 없다 그러고……."

"네 송곳니는 아예 없는 게 아니야. 그러니 그 송곳니라도 빼서 물어."

시운은 답답하고 화가 났다. 자신이 선택한 운이 뱀파이어로서의 능력도 제대로 쓰지 못하는 인간 같은 여자라는 것에 시운도 실망했다. 하지만 죄인처럼 고개를 푹 숙이며 실망하는 운의 모습에 화가 치밀어 올랐다. 운에게 화가 난 것은 아니었다. 상황 자체에 화가 난 시운은 그녀를 그나마 뱀파이어다운 모습으로 만들어주고 싶었다. 자신의 강한 피라면 힘도, 능력도 빨리 강해질 수 있었다. 시운은 그런 생각에 운의 입에 무작정 팔을 갖다 대었다.

"시, 싫어요. 애, 애초에 전 뱀파이어가 아닐 수도 있고……."

"그렇게 피하기만 한다고 해결되지 않아."

피를 마시는 것에 아직도 거부감을 갖고 있는 운의 모습에 더 화가 치밀어 올라 평소보다 더 딱딱한 목소리가 나왔다. 운에게 화가 난 것도 아닌데, 괜히 그녀에게 화를 냈다. 조금 더 빨리 찾아주지 못하고, 조금 더 신경 써주지 못한 부분에 미안했다. 그로 인해 자기 자신에게 화가 난 시운이 괜히 운에게 화풀이를 한 것이다. 뱀파이어이면서 아무런 능력도 없는 그녀의 모습을 왠지 자신이 만든 것 같은 기분에 시운은 마음이 쓰려왔다.

"어, 어차피 전 노력해도, 피를 마신다고 해도 완전한 뱀파이어가 되진 못할 거예요."

"넌 누가 뭐라고 해도 뱀파이어야."

"피를 마시는 걸 제외하곤 인간이나 다름없잖아요."

시운의 말에 풀이 죽은 운이 점점 줄어드는 목소리로 말을 했다. 큰 실망감이 온몸을 감쌌다.

"노력하면 될 줄 알았는데, 안 되는 거였잖아요."

운은 배울 것도 많고 익숙해지려면 많이 힘들겠지만, 노력한다면 할 수 있을 거라고 생각했다. 하지만 하등생물로 표현되는 인간과 똑같이 취급받는 것에 이미 큰 상처를 받았다. 아직도 탐탁지 않은 시선으로 자신을 쳐다보던 의사의 표정을 잊을 수가 없었다.

"저는 아직도 피를 마신다는 것이 무서워요. 거기다 운동 능력도 인간이나 마찬가지죠. 전 아무리 노력해도 이곳에 속하긴 힘들 거예요."

"어떻게 그렇게 단정을 짓고 말을 하는 거지? 노력해. 계속 노력하면 이루어질 거야. 우리에게 시간은 무의미해."

"전 인간 세계에서 자라고 그곳에서 컸어요. 외할아버지처럼 다시 돌아온 게 아니잖아요."

태어나길 인간 세계에서 태어났고, 보고 자란 것이 인간이었다. 운의 부모도 인간과 같이 살았고, 그 윗 세대 또한 인간과 같은 생활을 하며 살았을 것이다. 애초에 물과 기름이 절대 섞이지 않듯이 운은 자신과 이곳 뱀파이어들이 쉬이 섞이지 않을 것 같았다. 누가 챙겨주지 못하면 아무것도 못하는 뱀파이어라니. 인간 세계라면 뭐라도 할 건데, 이곳에서 자신은 기본적인 일도 하지 못하는 골칫덩어리일 뿐이었다.

"오랜 시간 동안 인정을 못 받고 살겠죠. 전 원래부터 뱀파이어인 것도 싫었고, 솔직히 인간 세계가 더 좋았는걸요. 위로해 준 거라면 고마워요."

운이 서글프게 웃으며 시운을 지나쳐 가려 했다. 외톨이가 된 것 같은 기분에 울컥한 운은 빨리 이곳을 벗어나고만 싶었다. 하지만 뒤에서 시운이 그녀의 팔을 잡고 휙 돌렸다. 그리고 그녀의 목을 들어 거칠게 물었다. 날카로운 송곳니가 목을 파고들었다. 살을 뚫는 아픔과 두려움에 운이 눈을 꽉 감으며 그의 옷깃을 꼭 부여잡았다.

"네가 노력할 마음이 없다면 능력이 본능적으로 나오도록 아주 갈증 나게 만들어주지. 기대해."

시운이 중얼거리며 다시 그녀의 목에서 피를 거칠게 탐했다. 온몸에 피가 모조리 빠질 것 같은 느낌에 다리가 후들거렸다. 무엇 때문에 화가 났는지 모르겠지만, 단단히 화가 났는지 시운에게서 무시무시한 기운이 뿜어져 나왔다. 시간이 지날수록 다리가 후들거리고 온몸에서 힘이 다 빠져나가자 운이 겨우 손을 올려 그를 밀어내려 했다. 이러다 피를 다 빨려 죽을 것 같았다.

"그, 그만……."

"아직 멀었어."

쓰러지려던 운을 안아 올린 시운이 그녀를 침대로 옮겼다. 그러면서도 그녀의 목에서 얼굴을 떼지 않았다. 운의 눈이 몽롱해졌고,

점점 핏기가 가시자 시운이 얼굴을 떼며 그녀를 내려다보았다. 그리고 거칠게 셔츠의 위 단추를 풀며 말했다.

"마셔."

서러움에 눈물이 나올 것 같았다. 피가 많이 빨렸지만 그의 목을 물어 피를 마시고 싶은 마음은 들지 않았다. 이성을 잃고 무의식적으로 간호사를 탐했을 때처럼 온몸에 상처가 난 것도 아니었다. 그저 갑자기 어지러울 뿐이었다. 그의 피 냄새도 맡아지지 않았기에 이성을 잃고 갈증이 나기는커녕 현기증에 몸이 피곤하여 쉬고 싶다는 생각뿐이었다.

"마시라고!"

시운이 운의 양어깨를 잡고 흔들었지만 그녀의 몸은 이미 힘이 다 빠져 버렸는지 축 처졌다. 피 냄새도 맡지 않은 운은 아직도 이성이 남아 있었고, 그로 인해 피를 마실 생각도 본능에 충실해질 생각도 나지 않았다.

"젠장!"

시운이 거칠게 욕설을 내뱉으며 자신의 손목을 물어뜯었다. 그리고 그녀의 입을 벌려 피를 떨어뜨려 주었다. 그제야 운이 시운의 피 냄새를 맡고 그의 손을 양손으로 붙잡았다. 피 냄새가 코에 번져 오자 그제야 갈증이 나기 시작한 것이다. 온몸에 힘이 빠져 축 늘어져 있던 운이 견딜 수 없는 끔찍한 갈증에 살기 위해 본능적으로 피를 마시기 시작했다. 허겁지겁 피를 마시는 운에게 전처럼 약하지만 자그마한 송곳니가 느껴졌다. 하지만 상처를 낼 수 있을 정도의 날카롭고 긴 송곳니는 아니었다.

"내가 미안."

코에 번지는 혈향에 짐승처럼 피를 마시던 운이 서러움에 눈물을 흘렸다. 윽박지르며 흡혈을 강요하던 시운을 거절하지도 못하고 허겁지겁 피를 마시는 자신의 모습에 혐오감을 들었다. 하지만 뿌리칠 수 없을 정도로 시운의 피는 달콤했다. 혼자 물지도 못하며 스스로를 비하하고 있던 운은 한껏 윽박지른 시운이 원망스러웠다. 그리고 아무것도 하지 못한다고 자괴감에 빠져서도 피를 마시고 있는 자신이 끔찍하게 싫었다.

5

"오늘 새로운 뱀파이어가 온대!"
"아, 그 인간인 척 살았다던 뱀파이어?"
"피를 안 마셔서 남자는 엄청 노화가 됐대, 인간처럼."
"정말? 나이가 몇인데 벌써 노화가 됐을까? 어린 여자도 한 명 있다던데, 그 여자도 벌써 쭈글쭈글해진 거 아니야?"

한 달에 한 번씩 열리는 밤의 모임이 열렸다. 얼마 전에 왕께서 8백 년 전의 전쟁으로 숨어 살았던 뱀파이어 두 명을 찾아 데려왔다던 소문이 퍼지고 퍼져 큰 화젯거리가 되었다. 벌써 공사가 끝나가고 있는 새로운 집에 혹시라도 집의 주인이 왔을까 봐 기웃거리는 이들이 늘어났지만, 새로 왔다던 두 명의 일족은 보이지 않았다.

"얼마나 어릴까? 제일 어린 뱀파이어가 클레라였지?"

"맞아. 아마 이제 갓 80살이 되었을걸? 그 아이보다 어릴까?"

"오랫동안 피를 마시지 않으면 인간의 몸과 같아진대. 인간은 서른 살이 넘으면 조금씩 늙어지기 시작하니까 서른 살이 넘었으면 노화가 시작되고 있겠지?"

"설마. 아직 30년밖에 안 살았는데 늙어가고 있겠어?"

붉은 핏빛의 액체가 담긴 잔을 들고 있던 이들은 전부 운과 쉐인의 얘기에 빠져 있었다. 신선한 인간의 피와 섞어 만든 술을 마시며 모두 파티를 즐기고 있었다. 달콤한 냄새에 취해 모든 이들이 신나게 떠들며 웃었고, 분위기는 점점 무르익어 갔다. 그러다 갑자기 소란스러움이 멎었다. 예민한 신경을 가진 일족들은 점점 다가오는 강한 왕의 기운을 느끼며 일제히 입을 닫고 연회장의 가운데를 피해 자리를 만들며 예의를 차렸다.

"왕께 인사드립니다."

문이 열리며 들어온 시운이 모두의 인사를 받으며 단상 위에 있던 의자를 향해 걸음을 옮겼다. 그 옆에는 검은색의 귀여운 드레스를 입은 운이 그의 손을 잡고 따라가고 있었다. 그 뒤로는 왕의 보좌관인 진과 페트로가 있었고, 쉐인 또한 그들의 뒤를 따르고 있었다. 시운이 자리에 앉았다. 그리고 항상 비어 있었던 시운의 옆자리에는 운이 다소곳이 앉았다.

"그만 일어나."

시운의 한마디에 고개를 숙이고 예의를 차리고 있던 모든 이들이 일어섰다.

"대부분 알다시피 8백 년 전에 아이들을 데리고 동양의 나라로 도망가 살아갔던 동족이 있었다. 지금 남은 일족은 이 두 명뿐이니 바뀐 환경에 금방 적응할 수 있도록 옆에서 잘 도와주도록."

시운의 말에 다시 연회장이 조금씩 소란스러워지며 각자 밤의 축제를 즐기기 시작했다. 운은 처음 보는 광경을 멍하니 지켜보았다. 몇몇 뱀파이어들이 자신을 힐끔힐끔 쳐다보는 것이 느껴졌다. 전부 아름답고 멋있었다. 늙은 사람이라곤 쉐인밖에 없었다. 기본적으로 백 살이 넘은 이들이라고 들었는데도, 젊은이들의 파티라고 불릴 정도로 다들 예쁘고 매력적이었다. 시운이 멍하니 아래를 바라보고 있는 운에게 어느새 받은 잔을 하나 건넸다.

"마셔."

"이게 뭐예요?"

운이 쉽게 깨어질 것처럼 얇은 유리로 만들어진 잔에 있는 붉은빛의 음료를 뚫어지게 보며 물었다. 너무나도 달콤한 냄새에 취할 것만 같았지만 위험스런 붉은 빛깔로 인해 선뜻 손이 가지 않았다.

"……이곳에서의 술이야. 도수는 강하지 않은 거야."

피로 만들어진 술은 종류와 도수도 다양했기에 이곳에서 생활하는 뱀파이어들은 자신에게 맞는 술을 평소에 즐겨 마셨다. 피로 만들어졌기 때문에 몸에도 좋았고, 평소에 조금씩 일어나는 갈증도 해소되어 이성을 통제하는 데 도움이 되기 때문이었다.

시운은 피로 만들어졌다는 말은 하지 않았다. 아직까지도 피에 대한 거부감이 있기 때문에 괜히 말을 하여 그녀의 비위를 상하게 하고 싶지 않았다. 앞에 보이는 모든 붉은 빛깔의 음료가 피로 이루어졌다고 한다면 인간으로 자랐던 운은 분명 쉽게 마시지 않을 것이었다. 운은 시운이 내미는 잔을 조심스레 받았다.

"밤의 축제야. 너도 가서 빨리 적응하고 즐기도록 해."

검사 결과가 나오고 나서 시운은 운이 이곳에서 빨리 적응할 수 있도록 부단히 노력했다. 하지만 그럴수록 그녀는 극도의 거부반응을 일으켰고, 그는 그런 그녀에게 매일같이 찾아가 달달 볶아댔다. 거부하는 운의 피를 기절할 때까지 마시게 했고 그녀에게 스스로 시운의 살을 물어뜯어 피를 마시게 했다. 그래서 억지로라도 상처도 낼 수 없는 작은 송곳니가 나오게끔 했다.

하지만 그러면 그럴수록 운은 자신이 완전한 뱀파이어가 될 수 없다는 것을 깨닫게 되었다. 아무리 심한 갈증이 일어나도 시운을 제대로 물 수조차 없었다. 이곳에 적응할 수 없을 거라는 생각에 잠도 제대로 잘 수 없었다. 운은 자신을 인간을 보는 듯이 바라보며 은근히 무시했던 의사의 눈빛을 아직도 잊을 수가 없었다. 곧 만나게 될 모든 뱀파이어들도 꼭 그런 눈빛으로 자신을 바라볼 것 같았다.

하지만 시운의 강요 어린 말투에 운은 어쩔 수 없이 어두운 낯빛으로 고개를 주억거리며 일어났다. 며칠 사이에 시운의 말을 무시해 봐야 좋을 것이 없다는 것을 깨달은 것이다. 가서 적응을 하는 것처럼이라도 보여야 했다.

운이 움직이자 홀에 있던 수많은 뱀파이어들이 그녀를 흘깃흘깃 쳐다봤다. 운이 계단을 내려가자 바다가 갈라지듯 모두 그녀에게 길을 비켜줬다.

"네가 새로운 뱀파이어? 몇 살이야?"

붉은빛의 매혹적인 실크 드레스를 입은 여자가 운에게 다가왔다. 긴 드레스가 기다란 그녀의 몸을 감싸 그녀를 더 섹시하고 매력적으로 보이게 했다.

"스물한 살이에요."

운은 자신이 많이 어리다는 소문을 들었는지 반말을 찍찍 하는 여자의 행동에 기분이 나빴다. 하지만 이곳에 있는 뱀파이어들은 나이가 전부 자신보다 현저히 많다는 얘기를 들었기에 일부러 그런 티는 내지 않았다.

"뭐야. 아직 어리잖아? 그런데 젊은데도 회복 능력은 떨어지나 보군. 아니면 몇 시간 전에 누가 물어뜯기라도 했나?"

운은 자신의 목덜미를 바라보는 시선에 재빨리 목을 손으로 감쌌다. 목에는 검은색의 길고 얇은 천으로 감아 리본을 만들어 매고 있었다. 운은 리본을 투시하고 보는 듯한 그녀의 시선에 괜히 주눅이 들었다.

"그, 그런 거 아니에요."

상처를 뚫어지게 보는 것 같았다. 운은 이 상처가 얼마나 이상한지 알고 있었다. 시운의 경우 손목을 깊게 물어뜯어도 상처는 하루 만에, 아니, 몇 시간 만에 바로 나았기 때문이다. 하지만 아무리 시운의 피를 마셔 생체 회복 능력이 아주 좋아졌다고 하더라도 운의 상처는 오래갔다. 인간으로 본다면 비정상적으로, 아주 빠르게 나은 거겠지만 뱀파이어의 세계에선 이 속도가 비정상적이었다.

"상처가 있을 수도 있지, 뭘 그렇게 가리니?"

중후한 느낌이 나긴 하지만 외모는 젊어 보이는 다른 뱀파이어가 옆에서 운을 도와주었다. 하지만 운은 목덜미가 계속 신경 쓰였다. 밤의 모임 때문에 검은색의 귀여운 드레스로 갈아입었지만 괜한 자격지심에 하루 내내 상처를 계속 신경 썼던 운이었다.

"너, 인간처럼 피도 안 마시고 살았다며? 그런데 이거 마실 수나 있어?"

여자가 잔에 들린 붉은 액체를 살랑살랑 흔들며 가리키자 운이 자신의 잔을 바라보았다. 몇 모금 마셔보았지만, 도수가 거의 느껴지지 않았고 그저 달콤하기만 했다. 운이 이제껏 마셔본 음료 중 최고의 맛이었다. 운은 머뭇거리며 잔을 꽉 잡았다.

"……이게 뭔데요?"

"인간의 피지. 몰랐어? 하긴 이런 거 마셔보기나 했겠어?"

인간의 피라는 말을 하며 비웃는 듯한 여자의 시선보다 주위에 보이는 모든 붉은 액체들만이 눈에 보이기 시작했다. 얼마나 많은 인간의 피를 가져온 것일까. 이곳에서 만난 몇몇의 뱀파이어들은 인간을 먹잇감 취급 했으며, 어떤 이들은 벌레만도 못한 취급을 했다. 얼마나 많은 인간을 죽인 것일까. 눈앞에 보이는 수백 개의 잔에 담긴 붉은 액체와 곳곳에 보이는 수많은 병들. 운은 떨리는 손으로 자신이 쥐고 있는 잔을 바라보았다. 떨리는 손에 의해 출렁거리는 붉은 액체는 섬뜩했다. 운은 갑자기 구역질이 치밀어 오르기 시작했다.

"욱!"

운이 입을 막고 구역질을 참아보았지만 코를 찌르는 달콤한 냄새에 미칠 것 같았다. 인간의 피임을 알면서도 달게 느껴져 마시고 싶은 충동이 들자 갑자기 자신이 끔찍해졌다. 운은 그만 떨리는 손에 잡고 있던 잔을 놓치고 말았다.

"아!"

쨍그랑 하는 소리와 함께 얇은 잔이 와장창 깨졌다. 붉은 핏빛의 액체가 넓게 퍼졌고, 운의 다리까지 튀었다. 어느새 다가온 시운이 그녀의 옆으로 와 살폈다.

"다친 곳은?"

운이 멍하니 깨진 유리 조각을 보다 시운의 말에 정신을 차리며 살며시 고개를 저었다. 역겨움에 입을 막은 손 뒤로 운의 새하얗게 질린 얼굴이 보이자 시운이 눈살을 찌푸렸다. 그리고 날카로운 눈으로 운의 앞에 있는 클레라를 쏘아보았다.

"클레라, 무슨 일이지?"

"죄송합니다, 왕이시여. 전 다만 술에 대해 물어봐서……."

클레라가 양손으로 드레스의 치맛자락을 잡으며 우아하게 고개를 숙여 대답했다. 클레라의 대답에 시운이 다시 운을 바라보았다. 맨다리에 튄 붉은 액체가 신경 쓰이는지 운이 한 손으로 입을 막은 채로 어쩔 줄 몰라 하며 넋을 놓고 서 있었다. 시운은 눈에 선한 상황에 거칠게 운의 손을 잡고 밖으로 끌었다.

"따라와."

그의 손에 이끌려 간 곳은 연회장 바로 앞에 있는 조그만 방이었다. 시운은 거칠게 손수건을 꺼내 그녀의 맨다리를 닦아주었다. 맨다리를 만지는 그의 손길과 짧은 치마에 신경 쓰이는지 운이 계속 몸을 비틀며 뒤로 내뺐다. 하지만 시운은 아무런 말 없이 묵묵히 그녀의 다리를 닦아주고 일어났다.

"왜, 왜 말 안 했어요?"

"뭘 말이지?"

"그냥 술이라고 했잖아요!"

운이 입술을 꾹 깨물며 히스테릭하게 소리를 질렀다. 그녀의 원망스런 시선에 시운이 무표정하게 그녀를 내려다보았다. 운은 여자들 사이에서도 조금 큰 편이에 속했기에 웬만한 남자들의 시선에도 쉽게 기가 죽지 않았다. 하지만 190㎝에 가까운 시운의 앞에서는 자신이 한없이 작아지는 느낌이었다. 그리고 그에게서 흘러나오는 위압감에 더욱 몸이 움츠러들었다.

"빨리 적응하려면 피를 자주 마셔주는 것이 좋을 거야."

"적응, 적응, 적응! 그만 좀 해요! 그래 봤자 전 피도 제대로 마시지 못하는 뱀파이어라고요!"

운이 더는 참지 못하고 시운에게 소리를 질렀다. 눈에 힘을 풀면 바로 눈물이 새어 나올 것 같았다.

"당신처럼 상처도 바로 아물지 않아요. 당신처럼 송곳니도 나오지 않고, 아직도 피를 마신다는 생각만 해도 끔찍해요."

서러움을 토해내며 고개를 푹 숙이는 운의 모습이 깨어질 듯 안타까웠다. 처음에 보았던 호기심 많고 발랄한 소녀는 온데간데없었다. 시운은 이곳에 적응하지 못하고 향수에 젖은 채 점점 작아지는 운을 볼 때마다 마음이 아파왔다.

"평생을 어린아이처럼 누군가 물어뜯어 주는 팔목을 통해 계속 피를 받아 마시겠죠. 아무리 노력해도 제 힘으로 피를 마실 순 없을 거예요. 힘도 없으니 인간을 잡아 피를 마실 수도, 기억을 지울 수도 없을 거예요."

그늘진 그녀의 얼굴과 그렁그렁한 눈물이 고인 눈망울에 절망이 비쳤다. 메드리아는 운을 불행하게 만들고 있었다.

"당신이 없으면 날 보는 시선이 어떤 줄 아세요? 아주 지긋지긋해요. 이곳은 너무 무서워요."

그녀가 어떤 상태인지는 소수의 몇 명만이 알고 있었다. 그녀의 외할아버지인 쉐인에게도 알리지 않았다. 이곳으로 돌아와 전에 알았던 소수의 뱀파이어들을 만나 오랜만에 돌아온 고향에서 행복한 모습으로 있는 쉐인에게는 알리지 말아달라며 부탁한 그녀로 인해 차마 알릴 수가 없었다.

시운은 날카롭게 세운 손톱으로 맥박이 힘차게 뛰고 있는 자신의 목을 단번에 찔렀다. 그리고 그녀를 꼭 품에 안았다.

"마셔. 이제 널 무시할 수 있는 이는 없을 거야."

그의 달콤한 피가 볼에 뚝 하고 떨어졌다. 운은 피에서 나오는 달콤한 향에 취에 시운을 끌어안았다. 피를 보는 것이 역하고 비위가 상할 때마다 달콤한 향의 피를 탐하기 위해 눈을 꼭 감는 운만의 방법이었다. 눈을 꼭 감고 시운의 목을 감싼 운이 넓은 가슴에 자신의 얼굴을 묻었다. 감은 눈에서 눈물이 쉴 새 없이 흘러나왔다.

"천천히. 그래, 천천히."

시운이 피에 취해 이성을 잃고 달려드려는 운의 어깨를 토닥이며 만류하자 그녀가 그의 목을 꼭 잡은 채 천천히 피를 마시기 시작했다. 목에서 느껴지는 운의 따뜻한 혀에 시운은 무의식적으로 아랫도리에 힘이 들어가는 것을 느끼며 진정시켰다.

"아무도 널 무시하지 못하게 해줄게."

시운은 이런 방법까지 쓸 생각은 없었다. 자신의 피를 마신 여자는 이제껏 단 한 명도 없었기에 이런 모습을 보인다면 단번에 운을 그의 여자로 생각할 것이다. 왕의 피를 마신 그녀를 시샘하거나 부러워하겠지만 함부로 무시하진 못할 것이다. 시운이 계속 달려드려는 그녀의 어깨를 잡아 떼어냈다.

"이제 그만 마셔."

피를 마시게 할 때마다 많은 양을 마시게 했기 때문에 그녀는 아직 제대로 조절하는 방법을 몰랐다. 단호히 어깨를 잡고 떨어뜨리는 시운으로 인해 애가 탄 운이 다시 달려들려 했다. 하지만 시운은 가라앉은 눈으로 그녀를 내려다보며 나지막이 말했다.

"이제 돌아가야 해."

"조금만 더……."

항상 끝도 없는 갈증으로 인해 만족할 때까지 마셨던 운은 감질나게 끊어버리는 그로 인해 더 매달렸다.

"지금 마신 것으로도 충분해."

단호한 시운의 음성에 운이 시무룩하게 고개를 숙였다. 운은 모든 게 다 짜증이 났다. 꼭 제대로 물지 못하는 자신에게 일부러 조금만 주는 것 같은 기분이 들었다.

"이 이상 먹으면 인간은 목숨이 위험해. 이제부터는 절제하는 법도 배우도록 해."

시운이 그 말과 함께 그녀의 목을 감싸고 있는 리본의 끝을 잡아당기며 풀었다. 그리고 한 손으로 그녀의 얼굴을 들어 목에 얼굴을 묻었다. 가느다란 운의 목을 혀로 한 번 핥짝거린 시운은 날카로운 송곳니로 단번에 물었다. 운이 시운의 옷깃을 꽉 잡은 채 눈을 꼭 감으며 참아냈다. 야릇한 소리가 방 안에 울려 퍼졌고, 시운은 곧 그녀의 목을 놓아주었다.

"이제 가지."

"리, 리본이……."

바닥에 떨어진 리본을 주우려 했지만 시운은 그녀의 팔을 무작정 끌고는 다시 연회장으로 들어갔다. 모두의 시선이 시운과 운에게 향했다. 시운으로 인해 뚫어지게 보지는 않았지만 힐끔거리면서 눈치를 살폈다. 그러다 운과 시운의 목에 있는 송곳니 자국을 보며 수군거리기 시작했다. 마치 연인처럼 서로의 목에 이빨 자국을 갖고 온 둘의 모습에 모든 이들이 경악 어린 시선으로 바라보았다. 금방 서로를 탐한 것을 보여주듯 강하게 남아 있는 시운과 운의 피 냄새가 지금 보고도 믿기지 않는 상황이 진실이라고 말해주고 있었다. 이때까지 누구에게도 마음을 주지 않았던 왕인 시운이 스물한 살의 어린 뱀파이어에게 연인처럼 행동한 것은 경악스러운 일이었다. 운은 무슨 영문인지도 모르고 모두가 자신을 바라보자 고개를 푹 숙이며 그의 손에 끌려가다시피 따라갔다.

"고개 들어. 앞으로 기죽지 마."

앞에서 운에게만 들릴 정도로 시운이 작게 말했다. 운은 그의 나지막한 목소리에 살며시 고개를 들며 주위의 눈치를 살폈다. 시운이 계단을 올라와 의자에 그녀를 앉히며 자신도 옆자리에 앉았다.

운은 고개를 돌려 시운의 얼굴을 바라보았다. 새하얀 얼굴에 자리 잡은 날카로운 눈과 높게 솟아오른 콧날, 빨갛고 도톰한 입술. 운은 천천히 시선을 내렸다. 상처가 난 지 얼마 되지도 않았는데, 벌써 아물고 있는 그의 목을 바라보며 운이 자신의 목을 쓸었다. 따끔거렸다. 손에 만져지는 상처는 거울을 보지 않아도 지금 막 생긴 상처란 것을 말해주고 있었다.

"원래 난 강하기 때문에 누구보다도 빨리 나아."

시운이 자신의 목에 운의 시선이 고정되자 무슨 생각을 하고 있는지 아는 듯 무심한 목소리로 그녀를 위로했다. 하지만 운의 가라앉은 기분은 쉽사리 풀어지지 않았다. 운이 처음 들어왔을 때보다도 더 자신을 보고 수군거리는 것을 느끼며 몸을 움츠렸다. 주위를 살펴보던 운은 클레라가 자신을 노려보고 있는 것을 보며 고개를 숙였다. 그러자 옆에서 큰 한숨 소리가 들렸다.

"그렇게 벌벌 떨 거 없어. 모두 너와 같은 동족이야."

"저, 전 갈래요."

운이 부담스런 시선에 몸을 벌떡 일으켰다. 그리고 왔던 길로 다시 돌아가기 시작했다. 이곳에 더는 있고 싶지 않았다. 같은 동족이라고, 같은 뱀파이어라고 생각하고 있지만 그들에게서 나오는 음산한 분위기는 도무지 적응되지 않았다. 파티라기엔 우중충하고 퇴폐적인 이곳이 마음에 들지 않았다. 시운이 말릴 새도 없이 운은 연회장을 빠져나왔다. 캄캄한 난간이 있는 복도를 빠른 걸음으로 걸어가고 있었다. 익숙지 않은 높은 구두로 몸이 계속 휘청거렸지만 그저 방으로 돌아가고 싶은 마음뿐이었다.

"너 정말 뱀파이어니?"

"꺄악!"

그때 난간 기둥에서 갑자기 어떤 인영이 나타나자 깜짝 놀란 운이 소리를 지르며 벽으로 뒷걸음질쳤다. 클레라는 덜떨어진 모습으로 놀라 뒤로 뒷걸음질치는 운을 게슴츠레 쏘아보았다.

"왜, 왜 저를 쫓아오신 거죠?"

"딱히 쫓아온 건 아니야."

클레라가 운을 위아래로 훑어보다 그녀의 목에 시선을 고정시켰다. 이때까지 여자라면 인간 여자의 피 외에는 아무것도 관심 없던 절대적인 왕께서 보란 듯이 목에 물린 자국을 내놓고 왔다. 그것도 파티 도중에 나간 여자와 함께! 믿을 수 없는 일이었다.

"난 너와 전하의 관계가 궁금했을 뿐이야."

클레라는 가장 어린 뱀파이어로서 아주 어린 나이부터 왕을 뵐 기회가 몇 번 있었고, 그때마다 그는 제대로 표현은 하지 않았지만 무뚝뚝한 표정으로도 그녀를 아끼고 예뻐했었다. 하지만 거기까지였다. 아무리 클레라가 그에게 아름다운 모습으로 다가가고, 자신의 피를 내어주려 해도 시운은 선을 그어 다가오지 못하게 했다. 이때까지 자신이 어리기에 백 살이 될 때까지 기다려 주는 것이라고 생각했다. 이 세계에서 막내로서 예쁨을 받고 그나마 관심을 받는 이는 유일하게 자신밖에 없기에 그 감정이 사랑으로 바뀔 수 있을 거라고 생각했다. 하지만 굴러들어 온 돌이 박힌 돌을 뺀다고,

어딘가에서 숨어 살다가 새로 들어온 이 어린 뱀파이어 따위가 그의 옆자리에 앉으며 그와 피를 나누는 것에 클레라는 울화통이 터졌다. 겉보기에도 아주 인간 같아 보이는 미숙한 것에게 절대 시운을 빼앗기고 싶지 않았다.

"아, 아무런 사이도 아니에요."

표독스런 클레라의 시선에 운이 재빨리 상처를 손으로 가리며 뒤로 물러났다. 서로의 피를 탐하는 것이 어떤 의미인지 모르는 운은 빨리 아물지 않은 상처만 신경 쓰였다. 운은 클레라의 못마땅한 시선과 함께 나오는 위압감에 숨이 막혀오는 것을 느끼며 한걸음 더 뒤로 물러났다.

"그런데 그런 표시를 하고 왔다고?"

클레라가 가까이 다가오자 운이 입술을 꼭 깨물며 그녀를 노려보았다. 그녀에게서 위험한 분위기가 감지되었다. 본능이 그렇게 경고하고 있었다.

"너 정말 우리 일족이 맞아?"

가늘게 뜬 눈으로 운을 바라보며 클레라가 물었다. 상처가 아물어야 될 시간이 한참 지났는데도 지금 바로 낸 상처처럼 피 냄새가 옅게 배어 나왔다. 거기다 목에는 전에 물렸던 것처럼 보이는 상처까지 있었다. 파티에 오기 전에 물렸다고 칠 수도 있겠지만, 그렇다면 또 피를 마실 이유가 없었다. 거기다 그녀는 술이 인간의 피로 만들어진 것이라는 말에 놀라 잔을 깨뜨렸다. 미끄러졌다고 할 수도 있겠지만 가까이서 본 바에 의하면 새하얗게 질린 얼굴로 겁먹은 듯이 부들부들 떨고 있었다. 마치 인간처럼.

"저, 전……."

운이 어떻게 말해야 할지 몰라 우물쭈물거렸다. 인간도 아니고, 그렇다고 뱀파이어도 아니다. 아직도 자신이 계속 피를 마신다는 생각만 하면 두렵고 끔찍했지만, 피 냄새를 맡으면 본능적으로 다가간다. 누군가의 살을 제대로 물지도 못하지만 피를 마실 때에는 희열이 느껴질 정도로 기분이 나른하고 좋았다. 완벽한 뱀파이어도, 인간도 아닌 존재. 운은 자신에 대한 정의를 내리지 못하고 입술을 꼭 깨물었다.

"겁먹은 꼴이 딱 인간 같군. 너, 내가 무서워?"

운의 눈동자가 두려움에 흔들리는 것을 보며 픽 웃은 클레라가 가까이 다가갔다. 순간 클레라의 눈이 붉은빛을 내며 반짝였다.

"얼마 전까지 피를 마시지도 않고 살았다며?"

게슴츠레 뜬 눈으로 운을 내려다보며 클레라가 잔뜩 비아냥거렸다. 그러다 순식간에 운의 목을 잡고 벽으로 밀쳤다.

"윽!"

저항도 제대로 못하고 밀쳐진 운이 빠져나가려고 했지만 클레라가 눈을 부릅뜨자 몸이 무거운 추를 단 것마냥 축 늘어졌다. 몸이 무거워서 도저히 팔을 들 수가 없었다. 클레라가 운의 목을 엄지손가락으로 살며시 쓰다듬다가 그녀의 목에 얼굴을 묻었다. 붉게 빛나는 클레라의 눈동자에 몸을 꼼짝할 수도 없었다.

"네가 감히 전하의 피를 탐해?"

운에게서 나오는 왕의 피 향에 화가 났다. 운의 목에 시운이 입을 대며 날카로운 송곳니를 박았다는 생각에 속에서 화가 솟구쳐

올라왔다. 시운의 피가 아직도 그녀의 안에 있다는 생각에 클레라
가 입맛을 다셨다.

"클레라, 금방 왕께서 피를 주신 자야."

어둠 속에서 다른 인영이 천천히 걸어 나오며 나지막한 목소리
로 말했다. 클레라가 그 목소리를 듣고 인상을 찌푸리다가 운의 목
을 거칠게 놓아주었다. 무거웠던 몸이 다시 정상으로 돌아왔지만,
공포로 인해 운이 그대로 주저앉았다.

"알아. 그냥 뱀파이어가 맞는지 확인한 것뿐이야."

"그래서, 확인은 했나?"

클레라가 입을 꾹 다물며 주저앉은 운을 쏘아보았다. 운에게서
배어 있는 체취는 그녀가 누구의 여자인지 말해주는 것 같았다.

'인간이라면 살을 뚫고 몸에 피의 향이 배일 정도까지의 피를
탐하진 못했겠지.'

클레라는 인간처럼 겁에 질린 채 주저앉은 운이 못마땅했다.

"확인했다면 당장 떠나. 그렇지 않으면 네 무례한 행동을 전부
보고할 거야."

"치, 알겠어."

새침하게 말한 클레라가 난간에 올라가더니 밖으로 사라졌다.
운은 멍하니 바로 앞으로 다가오는 남자를 올려다보았다. 시운의
옆에 자주 붙어 있어 몇 번 보았던 페트로라는 남자였다. 진의 말
로는 메드리아에서 2인자라고 했다.

페트로는 운에게 다가와 그녀의 팔을 잡고 일으켜 주었다. 다리
에 힘이 풀려 아직도 덜덜 떨려와 제대로 일어날 수 없었지만, 약

한 모습을 보이고 싶지 않아 힘을 주어 겨우 일어났다.

"방까지 데려다 주지."

"가, 감사합니다."

운을 배려하는 듯이 페트로의 걸음걸이는 느렸고, 잡아주는 손은 운이 걸을 수 있도록 도와주었다. 원래 말이 별로 없는 것을 알고 있었지만 단둘이 있으니 운은 어색하고 민망했다. 괜히 못 보일 꼴을 보인 것 같았다. 무슨 말이라도 해야 하는데, 라며 열심히 생각하고 있던 운의 마음이라도 알았는지 페트로가 먼저 입을 열었다.

"네 피는 다른 이에게 절대 주면 안 돼."

"네? 그게 무슨……."

"왕의 피를 받은 자는 함부로 다른 이에게 피를 내어주어선 안 돼. 그것이 이곳의 규율이다."

왕의 피는 뱀파이어를 강하게 만드는 힘이 되기도 했기에 왕의 피를 받은 지 얼마 되지 않은 이는 다른 뱀파이어에게 피를 내어주어선 안 되었다. 내어주는 이에게 특별한 사유가 없다면 그 뱀파이어 또한 형벌을 받게 되며, 그 피를 마신 자 또한 심한 벌을 받게 된다.

"네, 죄송합니다."

운은 몰랐던 사실을 말해주는 페트로에게 고개를 끄덕이며 작게 대답했다. 왕의 옆을 지키는 뱀파이어이기 때문에 이런 일에는 민감할 것이라 생각한 운은 그에게 순순히 사과했다.

'정말 함부로 마시면 안 되는구나.'

예전에 쉐인도 같은 말을 했던 것을 기억해 낸 운이 왕의 피가 얼마나 중요한가를 느끼며 페트로를 따라갔다.

"나에게 죄송할 건 없지. 하지만 다음부턴 네 몸을 잘 지키는 것이 좋을 거야."

낮게 가라앉은 목소리로 말을 하는 페트로에게서 왠지 모를 위압감이 느껴졌다. 아니, 솔직히 말하자면 이곳에 있는 뱀파이어 모두에게 이런 뜻 모를 위압감이 있었다. 그 종류와 힘은 다 달랐지만 뱀파이어에게서 나오는 이 위압감은 운을 숨 막히게 했다. 예외적으로 평소에도 실실 웃고 다니며 장난을 쉽게 걸고 가볍게 말을 하는 정말 인간 같은 진을 제외하곤.

방에 도착하자 페트로가 문을 열어주며 그녀를 침대 앞까지 데려다 주었다.

"이제 쉬도록 해."

"가, 감사합니다."

쉬라는 말을 하는 페트로에게 감사의 인사를 전한 운은 침대를 보자마자 급격하게 피곤이 몰려왔다. 아까의 긴장이 이제야 풀린 것인지 온몸이 허물어지듯 쓰러질 것 같았다. 머리가 지끈거렸고, 온몸에 힘이 전부 빠져나갔다. 순간 페트로의 눈이 붉어지는 것을 느꼈지만 피곤에 지친 운은 그에게 인사를 하자마자 침대에 누워 쓰러지다시피 잠이 들었다.

어제 긴장을 많이 하고 자서인지 온몸에 힘이 하나도 들어가지 않았다. 운은 퀭한 자신의 모습을 거울에 비춰 보다 한숨을 푹 쉬었다. 어제 계속 긴장을 해서인지 이제야 긴장이 풀려 온몸에 힘이 쭉 빠져 있었다. 푹 잔 것 같은데도 피곤함이 몰려왔다. 운은 목을 들어 상처를 비춰보았다. 절대 어제 생긴 상처로 보이지는 않았다. 피를 마시기 시작한 이후로 빠르게 아물긴 했지만 뱀파이어의 세계인 이곳 메드리아에선 아주 느리고 느린 속도였다.

"운아."

"외할아버지?"

어느새 쉐인이 방에 들어와 있었다. 온 기척은 전혀 느끼지 못했다. 어렸을 때부터 쉐인의 기척이 거의 없다는 것은 알고 있었지만 시운의 피를 마신 후로는 그저 걸음걸이가 조심스럽다고 말할 정도가 아니었다. 정말 예상치 못할 정도였다. 인간 세계로 돌아간다면 인간이라 말하며 속이기 힘들 정도였다.

"여기 앉아요, 외할아버지. 어제는 잘 들어가셨어요? 인사도 못 드리고 먼저 가서 죄송해요."

시운이 정해준 운의 방은 쉐인이 사는 곳과 조금 떨어져 있었기에 메드리아에 와서는 자주 만나지 못했다. 쉐인도 오랜만에 돌아온 이곳에 나름 적응을 하기 위해 바빴고, 운도 이것저것 시운을 따라다니며 적응을 한다고 바빴었다. 솔직히 만나고자 한다면 언제든 만날 순 있었지만, 운은 쉐인을 보는 것이 꺼려졌다. 고향에 돌아와 기뻐하는 쉐인에게 운은 자신의 현재 상태를 들키고 싶지 않아 만나는 것을 피해 온 것이다.

"운아, 어제 갑자기 그렇게 가서 걱정했다."

"어제는 그냥 몸이 안 좋아서 일찍 돌아왔어요."

쉐인은 운의 목에 난 상처를 보다 걱정스런 얼굴로 그녀를 바라보았다. 왕인 시운의 피를 한 번 마시고도 노화된 몸이 단번에 회복된 자신과 다르게 운은 그저 회복 속도가 평범한 인간보다 조금 빠를 뿐, 뱀파이어라고 보기엔 어려웠다.

"이제 몸은 좀 괜찮으냐?"

"네, 어제 푹 잤더니 좋아요. 아마 처음 가는 곳이라서 긴장했나 봐요."

운이 애써 밝게 웃으며 대답했다. 하지만 쉐인은 그녀가 억지로 웃는다는 것을 알고 있었다. 쉐인은 운의 얼굴에 있는 근심과 걱정을 보았지만, 그녀가 그런 내색을 하고 싶어 하지 않는 것을 깨닫곤 모른 척해주었다. 단지 처음 온 곳에 적응하기 힘들어한다고 생각한 쉐인은 인자하게 웃으며 그녀의 머리를 쓰다듬어 주었다.

"아가, 힘든 일이 있으면 이 할아비한테 말하렴. 네가 힘들고 괴로우면 나도 슬프단다."

"걱정 마세요, 외할아버지."

운이 빙긋 웃으며 대답했지만 쉐인은 그녀의 모습에 더 걱정이 되었다. 가난하고 소박하지만 항상 밝게 웃었던 운의 얼굴에 그림자가 사라지지 않기 때문이다.

"그것보다 외할아버지는 어제 재미있었어요?"

"그럼. 어제 옛 동지들을 몇몇 만나서 재밌었단다. 나만 늙어서 마음이 조금 쓰렸지만, 그래도 고향 친구를 오랜만에 만나는 기분이 이리 좋을 줄 몰랐구나."

정말 기분이 좋은지 자글자글한 주름을 깊이 만든 쉐인이 허허 웃었다. 그 모습을 바라보는 운도 쉐인을 보며 싱긋 웃었다. 쉐인의 얘기를 들으면 들을수록 운은 절대 이곳에 적응을 못하는 자신에 대한 얘기를 할 수가 없었다. 근심, 걱정을 날려 버린 채 무척이나 행복해하는 쉐인을 방해하고 싶지 않았다.

※ ※ ※

"자랑스런 일족의 왕이신 로이드님께 저 클레라가 인사드립니다."

클레라가 예쁘게 치마 끝을 잡고 허리를 숙이며 인사를 했다. 시운은 그저 시큰둥하게 잠시 그녀를 바라보다 다시 손을 움직이며 하던 일을 하기 시작했다. 오랜 시간 동안 성을 비워두고 돌아온 뒤로도 운에게 신경을 쓴다고 급한 업무들 외에는 대부분 처리하지 못했었다.

"무슨 일이지?"

시운이 움직이는 손을 멈추지 않으며 무뚝뚝한 목소리로 물었다. 동양의 나라에 갈 때에 그곳에 맞게 지었던 시운이란 이름은 사실 지은 지 오래되지 않았던 이름이었다. 그저 동양에 자신의 무서움을 알리기 위해 외우기 쉬운 이름으로 배후의 세력이 있다는 것을 깨닫게 해주기 위해 만든 것이었다.

"그저 일족의 막내 클레라가 왕께 문안을 여쭙고자 이리 찾아왔습니다."

"이제 막내는 운일 텐데. 어제 그녀의 나이를 알지 않았나?"

"그래도 로이드님의 마음엔 항상 일족의 막내로 남고 싶습니다."

"클레라, 난 지금 바쁘다. 밀린 일이 태산이야. 지금은 네 재롱을 봐줄 시간이 없구나."

시운의 말에 클레라가 시무룩한 표정을 지으며 고개를 숙였다. 어렸을 때는 어린아이라는 이유로 시운은 그녀에게 희미하게나마 웃어주었다. 하지만 어엿한 성인으로 인정을 받기 시작하자 시운은 그녀에게 이리 선을 긋기 시작했다. 그래도 다른 뱀파이어보다는 더 챙겨주고 예뻐해 주기에 클레라는 자신에게 특별한 감정이라도 있지 않을까 하는 생각을 했지만, 그의 눈은 여전히 귀여운 조카를 보는 것과 같았다.

"로이드님, 요즘 신경 쓸 일이 많으시죠? 클레라는 어제 곤두선 전하의 모습을 보고 마음이 아팠습니다."

"걱정해 줘서 고맙군."

시운이 한숨을 쉬며 펜을 내려놓았다. 그리고 의자를 돌려 화사한 원피스를 입은 그녀를 바라보았다. 아이, 특히 여자아이가 귀한 뱀파이어의 세계에서 약 백 년 만에 태어난 막내인 클레라를 예뻐했었다. 클레라가 태어났을 무렵에는 특히나 안식을 위해 생을 포기하는 뱀파이어가 많아 종족의 유지조차 힘들었다. 그래서 그때에 태어나 모든 종족들에게 아이를 낳을 수 있다는 희망과 축복을 만들어준 클레라를 성에 불러 그녀만을 위한 파티를 열기도 했었다. 그 후로도 클레라를 성에 불러 그녀의 재롱을 보며 즐거워하기도 했었다. 하지만 시운은 성인이 된 클레라가 자신에게 이성으로 다가오려고 하는 모습에 언제부턴가 답답함을 느끼며 멀리하기 시작했다.

"클레라, 난 어제의 파티로 피곤하다. 그리고 지금 보다시피 많은 업무에 시달리고 있지. 어떻게 진을 꾀어내서 이곳에 들어왔는지는 모르겠지만, 어서 돌아가."

시운이 피곤하다는 듯이 말했다. 왕인 시운이 어렸을 때부터 클레라를 항상 예뻐해 주었기에 그녀의 자존심은 나날이 높아져만 갔다. 막내로서 사랑받고 자라온 클레라의 애교에 넘어가 들여보낸 진을 언급하며 시운이 내보내려 하자 심통이 난 클레라가 시운에게 가까이 다가갔다.

"로이드님, 피곤하시다면 제 피를 드셔요. 이렇게 제가 부탁드립니다."

클레라가 시운에게 다가와 그의 앞에 무릎을 꿇으며 자신의 목을 쓸어내렸다. 하얗고 가느다란 목이 시운의 눈에 들어왔다. 하지만 그의 얼굴 표정은 여전히 무뚝뚝했다.

"돌아가. 다음부터는 진에게 네 애교에 넘어가 이곳에 데려다 주지 말라고 하지."

시운은 자신에게 특별한 감정을 원하는 클레라를 언제까지고 귀여워해 줄 수는 없다고 생각하며 냉정하게 말했다.

"로이드님, 어째서 제 피는 드시지 않는 거예요?"

"클레라, 난 왕이 된 이후로 이곳에 있는 그 누구의 피도 마시지 않았다."

"한데 어째서 그 어린 계집애만……!"

무릎을 꿇고 시운을 올려다보던 클레라가 갑자기 힘없이 주저앉았다. 깊이 가라앉으며 붉게 변한 시운의 눈과 함께 무거운 압력과 가라앉은 공기가 온몸을 감쌌다. 시운이 그녀를 바라보며 살기를 내뿜었기 때문이다. 무거워진 중력과 소름 끼치는 아우라에 클레라가 몸을 떨었다.

"클레라, 이제 이 세계의 막내는 운이다. 잘 대해주도록 해."

온몸을 찌를 듯한 무서운 시선이 사라지자 몸에 느껴지던 살기가 거짓말이라는 듯이 한순간에 사라졌다. 클레라는 입술을 깨물다 시운에게 바로 고개를 숙이며 뒤로 물러가 사라졌다.

"하아."

시운이 길게 한숨을 내뱉었다. 얼마 전까지만 하더라도 일족에 있는 여자의 피는 절대 마시지도 건드리지도 않았다. 그것은 시운이 혼자 정한 원칙이었고 다짐이었다. 자신의 옆자리에 올 여자를 제외하고는 절대 다른 이에게 피를 내어주고 싶지도, 받고 싶지도 않았다. 괜히 특별함을 느끼게 하여 지금 남아 있는 소수의 동족을 불행하게 하고 싶지 않았다. 여자의 일방적인 사랑부터 시작해서 더 나아가 여왕의 자리를 가지고 일어나는 분란을 질대적으로 피하고 싶었기 때문이다.

"페트로."

"네, 전하."

시운의 앞에 어느샌가 페트로가 나타났다. 어제 걱정스런 마음에 갑자기 나간 운을 페트로에게 따라가라 명했었다. 그리고 그녀가 방에 가자마자 곧 잠이 들었다는 얘기를 들었다. 여전히 적응도 못하고 커다란 자격지심에 어디를 가나 움츠러드는 운이 안타까웠다. 그리고 싫다는 그녀에게 억지로 적응을 시키려고 하는 자신의 모습 또한 짜증이 났다.

"카인에게 말해놔, 오만방자한 딸을 잘 감시하라고."

"네, 알겠습니다."

페트로가 순식간에 시운에게 고개를 숙이며 사라졌다. 최상위 귀족인 카인은 클레라의 친부였다. 요즘 나날이 기어오르는 클레라를 그냥 둘 수는 없었다. 시운은 페트로가 사라진 곳을 바라보다 자리에서 천천히 일어났다. 그리고 운이 있는 방으로 향했다. 왕이 되고 나서 유일하게 피를 탐한 일족의 여자인 운에게.

"전하, 쉐인 인사드립니다."

"됐다."

그녀의 방으로 가던 길에 쉐인이 운에게 갔다 오는 길인지 그쪽에서 나오고 있었다. 시운은 예의를 차리며 인사를 올리는 쉐인에게 손을 들어 저지하며 계속 걸음을 옮겼다. 하지만 뒤에 있던 쉐인이 자신에게 몸을 돌려 고개를 숙이며 말하자 걸음을 멈췄다.

"전하, 이런 말을 입에 대는 것이 무례한 것을 아오나 운을 어찌 생각하십니까?"

"무슨 뜻이지?"

"운은 아직 앞날이 창창합니다. 하지만 전하께서 모두가 보는 앞에서 그리 행동하신다면……."

쉐인이 말끝을 흐리다 입을 다물었다. 시운은 쉐인이 무엇을 걱정하는지 알고 있었다. 일족이 많지 않은 만큼 메드리아는 소문이 빨랐고 모두 서로에게 조심스러웠다. 이 세계에서 대놓고 연애를 하는 이는 흔치 않았고, 연애를 한다고 밝히더라도 거의 미래가 결정이 되었을 때 알려졌다. 시대가 많이 바뀌어 이혼을 하고 재혼을 하는 뱀파이어도 몇몇 생겨났지만 큰 마을과도 같은 이 나라에서 재혼이란 결정을 내리는 것은 힘든 일이었다. 하물며 대놓고 왕과 서로의 피를 나눈 운에 대한 소문은 지금 메드리아에 큰 화젯거리가 되었다. 만약 왕과 피까지 나누며 깊은 관계가 되었던 운이 아무런 사이가 아니게 되더라도 훗날에 다른 남자들이 운에게 다가가는 것을 꺼려할 것이었다. 혹시라도 왕에게 미움을 받을 수도 있기 때문이었다.

"쉐인, 그거 아나? 운은 너를 살리는 조건으로 자신의 모든 것을 나에게 바쳤지."

"그, 그게 무슨……!"

"말 그대로다. 그녀는 거래에 흔쾌히 수긍했고, 난 널 살렸지. 그러니 더는 상관하지 마라."

시운이 그 말을 끝으로 다시 걸음을 옮겼다. 뒤에서 계속 쉐인의 시선이 느껴졌지만 시운은 무시했다. 아직 운을 자신의 반려로 완전히 결정한 것은 아니었다. 하지만 누구에게도 주고 싶지도, 공유하고 싶지도 않았다. 그녀의 피를 계속 탐하고 싶었으며, 그녀만 보면 항상 갈증이 났다. 시운은 발걸음을 빨리 옮겼다. 피에 대한 갈증이 일어났다. 시운은 곧 도착한 운의 방문을 확 열었다.

"엄마야!"

운이 옷을 갈아입다가 갑자기 나타난 시운으로 인해 손으로 가슴을 가리며 문의 반대 방향으로 몸을 돌렸다. 시운은 빨간 하트 무늬로 이루어진 하얀 브래지어와 큰 하트가 엉덩이에 그려진 새하얀 그녀의 팬티를 보며 멍하니 서 있었다.

"빨리 나가요!"

운은 문이 닫히는 소리가 계속 들리지 않자 가까이에 있던 침대로 달려가 이불로 쏙 들어갔다. 태아의 자세로 몸을 최대한 감싼 상태에서 이불로 목까지 가린 운이 빨개진 얼굴만 빼꼼 내밀며 시운을 죽일 듯이 노려보았다.

"왜 남의 방을 멋대로 들어오고 그래요? 이거 진짜 실례인 거 알아요?"

운이 씩씩거리며 소리를 지르자 시운이 입꼬리를 비스듬히 올리며 문을 닫고 그녀에게 다가왔다. 오랜만에 소리를 지르는 당찬 운의 모습을 보자 왠지 기분이 좋았다. 시운은 침대에 걸터앉아 그녀를 마주 보았다.

"속옷이 귀엽군."

"빨리 나가요! 저 아직 옷 안 입었어요."

"싫은걸. 여긴 내 성이야."

운이 창피한지 이제는 눈물을 그렁그렁 매달며 시운을 노려보다 이불 안으로 쏙 들어갔다. 얼굴까지 가리고 숨어버리는 운의 모습에 웃음이 배어 나왔다. 시운은 이불 속에 꼭꼭 숨은 그녀를 억지로 빼냈다.

"왜, 왜 이래요!"

"네 얼굴이 보고 싶어서."

낮고 그윽한 목소리로 말하는 시운의 목소리에 운의 심장이 미친 듯이 뛰어왔다. 크고 빠르게 두근거리는 심장으로 인해 가슴이 터질 것 같았다. 시운이 한 손으로 그녀의 목을 부드럽게 감싸며 조심스레 위로 올렸다. 그리고 엄지손가락으로 그녀의 목에 있는 상처를 천천히 쓰다듬었다.

"상처 회복 속도도 피를 마실 때만 조금 빨라지는군. 내 피는 약으로 쓰이는 건가."

"이 상처를 만든 게 누군데 그래요."

운이 시운의 손을 탁 쳐내며 이불을 다시 목까지 올렸다. 모든 것을 알고 있다고 하지만 상처를 보이는 것은 싫었다. 어제 바로 아물지 않는 상처를 보며 이상하다는 듯이 말했던 클레라의 모습이 떠올랐기 때문이다. 운은 눈을 내리깔며 이불을 꼭 움켜잡았다.

"그리 기죽지 말라고 했을 텐데."

"별로 기죽은 건 아니에요."

다시 기가 죽어 우울해지는 운의 모습에 시운의 마음이 싸하게 가라앉았다. 그녀의 밝고 활기찬 모습을 보고 싶았다. 이맘때 당당하고 화사한 분위기를 풍겼던 클레라처럼 운 또한 밝고 화사했으면 좋겠다는 생각이 들었다. 아니, 그렇게 되길 간절히 바랐다. 시운은 손을 올려 살짝 드러난 그녀의 어깨를 쓰다듬었다.

"이제부터 어깨를 물어줄까?"

"하지 말아요."

시운의 손이 어깨를 쓰다듬자 뱃속이 간질거리며 이상한 기분이 들었다. 운은 어깨를 한껏 움츠린 채 몸을 비틀며 그의 손을 피했다.

"어깨도 보이겠지. 네게 사준 옷들은 쇄골까지 다 드러나는 원피스니까."

"이, 이제 가세요. 저 옷 갈아입어야 해요."

시운은 그녀의 말을 무시하며 천천히 손가락을 내려 어깨를 타고 그녀의 팔로 내려갔다. 그의 손이 내려가며 몸을 가리고 있던 이불이 조금씩 밑으로 내려갔다. 운은 가슴을 겨우 가린 이불을 꼭 잡으며 몸을 더 움츠렸다.

"갈증이 나. 갈증이 자주 일어나는군."

"그, 그럼 밖에 있다가 다시 와요. 바로 옷 갈아입고 부를게요."

"전에 보이는 곳에 상처를 낸다고 화를 냈었지."

시운의 말에 운이 입을 꾹 다물며 이불을 올려 입술 위까지 가렸다. 이불을 꽉 잡고 있는 운의 손이 가운데로 모아지자 시운이 바로 그녀의 양손을 단번에 잡고 침대 위로 눕혔다. 순식간에 이불을 놓친 채 침대 위로 누운 운의 위로 올라탄 시운이 그녀의 팔을 쭉 위로 올리며 결박했다. 하트가 그려진 브래지어를 보자 아까 보였던 빨간 하트들이 떠다니는 하얀 팬티가 생각나 웃음이 나왔다. 시운은 다른 손으로 그녀의 등을 더듬으며 브래지어 후크를 풀었다.

"뭐, 뭐 하는 거예요!"

"이번엔 보이지 않는 곳을 물어주지. 계속 아물지도 않는 상처엔 나도 별로 하고 싶지 않군."

"거기도 아프…… 아!"

시운이 그녀의 봉긋한 가슴 위를 아프지 않게 살짝 물었다. 후크가 풀려 헐렁한 브래지어가 그녀의 가슴을 겨우 가렸다. 운은 아슬아슬하게 자신의 가슴을 가리고 있는 속옷을 느끼며 그의 품에서 빠져나오기 위해 조심스레 힘을 줬다. 괜히 버둥거리다간 겨우 자신의 가슴을 가리고 있는 속옷이 떨어질 것 같았다. 하지만 아무리 힘을 주어도 시운은 끄떡도 하지 않았다.

"네게 갈증이 나, 참지 못할 정도로."

피에 대한 통제를 제대로 배우기 전에도 이리 심한 갈증이 난 적은 없었다. 시운은 이불로 몸을 가리며 얼굴을 붉히고 있는 운을 보며 깨달았다. 그녀에게 느껴지는 갈증이 오로지 피에 대한 갈증만 있는 것은 아니라는 것을. 시운은 천천히 그녀의 등을 쓰다듬으며 손을 점점 가느다란 허리로 내려갔다. 그녀를 향한 갈망에 아랫도리가 뻐근해져 왔다.

"마, 만지지 말아요."

그의 앞에서 벌거벗고 있다는 부끄러움과 수치심에 얼굴이 붉게 달아올랐고 눈물이 차올랐다. 하지만 시운은 멈추기 않았다.

"알고 있나? 이곳에서 서로의 피를 탐하는 건 깊은 연인들에게서나 일어나는 일이지."

처음 듣는 얘기였다, 서로의 피를 마신다는 것이 연인들끼리 하는 행위라는 말은. 운은 어제 다시 연회장에 돌아왔을 때 자신을 바라보며 수군거리던 수많은 시선들과 자신에게 새침하게 말하며 사라졌던 여자를 생각했다. 그들이 왜 그렇게 자신에 대해 얘기를 했는지 운은 이제야 알 것 같았다.

"하, 하지만 어린아이에게 피를 주기도 한다고 했잖아요."

"어린아이에게 친부모가 피를 주긴 하지만, 보통 스무 살이 된 성인에게까지 주진 않아."

그의 손길에 심장이 벌렁벌렁 뛰어왔고, 머릿속이 새하얗게 변해갔다. 야릇한 기분이 운의 생각을 정지시키려 했다.

"우, 우리는 깊은 연인 사이가 아니잖아요."

운은 시운이 자신을 어떻게 생각하는지 항상 고민했었다. 아무리 아이에게 신경을 써야 하는 왕이라지만 시운이 그녀에게 지나치게 호의를 베푼다는 생각도 했었고, 때론 너무 함부로 대한다는 생각도 했었다. 그것이 모두 쉐인의 생명을 대신하여 자신을 바쳤기 때문이라 치부했었다. 하지만 그리 생각한다면 부족할 것 없는 시운이 왜 자신을 바치게 했는지에 대한 의문이 일어나게 된다. 나이 차이가 많이 나고, 항상 자신을 어리게만 보는 시운으로 인해 설마 하면서도 그 생각을 접었다. 하지만 운은 지금 다시 그 설마의 생각을 꺼내고 있었다.

"하지만 넌 내 거지."

시운이 하는 말이 꼭 자신에게 관심이 있다고, 좋아한다고 말하는 것 같았다. 그가 손을 천천히 올려 그녀의 속옷 끝을 매만졌다.

"잘 들어, 넌 내 거야."

시운이 아까 만났던 쉐인의 말을 생각하며 운에게 강조하듯 다시 짙은 소유욕을 내보였다. 운이 다른 남자에게 갈 때 혹시라도 걸림돌이 될까 봐 걱정하던 쉐인의 모습에 화가 났다. 자신에게 몸을 바친 운을 다른 이에게 보낼 생각까지 한 쉐인을 찢어버리고 싶을 정도였다.

"예뻐."

시운은 순식간에 운의 속옷을 던져 버리고 가슴을 바라보았다. 잠시 감상을 하던 시운이 곧 그녀의 한쪽 봉오리에 얼굴을 묻으며 세게 물었다. 윽! 하는 소리와 함께 그녀의 신음 소리가 들렸지만 시운은 자신의 갈증을 해소하기 바빴다. 조금씩 새어 나오는 피를 마시며 시운은 그대로 그녀의 가슴을 입속으로 삼켰다.

✤ ✤ ✤

"그래서, 표정이 넘어간 것 같았어요?"

"전하의 얼굴은 도대체가 무슨 생각을 하는지 모르겠구먼. 나이를 헛먹었어."

쉐인이 한숨조로 말했다. 얼마 전부터 진이 찾아와 둘을 빨리 붙이자며 제안을 했었고, 쉐인은 운의 앞날과 행복을 위해 흔쾌히 받아들였다. 그 뒤로 둘은 자주 만나 진전되지 않은 연애에 불을 붙이기 위해 작전을 세우기 시작했다. 그리고 오늘 우연히 시운과 만난 쉐인은 미리 짜두었던 작전명 불안감 주기를 실행하였다. 메드리아로 오게 된 운이 다른 남자들을 만날 수 있다는 것을 알게 해주고, 그녀의 외할아버지인 쉐인도 그녀를 다른 남자에게 줄 생각이 있다는 걸 직접 시운에게 내비쳐 불안하게 하자는 작전이었다.

"이 작전은 다음부턴 안 쓰는 것이 좋을 것 같더군."

"왜요? 뭐가 문젠데요? 그래도 조금 화를 냈다고 했잖아요!"

"이 나이에 무서워서 오금을 저릴 뻔했다는 거 아냐? 아무리 몸이 좋아졌다지만 지금 내 신체는 죽기 직전의 몸과 같아. 난 우리 운이가 행복해하는 모습 보면서 오래 살고 싶다네."

쉐인이 아직도 생각만 해도 아찔하다는 듯이 고개를 설레설레 저으며 말했다. 시운이 날카롭게 쏘아봤을 때 쉐인은 심장이 멎을 것처럼 마구 떨려왔다. 이러다 제명에 죽지도 못할 것 같았다. 하지만 그로 인해 새로운 사실을 알았으니 크게 나쁘진 않았다. 운이 이때까지 모든 일을 말하지 않았다는 것을 짐작하고는 있었지만, 설마하니 운 자신을 시운에게 내어주고 자신을 살리게 한 것인지는 꿈에도 몰랐다.

"하하, 그 눈빛은 적응돼도 무섭긴 하죠. 근데 모든 것을 내어주는 계약까지 했으면 잘된 거 아닐까요? 서로 피도 마셨으면서 왜 다른 진도는 없을까요?"

"그거야 둘이 서로의 마음을 확인하지 않았으니 그러겠지. 자네는 똑똑한 것 같으면서도 이런 것엔 무디구먼."

"아니, 내가 무슨 결혼을 한 것도 아니고, 절절한 사랑을 해본 것도 아닌데, 그런 것까지 어떻게 알아요? 어쨌든 둘만 잘 붙여서 메드리아에 전하의 2세만 만들면 되는 거잖아요. 굳이 그런 거까지 따져야 하는 거예요?"

진은 시운의 옆에서 전략가로 일하는 똑똑한 자신이 이런 일에서 무디다는 취급을 받는 것이 정말 억울했다. 뱀파이어들은 대부분 성격이 차갑고 무뚝뚝했다. 오랜 세월을 살아 그런 것도 있었지만 그런 부모들의 밑에서 자라기에 다들 성격이 비슷했다. 특히나 관계에서는 더욱더 냉정했다. 오랜 세월 동안 소수의 민족으로 살아야 했기 때문에 다들 신중했으며, 시간에 쫓기지 않아 조급해하거나 간절한 마음은 없었다. 사랑하는 부부 사이에 아이가 생기지 않아 메드리아의 번식 능력이 현저히 떨어지는 것도 있었지만, 반려를 만드는 것이 힘들기 때문인 것도 있었다.

진도 마찬가지였다. 시간이 귀하지 않았기에 일찍부터 사랑하는 반려를 찾아나서는 것에는 전혀 관심이 없었다. 그저 평소에 한 번씩 욕구를 해소하고 갈증을 없애는 것 외에는 여자를 만나야겠다는 생각은 딱히 가지지 않았다. 반려를 만들어 아이를 갖자는 생각은 해보았지만 그보다는 위험에 처한 적이 있던 일족의 세계를 지키는 것이 더 중요했다. 넘치는 게 시간이니 천천히 반려를 만나 사랑을 하고 싶었다. 이런 생각을 하는 뱀파이어들이 대부분이었기에 진은 자신은 무딘 것이 아닌 평균이라고 생각했다.

"쯧쯧, 사랑이 있으면 아이 생길 기회가 더 많을 것 아닌가. 그리고 자고로 서로 절실하게 사랑을 해야 아이도 잘 생기고 건강히게 태어나는 것이지. 상대방의 마음도 모르는데, 어떻게 사랑을 느끼며 아이를 만들겠나."

"그거 참 어렵네. 어차피 관계만 가지면 아이는 생기지 않나? 아직 전 이해를 못하겠네요."

쉐인은 아직 올바른 사랑을 이해하지 못하는 진을 보고 혀를 찼다. 서로의 마음을 통한 사랑이 있어야 아이가 만들어지고, 건강한 아이가 태어나는 것이다. 설사 그저 충동적인 욕구로 운 좋게 아이가 생겼다고 하더라도 그건 아이와 부모 모두를 불행하게 만드는 일이었다. 오히려 우월한 종족인 뱀파이어보단 훨씬 저능한 인간들이 짧은 생으로 인해 하루하루를 귀히 여기며 사랑을 소중히 여기는 법을 알고 있으니, 쉐인으로선 참으로 답답할 노릇이었다. 인간 세계에서 살 동안 삶의 소중함과 사랑의 귀함을 똑똑히 깨달은 쉐인은 일족들에게도 그 간절함과 소중함을 알려주고 싶었다.

"아무튼 이번 작전이 어중간하게 끝났으니, 다음 작전으로 넘어가죠."

"다음 작전? 그건 또 뭔가? 난 이제 내 생을 깎아 먹는 일은 도저히 못하겠네."

"에이, 이제 그런 위험한 건 안 시킬게요. 이번 작전은요……."

방에는 진과 쉐인 외에는 아무도 없었다. 하지만 이런 일에는 항상 조심스럽고 철저한 진이 쉐인의 귀에다 소곤거리며 작게 얘기하기 시작했다. 이야기를 마친 진이 빙긋 웃으며 바라보자 그 작전이 마음에 들었는지, 쉐인 또한 입꼬리를 늘어뜨리며 빙긋 웃었다.

"그럼 전 이만 가볼게요. 혹시라도 무슨 일 터지면 저한테 바로 연락해야 돼요!"

"그려. 다음 작전도 열심히 해보세."

진이 장난스럽게 손을 공중에 휘휘 저으며 가벼운 발걸음으로 방을 나왔다. 진의 머릿속에 왕의 자리에 앉아 있는 시운과 그 옆에 앉아 있는 운, 그리고 앞에서 놀고 있는, 일족을 짊어질 미래의 아이밖에 없었다. 안타깝게도 운이 뱀파이어로서의 기능이 현저히 떨어졌지만, 그건 시운이 강하니 알아서 해결이 될 터였다. 진은 잠시 고개를 돌려 쉐인의 방을 바라보며 고민을 하다 다시 가던 길로 향했다. 뱀파이어로서의 기능이 모두 정상적인 쉐인에게 운의 상태는 역시 말하지 않는 것이 좋을 것 같았다.

"어? 페트로!"

진이 멀리 보이는 페트로의 뒷모습에 큰 소리로 그를 부르며 손을 붕붕 흔들었다. 페트로가 진의 목소리를 들으며 몸을 돌려 그를 바라보았다.

"넌 여전히 인간 같군."

"으, 그 소리 좀 그만해. 내 성격이 유난히 밝은 건 너나 우리 왕께서 너무 어두워서 귀족들이 하도 무서워하니까 나라도 밝게 해야겠다는 사명감으로 이렇게 된 거라고."

무뚝뚝하고 음침한 분위기를 내는 기존의 뱀파이어 모습들에 비해 해맑고 밝은 진은 페트로에게 인간 같다는 말들을 자주 들었다. 하지만 진이 이리 밝지 않다면 모든 귀족들은 왕인 시운과 옆에서 같이 통치하는 페트로의 범접할 수 없는 분위기에 아무런 말도 하지 못했을 것이었다.

"내가 아니었으면 여긴 싸늘하니 민심을 외면하는 나라가 됐을 걸?"

메드리아에서 좋은 교우 관계를 맺고, 모두와 친하게 지내 민심을 이해하고 의견을 수렴하는 일을 하는 것은 항상 진의 몫이었다. 진은 항상 엄청난 일을 하고 있는 자신을 인간과 비슷하다고 말하는 페트로가 얄미웠다.

"그리고 난 인간 세계에선 그리 밝은 것도 아니라고."

진이 뽀로통하게 말하자 페트로가 픽 하고 웃었다.

"그런 표정 또한 인간 같은 건 아냐."

"인간을 엄청 싫어하는 주제에 나한텐 잘도 그리 말하는군."

인간을 아주 혐오스런 물건 취급을 하는 페트로는 갈증이 심히 일어날 때가 아니면 인간과의 접촉도 절대 허용치 않았다. 갈증이 났을 때에도 빼어난 외모로 인간을 유혹하여 피를 탐하는 다른 뱀파이어들과 다르게 그저 정신지배로 몽롱하게 만든 다음 무지막지하게 물어버렸으며, 후에 기억을 지울 뿐이었다. 기억이 지워지지 않는다면 정신이 붕괴될 정도까지 힘을 쓰기도 할 만큼 페트로는 인간과의 접촉을 최대한 피했으며, 그만큼 혐오했다.

"이번에 온 두 일족은 특히나 더 인간 같더군."

"아아, 아무래도 쉐인은 인간들과 더 오래 살았고, 윤은 그곳에서 태어나 자랐으니."

자글자글한 주름을 보이며 흐뭇한 미소를 짓는 쉐인의 모습은 인간 세계에서 아주 오래 산 외할아버지의 모습과 같았다. 젊었을 적에는 아주 멋있었겠지만, 지금은 그저 늙은 노인의 모습이었다. 거기다 변함없는 나라에서 사는 기존 뱀파이어들과 다르게 인간 세계에서 몇 번이나 세상이 돌아가는 것을 보아서인지 생각하는 거나 하는 행동들이 죽기 전 뱀파이어보다 더 오래 산 것처럼 보였다.

"생김새도 죽기 전의 인간과 다름없더군. 일족이라고 전혀 느껴지지 않아."

 늙어도 살짝 주름이 지는 정도인 늙은 일족의 모습과는 현저히 달랐다. 그리고 운 또한 인간 세계에서, 그것도 아주 구석진 시골에서 불우한 형편으로 겨우 생계를 유지하며 살았기 때문에 괜찮은 외모임에도 시골에서 상경한 아이마냥 수수했다. 애교라곤 하나도 없지만 항상 세련되고 우아한 일족 여자들과는 차원이 달랐다. 외로운 마을에서 외할아버지를 보살피며 재롱도 피우고 살았던 운은 애교도 많고 활기찼다. 지금은 신체에 대한 자격지심과 낯선 세계에 대한 두려움으로 밝고 활기찬 모습은 없어졌지만 그래도 일족의 여자로 보기 힘든 분위기였다.

 "너무 그러지는 마. 그래도 쉐인은 지금 메드리아에 완전히 적응을 했고 운도 뭐, 곧 적응을 하겠지."

 "뱀파이어의 능력이 없는데도?"

 "하하, 그거야 다른 걸 차차 배워가면서 보완을 시켜야지."

 페트로가 못마땅한 시선으로 진을 보다 다른 곳으로 향했다. 진이 페트로의 뒷모습을 보며 한숨을 푹 쉬었다. 8백 년 전의 전쟁으로 사랑하는 반려와 가족들을 잃은 후부터 인간이라면 끔찍하게 싫어하는 페트로가 혹여 사고를 칠까 봐 걱정이 되었다. 현재 뒤에서 인간 세계를 주무르고 있다고 하지만, 페트로는 항상 인간과 접촉하는 것을 못마땅해했다. 진은 워낙 오래된 친구였고 사교적인 성격이 메드리아에 많은 도움을 끼친다는 것을 알기에 딱히 싫어하지는 않았지만, 처음 본 낯선 일족의 모습이 인간과 같다면 끔찍하게 싫을 것이 분명했다.

"하아, 왠지 불안하군."

진은 요즘 수상한 행동을 보이는 페트로가 계속 신경 쓰였다. 인간과 어우러져 살아와서 인간의 모습에 동화되어 비슷한 행동을 하는 운과 쉐인을 탐탁지 않아 하는 것이 계속 마음에 걸렸다. 아마 운을 왕비의 자리에 앉히려고 계획하는 것을 알면 크게 반대할 것이었다. 하지만 어쩌겠는가. 진은 이미 어떻게든 시운과 운을 연결시켜 그 둘 사이에서 꼭 2세를 보고 말 것이라 다짐했다.

"뭐, 그 일은 그때 가서 해결하지."

진이 가벼운 발걸음으로 다시 걸음을 옮겼다. 아까 클레라의 아주 절절한 부탁으로 시운에게 가는 것을 허락했지만, 어제의 일로 기분이 안 좋아진 시운이 그녀를 아주 매정하게 거절했을 것이다. 예쁨만 받고 큰 클레라가 또다시 큰 상처를 받았을 거라고 생각한 진은 그녀를 위로해 주기 위해 밖으로 향했다. 나중에 시운과 운의 사이를 끼어들어 방해를 하지 못하도록 제대로 달래줘야 했다.

6

"하아."

운의 들뜬 신음 소리가 방 안에 울려 퍼졌다. 그 소리에 흥분한 시운이 더 강하게 그녀의 가슴을 입에 머금었다. 민감해질 대로 민감해진 가슴에서 시운의 날카로운 송곳니가 느껴졌다. 운은 시운의 머리를 꽉 움켜쥐며 고개를 세차게 저었다. 그의 마음도 제대로 모른 채 이런 행위를 하는 게 싫었다. 겨우 정신을 차린 운이 그의 머리를 붙잡고 떨어뜨렸다.

"이제, 이제 그만……."

운이 숨을 헐떡거리며 겨우 그에게 저지하는 말을 했다. 시운이 한껏 가라앉은 퇴폐적인 눈동자로 그녀를 내려다보았다. 흐트러져 누워 있는 운의 모습에 흥분이 되어 정신을 차릴 수가 없었다. 이 이상 진도를 나가고 싶었지만, 그녀의 단호한 얼굴에 시운은 솟구치는 흥분을 애써 가라앉혔다.

"이 이상 하지 말아요. 피는 이렇게 마시지 않아도 되잖아요?"

붉은 홍조를 띠고 있던 운이 차차 숨을 고르며 그를 떼어내고 이불을 올려 가슴을 가렸다. 아직도 심장이 쿵쾅쿵쾅 뛰어댔다. 운은 자신도 모르게 일어나는 흥분감과 기대감에 배가 간질간질 거렸다. 하지만 몸을 소중히 지키고 싶은 마음이 더 컸다. 이곳에서 지내면서 본 것들과 어제 본 밤의 모임을 통해서 운은 뱀파이어의 문화가 퇴폐적이고 선정적인 것을 느끼고 있었다. 원래 이런 것이 여기선 당연한 것인지는 모르겠지만, 그렇다고 자신도 쉽게 그 문화를 따라가고 싶진 않았다. 물론 무의식적으로 나오는 본능적인 반응에 몸이 가는 대로 하고 싶었지만, 상대방의 의도도 모른 채 이렇게 당하고 싶지 않았다.

"준비해. 오늘부터 메드리아가 어떤 곳인지 보여주지."

옷도 입지 못한 채 숨을 겨우 고르고 있는 운과는 다르게 곧 원래의 평정을 찾고 무뚝뚝하게 말하는 시운이 얄미웠지만 딱히 내색은 하지 않았다. 의자 위에 챙겨두었던 옷을 입고 싶었지만 침대에 가만히 앉아 있는 시운으로 인해 멀뚱멀뚱 운은 그를 바라보기만 했다. 그리고 그가 나갈 생각이 없다는 것을 깨닫자마자 운이 시운을 노려보며 톡 쏘아댔다.

"준비할 테니까 나가요!"

"어차피 벌써 다 봤잖아? 그냥 입어."

오히려 시운은 운을 이상한 사람 취급하며 무심하게 툭 내뱉었다. 불만을 볼에 덕지덕지 붙인 운이 미간을 구기며 그를 쏘아보았다. 볼륨감 없고, 나이도 어리면 몸을 봐도 된다는 것인가! 나이는 어리지만 이곳에서 어엿한 성인의 자격을 갖고 있다는 것을 시운에게 깨닫게 해주고 싶었다.

"이곳 메드리아에선 성인 여자의 맨몸을 봐도 괜찮다는 조항이 있던가요?"

"이곳에도 주종 관계는 있지. 넌 내 것이잖아?"

그의 말에 딱히 반박할 말이 없어졌다. 괜히 이런 일로 오버를 하는 이상한 여자 취급을 받은 느낌에 운은 얼굴이 달아올랐다. 하지만 도저히 그의 앞에서 속옷만 입은 채 나갈 수가 없었다.

"그래도 나가요. 아무리 어려도 전 부끄러움을 느낄 수 있는 나이라고요!"

"너, 정말 날 귀찮게 만드는군. 열까지 셀 동안 눈을 감고 있지. 그 이상은 안 돼. 하나, 둘……."

정말로 시간을 주는 것일까 하며 멍하니 그가 눈을 감고 숫자 세는 모습을 바라보던 운은 갑자기 재빠르게 일어나 의자에 있는 옷을 급하게 입기 시작했다. 어차피 계속 기다려 봐야 나가지도 않을 것 같았다. 그렇다고 옷을 가지고 밖으로 나갈 수도 없는 상황이니 불만이 폭주할 지경이었다. 이것도 저것도 불만스러웠지만 그래도 그나마 그가 눈을 감고 있을 때 빨리 입는 것이 제일 좋은 방법이라 생각한 운이 재빨리 옷을 입었다. 하지만 급하게 입어 원피스 뒤에 있는 지퍼도 제대로 못 올리고, 치마도 엉켜 버렸다.

"여덟, 아홉……."

"잠깐, 잠깐만요! 눈 뜨면 안 돼요!"

운이 급하게 치마를 펴서 정돈하고 손을 등 뒤로 넘겨 지퍼를 올리려고 했다. 하지만 끝까지 내려간 지퍼로 인해 손이 닿지 않았다. 급하게 아래로 손을 옮겨 지퍼를 올리려고 할 때 어느샌가 다가온 시운이 그녀의 등에 있는 지퍼를 쭉 올려주었다. 그리고 뒤에서 그녀의 귓가에 대고 나지막하게 말했다.

"열. 다 셌어."

분명 잘못한 게 없는데, 운은 무언가 손해 본 느낌이었다. 괜스레 얄미운 마음에 운이 시운을 노려보며 새침하게 말했다.

"당신에겐 그저 보호 대상인 꼬맹이일지 모르겠지만, 전 어엿한 성인 여자예요! 다음부턴 이렇게 함부로 들어오지 마세요!"

"아아, 명심하도록 하지."

시운은 무심한 척 그녀의 말을 넘겼지만, 지금 그의 마음속에선 욕망과 이성이 세차게 싸우고 있었다. 확실히 볼륨감 있거나 섹시한 몸매는 아니었지만, 예쁜 비율을 갖고 있는 그녀의 몸은 시운을 충분히 달아오르게 만들었다. 만약 꼬맹이로만 보았다면 한순간에 이성을 잃고 그녀의 몸을 탐하려 하지 않았을 것이다. 시운은 괜히 그 마음이 들키는 것이 싫어 내색하지 않기 위해 더 시큰둥하게 말했다. 그녀의 말대로 한참이나 어린아이에게 이런 감정을 느꼈다는 것을 들키고 싶지 않았던 것이다.

"오늘부터 메드리아를 둘러볼 거야. 생각해 보니 아직 제대로 밖에 나가 본 적도 없더군."

시운이 다른 말로 자연스럽게 넘겼다. 운이 이곳에 도착하자마자 그녀를 억지로 이곳에 적응시키기 위해 강요하기 바빴다. 그래서 앞으로 살아갈 곳을 제대로 구경조차 시키지 못했다. 어제 그녀가 급히 연회장을 뛰쳐나가는 것을 보고 이대로 억지로 강요만 할 것은 아니라는 생각에 시운은 운에게 이곳이 어떤 곳인지 자연스럽게 알려주고 싶었다. 만약 메드리아에 매력을 느껴 좋아한다면 적응이 좀 더 쉬워질 수도 있었다. 시운은 운을 데리고 바로 밖으로 나가 대기하고 있던 차에 태웠다.

"이곳 차는 인간 세계의 것과 비슷하네요. 여기서도 차를 타고 다니나요?"

뱀파이어이니 그에 어울리는 분위기 있는 중세풍 마차 같은 것을 타고 다닐 줄 알았다. 특히나 시운은 왕이니 인간 세계라면 모를까, 이곳에서는 차를 타고 다닐 거라고는 상상도 하지 못했다.

"네가 아는 인간들의 차와 외형은 비슷하지만 기능은 다르지."

"으음, 그러니까 마차 같은 건 안 타고 다녀요?"

"맙소사. 아직도 인간이 만들어낸 환상에 우리를 넣고 있는 건가?"

시운은 한 번씩 생뚱맞은 소리를 하는 운을 보며 한숨을 쉬었다. 그리고 그녀에게 빨리 이곳에 대해 알려줘야겠다는 생각을 해내지 못한 것을 반성했다. 아무것도 알지 못할 거라는 생각은 어렴풋이 하고 있었지만, 다른 인간들처럼 특이한 환상을 갖고 다른 생각을 하고 있을 줄은 몰랐던 것이다.

"또 달리 환상을 갖고 있었던 건 뭐가 있지?"

시운의 물음에 운이 그의 눈치를 힐끔힐끔 보며 말하는 것을 꺼려했다. 분명 또 허무맹랑한 생각을 하고 있다는 것을 눈치챈 시운은 그녀를 빤히 바라보며 대답을 요구했다.

"음, 실은…… 관에서 잘 줄 알았어요. 그래서 이곳에 오면 관에서 잘까 봐 조금 무서웠어요."

"아아, 그거 말인가? 아주 틀리진 않아. 실제로 우린 관에서 자지. 아직 네가 적응을 하지 못할까 봐 네 방에는 침대를 두라 일렀지만 너도 곧 관에서 자야 하지 않겠어?"

시운의 말에 운의 얼굴이 금세 하얗게 질렸다. 나중에 정말로 자신도 관에서 자야 한다니 끔찍했다. 운의 얼굴이 점점 하얗게 질리다가 새파랗게 질려가는 것을 보던 시운은 옆에서 쿡 하고 웃었다.

그에 운은 그가 자신을 놀리고 있다는 것을 깨달았다. 운은 바로 고개를 홱 들어 올리곤 그를 쏘아보았다.

"거짓말이죠! 놀랐잖아요. 왜 그런 거짓말을 해요?"

"네가 너무 말도 안 되는 환상을 갖고 있어서 그게 얼마나 어이없는 건지 알려주려고."

"그럼 정말 관에서는 안 자는 거 맞죠? 네? 아니라고 분명하게 말해줘요."

관에서 잠을 자는 것이 어지간히 끔찍한지 운이 시운에게 재차 확인하려했다. 시운이 장난치는 건 깨달았지만, 혹시나 하는 생각에 불안한 모양이었다. 시운이 작게 웃음을 터뜨리자 그 모습에 심술이 난 운이 볼을 크게 부풀리면서 자연스레 웃고 있는 그를 뚫어지게 바라보았다. 이곳에 와서 시운이 편하게 이리 웃는 모습은 본 적이 거의 없었기 때문에 그 모습이 낯설면서도 기분이 좋았다.

"그런 취향의 일족은 그렇게 자지 않을까? 아무리 소수로 지낸다지만 각자의 취향까진 몰라서 분명하게 말해주지는 못하겠군. 하지만 날 관에서 재운다면 기분은 나쁠 것 같기도 해. 꼭 시체 취급을 하는 것 같잖아?"

입꼬리를 살짝 말아 올리며 말하는 그의 모습에 여유로움이 담겨 있었다. 메드리아에 오고 나서 항상 서로가 조급했기에 이런 모습을 보니 기분이 좋았다. 화를 내며 억지로 피를 마시게 하고 윽박지르지만 그게 다 자신을 걱정하는 마음에서 그러는 것이라는 것을 운도 알고 있었다.

'어떡해. 나 이 남자가 좋아.'

운은 시운이 하는 말들을 들으며 계속 그의 얼굴을 멍하니 바라보았다. 그의 나지막한 목소리에 심장이 두근거렸고, 무엇을 하든 우아한 손짓은 기품이 있었다. 그에게서 나오는 아우라에는 왕의 강함을 나타내듯 힘이 깃들어 있었으며, 여유로운 그의 행동은 운의 마음을 설레게 했다.

"……듣고 있나?"

"네? 아, 듣고 있어요."

"하나도 듣고 있지 않았군."

작게 한숨을 쉬며 자신을 바라보는 시운의 모습에 심장이 또 뛰어왔다. 갑자기 아까 전 자신의 방에서 그와 있었던 일이 떠올랐다. 시운에게는 그저 어린애를 놀려먹은 것일지 모르지만, 운은 생각만으로도 얼굴이 붉어졌다.

"우와, 저기 보세요. 이곳도 인간 세계랑 비슷하네요."

"그래, 네가 원하는 대로 구경하도록 해."

운이 붉어진 얼굴을 들키고 싶지 않아 애써 밝게 말하며 고개를 돌려 창밖을 바라보았다. 시운이 자신을 어떻게 생각하는지 모르겠지만 운은 그에게 점점 빠져들고 있었다. 그 감정을 깨닫자 운은 시운의 얼굴을 쉽게 볼 수가 없었다. 자신의 어린 나이를 생각하며 운이 남몰래 한숨을 쉬었다.

'나이는 정말 어쩔 수 없는 부분이잖아.'

나이가 너무 어리기에 그에게 비춰질 모습이 상상이 되자 그저 한숨만 푹푹 나왔다. 나이 차이가 나도 너무 났다. 다른 부분이라면 어떻게든 고치기라도 하겠지만, 나이는 어쩔 수 없는 부분이었다. 그에게 무지한 어린아이가 아닌 하나의 어른으로 보이고 싶었다. 운은 눈에 들어오지도 않는 창밖을 보다 눈을 감았다. 일단 아빠가 어린 딸 방에 들어오듯 함부로 막 들어오고 옷을 갈아입는 것을 도와주려 하는 그의 생각부터 바꾸고 싶었다.

전에 비행기에서 내려올 때에도 대충 둘러봤듯이 인간 세계랑 딱히 다른 점은 없었다. 동양에 살았던 운이 살던 곳과 문화가 달라 집의 형태나 길 모양이 달랐지만, 중세 유럽의 사진을 갖다 놓은 것처럼 인간들이 사는 세계와 비슷했다. 다른 것이라 한다면 집이 전부 고풍스럽고 예쁘다는 것이었다. 모두가 풍요롭게 산다는 말을 증명하듯 아무리 찾아도 허름하거나 낡아 보이는 집은 하나도 없었다.

"집이 정말 예뻐요. 건물도요."

운이 높은 하늘에서 아래를 내려다보며 말했다. 신기하게도 이곳 자동차는 하늘을 날 수 있었다. 또한 자동차에 보호막을 씌워 바다를 나가는 용도로도 쓰인다고 했다. 이곳 과학은 아마 자신이 생각하는 것보다 훨씬 더 많이 발전한 듯했다.

"메드리아 시민이라면 전부 제공되어지는 것이니까, 전부 공평하도록 예쁘게 지어질 수밖에."

"정말요? 공짜로요?"

"그래. 이곳 주민들은 항상 풍족한 생활을 하니까."

그러고 보니 쉐인과 운이 살 집도 아무런 대가도 지불하지 않고 그냥 제공받은 집이었다. 인간들을 뒤에서 조종하며 필요한 것을 전부 받는다는 얘기를 확실히 이해할 수 있을 것 같았다.

"오늘은 그냥 메드리아를 한번 둘러볼 거야. 중간에 내려서 보고 싶은 곳이 있다면 말해."

자상한 시운의 말에 고개를 끄덕인 운은 빠른 속도로 날아가는 차 안에서 밖의 풍경을 살펴보았다. 운은 조그만 불빛들로 실루엣이 살짝살짝 비춰지는 아래를 내려다보다 문뜩 고개를 들어 위를 바라보았다.

"우와, 여기 정말 안 뚫리는 거 맞죠?"

"물과 섞이지 않는 물질을 개발해서 벽처럼 투명하게 막아놓았지. 그 안에는 혹시라도 모를 사태를 대비해서 몇 겹의 결계도 쳐 놨어."

자세히 보니 투명한 막 사이로 지나다니는 물고기들이 보였다. 꽤 깊숙한 곳인지 아주 큰 물고기부터 시작해서 이상하게 생긴 심해어도 있었다. 차는 빠른 속도로 막의 끝부분을 따라 달렸다. 다시 고개를 내려 마을을 내려다보던 운은 갑자기 가로등도 없이 캄캄한 곳이 보이자 눈살을 찌푸렸다. 심해에 있어 이곳 전체가 어둑어둑했지만, 곳곳에 가로등이 많아 마을을 살펴보는 데 어려움이 없었다. 하지만 멀리서 보이는 마을은 그 흔한 가로등도 군데군데 하나씩만 있어 무척이나 어두웠다.

"저긴 왜 저렇게 어두워요?"

"저곳은 노예들이 사는 곳이지."

시운이 아까부터 보고 있던 서류 더미에서 고개를 들어 무심히 아래를 내려다보다 대답을 해주곤 다시 서류로 고개를 돌렸다. 시운의 말에 눈을 동그랗게 뜬 운이 다시 아래를 바라보았다.

"이곳은 전부 다 풍요롭게 산다고 했잖아요? 딱히 일은 하지 않아도 못 살진 않는다고……."

"그건 선천적인 우리 일족일 경우야."

"선천적인 일족이라니요? 그럼 노예는 선천적인 일족이 아닌 거예요?"

계급사회라고 듣긴 했지만, 크게 차별을 하진 않는다고 했다. 귀족이란 이유로 대우를 받긴 하지만 그만큼 귀족은 메드리아를 위해 일을 했고, 평민들은 일반 소일거리를 할 뿐이라고 했다. 하지만 그도 인간들에게 생필품들을 받아 오기에 크게 일을 하는 평민들은 없었고, 메드리아를 위해 과학을 발전시키고, 의학을 발전시키며 인간들을 조종하는 일을 하는 귀족들만 바빴다. 그렇기에 평민들은 자연히 중요한 일을 하는 귀족들을 존중하며 그만큼의 대우를 해준다고 했다. 그렇다면 노예는 무엇일까. 운은 소일거리를 제외하고 다른 일이 무엇인지 상상도 가지 않았다.

"인간들 중 뱀파이어가 된 이들이야. 스스로 자신을 노예로 바쳐 이곳에 오려는 인간들이 많지. 하지만 노예가 분수를 깨닫지 못하고 기어오르거나 지겨워지면 주인에게 버려지지. 다시 인간 세계로 보내면 좋겠지만, 이미 뱀파이어가 되었으니 함부로 인간계로 돌려보낼 수는 없거든."

인간계로 다시 돌려보낸다면 큰 골칫거리가 된다. 함부로 인간의 피를 마시고 제대로 된 능력도 없는 그들은 후처리도 하지 못하며 사회적 논란이 될 가능성이 컸다. 그렇기에 시운은 노예들을 위한 하나의 공간을 만들었던 것이다, 버려진 노예를 두는 공간을.

"이, 인간들이 뱀파이어가 될 수 있는 건가요? 어떻게요? 아니, 그보다 그럼 저곳에 그 사람들을 버려둔 거란 말이에요?"

"저들이 원해서 이곳에 온 게 대부분이야. 그들의 몸을 스스로 바친 거고 우린 마음에 드는 자가 있으면 뱀파이어로 만들어 데리고 온 거지."

인간들에 비해 강하고 외모 또한 아름다운 뱀파이어. 그 이유만으로도 인간들의 마음을 사로잡기 충분했다. 피를 빨린 이들 중 어떤 이는 뱀파이어의 존재를 알면 자신들을 데려가 달라며 조르기도 했다. 그중 마음에 든다면 그 인간을 뱀파이어로 만들어 데려왔고, 그렇지 않으면 기억을 지웠다. 그리고 데리고 온 인간들 중 자신의 분수에 맞게 살면 계속 데리고 있었다. 하지만 주제 파악도 못하고 스스로가 안방마님이 된 듯 행동을 한다면 이곳에 버려지게 되었다. 처음 듣는 사실에 운은 멍하니 그를 바라보았다.

"인간이 어떻게 뱀파이어가 되는 거예요?"

"피를 빨린 일족의 피를 다시 마신다면 그 일족의 노예가 되는 거지."

노예가 된다는 것은 모든 것을 준다는 것을 뜻했다. 피를 나누며 정신지배도 완벽하게 가능했으며, 명령에 복종하게 된다. 노예라고 하지만 딱히 크게 할 일도 없고, 그저 주인에게 피를 내어주거나 간단한 시중을 들면 되니 노예 생활도 나쁘진 않았다. 그래서 인간들은 큰 힘을 가지고 아름다운 외모의 뱀파이어에게 자신들의 몸을 바치고, 긴 생명과 힘을 보장받는 일이 많아졌다. 그리고 그만큼 주인에게 버려지는 노예들도 많아졌다. 운은 인간이 뱀파이어가 될 수 있다는 사실에 놀라 다급히 말했다.

"저 가볼래요!"

"거긴 가지 마."

"가고 싶은 곳이 있으면 말해라면서요. 가게 해주세요, 네?"

시운이 의지가 확고한 운의 눈을 바라보다가 운전기사에게 고개를 끄덕였다. 하지만 그의 얼굴에는 못마땅함이 가득했다. 인간에게 좋은 감정을 갖고 있으며, 아직도 자신이 어떤 종족인지 헷갈릴 때가 많은 운에게 버려진 노예들이 어떻게 사는지 보여주고 싶지 않았다.

"괜한 오지랖은 부리지 않는 게 좋을 거야."

"네? 그게 무슨 말이에요?"

시운은 운의 물음에 대답하지 않았다. 땅과 점점 가까워지는 창문으로 고개를 돌리고 있는 시운을 따라 운이 기대에 찬 얼굴로 가까워지는 지상을 바라보았다. 노예라는 말이 어감이 좋진 않았지만, 인간이었다가 뱀파이어가 되었다는 그들이 보고 싶었다. 자신과 같이 처음엔 적응도 제대로 하지 못했을 거라 생각하던 운은 그들에게 어떻게 이곳에 적응을 했는지, 뱀파이어가 되어 힘들진 않았는지에 대한 이야기를 하며 공감하고 싶었다. 하지만 모두가 풍족한 생활을 하고 있을 거라는 메드리아와는 전혀 다른 풍경이 보이자 운은 차 문을 여는 것이 꺼려졌다.

"여긴 아까 보았던 마을과는 다르네요."

"노예 따위에게 집을 제공해 주진 않지."

노예가 사는 마을은 일부러 고도를 높여 차를 몰았기에 운은 차가 지상에 거의 착륙할 때쯤에야 허름한 마을을 자세히 볼 수 있었다. 한참 위에서 보았을 때도 다른 곳보다 어두컴컴하고 조금은 허름한 느낌이 들었지만 가까이에서 보니 초라하기 그지없었다. 하늘에서 보였던 작은 집들은 거의 움막 수준이었고, 그 움막조차도 튼튼하게 제대로 지어진 것이 없었다. 누군가의 기척을 느껴서일까. 움막에 있던 몇몇 여자들이 고개를 내밀어 시운과 운이 타고 있는 차를 힐끔힐끔 쳐다보았다.

"안 내리나?"

"여긴 왜 이런 거죠?"

비슷한 생각과 비슷한 처지에 놓여 있을 거라 생각했다. 인간이었다가 뱀파이어가 된 것은 아니지만, 그녀의 마음은 어느 날 갑자기 자신의 몸이 뱀파이어가 된 것처럼 느껴졌고 별다른 준비와 선택도 없이 갑자기 이곳에 끌려온 거나 다름없었기 때문이다. 하지만 이곳에 있는 노예들은 운의 생각과 전혀 달랐다. 퀭한 눈동자와 말라 버린 몸은 그들이 이곳에서 어떻게 지냈는지를 말해주는 것 같았다.

"버려진 노예들이 잘살기라도 바랐나?"

"그, 그건 아니지만 그래도 다들 상태가 좋지 않잖아요!"

그저 피폐한 환경이 안타까워 그런 것이 아니었다. 오랜 시간 동안 무언가에 시달려 아픈 것처럼 움푹 들어간 눈과 탁한 눈빛에 운은 마음이 울렁거렸다. 혹 뱀파이어인 것을 받아들이지 못하여 이렇게 된 것일까. 하지만 시운의 말은 운을 충격에 휩싸이게 만들었다.

"인간에서 뱀파이어가 된 이들은 꾸준히 뱀파이어의 피를 마시지 못하면 오래 살지 못해. 아니, 정확히 말하자면 이성을 잃고 피만 탐하다가 기운을 잃고 죽어버리지."

그렇기에 인간 세계에는 절대 내보낼 수 없었다. 처음엔 점점 많아지는 버려진 노예들의 수에 시운도 노예를 들이는 것을 반대하려 했었다. 하지만 노예가 있다면 굳이 갈증 해결 때문에 허락을 받고 밖으로 나가 몰래 인간의 피를 탐하는 위험을 줄일 수 있었다. 이곳에 오고 싶어 하는 인간들은 넘쳐났고, 자진해서 오고 싶어 하는 인간들 중 까다롭게 노예를 선별했다. 그로 인해 노예가 급속도로 늘어나는 것은 막았지만, 그래도 그 수는 계속해서 조금씩 증가하고 있었다.

"그럼 이 일을 이렇게 만들어 버린 뱀파이어를 그냥 두신 거예요? 어떻게 그럴 수 있어요? 자신이 한 행동에 책임을 져야 하는 거잖아요!"

운은 속에서 끓어오르는 슬픔과 화에 주먹을 꾹 쥐었다. 얼마 전까지만 하더라도 자신을 인간으로 생각했기에 저들의 모습이 안타까웠다. 그리고 이 사람들을 버린 뱀파이어들이 원망스러웠다.

"저들은 자신의 의지로 이곳에 온 자들이야. 그리고 노리지 말아야 할 것을 노렸지."

"노리지 말아야 할 것?"

"그래. 분수에 맞지 않은 행동을 한 거야. 주인을 알아보지 못하고 기어오르거나 주인과 동등한 위치에 서려고 했지."

메드리아에 데려와 인간을 뱀파이어로 만들기 전에 이곳에서의 노예가 어떤 의미인지 깨닫게 해준다. 주인의 시중을 들고, 한 번씩 갈증을 풀어주는 먹잇감이 되는 것. 대신에 주인과 함께 인간 세계에 나갈 때 부와 권력을 주었고, 젊음과 오랜 삶을 주었다. 하지만 많은 이들은 주인을 짓누르고 인간 세계를 휘두르려는 탐욕과 주인의 옆자리를 차지할 수 있다는 욕심으로 인해 비뚤어지곤 했다. 그리고 버려진 노예들은 자신의 분수를 깨닫고 이성을 잃으며 날뛰다가 죽어갔다.

"나도 노예가 많아지는 것을 원치 않아. 하지만 제 분수를 아는 노예는 지극히 적고, 이 노예제도를 폐지하면 많은 뱀파이어들이 인간 세계에 너무 노출이 돼."

"그럼 노예를 만들지 않으면 되잖아요."

"나름 장점이 있어. 옆에 붙어 다니면서 갈증을 해소할 수 있거든. 그럼 일의 능률을 올리고 시간을 절약할 수 있지."

인간들의 행동을 주시하거나 일로 인해 인간 세계로 간 일족들도 동행하고 있는 노예가 있다면 굳이 그곳에서도 바쁜 틈을 타 다른 인간의 피를 찾아 마실 필요가 없었다. 뱀파이어가 된 인간들 또한 아주 소량의 피만으로도 오랜 시간을 버티기에 크게 귀찮을 것도 없었다. 그로 인해 이곳에 버려진 노예들의 수는 더 늘어가는 것이지만.

"그래도 너무해요. 인간 세계였다면 이런 고생은 하지 않고 자기 자신을 소중히 여기면서 열심히 살아갔을 건데……."

"저들의 선택이야. 구경 다 했으면 이만 다른 곳으로 가지."

시운이 운전기사에게 눈짓을 하며 다른 곳으로 가라고 할 때였다. 운의 시야에 한 여자가 이리 오라고 손짓을 하는 것이 보였다. 겨우 얼굴이 보일 만큼 상체의 일부분만 내밀어 한 손으로 손짓하는 여자의 표정은 금방이라도 무너질 것만 같았다. 힘없는 손짓이 도와달라고 부르는 것 같았다. 안타까운 마음에 운이 차 문을 열고 밖으로 나갔다.

"그만둬!"

문이 열리는 소리에 시운이 고개를 들어 밖으로 향하는 운을 보고 점점 눈을 크게 뜨다 소리를 질렀다. 이미 닫혀진 창문으로 그녀가 저벅저벅 걸어가는 것이 보였다. 시운은 급하게 문을 열고 그녀를 따라 나갔다. 하지만 시운의 행동보다 운을 주시하고 있던 이들의 행동이 더 빨랐다. 운이 문을 닫고 발걸음을 떼자마자 노예들이 엄청난 속도로 운에게 달려들었다.

"꺄악!"

모두 제정신이 아닌 것 같았다. 방금 전까지 움막 안에서 눈치를 보던 이들이 어느새 시뻘건 눈을 번뜩이며 운에게 날카로운 이빨을 내밀고 달려들고 있었다. 어떻게든 운의 피를 마시고 수명을 연장하려는 이들의 목숨을 건 행동은 재빨랐다. 운은 갑작스런 상황에 양손으로 몸을 보호하듯 잡으며 움츠렸다. 거의 다가왔던 이들의 기다란 손톱과 날카로운 송곳니에 운이 눈을 꽉 감았다. 하지만 아무런 일도 일어나지 않았다.

"꺄아아악!"

노예들이 가느다란 비명을 지르는 소리와 함께 주변에 끔찍할 정도로 차가운 한기가 돌았다. 눈을 꽉 감을 채로 한껏 움츠리고 있던 운이 고개만 들어 주위를 살펴보였다. 거의 다가왔던 이들의 몸에 크고 날카로운 얼음 조각들이 꽂혀 있었다. 그리고 운의 앞에서 순식간에 먼지가 되어 사라졌다. 한껏 몸을 구부리고 있는 운에게 시운이 다급하게 다가와 그녀를 감쌌다. 시운이 내뿜는 무거운 위압감이 몸을 짓누르는 것 같았다. 급격하게 차가워진 주위 공기로 인해 소름이 돋았다.

"여기 있는 것들은 만만한 뱀파이어가 보이면 바로 달려들어. 도대체 왜 밖으로 나온 거지?"

시운이 움막에 숨어 있는 이들을 휙 쏘아보다 운을 보고 걱정스럽게 물었다. 많이 놀란 듯 보이는 운의 얼굴을 보니 화가 치밀어 올랐다.

시운은 미간을 좁히며 속으로 욕지거리를 내뱉었다. 일족의 막내였던 클레라조차 이곳에 있는 노예들을 한 번에 다 죽일 수 있는 힘을 가졌건만, 운은 노예들의 힘을 감당하긴커녕 연약한 인간 여자도 제대로 건드리지 못한다. 이리 약한 그녀를 본능적으로 눈치채고 무시하는 저 노예들에게 화가 치밀어 올랐다. 그리고 그냥 한없이 당하려고만 하는 운이 답답하기만 했다.

"저, 저기 여자가 절······."

운이 손가락을 들어 아까까지 보고 있던 곳을 가리켰다. 하지만 그곳엔 아무도 없었다. 시운은 얕게 한숨을 내쉬었다.

"이것들은 비참하게 죽을 날을 두려워하고 있어. 그러니 뱀파이어의 피에 목숨을 걸고 달려드는 거야. 무슨 수단을 써서든 널 꾀어내서."

시운이 직접적으로 말하진 않았지만 운은 알아들을 수 있었다. 도움을 청하는 척하며 자신을 끌어들여 피를 마시려 했던 것이다. 운은 아까의 끔찍했던 장면에 몸서리를 치며 고개를 설레설레 저었다. 생각했던 것과 너무나도 다른 인간이었던 자들의 모습에 운은 고개를 떨구었다.

"이 세계는 정말 무섭네요. 저들도 제가 만만해 보였으니 절 꾀어낸 거겠죠?"

"그만 가지."

시운은 딱히 부정하는 말을 하고 싶지 않아 대답을 회피하며 운의 손을 잡고 끌었다. 운을 차에 태운 시운은 돌아와 반대편 문을 열고 차를 탔다. 시운이 떠미는 힘에 힘없이 차에 탄 운이 고개를 푹 숙이며 작은 목소리로 말했다.

"노예가 봐도 내가 만만하군요. 아무리 숨겨도 숨길 수 없는 거였네요."

시운은 아무런 말도 하지 않았다. 딱히 부정할 말이 없었기 때문이다. 노예들은 클레라가 다가와도 얼굴을 내밀고 눈치를 살폈다. 하지만 아무런 기운도, 힘도 느껴지지 않는 운의 모습은 당연히 만만하게 보였을 것이다. 뱀파이어가 되면서 예민해진 감각과 본능적인 기운이 운이 아무런 힘도 없는 뱀파이어인 것을 알려준 것이었다.

"너에겐 내 피 냄새가 배어 있어. 그래서 그런 거야."

겨우 달리 떠오르는 말을 시운이 내뱉었지만 운에겐 아무런 위로가 되지 않았다. 오히려 더 비참했다. 자신에게 배어 있는 강하디강한 피 냄새에 달려든 것이라고 생각하려 해도 본질적인 이유는 만만하기 때문인 것을 느꼈기 때문이다. 성으로 돌아가는 내내 무거운 침묵이 차 안에 맴돌았다.

✤ ✤ ✤

"클레라, 널 좋아해 줬던 일족처럼 너도 새로운 막내를 받아들이고 예뻐해 줘. 아직 어린아이잖아?"

"싫어요! 그 애 정말 일족인 건 확실해요? 뱀파이어의 탈을 쓴 인간이나 노예가 아닌 게 확실하냐고요!"

진이 짜증 섞인 목소리로 히스테릭하게 말하는 클레라를 달래려 애썼다. 하루아침에 예쁨받는 일족의 막내 자리를 빼앗긴 것도 모자라 동경하고 연모했던 왕의 관심도 빼앗겼다. 그것도 같잖은 조그만 애송이에게!

"우리가 다 확인해 봤어. 정말 뱀파이어라고. 밖에서 숨어 지내며 고생했을 그 아이가 불쌍하지도 않아? 좀 예쁘게 봐줘."

"불쌍하기는요! 그 여자애, 어리버리한 것이 완전 인간 같잖아요! 거기다 상처 치유 능력이 있기나 해요?"

클레라가 이때까지 아무에게도 얘기하지 못한 말을 진에게 토해냈다. 다른 일족들은 이상함을 못 느꼈을지 모르겠지만, 운을 따라가 목에 난 상처를 가까이서 본 클레라는 알 수 있었다. 상처가 아물기는커녕 이제 막 피가 멎은 상태라는 것을. 가까이서 맡아본 상처에서 계속 흘러나오는 혈향에는 치유가 전혀 되지 않았다는 것을 말해주었다. 그때 당시에는 큰 이상함을 느끼지 못했지만, 집에 돌아와 화를 삭이고 나니 의문이 생긴 것이었다. 일반 뱀파이어라면 치유 능력이 발휘되어 점점 아물고 있어야 할 상처에서 맡아지는 진한 혈향은 문제가 있었다.

"운이가 아직 어려서 다른 이들보다 치유가 조금 늦게 되긴 하지만……."

"조금이라고요? 아직 어려서 치유가 조금 늦게 되었다고 하더라도 상처에서 막 배어 나오는 피 냄새가 그때까지 난다고요?"

"그때라니?"

진이 말에서 나오는 이상함에 눈살을 찌푸리며 물었다. 그에 클레라가 입을 꾹 다물고 몸을 홱 돌렸다. 대답을 회피하는 그녀의 모습에 진이 다가가 클레라의 팔을 잡고 휙 돌렸다.

"클레라, 솔직하게 말하는 게 좋을 거야. 피를 마셨니?"

"마, 마시지 않았어요! 그냥 맡아만 본 거예요!"

당황한 클레라가 크게 부정을 했다. 전에 자신을 저지했던 페트로의 말처럼 왕의 피를 마신 자를 멋대로 탐하는 것은 금기였다. 진이 눈을 가늘게 뜨고 그녀의 진심을 보기 위해 게슴츠레 바라보았다.

"정말 맡아만 봤다고?"

클레라는 계속해서 아이가 없던 메드리아에서 겨우 태어난 아이였다. 그렇기에 모두의 사랑을 받으며 귀하게 컸고, 그녀의 집안에서도 과보호를 하며 부족함 없이 자랐다. 인간 세계에 가더라도 누군가의 보호를 받고 갔으며, 피의 양을 측정하며 마실 수는 있어도 누군가에게 제어까지 받은 적이 거의 없었다. 누군가의 피를 마시던 간에 조절이 가능했지만, 마시고 싶을 때 참아본 적이 없던 클레라가 운에게서 나오는 강인한 피의 향을 맡아보았다면 참지 못했을 것이 분명했다. 진이 계속 집요하게 물어보자 클레라가 강하게 부정했다. 마실 뻔했지만, 마시지 않은 걸 가지고 괜히 오해를 받아 벌을 받고 싶지 않았다.

"진짜로 맡아만 봤어요!"

"너와 운만 있는 곳에서 네가 그 피 냄새를 참았다고?"

"페트로님께서 그곳에 계셨어요. 전 정말 마시지 않았어요!"

남의 일에 끼어드는 것을 싫어하는 페트로가 인간의 습성을 그대로 가지고 있어 끔찍이도 싫어하는 운을 도와줬다는 것이 조금 마음에 걸렸다. 하지만 시운을 옆에서 잘 보좌하는 그임을 알기에 진이 수긍을 하며 고개를 끄덕였다.

"클레라, 경고하겠는데, 절대 운의 피는 욕심내지 않는 것이 좋을 거야. 아무리 네가 일족의 사랑을 받고 큰 막내라고 하더라도 그건 용서할 수 없는 일이야. 알고 있겠지?"

"알아요. 저도 알고 있다고요."

클레라가 이제야 진이 자신을 믿어주자 시무룩한 얼굴로 고개를 끄덕이며 대답했다. 그것이 죄라는 것을 알고 있지만 그때는 시운의 피가 강하게 느껴지는 운을 보자 통제가 잘 되지 않았다. 그저 시운과 똑같은 자리를 물어 피를 탐하고 싶을 뿐이었다. 페트로가 없었다면 아마 운의 피를 마셨을 터였다.

"이번 일은 전하께 비밀로 할 테니 대신 너도 운이 좀 예쁘게 봐줘. 새로운 막내잖아?"

괜히 들켜 버린 과오를 끄집어내며 부탁 어조로 말하는 진에게 거절하지 못한 클레라가 더는 대꾸하기 싫다는 듯 입을 꾹 다물었다. 클레라는 운을 새로운 막내로 인정하고 싶지 않았다. 그리고 왕에게 피를 받은 유일한 여자인 것도 인정하고 싶지 않았다. 뾰로통한 얼굴의 클레라는 흥, 하고 콧방귀를 뀌며 아직도 팔을 붙잡고 있는 진을 뿌리치고 나갔다.

✤ ✤ ✤

"강해지고 싶지 않니?"

갑자기 나타난 진이 운을 보자마자 꺼낸 말이었다. 하지만 운에게는 몹시도 간절한 말이었다. 겉보기에도 약한 것을 알 정도로 뱀파이어 사이에선 힘없는 인간 같은 자신을 어떻게든 바꾸고 싶었다. 더 이상 이곳에서 외톨이 같은 느낌을 받고 싶지 않았다.

"제가 강해질 수 있나요?"

"물론. 뱀파이어는 원래부터 강한 존재야. 하지만 모두가 강할 수는 없지. 약한 자는 살아남기 힘들어. 그래서 그들은 어떻게든 강해지기 위해 수많은 연구를 했지."

솔깃한 말이었다. 진의 장난스런 미소와 가벼운 말투에서 신뢰를 얻긴 힘들었지만, 그는 이곳에서 아주 높은 직위이며 최고의 두뇌를 가졌다고 칭송받는 뱀파이어였다. 시운과 페트로에 비해 힘은 현저히 떨어지지만 진이 그 둘의 곁에 나란히 있을 수 있는 이유는 바로 비상한 머리와 이곳에서 흔히 볼 수 없는 사교성 때문이라고 했다. 똑똑하다고 알려진 진은 강해지는 다른 방법을 알 수도 있을 것이다.

"저기 도서관이 있어. 한번 가볼래?"

"도서관이라니요. 그냥 저한테 가르쳐 주세요, 강해지는 방법을!"

운이 안달이 난 듯 조급하게 그에게 방법을 요구했다. 지금껏 같이 살아온 쉐인과도 거리감을 느끼는 지금, 운에게는 강한 힘이 절실했다.

"말했잖아? 오래전부터 약한 일족은 강해지기 위해 수많은 연구를 했어. 그 기록들은 대부분 책으로 옮겨졌고. 나라고 모든 걸 알고 있진 않아. 가서 같이 찾아보자. 그 기록들이 적힌 책이 어디에 있는지는 알려줄 수 있어."

운이 고개를 세차게 끄덕이며 벌떡 일어나는 것을 보며 진은 뜻 모를 미소를 지었다. 이곳에서 혼자가 된 운은 어떻게든 무리에 들어가고 싶은 마음이 강했다. 약점을 이용하여 목적을 이루는 것은 조금 양심에 찔렸지만, 운에게도 나쁠 것은 없는 것이었다.

"여기가 도서관이야. 성 안에 있는 이 도서관은 아무나 들어올 수 없지."

아무도 없는 커다란 문 앞에 있는 놓여 있는 수정에 진이 손을 얹자 육중한 문이 열렸다. 한없이 넓은 도서관 내부에는 높은 곳까지 빼곡하게 꽂혀 있을 정도로 많은 책이 있었다. 세상의 모든 책을 가져다 놓은 듯이 어지러울 정도로 꽂혀 있는 책을 보던 운은 구석구석 점점 좁은 곳으로 들어가는 진을 놓칠세라 급하게 따라갔다.

"이곳에 들어올 수 있는 일족들도 여긴 잘 몰라. 너도 봤듯이 워낙 구석에 있어서."

넓고 웅장했던 도서관 사이사이에 있던 골목으로 계속 들어온 진이 발걸음을 멈추더니 어느 한곳을 가리켰다. 넓은 도서관에 이리 조그만 골목으로 복잡하게 들어오는 곳이 있을 거라고는 생각도 하지 못할 정도로 이곳은 아담했고, 눈에 띄지 않는 구석에 있었다. 운은 진이 가리키는 곳으로 천천히 걸어갔다. 강해지는 법이 기록된 책이 있다는 것은 거짓이 아니었는지, 그에 관련된 책이 여러 권 있었다. 운은 홀린 듯이 멍하니 그 책들을 바라보다가 손을 들어 가장 가운데에서 조금 튀어나와 있는 한 권의 책을 뺐다.

[강한 일족과 동등해지는 법.]

'동등해지는 법' 이란 제목이 운의 마음을 사로잡았다. 강해져서 쉐인에게조차 소외감을 느끼는 이 감정을 없애고 싶었다. 이곳 메드리아에 어울리는 뱀파이어가 되고 싶었다. 그리고 강해져서 시운과 동등해지고 싶었다. 물론 시운은 정말 강했기에 그와 동등해지긴 힘들겠지만, 적어도 남들이 봤을 때 부족함 없는 여자가 되고 싶었다.

"여기 있는 책은 극비라서 빌릴 수가 없어. 읽고 싶은 만큼 읽다가 가. 길을 모르겠으면 나한테 전화하고."

"아…… 네! 고마워요!"

진이 손에 있는 자신의 핸드폰을 흔들며 얘기하자 책 표지를 멍하니 쓸고 있던 운이 고개를 끄덕이며 빠르게 대답했다.

"나갈 때에는 수정에 손을 대지 않아도 돼. 대신 책이 있으면 문은 열리지 않으니 여기서만 보고 나가도록 해. 그럼 난 먼저 갈게."

진이 손을 흔들며 가자 운은 근처에 있는 의자에 앉아 바로 책을 읽기 시작했다. 진은 운이 고른 책을 보며 씩 웃으며 나가는 척하고 책장 위로 올라가 몰래 숨었다. 쉐인에게는 남들에게 비웃음을 받지 않으려면 시운에게 의지하고 사랑을 싹트게 하자고 했지만, 미안하게도 진은 그럴 생각이 전혀 없었다. 사랑도 중요하긴 했지만, 진에게는 일족의 미래와 왕의 안정된 가정이 더 중요했다.

'읽는 속도도 빠르네. 좋아, 좋아.'

진이 책장 위에서 책에 집중하며 빠르게 읽고 있는 운을 내려다보며 소리 없이 키득거렸다. 모든 것이 계획대로였다. 운은 진이 미리 눈에 띄게 준비해 둔 책을 골랐고, 책에 홀린 듯이 열심히 정독하고 있었다. 양심이 찔리지 않는다면 거짓이었지만 그보다 진에겐 메드리아의 미래가 더 중요했다. 번식 능력이 좋았던 일족이 모여 태어난 운이 빨리 일족의 미래를 낳아줬으면 좋겠다는 생각이 더 간절했다.

'뭐, 강해진다는 것이 거짓은 아니니.'

상대적으로 남자가 여자보다 힘이 약하듯이 뱀파이어들도 여자보다는 남자의 힘이 월등히 우월했다. 남자가 강해지는 방법은 힘들었지만, 여자는 그것을 극복하는 방법이 있었다. 강한 자의 피를 마시는 것도 강해지는 방법 중 하나였다. 물론 남자도 더 강한 자의 피를 마신다면 강해질 수 있었지만 애초에 동성의 연인이 되기 힘든 남자는 쉐인처럼 위급한 경우가 아니라면 강해지기 힘들었다. 강한 힘의 뱀파이어의 피를 억지로 빼앗아 마실 수도 없는 남자는 강해지는 법은 확실히 많지도, 쉽지도 않았다.

'하지만 여자는 다르지. 그러니 빨리 읽으라고.'

진이 어느 순간 꼼꼼하게 읽으며 천천히 책장을 넘기자 조급한 마음에 애를 태웠다. 강해지는 방법을 찾기 힘든 암울한 성인남자와 달리 여자가 강해지는 방법은 꽤 있었다. 약하다고 불리는 일족의 남자들보다도 훨씬 약한 여자의 경우, 남자의 피를 마시기만 해도 충분히 강해질 수 있었으며 남자가 강하면 강할수록 그 효과는 빠르게 나타났다. 여자이기에 힘으로 억지로 쟁취하지 않아도 연인이나 가족이 됨으로써 충분히 피를 마실 자격을 만들 수 있기도 했다.

거기다 남녀 간의 육체적인 관계 또한 강한 쪽으로 균형을 맞추게 하기 때문에 여자를 강하게 했다. 특히나 메드리아의 남자는 미래에 자신의 일족을 낳아줄 여자에게 지극정성으로 모든 것을 주기에 여자가 강해지는 방법은 크게 어렵지 않았다.

'오, 드디어 읽는군.'

운이 보고 있는 페이지에는 육체적인 관계로 인해 강한 힘을 만들 수 있다는 설명이 아주 자세하게 적혀 있었다. 어제 시운에게 들은 바로는 노예들에게도 약한 것을 들켜 기가 죽어 있다고 했다. 그러니 저 정보는 운에게 간절하리라. 진은 자신의 계획대로 되어가는 상황에 만족스럽게 미소를 지었다. 운이 그 대목을 다 읽는 것을 확인한 진이 회심의 미소를 지으며 그 자리를 떠났다.

✤ ✤ ✤

"이, 이게 도대체 뭐야!"

클레라는 손에 있는 종이를 보며 입술을 꾹 물어뜯었다. 자고 일어나니 이 종이뭉치가 테이블 위에 있었다. 소수의 일족이고 전부 풍요롭게 살기에 메드리아는 집 안의 경비가 그리 강하지 않았다. 그렇다고 아무나 들어올 정도는 아니었다. 누가 올려놓았는지 조금 불안하긴 했지만, 클레라는 곧 그 불안함보다 운을 향한 분노에 손이 떨려오는 것을 느꼈다. 요즘 들어 왠지 모르게 갈증이 잘 일어나고 짜증도 잘 났던 클레라였다. 한껏 예민해져 있는 클레라가 순간의 화를 참지 못하고 소리를 지르며 분노를 분출했다.

"아아악! 말도 안 돼!"

종이에는 운에 대한 의학 정보가 있었다. 송곳니의 기능도, 손톱의 기능도, 박쥐처럼 펼칠 수 있는 검은 날개의 기능도 운에게선 찾기 힘들다는 내용에 믿을 수가 없었다. 어렴풋이 예상했던 것보다 성인이 될 때까지 한 번도 피를 마시지 않은 운의 생체 회복 능력은 현저히 떨어져 있으며, 스스로 살을 물어뜯지도 못했다. 이 종이를 누가 두고 나갔는지는 모르겠지만 여기에 적힌 것이 모두 사실이라면 클레라는 왕의 옆자리에 이런 여자가 앉는 것을 인정할 수 없었다. 미래에 자신이 앉지 못한다면 다른 누군가가 그의 옆자리에 있을 거라는 상상도 해보긴 했지만, 이런 인간 같은 애송이는 아니었다.

"가만두지 않을 거야! 이런 여자 따위……!"

어떻게 왕의 눈에 들었는지는 모르겠지만, 그의 피를 마시고 그에게 피를 내어주는 이 모자란 여자가 용서되지 않았다. 분노에 힘을 주체하지 못하며 붉은 눈을 뜨고 있던 클레라가 종이를 와작 구기며 바닥에 던져 버렸다. 그러자 구겨진 채 떨어지던 종이에 갑자기 불이 붙었다. 종이는 바닥에 떨어지기 전에 검은 재를 남기고 불에 타 사라졌다. 종이가 모두 탄 것을 보지도 않고 클레라는 미련 없이 밖으로 나갔다. 지금 당장 운을 만나 모든 것이 사실인지 확인해야 했다. 성으로 가는 길에도 주체할 수 없는 화에 클레라는 진정할 수 없었다.

"클레라, 어디 가는 거지? 전하께 가는 길은 아닌 것 같군."

운이 있는 방으로 가는 길에 뒤에서 어떤 남자의 목소리가 들렸다. 클레라가 뒤를 돌아보자 무뚝뚝한 얼굴을 한 페트로가 서 있었다.

"페트로님께서는 알고 계셨죠? 그 여자, 모든 기능이 퇴화되었다는 것을!"

페트로가 클레라의 말에 놀란 듯 약간 눈을 크게 뜨다가 미간을 살짝 찌푸렸다.

"그건 어떻게 알았지?"

"그게 중요한 게 아니잖아요! 그런 여자에게 피를 내어주는 전하를 말렸어야죠!"

"전하의 뜻이다. 너와 내가 상관할 일이 아니야."

"그 여자에게 직접 가서 말해 줘야겠어요! 전하께서 지정해 주신 방이 이쪽 방향이죠?"

감정이 없듯이 무뚝뚝한 그의 말을 듣던 클레라는 더욱더 화가 나 운이 있는 방으로 걸음을 옮기려 했다. 페트로는 그런 그녀를 천천히 지나치며 말했다.

"나도 너처럼 별로 마음에 드는 아이는 아니니 네가 무슨 짓을 하든 말리진 않겠어. 하지만 전처럼 허튼수작은 부리지 않는 게 좋을 거야. 아, 그리고 그 아이라면 아까 도서관에 갔다더군."

순간 페트로의 눈이 빨갛게 변했다. 하지만 클레라가 이상함을 느끼지도 못할 사이에 페트로는 기척도 없이 사라졌다. 페트로가 사라진 자리를 강하게 쏘아본 클레라가 도서관으로 발걸음을 옮겼다. 한없이 분노가 치밀어 올랐다.

"흥, 전에는 날 방해한 주제에."

클레라가 콧방귀를 뀌며 중얼거렸다. 하지만 페트로의 마음이 곧 이해되었다. 페트로가 인간을 지독하게 싫어하는 것은 모르는 이가 없을 정도로 그의 인간 혐오증은 심각했다. 그러니 인간과 비슷한 운이 마음에 안 들기는 마찬가지였을 것이다.

도서관 앞에 도착한 클레라가 씩씩거리던 숨을 고르며 입구를 쳐다봤다. 도서관에는 아무나 출입을 할 순 없지만 높은 귀족의 딸인 클레라는 도서관 출입을 허락받을 수 있었다. 곧 도서관 사서에게 출입을 허락받은 클레라는 아무런 기척도 느껴지지 않는 도서관에 들어가 주위를 두리번거리며 운을 찾았다.

"뭐야, 있긴 한 거야?"

조용한 공기에 인상을 찌푸리던 클레라는 어디서 발자국 소리가 들리자 숨을 죽이며 소리가 나는 곳을 바라보았다. 그러다 도서관 중앙으로 나오던 운과 그대로 눈이 마주쳤다. 클레라를 보자 운도 그대로 걸음을 멈추었다.

"너, 이곳엔 어떻게 들어온 거지?"

클레라가 날카로운 목소리로 운에게 쏘아댔다. 일족 사이에서도 저능한 애송이가 아무나 함부로 들어올 수 없는 도서관에 혼자 들어온 것에 심통이 났다.

"지, 진님께서 절 이곳에 들어오게 해주셨어요."

표독스런 얼굴의 클레라를 보며 운이 말을 더듬었다. 파티에서 본 클레라를 기억해 낸 운이 지레 겁을 먹고 뒷걸음질쳤다. 클레라에게서 강하고 오싹한 기운이 느껴졌다. 책을 볼 만큼 다 본 운은 결국 강한 남자의 피를 마시거나 육체적인 관계를 맺어라, 아이를 가져라, 라는 결론들로 인해 실망을 하며 나오던 길이었다. 어떻게 하든 간단하고 쉬운 방법으로 단번에 강해질 수 없음을 알게 된 운은 또다시 자신에 대한 자격지심으로 처진 어깨로 도서관을 나가려던 길이었다. 그리고 도서관 중앙에서 마주친 겉보기에도 당당하고 강해 보이는 클레라는 운을 더 기죽고 겁먹게 하기에 충분했다.

"너 스스로 피도 못 마신다며? 아니, 그것뿐이겠니? 손톱도, 날개도 쓰지 못하고 어떠한 능력도 쓰지 못한다지?"

클레라가 내뿜는 살기는 운을 향해 있었다. 운이 말을 더듬으며 한 걸음 더 뒷걸음질쳤다.

"그, 그걸 어떻게……."

시운은 운의 현재 상태는 극비로 붙여지게 될 거라고 했다. 그렇기에 아는 이는 극히 드물었고, 외할아버지인 쉐인도 몰랐다. 운은 당황했다. 클레라의 표독스런 눈이 자신의 모든 비밀을 알고 있다고 말하는 것 같았다. 클레라가 두려움에 조금씩 뒷걸음질친 운에게 저벅저벅 다가갔다. 그리고 운의 목을 꽉 움켜쥔 채 그녀의 얼굴을 위로 치켜 올렸다.

"봐, 이 상처. 이틀 전 파티 때 전하께서 무신 자국이지? 아직도 상처 자국이 있다는 게 말이나 된다고 생각하니?"

"노, 놓아주세요!"

운이 클레라의 손을 붙잡고 자신에게 떨어뜨리기 위해 힘을 주었지만 목을 움켜잡고 있는 그녀의 힘은 강했다.

"약해 빠져서는. 네까짓 게 왕의 피를 탐해?"

클레라가 화를 참지 못하고 운의 목을 쥔 손에 힘을 주었다. 그 순간 목이 조여지는 느낌에 운이 켁켁거리며 바동거렸다. 그때였다. 클레라의 눈빛이 갑자기 무언가에 홀린 듯 몽롱해졌다. 손에 힘을 푼 클레라는 목을 쥐고 있던 손으로 다시 운의 얼굴을 잡아 올렸다. 그리고 순식간에 운의 목에 달려들었다.

"그만둬, 클레라!"

운 또한 앞이 흐릿하니 보이지 않았다. 극심한 두려움에서인지 눈앞은 컴컴했고, 이상하게 몸에 힘을 줄 수가 없었다. 정신이 몽롱해지며 눈앞이 캄캄해졌다. 그저 캄캄한 어둠 속에서 누군가의 목소리를 들었을 뿐이다. 운은 그대로 눈을 감고 기절했다.

✤ ✤ ✤

"미안. 내가 갔을 때에는 이미 클레라가 이성을 잃은 상태였고, 운도 피를 많이 빨린 상태였어."

시운은 양쪽 침대에 누워 있는 클레라와 운을 보며 뒤에 있던 진의 설명을 들었다. 클레라에게 옅게 배어 있는 운의 피 냄새에 시운은 짜증이 치밀어 올랐다.

"클레라도 이성을 크게 잃은 상태여서 기억을 못하는 것 같아.

나중에 내가 말렸을 때에 정신을 차린 클레라가 자신도 일어난 상황에 놀라 뒷걸음질쳤고, 기절을 했지."

운이 계속 도서관에서 나오지 않자 다시 그녀에게 간 진은 입구에서 번지는 피 냄새에 급하게 도서관으로 달려갔다. 그리고 이성을 잃고 클레라가 운의 목을 물어 허겁지겁 피를 마시는 모습을 보고 급히 둘을 떼어놓았다. 그제야 이성을 차린 클레라는 현재의 상황이 이해가 되지 않는지 멍하니 있다가 눈앞에 쓰러져 있는 운과 자신의 모습을 보며 놀라다가 기절을 했다.

"운은 왕의 피를 받은 자이니 그 피를 마시고 법을 어겼다는 생각에 무서웠겠지. 아직 클레라도 어리잖아?"

진이 어떻게든 클레라의 죄를 낮추기 위해 부연설명을 덧붙였다. 하지만 딱딱한 시운의 얼굴은 풀어지지 않았다. 의사는 생명에 지장이 있을 정도로 피를 많이 빨리진 않았다고 했지만, 약한 운의 몸에 무리가 될 정도의 양이었는지 그녀의 얼굴은 새하얗게 질려 있었다. 시운은 누워 있는 운을 안아 들고 진을 지나치며 말했다.

"클레라는 벌이 결정될 때까지 당분간 이곳에서 근신 조치를 내리도록 해. 아무도 만나게 하지 마."

시운이 진의 대답도 듣지 않고 쌩 하니 나가자 진은 한숨을 푹 쉬었다. 시운의 살벌함에 식은땀이 흘러내릴 지경이었다. 어째서 클레라가 기억도 제대로 못할 만큼 폭주를 했는지 모르겠지만 현 상황으로 클레라는 쉽게 집으로 돌아가긴 힘들 듯했다. 진은 놀라 기절한 클레라를 바라보다 고개를 돌려 시운이 나간 자리를 보았다. 클레라도 걱정이 되었지만, 운도 걱정이 되긴 마찬가지였다.

✢ ✢ ✢

 살짝 벌려진 입안으로 조금씩 피가 들어왔다. 그러자 극도의 갈증이 일어났고, 운은 눈을 번쩍 뜨며 눈앞에 보이는 단단한 팔을 붙잡았다. 운은 입으로 조금씩 감질나게 떨어지는 피의 양을 참지 못하고 시운의 팔을 세게 물었다. 그리고 갈증으로 인해 조금 솟아오른 송곳니로 상처를 벌려 피를 탐하기 시작했다. 아직 피를 마신 지 얼마 되지 않아 깔끔하게 마시지 못해 운의 입에 피가 흘러내렸다.

"흘러내리잖아. 조금 더 천천히."

 이성을 잃어 평소보다 피를 많이 흘리지만 운은 처음 피를 마시기 시작할 때보다는 덜 흘렸다. 뭉툭하고 자그마한 송곳니로 상처를 벌려 마시는 모습에 시운은 자기도 모르게 아련한 미소를 지었다. 누군가의 도움을 받고 의지하며 살아야 하는 운이 한없이 가여웠다.

"더 세게 물어도 돼. 있는 힘껏."

 혹시라도 아플까 봐 세게 물다가도 송곳니를 바로 떨어뜨리는 운에게 시운이 나지막하게 말했다. 누구에게 상처를 입히는 것조차 인간처럼 무의식적으로 걱정하는 그녀가 안타깝지만 한편으로 그녀의 여린 마음이 느껴져 따뜻해지기도 했다.

"오늘은 마음껏 마셔. 말리지 않을 테니."

 언제부턴가 인간에게 피를 얼마나 마셔야 하는지 조절해 주기 위해 적당선만 마시게 하며 운을 밀어냈던 시운이 이번엔 그녀에게 팔을 원없이 내어주었다. 운은 갈증이 어느 정도 해소되었지만 그의 손목에서 입을 떼지 않았다. 달콤한 피를 마시고 싶을 만큼 마음껏 마실 수 있다는 욕심과 이 피를 마시면 강해질 수 있다는 책의 글귀에 쉽사리 입을 뗄 수가 없었다. 갑자기 눈물이 차올랐다. 그를 좋아한다는 감정을 품고 있는 것보다 강함을 추구하는 목적이 더 커서 그를 이용하고 있는 것 같았다. 도움을 주기는커녕 시운을 이용하려는, 무의식중에 일어나는 마음에 속상했다. 시운의 팔에 운의 따뜻한 눈물이 뚝 떨어졌다.

"울지 마. 네 잘못이 아니야."

달래는 시운의 말에 눈물이 더 쏟아져 나왔다. 차마 고개를 들 수가 없었다. 차라리 강해질 수 있는 법을 모르는 게 더 좋을 뻔했다. 좋아하는 마음이 큰지, 강해지기 위해 옆에 있고 싶은 마음이 큰지 구분할 수가 없었다.

"왜 계속 우는 거지? 이때까지 피가 그렇게 마시고 싶었나?"

무뚝뚝한 목소리로 그답지 않게 장난을 걸고 있었지만, 운은 계속 떨어지는 눈물을 그칠 수가 없었다. 나쁘다는 것을 알지만 아직도 그의 피를 마시고 강해지고 싶은 생각이 간절했다. 이곳에 어울리는 뱀파이어가 되고 싶었다. 다시는 누군가에게 얕보이고 싶지 않았다. 노예에게도, 클레라에도 얕보여 어디 가나 이용당하고, 피를 빨리고 싶지 않았다. 목이 메어 이제는 피를 마실 수도 없었다. 운이 고개를 숙이고 팔에 계속 눈물을 떨어뜨리자 시운이 다른 손으로 그녀의 얼굴을 들어 올렸다.

"미안하군, 항상 감질날 만큼의 피만 줘서."

뭐가 그리 서러운지 운이 울어서 빨개진 눈으로 그를 바라보았다. 이런 못된 생각만 하고 있는데, 답지 않은 농담으로 자신을 달래주려는 그에게 감사했다. 시운의 옆에 여자로서 계속 있고 싶었다. 부족하고 방해만 되는 여자가 아닌, 그에게 조금이라도 어울리는 여자로서 그의 옆자리에 있고 싶었다. 강해진다면 그를 이용하고 싶은 마음이나 속에서 휩싸인 이런 갈등들이 사라질 것 같았다. 운은 서럽게 하염없이 울다가 앞에 있는 시운을 와락 끌어안았다. 그리고 그에게 작은 목소리로 애절하게 속삭였다.

"저를 안아주세요."

7

"쉬어."

시운이 자신을 안은 운을 살짝 밀치며 일어섰다. 울 것 같은 운의 표정에 꼭 안아주고 싶었지만, 충동적으로 행동하는 운에게 넘어가 이대로 그녀를 갖고 싶진 않았다. 어디서 어떤 말을 들었는지는 모르겠지만 운의 목적을 대충 알 것 같았다.

강한 상대와의 육체적인 관계로 인해 갖게 되는 힘을 목적으로 시운에게 다가온 여자는 수도 없이 많았다. 연약한 인간 같은 몸으로 이 세계에 속하지 못하고 있는 운은 그 강함이 간절했을 것이다. 하지만 시운은 이런 이유 때문에 그녀를 가지고 싶지는 않았다. 시운은 이곳에 계속 있다간 그녀의 어설픈 유혹에 넘어갈 것 같아 방을 나가기 위해 몸을 일으켰다.

"가지 마요!"

운이 뒤돌아가는 시운의 옷깃을 힘주어 잡았다. 뿌리치려면 쉽게 뿌리칠 수 있었지만 돌아본 그녀의 얼굴에서 느껴지는 지독한 슬픔에 내칠 수가 없었다. 눈물을 머금은 운의 절박한 눈동자에 마음이 아려왔다.

"네 몸을 소중히 여겨."

"전 당신 거잖아요. 그러니 절 안아주세요."

"네가 내 것이라곤 했지만 값싸게 굴라는 말은 하지 않았어. 고작 힘 따위와 네 몸을 바꾸려 하지 마."

속마음을 찌르는 듯 핵심을 찔러 말하는 시운의 말에 운이 고개를 푹 숙였다. 하지만 그의 옷깃을 쥔 손엔 더욱더 힘이 들어갔다. 어떤 목적으로 안아달라고 한 것인지 들켰지만 별로 놀랍지도 않았다. 뭐든지 꿰뚫어 볼 것 같은 시운의 눈에 무언가를 숨기는 것 자체가 힘들었다. 시운도 아주 오랜 세월을 산 뱀파이어였다. 높은 위치에 있으면서 겪게 되는 고난과 역경들로 인해 시운의 눈빛은 뭐든지 꿰뚫어 보듯이 항상 냉정했다.

"힘을 위해 이러는 것에 부정하진 않겠어요. 하지만 그것 말고도 전 원하고 있어요, 힘이 아닌 당신을."

책에 적힌 바에 따르면 여자들은 항상 강한 남자들을 원했고 남자와 대등할 수 있을 정도의 강한 힘을 원했다고 했으니 이런 경우도 많았으리라. 하지만 그가 알았든 몰랐든 운은 이 기회를 포기하고 싶지 않았다. 강한 힘을 원했고, 강한 그를 원했다. 그에게 어울리는 여자가 되고 싶었고, 이 세계에 어울리는 뱀파이어가 되고 싶었다.

"불안해요. 안기지 않으면 불안해서 살 수가 없을 것 같아요. 날 안아주면 안 되나요? 아니면 당신에 비해 난 너무 어려서 안고 싶지 않은 건가요?"

시운의 얼굴이 순간 딱딱하게 굳었다. 운이 이런 생각을 하고 있다고는 생각도 하지 못했다. 표현을 할 만큼 했다고 생각했지만 어떻게 보면 어린 그녀를 돌봐주는 걸로 보였을 수도 있었다.

"네 나이가 어리다고 해서 널 어린애로 보진 않아. 아무리 어려도 넌 성인이고 나에게 한 여자야."

"그럼 안아줘요."

운의 애원에 시운은 아랫도리가 뻐근해지는 것을 느꼈다. 열정적인 그녀의 눈빛에 홀린 듯 시운은 운에게 다가갔다. 그리고 운을 침대에 눕히며 그녀의 위에 올라탔다.

"후회하지 마, 네가 선택한 일이니까."

운이 무슨 말을 하려 했지만 시운의 입이 그녀의 말을 먹으며 삼킬 듯이 운에게 파고들었다. 이때까지 이곳에 적응하기도 벅찬 어린 운을 위해 참아왔던 시운은 드디어 그녀를 안을 수 있다는 생각에 마음이 조급해져 왔다. 운의 등 뒤로 손을 옮겨 지퍼를 찾아 내리려 했지만 잘 내려지지 않았다. 참았던 욕망이 한 번에 터지자 시운이 다급함에 다른 손도 그녀의 등 뒤로 옮겨 지퍼가 있는 옷깃을 잡고 힘주어 단번에 찢어버렸다. 그 소리에 운이 움찔거렸다. 하지만 시운은 운이 어떠한 행동을 하든 신경 쓰지 않고 계속 그녀의 혀를 찾아 괴롭혔다. 계속 운의 입술을 괴롭히던 시운은 그녀의 옷을 치워 버리며 속옷만 겨우 입혀져 있는 새하얀 나신을 내려다보았다. 운이 부끄러운 듯 고개를 옆으로 돌리며 손으로 가슴을 가렸다.

"가리지 마. 네가 자초한 일이니 책임을 져야지."

시운이 그녀의 브래지어를 단번에 위로 올리며 입술을 묻었다. 시운이 수줍게 고개를 들고 있던 꽃봉오리를 입안에서 뱅뱅 돌리며 등 뒤로 손을 옮겼다. 그리고 방해하는 브래지어의 후크를 풀고 던져 버렸다. 말랑말랑한 운의 몸을 어루만지던 시운은 문득 그녀의 목에 만져지는 붕대 느낌에 고개를 들어 가느다란 목을 바라보았다. 이성을 잃은 뱀파이어에게 거칠게 물어 뜯겼기에 깊은 상처가 났었다. 한동안 멈추지 않은 계속된 출혈에 의사가 감아놓은 붕대를 보며 시운이 눈살을 찌푸렸다. 마음에 들지 않았다.

"아……"

거칠게 물어 뜯겨진 목을 건들자 운이 약하게 신음 소리를 내뱉었다. 하지만 시운은 그 소리를 듣지 못한 것마냥 그녀의 목에 감겨진 붕대를 거칠게 풀었다. 시운은 자신이 낸 송곳니 자국이 아닌 잔인하게 갈가리 찢어진 그녀의 목의 상처에 화가 났다. 보기만 해도 연약해 보이는 운의 목을 마치 죽일 기세로 마구 헤집어 놓은 것에 분노가 솟아올랐다. 시운은 그녀의 가느다란 목을 살며시 쓰다듬었다. 그리고 부드러운 손길과는 다르게 강한 어조로 말했다.

"다시는, 다시는 남에게 주지 마. 이번만 봐주는 거야. 아무에게도 널 쉽게 내어주지 마."

그와 동시에 시운이 고개를 내려 그녀의 목에 입을 가져갔다. 움직일 때마다 아픔이 느껴질 만큼 심한 상처에 그의 송곳니가 느껴지자 운은 눈을 질끈 감았다. 하지만 예상과 다르게 시운은 운의 목을 물지 않았다. 다친 부위를 치료해 주듯 그저 부드럽게 핥아주었다. 그의 혀가 닿을 때마다 상처에서 느껴지는 야르스한 느낌에 운이 움찔거렸다. 하지만 치유해 주듯이 계속되는 그의 행동에 운도 차차 마음을 놓으며 긴장을 풀었다. 운은 아까부터 무의식적으로 시운의 옷깃을 꽉 잡고 있던 손에서 천천히 힘을 풀었다.

"그래, 계속 이대로 있는 거야. 몸에 더는 힘을 주지 마. 나는 목석을 안고 싶진 않으니까."

시운이 천천히 운의 몸을 어루만졌다. 정작 안아달라고 말을 꺼낸 것은 그녀면서 긴장되는 마음에 온몸을 꼿꼿이 버티고 있는 운이 마음에 들지 않았다. 시운은 그녀의 허리를 어루만지던 손을 천천히 아래로 내렸다. 골반을 타고 내려간 손이 팬티의 가느다란 끈에 머물렀다. 천천히 골반 위를 덮고 있는 얇은 천을 어루만지던 시운은 목을 핥던 얼굴도 조금씩 내렸다. 쇄골을 지나 운의 가슴에 잠시 머무르던 시운은 다른 손으로 그녀의 한쪽 가슴을 움켜잡았다. 뾰족하게 솟아오른 그녀의 두 꽃봉오리를 입과 손으로 자극하던 시운은 고개를 내려 팽팽한 배에 입술을 묻었다. 옅게 퍼지는 살 내음에 이성을 잃어버릴 것 같았다. 그녀의 배에 이곳저곳 키스를 한 시운은 움푹 들어간 배꼽을 빨아들이다가 쪽 하고 입을 맞췄다.

"아······!"

계속되는 자극으로 민감해진 가슴과 팬티 라인을 따라 계속 어루만져지는 골반, 그리고 배까지 쉼 없이 자극되자 이때까지 신음 소리를 참아왔던 운의 입이 열리며 흥분에 들뜬 소리를 내뱉었다. 그 소리에 시운이 더 자극을 받은 것인지, 아니면 아까부터 꿈틀대던 분신으로 그런 것인지 운의 팬티를 단번에 내렸다. 그리고 다급하게 자신의 옷을 벗으며 얼굴을 내려 그녀의 수줍은 처녀지에 입을 맞추었다. 운이 재빨리 다리를 오므리려고 했지만, 시운은 강한 힘으로 그녀의 다리를 저지시켰다.

"그러지 마요······."

운이 부끄러운 듯이 모기만 한 목소리로 고개를 도리질 치며 다리에 힘을 주었지만 허벅지 사이에 무릎을 꿇고 있는 시운으로 인해 오므리지도 못했다. 오히려 그가 더 파고들기 위해 그녀의 양다리를 붙잡고 넓혀 더 벌어졌다. 시운은 그녀의 순결한 꽃잎을 마음껏 맛보며 천천히 그녀가 젖어들 때까지 기다렸다. 천천히, 하지만 큰 자극을 주며 계속해서 그녀의 여성을 애무하는 시운으로 인해 운이 허리를 활처럼 휘며 그에게 매달렸다. 야릇함을 넘어 짜릿하기까지 한 시운의 애무에 정신을 차릴 수가 없었다.

"하웃, 이제 그만······!"

"아직 시작도 안 했어."

천천히 그녀의 몸이 젖어들어 가자 시운이 고개를 들어 열기에 들뜬 운의 얼굴을 바라보았다. 한참이나 어린 운에게 이렇게 욕정을 느끼는 자신이 꼭 짐승처럼 느껴져 혐오스러울 정도였다. 하지만 이렇게 색기가 넘치는 얼굴에 넘어가지 않을 남자는 없을 것이다. 애써 스스로를 위안한 시운은 그녀의 몸에 이미 부풀어 아우성을 치고 있는 분신을 단번에 밀어 넣었다.

"으윽……!"

운이 아래에서 느껴지는 극심한 고통에 인상을 찌푸리며 몸을 꿈틀댔다. 몸이 갈라질 것같이 아파왔다. 시운이 엉덩이를 뒤로 빼려는 그녀의 몸을 잡고 단단히 고정시켰다.

"움직이지 마. 그럼 나도 못 참아."

예상은 했지만 시운은 낯선 감각과 처음 느끼는 고통에 몸부림치는 그녀를 보고 있자니 자신도 아파오는 것 같았다. 하지만 동시에 그녀를 이렇게 만들었다는 것에 가슴이 두근거렸다. 천천히 분신을 빼내고 다시 들어가자 그녀의 여성에서 옅은 혈향이 맡아졌다. 시골에서 숨어 지내다시피 한 그녀에게 어쩌면 당연한 일일 수 있겠지만, 이때까지 몸을 귀히 여겨준 것에 고맙기까지 했다. 그리고 지금까지 귀하게 간직한 처녀를 주는 것에 감사했다. 처녀가 아니라고 할지라도 지금 세상에 크게 실망을 하거나 문제가 되진 않았지만 갑자기 원하고 있던 선물을 받은 것마냥 기분이 좋았다. 서툰 행동들에 예상은 했지만 직접 그녀가 처음이라는 것을 알게 되자 시운의 심장이 세차게 뛰었다.

"아, 아파…… 하윽!"

운의 고통스런 얼굴을 본 시운은 걱정이 되었다. 운이 그저 힘을 원해 자신에게 몸을 준 것이 아닐지에 관한 것도 걱정됐다. 그리고 그로 인해 나중에 후회할 운을 보게 되는 것이 아닐까 하는 불안감도 밀려왔다. 하지만 그렇다고 놓아줄 순 없었다. 그녀의 안은 황홀했고 시운을 미치게 만들었다. 고통스러워하는 운의 얼굴에 걱정이 되면서도 더 괴롭히고 싶다는 못된 욕망이 시운의 마음속에서 뭉글뭉글 피어올랐다.

'젠장!'

시운은 속으로 욕지거리를 내뱉으며 잡생각을 날려 보냈다. 이렇게 매혹적이고 아름다운 그녀의 몸을 두고 다른 생각을 하는 자신이 한심하게 느껴질 정도였다. 나중에 후회를 하든 안 하든 이건 운 스스로가 선택한 결과이다. 시운은 그렇게 스스로를 위로하며 그녀의 몸 안에서 속도를 높이며 움직이기 시작했다.

"으응, 하아……."

운의 신음 소리가 방 안을 울렸다. 시운은 열기에 들떠 빨개진 그녀의 양 볼을 어루만졌다. 아직 젖살이 다 빠지지 않았는지 말랑말랑하면서 통통한 그녀의 볼에 새삼 나이 차이가 느껴졌다. 이 세계에선 나이가 그다지 중요하진 않지만 그래도 꽤나 큰 나이 차이에 마음이 걸린 것은 사실이었다. 하지만 그렇다고 놓치고 싶지 않았다. 점점 그녀의 몸에 자신을 묻으면 묻을수록 몸에서 끔찍한 욕망과 갈증이 일어났다. 마지막 절정을 향해 달리던 시운은 천천히 그녀의 목에 얼굴을 묻었다.

"아무에게도 널 내어주지 마. 넌 나의 것이야."

시운이 그녀의 귀에 나지막하게 속삭이며 털썩 무너지듯 쓰러졌다. 운의 몸 위에서 꼭 끌어안은 시운은 목에서 배어 있는 다른 이의 냄새에 솟아오르는 분노를 억제시키기 위해 노력했다. 클레라가 아닌 낯선 남자의 향이 운의 목에서 배어 나왔다.

"아무에게도 널 주지 마."

시운이 다시 한 번 운의 귓가에 강조하며 말했다. 다시는 이런 일을 만들지 않을 것이다. 시운은 온전히 자신의 것이 된 운을 이제부터 반드시 지키겠다고 맹세하며 그녀의 몸을 꽉 끌어안았다.

✤ ✤ ✤

"뭐, 그래서 둘이 방에 들어가더니 아직까지 나오지도 않고 있어요. 어떤 상황인지는 모르겠지만 역사가 이루어진 게 아닐까요?"

시운이 운을 안고 들어간 지 일주일이 지났다. 처음에는 약한 운이 아직까지도 깨어나지 않은 것일까, 라는 생각에 걱정을 했었다. 하지만 한 번씩 밖으로 나와 하녀에게 2인분의 식사를 주문하는 시운의 행동에 진은 그제야 그게 아니란 것을 눈치챘다. 온갖 추측이 난무하고 있지만 정작 본인들이 나오지 않는 탓에 어떠한 것도 확인 못하고 기다리는 것이 지루하기만 했다. 진은 시큰둥하게 자신의 생각을 쉐인에게 말하며 그의 동의를 구했다. 그 말에 쉐인이 걱정스런 얼굴로 말없이 듣기만 하다 모든 설명이 끝나자 천천히 입을 열었다.

"운이 전까지 깨어나지 않았다고 하지 않았나. 의사에게 보이지 않아도 되는지……."

"죽을 정도로 피를 빨린 건 아니라고 했어요. 목에 있는 상처가 너무 짓이겨져서 조금 심하긴 했지만 시운의 피를 마신다면 그 상처도 금방 나았겠죠."

아직 운이 심각할 정도로 회복 능력이 없는 것을 모르는 쉐인을 안심시키기 위해 진이 시운의 피를 들먹이며 말했다. 시운의 피에서 나오는 힘이야 직접 마셔본 쉐인이 잘 알 테니 이리 말하면 크게 걱정하지 않을 것이다. 진은 그의 걱정을 단번에 없애기 위해 다른 부연설명도 덧붙였다.

"혹시 몰라서 시운의 방 근처에 가봤는데, 피 향이 배어 나왔어요. 얼마나 마셨는지는 모르겠지만 적진 않았을 거예요."

그 말에 안심이 됐는지 쉐인이 고개를 끄덕였다. 그러다 심각한 고민이 있는 것마냥 한숨을 푹 쉬며 고개를 절레절레 저었다.

"왜 그러세요? 아무튼 운이도 괜찮고 둘이 잘됐잖아요?"

"운이를 너무 빨리 시집보내는 게 아닐까 싶어서 그러네. 전하께오선 당연히 혼기가 꽉 차고도 넘치시지만 운이는 아직 어리지 않은가."

물론 같은 종족을 만나서 운이 행복하게 잘사는 것을 바라긴 했지만 몸이 건강해지자 더 욕심이 생겼다. 아직 어리고 아무것도 모를 나이인 운을 지금 시운에게 주는 것이 아까웠다. 메드리아에 이제 막 왔기 때문에 천천히 이곳에 적응시키고 이곳에서의 삶이 얼마나 행복한지를 가르쳐 주는 것을 먼저 하고 싶었다.

결혼을 하고 시운에게 하나하나 배워가는 것도 좋겠지만, 자유로운 몸으로 세상의 즐거움을 겪는 것과는 너무나도 달랐다. 여왕의 자리에 앉아 그 역할에 맞는 일을 하는 건 더 자라고도 할 수 있는 일이니 일단 결혼 전에만 배울 수 있는 즐거움과 자유로움을 알려주고 싶었다.

"에이, 아직 많이 어려서 아쉬운 점도 있겠지만 할아버님 말대로 사랑하는 사람과 알콩달콩 깨 볶으며 사는 것도 좋은 것 아니겠어요?"

"그거야 그렇겠지만 운이는 사랑을 하기 전에 배워야 할 것이 너무 많네. 그게 그저 안타까울 뿐이네."

"뭐, 나중에 전하께오서 그 자유로움과 행복보다 큰 사랑을 주시면 되는 거죠, 하하."

간단하게 말하며 결론을 지어버리는 진이 조금 얄미웠다. 딸은 아니지만 역시 딸 가진 아빠 마음은 딸 가진 아빠들만 안다는 말이 꼭 맞았다. 운이 행복하면 그만이겠지만, 그녀에게 많은 것을 가르쳐 주지 못하고 이른 나이에 한 남자의 아내로 보낸다는 것이 아쉬웠다. 쉐인은 자신의 심각한 마음도 모르고 그저 일족의 미래를 바라며 크게 웃고 있는 진을 노려보며 작은 목소리로 말했다.

"너도 나중에 딸 낳아서 성인이 되자마자 시집 꼭 보내거라."

"어? 지금 무슨 소리 했어요? 지금 저한테 저주 내린 거예요?"

일부러 들으란 듯이 말을 한 것도 있지만, 워낙 청각이 발달된 진은 쉐인이 하는 말을 모두 알아듣곤 얼떨떨하다는 얼굴로 그를 바라보았다. 그 모습에 더 얄미웠는지 쉐인이 숨기지 않고 대놓고 말했다.

"그래, 이놈아! 네가 낳은 딸은 성인이 되기도 전에 사랑하는 남자 만나서 시집간다고 할 거다! 그게 얼마나 속이 터지는 일인지 겪어봐야 알지. 에구구."

"뭐예요. 처음엔 운이 보내는 거에 찬성하고 같이 일도 꾸몄으면서."

"그래도 서운한 게 있는 게야! 아직 배울 것도 많고 경험해야 할 것도 많은 아이를 이리 먼저 시집보내니 내, 부모는 아니지만 이때까지 돌봐준 할아비로서 마음은 서운하지. 이렇게 빨리 갈 줄 알았다면 그 계획에 동조도 안 했어!"

사실이었다. 시운에게 시집을 가는 것은 찬성이었지만, 이렇게 빨리 갈 줄 알았다면 품 안에서 운을 더 감싸주며 안아줄 걸 하는 후회가 됐다. 하지만 이미 저질러진 일이었다.

"그렇게 서운해하지 말아요. 그럼 나중에 시운이 애타게 반대라도 하던가요. 아무리 왕이라지만 별수 있겠어요? 부모 자격인 할아버님이 어린 운의 결혼을 반대한다는데. 계속 반대하면서 원하는 거 다 해주고 허락하면 되죠."

"이놈아! 이 늙은이는 빨리 죽고 싶지 않대도! 네가 옆에서 반대하는 거 도와준다고 약속하면 내 반대하마."

쉐인이 아무리 나이가 많다고 하지만 시운이 무서운 건 사실이었다. 그의 말에 진은 무슨 뜻인지 알았는지 키득거리며 웃었다.

"저도 그건 무섭다고요. 뭐, 그럼 별수 있나? 그냥 허락할 수밖에. 그래도 반대하면 꽤 재밌을 건데. 시운이가 어떻게 나올까요? 운의 외할아버지니 함부로 할 수도 없을 거잖아요?"

진의 말에 쉐인도 솔깃했다. 하지만 진의 말대로 시운은 쉐인이 반대한다고 하더라도 사랑하는 여자의 부모 자격인 쉐인을 어찌하지는 못할 것이다.

"됐다, 됐어. 그냥 이왕 잘된 거 축복해 줘야지."

쉐인이 시운의 날카로운 눈을 생각하며 고개를 절레절레 저었다. 어떻게 하진 못해도 시운은 그 날카로운 눈으로 살기를 띠며 노려보기까진 할 것이다. 그 눈빛조자도 쉐인은 피하고 싶었다.

"하하, 그럼 그러시고요. 참, 근데 진짜로 둘의 2세가 생길까요?"

불안하긴 했다. 아무리 번식 능력이 뛰어난 뱀파이어들의 피를 타고난 운이라고 하더라도 그녀는 약한 인간과도 같았다. 그렇기에 강한 시운의 정기를 받아들이며, 10개월의 기나긴 시간 동안 엄청난 힘을 가진 아이를 품을 수 있을지 걱정됐다. 쉐인은 현재 운의 퇴화된 상태를 모르고 그저 이제껏 피를 마시지 않아 약하다고만 알고 있었다. 운의 비밀을 숨겨 쉐인은 당연히 모르겠지만, 쉐인은 이때까지 동양의 나라에서 퇴화되었을지도 모르는 일족들과 같이 살며 그들에게 아이가 생기는 것을 보았다. 진은 쉐인이 보아왔던 것들을 확인하고 싶었다.

"21년간 피를 마시지 않아 운의 몸은 많이 약하다고요. 그 몸에 생길까요? 가장 강하다는 왕의 아이인데……. 운 말고 마지막으로 아이를 본 게 언제예요?"

"흐음, 피를 마시지 않아도 아이는 계속 생겼지. 물론 모두가 생긴 것은 아니었지만 대부분 아이를 가졌고 낳았네. 운이 말고 마지막에 본 아이는 거의 50년 전이야. 그때는 이미 거의 죽어가는 마을이어서 일족이 많지 않았네."

50년이라면 운과 30년밖에 차이나지 않았다. 그렇다면 퇴화된 몸으로 아이를 낳았을 가능성도 있었다. 메드리아의 미래를 걱정하는 진의 마음을 어느 정도 알았는지 쉐인이 허허 웃으며 물었다.

"그렇게 아이가 생기길 바라나?"

"그럼요. 일족의 미래잖아요? 그 마을에선 피를 마시지 않아 죽음도 빨랐고 아주 소수였지만 이때까지 마을을 이끌고 살 정도로 번식이 좋았잖아요. 하지만 여긴 아니에요. 보다시피 할아버님이 있었던 마을의 인구보다 몇 배고 전보다도 훨씬 더 풍족한 생활을 하지만 번식 확률은 더 떨어졌죠. 그래서 그렇게 마을을 이끈 할아버님께 관심도 가고 마을이 없어진 것도 안타까워요. 마지막 아이인 운에게 큰 기대가 가는 것도 사실이고요."

진은 숨김없이 쉐인에게 사실대로 말했다. 전쟁이 끝나고 피도 부족함 없이 마셨고, 풍족한 생활을 했지만 일족의 번식 능력은 점점 떨어졌다. 하지만 피도 마시지 않고 숨어 살아 모든 것이 부족했던 조그만 마을은 적은 인구수로도 8백 년 가까이 마을을 지속시켰다. 흡혈을 하지 않아 노화로 모두가 죽었지만 마을을 지속시킬 정도로 번식 능력은 뛰어났다. 결국 죽음을 이기지 못하고 마을은 사라졌지만, 명이 길었다면 마을의 인구는 메드리아의 현 인구수와 맞먹을 정도는 되었을 것이다. 풍족한 생활과 부족함 없는 피로 긴 생명을 갖고 메드리아를 지속시키는 것과 부족하고 약하지만 마을을 지속시키는 번식을 합친다면 메드리아는 최고의 나라가 됐을 것이었다.

"그리 걱정하지 말게. 나도 우리 운이가 낳은 아이가 자라는 것도, 사랑하는 남편과 아이를 옆에 두며 행복하게 사는 모습을 보고 싶다네. 운이는 아마 아이를 낳을 게야."

"할아버님은 언제 아이를 가지셨어요? 아내분은 어떠셨어요? 네?"

진이 마치 어린아이가 외할아버지에게 옛날얘기를 듣는 것처럼 반짝반짝 빛나는 눈을 들이대며 물어보았다. 어린 운이 옛날얘기를 물었던 때를 생각하며 쉐인이 곧 인자한 웃음을 지으며 아련히 생각나는 기억을 끄집어냈다.

"나도, 내 아내도 서로를 많이 사랑했기에 누구보다도 아이를 빨리 가졌다네. 아내가 몸이 태어날 때부터 약했기에 빨리 아이를 가지길 바랐어. 그러다 어느 날 신께서 내리신 선물처럼 아이가 생겼지. 그게 다 애틋한 사랑에서 나오는 게 아닐까 싶네."

아이가 생기지 않아 걱정을 많이 했었다. 태어날 때부터 몸이 약했던 아내는 결국 임신 도중 무리한 장거리 이동과 출산의 고통으로 세상을 떠났지만 작은 선물을 두고 갔었다. 그리 빨리 떠날 줄은 몰랐지만 수명이 다른 뱀파이어보다는 짧을 것을 어느 정도 예상은 하고 있었다. 그렇기에 쉐인은 항상 최선을 다했고, 오늘이 끝인 것마냥 애틋한 사랑을 했다. 지금 생각하면 그 애틋함과 간절함으로 아이가 만들어진 것이 아닐까 싶었다. 항상 여유롭고 권태로운 삶을 살며 간절함이 없는 동족들은 가지고 있지 않은 다른 감정이었다. 쉐인이 과거를 생각하는 듯 아련한 눈빛으로 허공을 바라보자 진이 그를 일깨웠다.

"그럼 애틋한 사랑이 있다면 아이가 생길까요?"

"서로의 소중함과 간절함을 안다면 아이는 생긴다고 믿네. 그러니 걱정 말게."

"그럼 할아버님의 능력이 아니라 그런 감정적인 것에서 아이가 생긴다는 거네요."

결론을 내렸지만 시원스런 결론이 아닌 뭔가 찝찝함이 남자 진이 새침하게 대답했다. 쉐인의 말이 어려워 도무지 이해하기 힘들었다. 나이도 2백 살 정도밖에 차이 나지 않았지만 한 번씩 쉐인과 이런 대화를 나눌 때는 2천 살 정도 차이 나는 것 같았다. 아마 메드리아에서 가장 연로하신 분을 만나도 이런 기분은 느끼지 못할 것이다. 이건 수많은 죽음과 몇 대의 동족들을 보낸 경험을 겪었기에 할 수 있는 말이었다. 알아내고 싶은 것을 완벽하게 알아내지 못한 진이 뾰로통한 얼굴로 찝찝한 결론을 지어버리자 쉐인이 바로 정정했다.

"아니네. 내 능력도 인정해 줘야 한다네. 아무리 애틋하더라도 나처럼 1년도 안 돼서 아이를 갖진 않아! 우리 운이도 나의 핏줄이니 분명 빠른 시일 내에 좋은 소식을 전할걸세."

인자하게 웃으면서 깨알같이 자기 자랑을 하는 쉐인을 멍하게 바라본 진이 속으로 생각했다. 평소에도 2천 살이 차이 나는 것처럼 느끼는 것이 절대 아니라 어쩌다 한 번씩 그런 생각을 하는 거라고!

✣ ✣ ✣

"다른 사람들이 뭐라고 생각할까요? 이상하게 생각하진 않겠죠?"

"사람이란 말 좀 쓰지 마."

"21년간 쓰던 말이라고요. 조금 천천히 고치면 안 돼요?"

침대에서 시운의 팔베개를 하며 그의 품속에 있던 운이 투정 어린 목소리로 말했다. 그녀의 머리를 부드럽게 쓰다듬던 시운은 말간 눈을 바라보며 픽 하고 웃었다. 일족의 대부분이 젊은 얼굴을 하고 있긴 하지만 운처럼 앳된 얼굴은 아니었다. 나이가 어느 정도 있기 때문에 다들 고유의 분위기를 풍겨 실제로 어려는 보여도 나이가 적다며 함부로 무시할 수 있게 생긴 것은 절대 아니었다. 하지만 운은 풍기는 분위기나 투정하는 모습을 볼 때면 확실히 그녀가 아직 많이 어리다는 걸 느낄 수 있었다.

"그래, 천천히 적응하도록 해."

이런저런 많은 뜻이 내포되어 있는 말에 운이 작게 고개를 끄덕였다. 힘을 단기간에 택하기 위해 그에게 이리 몸을 내어준 것은 어찌 보면 어리석은 선택이었지만 운은 후회하지 않았다. 시운을 향한 마음에 대한 불신들이 완전히 사라졌기 때문이다. 그에게 안겨 있을수록 황홀함과 여자로서의 행복감에 젖어든다. 운이 시운의 가슴파으로 파고들었다. 그러자 시운이 운의 허리를 감싸며 그녀의 몸을 부드럽게 어루만졌다.

"또 유혹하는 건가?"

"이제 제발 쉬어요. 저 너무 힘들다고요."

투정 어린 운의 목소리에 시운이 부드럽게 웃었다. 그의 웃음소리에 따라 가슴이 울려댔다.

"강해지고 싶다며 달려들 때가 언제더라? 그럼 더 안겨야 하지 않겠어?"

장난스러운 시운의 말에 운이 고개를 들어 그를 뚫어지게 바라보았다. 그로 인해 강해지고 그의 옆에 당당히 있고 싶었다. 혹시라도 약점을 들킬까 봐 전전긍긍하며 기죽어 있고, 노예들에게조차 만만하게 보이는 일로 의기소침해지는 것이 싫었다.

"전 얼마나 있어야 강해지는 건가요? 지금은 얼마나 강해졌을까요?"

"어떠한 것이든 한순간에 강해지지 않아. 나의 피를 마시고 나와 몸을 섞었다고 해도 그건 순간의 힘이 생기는 것뿐이지. 이를테면 네 상처 치유 능력을 잠시간 향상시키는 것같이."

시운의 손이 그녀의 머리를 쓰다듬은 후 천천히 목으로 내려왔다. 클레라에게 갈가리 찢어졌던 목은 어느 순간 새살이 돋아나 있었다. 하지만 그뿐이었다. 그의 피의 효과나 육체를 섞으며 생긴 힘의 효과는 금세 떨어질 것이 뻔했다. 어떠한 것이든 단번에 이루어지지 않는다. 그녀의 외할아버지, 쉐인도 마찬가지였다. 그때의 큰 상처와 꺼져 가는 생은 막았을지언정 얼마나 지속될지 몰랐다. 그렇기에 노화된 몸은 그대로였다. 이제는 피를 자유롭게 마실 수 있으니 더 이상의 노화는 막을 수 있겠지만 말이다.

"나 정말 바보 같죠? 방해되고 싶지 않았는데 사고만 치고 다니고, 강해지고 싶어 발악을 했는데 강해지지도 못하고."

운이 서글픈 목소리로 말했다. 시운에게 무작정 안기기만 한다면 강해질 수 있을 줄 알았다. 하지만 그건 오판이었다. 그의 피와 그의 정기는 일종의 약 같은 거였다. 재생세포를 활성화시키고, 힘을 조금 증폭시킬 수 있는. 일주일이 넘는 시간 동안 그와 몸을 섞으면서 큰 변화가 없는 몸에 점점 실망한 운에게 시운이 해준 설명이었다. 이 방법들은 그저 건강해지는, 강해지게 하는 단기간의 처방약일 뿐이라고. 운동처럼 하루 바짝 한다고 살이 빠지지도, 몸이 건강해지거나 근육이 생기는 것이 아니라고. 선천적으로 강했던 외할아버지의 경우, 원래부터 강했기에 단 한 번 그의 피를 마신 것만으로도 몸이 전부 치유되고 조금은 오랜 기간 강한 힘이 지속되겠지만 그 힘도 이제는 거의 사라졌을 거라고 했다.

"저처럼 약한 사람은 아무리 노력해도 안 되겠죠?"

"그렇게 강해지고 싶은가?"

"전 이곳에 속하고 싶어요. 이곳에 어울리는 여자가 되고 싶어요. 그리고 외할아버지가 좋아하는 이곳에서 행복하게 살고 싶어요."

이 이상 자신의 마음을 시운에게 들키고 싶지 않은 운은 그의 이름을 딱히 거론하지 않았다. 강해지기 위해 그에게 몸을 바치는 추악함까지 보였기 때문이다. 이런 상황을 원했던 가장 큰 목적이 강하면서도 아름다운, 모두가 원하는 왕인 그의 옆에 서고 싶어서라고 말하고 싶지 않았다. 아무 곳에도 속하지 못하는 신세 따위가 감히 왕의 옆을 노려 그를 이용했다고까지 알리고 싶지 않았다. 하지만 운의 말에 시운은 팔에 힘을 주어 그녀를 꽉 안았다.

"그렇다면 내 옆에서 강해져. 네게 강한 힘을 주지. 대신 평생

내 곁에 있어야 해."

"하, 하지만……."

"나 외에 누구에게도 네 옆자리를 내어주어선 안 돼. 평생 나의 피를 마시고 나의 몸을 받아내."

운이 입을 빼끔거리며 아무런 말도 못하고 고개를 들어 시운을 바라보았다. 욕망으로 이글거리던 눈은 어느새 진지해져 있었다. 절대 농담도, 장난도 아니었다. 운이 한참을 말없이 그를 바라만 보았다. 운의 맑은 눈망울이 점점 붉어졌고 점점 눈물이 고이기 시작했다. 운은 그의 가슴에 얼굴을 묻었다.

"제가 옆에 있어도 되나요?"

"네 외할아버지가 살아났을 때부터 넌 나의 것이었어. 네 옆자리, 단단히 지켜."

무엇이 옳은 선택인지 모르겠다. 하지만 운은 욕심을 부리기로 했다. 그의 옆에 있고 싶었고, 그와 사랑을 나누고 싶었다. 그로 인해 강해지고 싶었고, 그의 옆에 당당히 서고 싶었다. 운의 고민을 단번에 해결해 주는 시운이 고마웠다. 하지만 걱정이 되었다. 아무리 세상 돌아가는 일에 관심이 없는 무심한 뱀파이어지만 이곳의 절대 군주인 시운의 옆자리를 그저 무관심하게 넘길 일족은 없었다. 무심하고 무관심함이 넘치는 만큼 한 번 관심을 보이는 일족들에게 시운은 절대적인 신과도 같은 존재로 집착의 대상일 정도로 존경하며 따랐다. 이런 남자의 옆자리에 부족한 저가 있을 수 없다는 생각이 들었지만 그보다 속에 품어져 있는 그에 대한 사랑과 욕심이 더 컸다.

"저 절대 버리면 안 돼요. 저와 함께 평생을 가셔야 돼요."

시운이 그녀의 등을 쓰다듬으며 작게 토닥였다. 가슴에서 그녀의 뜨거운 눈물이 느껴졌지만 그 모습을 숨기고 싶어 자신의 품으로 숨어들어 온 운을 알기에 시운이 모른 척하며 꼭 안아주었다. 시운은 운을 토닥이며 말없이 하는 위로를 멈추지 않았다.

"외할아버······ 아, 죄송해요. 손님이 있는지 몰랐어요."

운은 쉐인이 있는 방문을 열고 들어오다 그의 옆에서 수다를 떨고 있던 진을 보며 멈칫했다. 진은 문을 열고 들어온 운을 보며 눈을 동그랗게 뜨며 바라보았다.

"괜찮다, 아가. 이리 오너라."

"운아, 너 언제 나왔어?"

직설적인 진의 물음에 운이 얼굴을 붉히며 그대로 그를 무시하고 쉐인이 가리키는 곳에 앉았다. 뭘 알고 질문을 하는 것일까. 아니면 안부 인사일까. 하지만 운은 쉐인과 진이 모든 사실을 다 알고 있다는 것에 한 표를 던졌다. 아무런 소식도 없이 열흘 동안 종적을 감췄던 운에게 어디에 있었냐, 무엇을 하고 지냈냐고 아무도 묻지 않았기 때문이다.

"저······ 외할아버지, 있잖아요."

운이 힘들게 입을 열며 말을 꺼냈다. 쉐인이 의아한 얼굴로 그녀를 바라보다 이내 자상한 얼굴로 대답했다.

"아가, 편히 말하거라. 무슨 걱정이라도 있는 것이냐."

"실은 외할아버지가 전부 나은 게 아니라는 소리를 들었어요.

강한 일족의 피를 마시면 괜찮아지는 게 아니었나요?"

운의 말에 쉐인이 씁쓸한 미소를 지었다. 확실히 몸은 노안으로 생이 다 끝나기 전보다 훨씬 좋아졌고 움직이는 것도 편해졌다. 하지만 이것도 얼마나 갈지 몰랐다.

"운아, 누군가의 도움이나 발달된 의학으로 생을 늘릴 순 있겠지만 어느 것이든 한계가 있는 법이란다. 긴 수명이 남은 것은 아니지만 이 할아비는 그래도 행복하단다. 바라고 그리워하던 고향에 돌아왔고, 네가 일족을 만나 행복하게 사는 모습만 볼 수 있다면 더는 생에 미련이 없단다."

최고라는 시운의 피를 아픈 상태에서 원 없이, 갈증이 사라질 때까지 마셨다. 그로 인해 이곳, 메드리아로 오기 전까지 전성기 때의 힘보다 훨씬 강한 힘이 몸 안에 머물렀었다. 하지만 그도 곧 사라졌으며 가뿐했던 몸도 조금씩 무거워졌다. 시운의 피는 아주 강했기 때문에 어느 정도의 재생력으로 몸을 움직이는 데는 무리가 없었고 노화의 진행도 멈췄지만 그렇다고 젊어진 것은 아니다. 이미 노화가 끝을 보일 만큼 진행된 상태였고, 시운의 피는 벼랑으로 떨어지기 전의 그를 막아줬을 뿐이었다. 쉐인의 말에 운이 깊은 슬픔에 잠긴 얼굴로 고개를 떨구자 진이 분위기를 띄우기 위해 밝게 말했다.

"야, 야, 그 피가 어떤 핀데 벌써부터 그런 걱정을 하냐. 인간의 입장에서 생명 연장은 고작 1, 2년이겠지만 우린 그거랑 비교도 안 된다고. 거기다 여기선 자유롭게 피도 마실 수 있잖아? 그럼 된 거지."

"진의 말대로다, 운아. 이 할아비는 네가 좋은 남자 만나서 아이도 낳고 그 아이가 무럭무럭 자라 뛰어놀 때까지 전부 지켜볼 테니 걱정 말거라."

쉐인도 진의 말을 거들며 운을 안심시켰다. 시운과 같이 있으면서도 계속 외할아버지에 대한 걱정이 마음에 머물렀다. 모든 사실을 알고, 자신의 욕심도 챙기니 그 걱정은 더욱 커져 갔다. 외할아버지가 걱정이 된다며 어두운 낯빛을 보이는 운을 시운이 보내주었다. 그 길로 바로 쉐인에게 달려온 운은 인간의 입장에서 생각한 생명 연장이 이곳의 생명 연장의 길이와는 차원이 다르다는 말에 안심이 됐지만, 그만큼 평생을 옆에 있을 것 같던 외할아버지가 언젠가는 떠난다는 생각에 마음이 아려왔다.

"외할아버지, 제 옆에서 오래오래 사셔야 해요. 알았죠?"

"허허, 인석이, 참."

운이 쉐인의 목을 꼭 끌어안으며 그의 품에 안겼다. 운에게서 짙게 배인 시운의 냄새가 풍겨왔지만 쉐인은 모른 척해주었다. 아직 어린 이 아이가 천천히 많은 것을 배우고 사랑하는 남자를 만나 평생 살았으면 하는 마음도 있었지만, 길게 남지 않은 수명으로 빨리 그녀의 행복한 모습을 봤으면 하는 마음도 있었다.

"으으, 너, 나한테는 되게 버릇없이 굴면서 네 외할아버지한테는 어리광에, 애교가 장난이 아니구나?"

진이 옆에서 하는 말에 운이 쉐인을 안은 팔을 풀고 자리에 앉으며 그를 쏘아보았다. 그가 보여줬던 책들은 대부분 다 훑어보았다. 하지만 강한 자의 피를 마시거나 육체적인 관계를 맺으면 강해진다는 말은 있었지만 그것이 일시적이란 말은 적혀 있지 않았었다. 이곳에선 모두가 알고 있는 당연한 말이었기 때문이다. 뭔지는 모르겠지만 무언가 속은 기분이 든 운이 직설적으로 진에게 따졌다.

"그때 보여준 책, 거기엔 일시적이란 말은 없었잖아요."

"그런 건 기본 상식인 거지. 그리고 보통 강하고 건강한 일족들은 강한 피를 마시면 한 달, 아니, 1년 이상을 강하게 살 수도 있는 거야. 네가 약해빠져서 그런 걸 왜 날 탓해?"

얄미운 진의 말에 운이 강하게 그를 쏘아보았다. 나불대는 입을 콱 막아버리고 싶었다. 하지만 진은 멈추지 않고 계속 말을 이었다.

"단기간에 평생 지속되는 힘은 찾기 힘들어. 넌 마법에 걸렸을 때 먹은 진통제가 평생 가냐?"

진의 그럴듯한 비유에 운의 얼굴이 붉으락푸르락해졌다. 살기를 띤 눈으로 진을 째려보던 운의 머리를 쉐인이 부드럽게 쓰다듬었다.

"그만하게, 아직 운이는 어리지 않나. 나이를 먹을 만큼 먹은 성인이 그리 놀리면 쓰나."

"너무해요. 나랑 이때까지 신나게 얘기하다가 운이가 오니까 난 찬밥 신세나 만들고."

진의 투정 어린 말에 쉐인도 웃었고 진도 따라 웃었다. 운은 언제부턴가 친해진 진과 쉐인을 번갈아 보며 입을 삐죽 내밀었다.

"아무튼 약도 그 대상에 따라 효과가 클 수도 있는 거고, 더 길어질 수도 있는 거야. 이건 상식이니까 잘 알아두라고."

"치, 이제 나도 알거든요!"

잘난 척하며 말하는 진에게 운이 볼을 크게 부풀리며 다시 그를 째려보았다. 항상 어린아이 취급하며 말하는 진의 모습을 볼 때마다 언젠간 그를 꾹 눌러주겠다는 굳은 의지가 생기게 되었다.

"아가, 강하고 약하고를 떠나서 넌 너대로 살면 되는 거란다. 남보다 부족하면 다른 부분이 넘칠 터. 너무 조급해하지 말고 네가 할 수 있는 일을 하며 보람차고 즐겁게 살면 되는 게다."

"응, 외할아버지. 그러니까 내 옆에서 그 모습 지켜봐 줘요."

운이 다시 쉐인에게 안기며 어리광을 부렸다. 그의 말은 아직 완전히 이해하기 어려웠지만 어찌 되었든 상관없었다. 그저 시운의 옆에서, 쉐인의 보금자리 안에서 행복하게 살고 싶은 마음뿐이었다.

✤ ✤ ✤

"운과 혼약을 맺을 거다. 너도 알고 있도록."

"전하, 그 아이는 여왕의 자리에 있기엔 너무 부족합니다."

웬만한 것에 반박을 하지 않고 시운의 명을 옮기거나 그의 말에 따라왔던 페트로가 미간을 찌푸리며 바로 반대를 해왔다. 하지만 이런 반응을 예상했던 시운은 페트로에게 단호한 목소리로 말했다.

"내가 네게 허락을 받고 반려를 결정해야 하는 위치인가."

"하지만 전하, 그 아이는 메드리아에 있는 것 또한 부족한 아이

입니다."

"그 말은 위험한 발언이군, 페트로."

살기 어린 목소리로 말한 시운이 앞에 있는 페트로에게 날카롭게 말했다. 시운에게서 뿜어져 나오는 강한 압박에 페트로가 조금 움찔거렸지만 피하거나 뒷걸음질치지 않았다. 페트로가 자신이 한 말을 거두지 않겠다는 견고한 의지를 담아 그 자리에서 꿈쩍도 하지 않으며 시운에게 무언의 반박을 했다.

"누구든 그녀를 비하하거나 함부로 말하는 이는 용서치 않겠다. 그건 너도 마찬가지야, 페트로."

"죄송합니다, 전하."

페트로가 바로 사과를 했지만 결혼에 대해 반대했던 것을 물리진 않았다. 시운이 귀찮다는 듯이 손을 획획 저으며 앞에 있는 소파에 기대어 앉았다. 곧 페트로가 사라졌고, 시운은 눈을 감으며 몸을 묻었다.

무리했던 것일까. 운을 안으면 안을수록 더 빠져들어 갔다, 시간이 가는 줄 모를 정도로. 거기다 잔뜩 기대를 하고 있는 그녀에게 누구든 단번에 강해질 수 없다는 것을 알려야 한다는 압박감과 그 진실을 말하고 나서 위로를 해주기 위해 한껏 긴장을 했었다. 펑펑 울다 지친 모습으로 잠이 든 운의 모습을 보고 있을 때 평생을 옆에서 지켜주고 싶다는 생각이 들었다. 처음과 다르게 자신의 아래에서 열에 들뜬 채로 힘겹게 따라오는 그녀가 탐났다.

"운, 나의 운."

이제부터는 운에게서 다른 이의 냄새가 배이지 않도록, 다른 이의 송곳니가 닿지 않도록 할 것이다. 시운이 그리 다짐을 하고 있을 때 노크 소리와 함께 진이 들어왔다. 아까부터 진의 기척을 느끼고 있었기 때문에 시운은 진이 들어와도 어떠한 반응도, 미동도 하지 않았다.

"검사 결과가 나왔어. 예상했던 대로야."

진은 시운이 앉아 있는 소파 앞 테이블에 몇 장의 종이를 올려놓았다. 아무런 말도 안 하고 가만히 앉아 있던 시운은 무언가를 생각하는 듯 한참을 미동도 없이 있다가 스르르 눈을 뜨고 앞에 놓인 종이를 들었다.

"어떻게 할까?"

별로 내키지 않는 듯 진답지 않게 어두운 낯빛으로 시운에게 물었다. 시운이나 진이 예상했던 일이었지만 막상 진실이 조금씩 확인되고 있으니 암울해졌다.

"계획대로 진행해, 한 치의 오차도 없이."

시운의 명은 당연한 거였다. 하지만 아무렇지도 않게 무뚝뚝한 목소리로 말하는 시운이 매정하게 느껴졌다. 오랜 시간 함께 일한 이를 단번에 내칠 수 있는 그가 대단하게 느껴졌다. 만약 진이 시운의 위치에 있다고 하더라도 이러한 명을 내렸겠지만 무심한 얼굴로는 절대 할 수 없을 것이다. 진은 군소리하지 않고 시무룩한 얼굴로 고개를 주억거렸다.

"그리고…… 빠른 시일 내에 결혼식도 준비해."

참담한 결정에 얼굴을 숙이고 있던 진이 고개를 홱 올려 시운을 바라보았다. 그럴 일도 없겠지만 그의 진지한 얼굴을 봤을 때 농담을 하는 것 같진 않았다.

"빠른 시일 내에? 천천히 진행해도 될 것 같은데. 아직 너무 어리지 않아?"

"최대한 빠르게 준비해, 아무도 그녀를 넘볼 수 없게."

전에 밤의 모임에서 일어났던 일로 이미 운을 넘볼 일족은 없었다. 그런데 뭐가 불안한 것이기에 결혼식을 빨리 준비하라는 건, 좋은 일이어서 그냥 받아들이겠지만 진은 도무지 이해할 수가 없었다. 나쁜 일이 있다면 좋은 일도 있다는 것일까. 아무튼 그만큼 시운이 운에게 빠졌다는 뜻이리라. 결혼을 바라긴 했지만 이리 빨리 진행될 줄은 몰랐던 진이 픽 웃으며 말했다.

"네, 네, 누구도 넘볼 수 없게 빠르게 준비하지요."

인간들은 수도 많으면서 항상 바쁘게 살았기에 큰 결정에도 오랜 시간이 걸렸다. 하지만 소수의 일족이며 모두 여유롭다 못해 권태로운 삶을 사는 뱀파이어에게 가장 큰 행사인 왕의 결혼식을 신속하게 진행시키는 것은 크게 어렵지 않았다. 그로 인해 갑자기 들어온 일족인 운에 대한 반발감이나 너무나도 빠른 결정에 반대의 의견이 나올 수도 있었지만 시간이 지나면 해결될 일이었다. 원래 남의 일에 지나치게 신경을 쓰지 않기 때문에 큰 변수는 없을 것이었다.

"이번 밤의 모임에서 이 사실을 알린다."

"흐음, 그럼 더 빨리 진행시켜야 하겠네. 미리 축하할게. 축하해."

진이 빙긋 웃으며 시운에게 축하의 인사를 건네자 시운도 희미하게 입꼬리를 말아 올렸다.

"고맙군."

비록 좋지 않은 명도 있었지만 어차피 해결해야 되는 문제였다. 진은 그리 생각하기로 하며 애써 떠오르는 암담한 생각들을 지우고 메드리아의 축복받을 미래만 생각해 냈다.

✧ ✧ ✧

"미안해. 일부러 널 다치게 하려는 생각은 없었어."

"그럼 둘이 화해하는 거다?"

진이 활기찬 목소리로 클레라의 손과 운의 손을 억지로 잡아 악수를 시켰다. 운은 다짜고짜 쭈뼛거리는 클레라의 손을 끌고 방에 데려온 진이 한 말에 당황스러웠다. 아직도 사태 파악이 되지 않은 운이 멍한 얼굴로 피차 상황이 마음에 들지 않은 듯한 클레라를 쳐다보았다.

"운아, 사과받아 주는 거지? 클레라는 이곳에서 너랑 제일 나이 차이가 나지 않으니까 둘이 친구처럼 사이좋게 지내."

클레라가 가장 어리다고 하더라도 60년은 차이 나지 않았던가. 시운에게 들었던 그녀의 나이가 생각난 운은 차마 당황스러움을 크게 표현하지도 못하며 진을 노려보았다. 하지만 진은 운의 시선이 느껴지지 않는다는 듯 쾌활하게 웃었다.

"클레라, 네가 먼저 편하게 해줘. 그래야 운도 편히 말을 하지."

진이 머뭇거리며 운의 시선을 피하는 클레라에게 눈짓을 했다. 그러자 한참 인상을 찌푸리고 가만히 있던 그녀가 운을 힐끗 보며 새침하게 말했다.

"로이드님께서 네게 사과를 하라고 하셔서 하는 거야."

뚱한 얼굴로 새침하게 말한 클레라가 얼굴을 붉히며 고개를 홱 돌렸다. 문득 성숙하고 화려하기만 한 클레라가 시선을 피하며 어린아이처럼 투정을 하는 것이 귀여워 보였다. 이곳에선 클레라도 어리니 이런 행동이 나오는 것일까.

"그렇게 이야기하면 어떻게 해. 너도 사과하고 싶었잖아?"

"그런 거 아니에요! 로이드님께서 직접 명을 내리지 않았다면 절대로 사과하러 오지 않았을 거예요!"

계속되는 로이드라는 이름에 운이 고개를 갸웃거렸다.

"로이드님?"

"바보! 넌 전하의 존함도 모르니?"

클레라가 운을 한심하게 보며 톡 쏘아붙였다. 이때까지 시운이라는 이름만 알았던 운은 처음 알게 된 그의 진짜 이름에 신기했다. 그 어리바리한 모습에 운처럼 무지한 것에게 사과하는 것이 속상한 클레라가 한심하다는 듯이 운을 쏘아봤다.

"자, 자! 그만하고 클레라, 넌 사과를 하러 온 거라고. 전하께서는 운하고 만났을 때 다른 그 나라에 맞는 새로운 이름을 쓰셨으니 모를 만도 하지."

진의 중재에 클레라가 다시 고개를 돌렸다. 물론 그 상황은 백 번 따져 봐도 잘못을 한 것이지만 항상 도도한 공주님으로 사랑만 받아온 클레라였다. 이런 어린아이에게 사과를 하는 것이 무척이나 못마땅했다. 시운이 직접 명을 내리지 않았다면 절대 이곳에 오지 않았을 것이다.

"그딴 얘기는 별로 듣고 싶지 않아요. 전 사과했으니까 돌아가도 되는 거죠?"

"하하, 그냥 돌아가며 섭섭하지. 온 김에 얘기도 좀 나누고 친해지라고."

"싫어요! 제가 왜 그래야 하죠? 사과했으면 됐잖아요. 전 갈래요."

클레라가 결국 짜증을 내며 휙 몸을 돌렸다. 끝까지 도도한 공주님의 모습을 하고 있는 클레라의 모습에 진이 푹 하고 한숨을 쉬었다. 생각 같아선 버릇없는 클레라에게 한 소리를 하고 싶었지만 그녀 또한 어린 마음에 감정 변화가 심해서 그런 것이니 함부로 뭐라고 하기 힘들었다. 밖으로 향하는 클레라를 보며 진이 우아하면서도 빠르게 문으로 향하는 그녀의 팔을 잡아 세웠다.

"클레라, 전하께 네가 지금 한 행동들을 고할 수도 있어. 이건 단순히 사과로 끝낼 문제가 아니라는 것은 너도 잘 알 텐데?"

진이 싸늘하면서도 강한 어조로 말했다. 진의 차가운 목소리를 처음 듣는 운은 팔에서 소름이 돋는 것을 느끼며 떨떠름한 표정을 지었다. 아무리 평소에 가볍고 쾌활해도 진도 무서운 뱀파이어였다.

"그, 그럼 뭐 하라는 거예요."

자존심에 크게 내색하지 않았지만 클레라 또한 진의 싸늘한 반응에 미세하게 움찔했다. 위대한 왕과 그의 옆에 있는 페트로로 인해 힘으로써 상대가 안 되지만 진도 무시할 수 없는 존재인 것은 확실했다. 클레라가 뚱한 얼굴로 다시 운과 진을 번갈아 바라보았다. 그러자 진이 아무런 일도 없었다는 듯이 짝짝 박수를 두어 번 치며 싱긋 웃었다.

"자, 그럼 둘 다 나이도 비슷하고 어리니 공감대도 형성하면서 재미있게 놀아. 클레라, 넌 날 세우지 말고 동생 좀 챙겨주고."

"자, 잠깐, 어디 가시려고요?"

진이 금방이라도 나갈 듯이 말을 하자 운이 다급히 그의 옷깃을 잡으며 물었다. 앞에 클레라가 있기에 이렇게 대놓고 말하는 것이 실례인 것을 알았지만 그만큼 그녀와 단둘이 있는 것은 피하고 싶었다. 아무리 진에게 투정하며 시선을 피하는 클레라가 언뜻 귀엽게 보이긴 했지만 운에게 그녀는 아직도 무서운 뱀파이어였다. 하지만 그런 운의 마음을 모르는 것인지, 아니면 모른 척하는 것인지 진이 빙긋 웃으며 상냥하게 말했다.

"나도 할 일이 태산이라고. 걱정하지 마. 클레라의 능력은 당분간 봉해져 있을 테니 저번과 같은 일은 일어나지 않을 거야. 너무 겁먹지 말고 이참에 친구처럼 사이좋게 지내라고."

진은 둘이 정말 친하게 지냈으면 하는 바람이 있었다. 메드리아에 와서 퇴화된 능력으로 자격지심에 빠지게 된 운이 전처럼 당당해졌으면 했다. 더는 누군가에게 들킬까 봐 전전긍긍하는 불안한 마음에 어떠한 의욕도 없는 운을 클레라가 끄집어내 줬으면 하는 바람이었다. 어차피 클레라는 알 거 다 알고 있으니 들킬까 봐 전전긍긍할 필요도 없을 거라 생각됐기 때문이었다. 마음을 터놓을 정도는 아니더라도 서로에게 호감을 가지고 친하게 지내준다면 운은 클레라에게 여자로서 많은 것을 배울 수 있을 것이다.

"클레라, 알지? 전처럼 이성을 잃으면 안 돼."

"알고 있어요! 저번엔 정말 저도 모르게 실수한 거예요."

겉으로는 높고 높은 자존심 때문에 이리 행동해도 저번의 사건으로 많이 반성하고 있는 클레라는 더 이상 운을 함부로 대할 순 없을 것이다. 클레라 또한 많은 반성을 하고 있기에 그에 대한 변명은 딱히 하지 않았다.

"너희 둘 다 친구처럼 친하게 지낸다면 분명 전하께서도 기뻐하실 거야. 잘 해봐."

진이 서글서글하게 웃으며 하는 말에 클레라가 콧방귀를 뀐 뒤 노려보았다. 운도 어색한 얼굴로 진에게 떨떠름한 표정을 지어 보였다.

"누가 친구처럼 지내겠대요? 기가 막혀서, 정말."

서늘한 진의 모습을 잊지 않은 클레라는 지지 않고 투정 어린 목소리로 이 상황에 대한 불만을 표출했다. 진은 그런 그녀의 어깨를 두어 번 토닥이며 '그러지 말고 잘 지내도록 해' 라고 속삭였다. 나가면서 한 손을 들어 좌우로 휙휙 저으며 인사를 한 진이 순식간에 자리에서 사라졌다.

어색한 분위기에 길고 긴 적막이 흘렀다. 싸늘할 만큼 고요한 정적을 이기지 못한 클레라가 운의 앞에 있는 의자에 앉아 다리를 꼬며 퉁명스레 물었다.

"저번 일은 정말 고의가 아니었어. 그러니 날 그런 눈빛으로 보지 말아줄래?"

운의 눈에 비춰지는 두려움과 불안함을 본 클레라가 도도하게 쏘아댔다. 아무리 보아도 운이 마음에 들지 않았다. 이 어린것이, 긴 수명이 있는 것을 제외하고는 인간과 다를 것도 없는 젖비린내 나는 꼬맹이가 어째서 왕의 눈에 들었는지 도저히 알 수가 없었다.

"아까 못 들었어? 이제 네가 아무리 미워도 더는 널 내가 힘으로 어떻게 할 수 없다고. 어떻게 할 수 있다고 해도 이제 진짜 전하의 여자가 된 널 무서워서 건드릴 수가 있겠니."

클레라가 빈정거리며 하는 말에 운이 얼굴을 붉혔다. 하지만 클레라는 신경 쓰지 않았다. 이런 심술은 조금 더 부려도 되지 않을까 싶었다.

"네 몸에 배어버린 체취를 느꼈다면 운을 건드리지 마."

이곳에 오기 전, 운의 체취를 풀풀 풍기던 시운이 클레라의 공격적인 능력을 직접 봉인시키면서 했던 말이었다. 클레라는 이 마음에 들지 않는 상황에서 빨리 벗어나고만 싶었다.

"힘이 봉인당할 수도 있나요?"

"너, 정말 아무것도 모르는구나? 말 그대로야. 기분 나쁘게도 난 일족으로서의 공격적인 모든 능력을 봉인당해서 너처럼 송곳니도 뺄 수 없지."

 괜한 심술에 클레라가 운의 상태를 꼭 집어서 말했다. 아무리 함부로 대할 수 없더라도 귀여움을 받기 위해 그렇게 노력했었다. 그런 시운이 직접 찾아와 운에게 잘 대해주라고 말한 것에 클레라는 질투심과 심술을 담아 운에게 계속 삐뚤게 쏘아댔다.

 "머리채 잡고 싸울 수는 있지만 천박하게 인간들처럼 그러고 싶진 않네. 송곳니나 손톱을 내빼서 싸우는 것도 아니고 말이야."

 이리 함부로 말해도 순해빠진 운의 모습을 본다면 어디에 가서 이를 것 같지도 않았다. 클레라의 말에 운이 움찔거렸다. 그에 그녀가 옅은 조소를 날리며 승리의 미소를 지었다. 하지만 입술을 꾹 깨문 채 혼자 자책하며 풀이 죽어 있을 거라 예상한 운이 작은 목소리로 또박또박 말했다.

 "전 송곳니를 빼낼 수 있어요. 그러니 지금은 제가 위인 거예요."

 사실이긴 했다. 문제는 그 송곳니가 다른 일족들의 송곳니처럼 길지도, 날카롭지도 못하다는 점이었지만. 작은 목소리로 할 말 다 하는 운을 보며 클레라가 기가 찬다는 듯 콧방귀를 뀌었다.

 "너, 웃기는 애구나? 이제 보니 아주 맹랑한 애였네."

 "제게 사과하러 오신 분이 그렇게 말하는 건 무례한 것이 아닌가요?"

 클레라는 꼬박꼬박 하고 싶은 말을 다 하며 이제는 노려보기까지 하는 운이 기가 막혔다. 하지만 운의 말도 맞았다. 사과하러 온

입장인 클레라가 왕의 여자가 될지도 모르는 운에게 함부로 대하면 안 되는 것이었다. 하지만 운에게만큼은 지는 모습을 절대 보이기 싫었던 클레라도 지지 않고 말했다.

"너, 나랑 나이 차이가 얼마나 나는 줄 아니? 친구? 웃기지 말라고 그래. 난 너처럼 힘도 없고, 촌스럽고 맹한 꼬맹이랑은 절대 친구하고 싶지 않아."

표독스럽게 쏘아대는 클레라의 말에 운이 금세 시무룩해졌다. 그녀의 말은 비수가 되어 운의 가슴을 찔러왔다. 이곳에서 누구보다 힘도 없고, 화려하고 매혹적인 클레라와 다르게 제대로 꾸미지 않은 촌스러운 자신의 모습과 노예에게도 무시당하는 멍청함. 거기다 시운과는 정말 까마득할 정도로 나이 차이가 났다. 운이 어두운 낯빛으로 고개를 숙이자 클레라가 속으로 적지 않게 당황했다.

'아니, 아까는 안 지려고 막 대들더니 지금은 왜 이러는 거야!'

한 번도 자격지심이라는 감정을 가져본 적이 없을 정도로 항상 당당하고 부족함 없이 자란 클레라는 금세 땅을 파고들어 갈 것처럼 작아지는 운의 모습이 낯설었다. 괜한 심술에 몇 마디 좀 쏘아댔다고 이리 시무룩해지다니……. 이때까지 자신보다 어린 일족을 만나 달래준 적이 없었던 클레라는 어떻게 해야 할지 몰라 우물쭈물하며 급히 말했다.

"따, 딱히 나쁜 뜻은 없어. 지금 최고의 자리에 있으면서 뭐가 그리 자신없니? 내가 너였다면 아주 기세등등해졌겠다."

"최고의 자리라니요?"

"로이드님의 옆자리가 최고의 자리가 아니면 뭐니? 너, 지금 나약 올리는 거야?"

"그 자리는 제가 만든 것이 아니잖아요."

속이 터질 만큼 답답하게 말하는 운을 보던 클레라가 한숨을 푹 쉬었다. 어쩌다가 이리 맹한 것에 밀려났단 말인가. 한탄 어린 한숨이 새어 나왔다. 운에게서 맡아지는 시운의 강한 체취만 아니었다면 이제 네 분수를 똑바로 알고 떨어지라며 소리치고 싶을 정도였다.

"네가 만들든 남이 만들든 그게 무슨 상관이야? 결론적으로 그 자리에 있는 건 너잖아? 나한테 배부른 소리 하지 말고 네 자리나 똑바로 지켜! 똑바로 못하면 언제라도 내가 뺏어갈 테니까."

하지만 그럴 수 없다는 것을 클레라 또한 잘 알고 있었다. 시운은 몸에 다른 이의 체취를 배게 할 정도로 호락호락한 남자가 아니었다. 하지만 시운에게 진득하게 운의 체취가 배어 있는 것과 그것을 보란 듯이 그대로 내버려 두었다는 것은 그녀를 특별하게 생각하고 있다는 의미였다. 어째서 운인지 이해할 수 없었지만 인정하지 않을 수 없을 정도로 적나라한 시운의 모습에 클레라는 포기할 수밖에 없었다. 그렇기에 이런 어린아이 같은 투정을 하는 운이 더 얄미웠고, 괜스레 심술이 났다.

"네가 그렇게 너에게 자신이 없다면 지금이라도 우리 눈앞에서 사라져. 난 네 어리광을 받아줄 만큼 착하지 않으니까."

클레라의 독설이 비수가 되어 날아왔지만, 이제와 시운의 곁에서 사라질 수는 없었다. 클레라의 말처럼 지금 시운의 곁에 있는 이는 누가 뭐라고 하더라도 운 자신이었다. 시운이 유일하게 옆자리를 내어준 보잘것없는 여자일지라도.

"어리광으로 들렸다면 미안해요."

운이 씁쓸한 미소를 지으며 클레라에게 사과했다. 왕의 옆자리에 누구보다도 더 잘 어울리는 클레라가 시운을 좋아했었다는 것을 알기 때문에 미안했다. 그 모습이 더 마음에 들지 않았다. 우위에 서서 승리의 미소를 지어야 할 운이 모든 슬픔을 다 가진 것마냥 슬픈 미소를 짓자 클레라가 못마땅하게 쳐다봤다.

"널 보고 있으면 짜증 나. 그리 착한 척, 순한 척하지 말라고."

"별로 착한 척, 순한 척하지 않았는데……."

속 터지는 운의 말에 클레라가 한숨을 쉬었다. 왠지 시운이 불쌍하게 느껴지는 순간이었다. 이곳에서는 약한 여자가 살아남기 힘들었다. 그리고 약한 여자의 남자로 있는 것도 힘들었다.

"너의 그 행동 때문에 전하가 얼마나 힘드신 줄 아니?"

솔직히 클레라는 시운을 좋아하긴 했지만 격렬하게 사랑한다거나 옆에 없으면 죽는다는 열렬한 마음은 아니었다. 그저 최고의 위치에 선 그가 자신을 귀여워해 주는 것이 좋았고, 그와 함께라면 도도한 여왕님으로서 퍼스트레이디가 될 수 있었기에 그 자리를 갖고 싶은 마음이 더 컸다.

"너, 지금 네 위치를 제대로 모르는구나?"

"제 위치가 어떤 거죠? 여기서 전 약하고 힘없는 뱀파이어 아닌가요?"

일족의 막내는 많은 특권을 누릴 수 있었다. 막내에, 시운에게 보호받는 여자라면 누구나가 부러워할 위치였다. 아직도 일족의 막내로서 시운에게 귀여움을 받고, 예쁨을 받고 싶은 마음이 없는 것은 아니었지만 클레라 또한 진처럼 일족의 평화와 왕의 행복을 바라는 마음이 더 컸다.

"그따위 어쭙잖은 소리부터 좀 그만해! 그래서 어디 전하를 상대할 수나 있겠니?"

클레라는 짜증스러운 운의 행동과 말에 이참에 그녀의 모든 것을 뜯어고쳐 주자는 욕구가 치밀어 올랐다. 운에게 그 자리를 양보한다는 것이 배가 아팠지만 어차피 클레라는 이미 자신이 그곳으로 올라갈 수 없다는 것을 알고 있었다. 배는 좀 아프겠지만 어차피 이렇게 된 마당에 운을 조금 더 당당하고 멋진 여자로 만들어주고 싶었다. 자신을 제치고 올라간 메드리아의 여왕이 지금 보이는 모습과 다르지 않다면 일족의 존재를 아는 뱀파이어들도 비웃을 것이 뻔했기 때문이다.

"그건 제 문제예요!"

"누가 뭐래니?"

클레라의 새침한 말에 열받은 운이 강하게 쏘아보았다. 그래도 성질 있는 운의 모습에 클레라가 속으로 웃음을 삼키며 지켜보았다. 자신감도 없고 잔뜩 주눅 들어 있는 운이 여왕이 된다면 보잘것없는 여자한테 여왕 자리를 빼앗겼다고 다른 일족들이 비웃을 수도 있었다. 이 성질을 잘 살려 운을 여왕답게 만들고 싶었다. 아마 진도 그로 인해 운을 자신에게 맡긴 것이리라.

'진짜 능구렁이라니까!'

어차피 자숙 기간이 끝날 때까지 클레라는 성 밖에는 절대 나가지도 못했다. 진의 의도대로 이참에 운의 답답한 성격이나 뜯어고치며 시간이나 보내야 했다. 만약 운의 옆에서 성격이나 여자들이 사는 법들을 가르쳐 주는 길잡이 역할을 한다면 퍼스트레이디는 못되더라도 남들이 무시할 수는 없을 것이다. 미련이 남은 여자의 집착이니 뭐니 하며 조잡한 소문이 처음엔 돌겠지만 시간이 지나면 다 해결이 될 문제들이었다.

"그러다 눈 찢어지겠다? 사소한 거에도 발끈하고. 그 성깔 좀 키워봐, 남들에게 무시당하지 않게."

"제, 제가 알아서 해요."

"그래서 뭘 알아서 하겠니? 전하께서 얼마나 갑갑하실까. 너 같은 순둥이를 꾀어내려면 말이야. 뭐 할 줄 아는 거라도 있니?"

클레라의 말에 운의 얼굴이 붉으락푸르락하게 변하며 씩씩거렸다. 운의 어린 모습에 클레라가 속으로 다시 그녀의 나이를 되새겼다. 아무리 얄밉고 싫어도 어린아이를 이때까지 함부로 대한 것에 죄책감이 조금 생겼다.

"제가 전하를 덮쳤다고요! 저희는 제 리드하에 잘 지내고 있으니까 이 이상의 관심 꺼주세요."

기가 막힌 운의 말에 클레라가 멀뚱멀뚱 쳐다보다 크게 웃음을 터뜨렸다. 어리바리한 운에게 넘어가는 시운은 감히 상상조차 할 수가 없었다.

"꼬마야, 유혹이란 게 뭔 줄이나 아니?"

클레라가 한 손을 들어 예쁘게 손질된 손톱을 우아하게 내려다보며 물었다. 게슴츠레 내리깐 눈과 예쁘게 굴곡진 몸매를 돋보이게 하는 붉은 드레스, 의자에 다리를 꼰 채 앉아 있는 클레라의 모습은 무척이나 요염했다.

"뭐, 뭔데요?"

자존심에 안다고 당당하게 말하고 싶었지만 도저히 클레라의 요염한 분위기 앞에서 그렇게 말할 수가 없었다. 운이 침을 꿀꺽 삼키며 클레라를 유심히 바라보았다. 같은 여자지만 클레라는 매혹적인 분위기를 풍기며 시선을 사로잡고 있었다. 페로몬을 듬뿍 내뿜으며 자신의 성적 매력을 내보이는 클레라가 게슴츠레 뜬 눈으로 운을 바라보았다.

"남자가 좋아하는 게 뭔지 가르쳐 줄 테니 이제부터 잘 배우도록 해."

시운에게서 공격적인 능력을 봉인당했을 뿐, 유혹하는 힘을 봉인당한 것은 아니었다. 감미로운 클레라의 음성에 운이 다시 침을 꼴깍 삼키며 멍하니 쳐다보았다.

일족의 여자들은 힘이 약한 대신에 유혹에 관련된 능력이 뛰어나게 발달되어 있었다. 하지만 그걸 전혀 모르는 운은 일족 여자의 새로운 모습에 도취되어 한순간에 클레라에게 매료되었다. 같은 여자임에도 클레라의 목소리가 너무 달콤하여 눈을 뗄 수가 없었다.

"둘을 붙여놓고 왔다고? 기가 차는군."

"하하, 기존 막내와 새로운 막내인데 친하게 지내면 좋지 않겠어? 나이도 비슷하니 공감대도 형성하면 좋고 말이야."

진을 한 번 노려본 시운이 짜증스럽게 펜을 내려놓으며 머리를 한 번 쓸었다. 클레라는 운을 별로 좋아하지 않았다. 아니, 탐탁지 않게 생각했다. 메드리아에서 알고 있는 일족이 극히 제한된 운을 알기에 클레라를 붙여놓으면 좋겠다는 생각을 하지 않은 것은 아니었다. 하지만 시운의 생각으론 지금 붙여놓아도 될까 싶은 의문이 머릿속에 강하게 맴돌았다.

"알다시피 클레라의 마음은 크게 깊은 것도 아니었어. 그리고 그 사건으로 티를 내진 않지만 운에게 미안한 마음도 갖고 있었지. 겉으로는 이기적인 공주님일지 몰라도 판단력과 상황 판단이 빠른 아이니 큰 문제는 없을 거야."

친구로서 사이좋게 지낸다면 바랄 것이 없겠지만, 여자의 마음은 어떻게 변할지 알 수 없었다. 일족의 여자들은 인간들보다 덜하긴 했지만, 어느 순간 사소한 일로 마음이 틀어질 때가 많았다. 괜히 콧대 높은 클레라를 상대하느라 운이 상처를 받는 게 아닐까 싶은 마음에 걱정이 되었다. 또 괜한 걱정이라는 듯 가볍게 말한 진이 의심스러웠다. 하지만 그보다 더 걱정되는 것은 클레라의 현 상태였다.

"클레라가 또 어떻게 될지 몰라. 한번 정신지배를 당했다면 또 당하기가 쉬워. 그걸 모르진 않을 텐데?"

"그건 그렇지만 자취도 감춘 마당에 함부로 성안을 돌아다니진 않을 거야."

 시운은 운이 걱정되어 요즘 도통 쉽게 잠을 이룰 수가 없었다. 운의 목을 갈가리 찢어 피를 마신 클레라의 검사 결과에선 운의 혈액이 많이 나오지 않았다. 그리고 아무리 소량이라지만 시운의 피를 마셨음에도 기력이 약해져 있었다. 마치 누군가에게 피를 빨린 것처럼 말이다.

"클레라의 감시 겸 보안을 철저히 강화해. 성안의 보안도 강화시키고."

 운과 함께 일주일이 넘게 밖으로 나오지 않는 동안 사라진 페트로의 행방이 묘연했다. 피를 마셨음에도 힘이 약해진 클레라도 불안하기만 했다. 가장 걱정이 되는 것은 운이었다. 소량의 피를 마신 클레라의 검사 결과에도 불구하고 운은 대량의 피를 빨렸다는 검사 결과가 나왔다. 안 그래도 걱정이 태산 같은 이 마당에 클레라와 운을 붙여놨다고 하는 진의 말에 속이 터질 것 같았다.

"안 되겠어. 클레라랑 운을 떨어뜨려 놔."

 시운이 직접 가겠다는 듯이 벌떡 일어나자 진이 그 앞을 막았다.

"너무 그리 감싸려고만 하지 말라고. 여자는 원래 싸움으로 성숙해지는 법! 운을 감싸기만 한다면 더 약해질 거야."

 진이 단호하게 시운의 앞을 막았다. 아무리 오랜 친구 사이지만 왕의 뜻에 이렇게까지 반대하는 것은 무례였다. 시운이 눈썹을 꿈틀대며 진을 노려보았다. 그러자 진이 또다시 단호하게 말했다.

"안 그래도 가장 약하고 어리다는 거에 고개도 제대로 들고 다니지 못하는 아이인데 이 이상 더 감싸기만 한다면 한없이 약해질 거야."

"확신할 수 있어?"

무례라는 것을 알고서도 단호하게 말하는 진의 행동은 분명 확신할 수 있을 정도로 좋은 방향의 미래를 만들 것이다. 하지만 운의 일이기 때문에 시운은 물가에 내놓은 아이를 놓고 다니는 것마냥 불안하기만 했다.

"그럼. 설사 클레라와 사이가 더 안 좋아진다고 하더라도 그로 인해 운은 더 성숙해질 거야."

두뇌 회전이 빠른 진이 복잡한 여자들의 심리까지 꿰뚫고 있다는 것은 알고 있었다. 시운이 결국 포기하고 고개를 끄덕였다. 진의 말대로 운을 너무 감싸고 윽박지르기만 했다. 그녀에게도 친구를 만들어줘야 했으며, 일족 여자들이 어떤 생활을 하는지를 알려줘야 했다. 그건 시운도, 진도 할 수 없는 일이었다. 불안하긴 했지만 진의 말을 들어보니 굳이 방해할 이유가 없었다.

"천천히 볼일 다 보고 울고 있을지, 웃고 있을지 모르는 운을 보러 가라고."

"울고 있을 거라고?"

"클레라는 말을 직설적으로 하는 아이고, 운은 남에게 상처도 함부로 못 내는 순둥이니까."

"젠장! 방금 괜찮을 거라며!"

시운이 욕지기를 내뱉으며 언성을 높이며 화를 냈지만 진은 싱글싱글 웃기만 했다.

"인간들의 수는 많지만, 운은 시골 깊숙한 곳에 살아서 그들을 만나지도, 다양한 성격도 보지 못하고 살았어. 그러니 인간들보다 기운이 더 세고 자존심이 강한 일족을 만날 때마다 어려울 거야. 클레라는 웬만한 일족보다도 높은 자존심과 강한 기운을 가지고 있으니 이참에 적응 좀 시켜서 여왕 자리에 올라서는 게 좋을 거야."

전적으로 진의 말에 동의했다. 클레라를 상대하는 것이 익숙해지면 여왕의 자리에 올랐을 때 누구를 만나도 쉽게 당황하거나 겁먹진 않을 것이었다. 운이 자신의 옆자리에서도 쉽게 벌벌 떨고 겁을 먹는다면 큰 문제가 되었다. 클레라가 실제로 나쁜 아이도 아니고, 상황 판단은 잘하는 아이이니 직접적으로 상처를 주진 않을 것이다.

"운에게 무슨 일이 있다면 이 계획을 짠 너를 가만두지 않을 거야."

시운이 살벌하게 진에게 경고했다. 하지만 진은 그저 웃으며 시운에게 중대사인 운의 일을 가볍게 여기고 있었다. 진이 저렇게까지 나온다는 것은 그만큼 자신 있다는 뜻이었기에 시운은 더 이상 아무런 소리도 하지 않았다.

"……이건 안 될 것 같아요."

"일단 벗어봐."

"시, 싫어요."

운이 뒷걸음치며 물러났다. 하지만 상대는 그런 운을 봐주려는 생각이 없는지 그녀가 뒷걸음질친 만큼 더 가까이 다가왔다.

"이게 뭐가 어때서?"

"그게, 그러니까……."

"잔말 말고 빨리 벗어봐."

클레라가 다시 운에게 다가와 입고 있는 옷을 잡았다. 운이 다시 뒷걸음질치며 물러났다.

"하지만 그건 너무…… 저한테 안 어울려요."

운이 도저히 야하다는 말을 자신의 입 밖으로 내지 못하고 다른 핑계를 대며 물러났다. 하지만 아무리 좋게 봐주려고 해도 클레라가 오늘 저녁, 밤의 모임에 갈 때 입으라며 가져온 옷은 야했다. 탑으로 된 검은색 드레스는 가슴을 강조하는 옷인 듯 꽃봉오리가 만개하기 직전의 모습처럼 가슴 부위를 얇은 천 몇 겹이 아슬아슬하게 가리는 옷이었다. 거기다 짧기는 얼마나 짧은지, 호박처럼 동그랗게 말아 들어가는 치마는 엉덩이를 아슬아슬하게 가릴 정도로 짧아 보였다. 운이 또다시 거부하자 클레라가 짜증스런 얼굴로 날카롭게 말했다.

"뭐가 안 어울린다는 거야?"

"그, 그러니까 전 가슴도 이리 크지 않고, 다리도 그렇게 예쁘지 않아요."

그 말에 클레라가 삐딱한 자세로 운을 머리부터 발끝까지 훑어보았다. 몇 번을 훑어본 클레라의 시선이 운의 가슴에서 멈췄다. 운이 클레라의 시선을 느끼고 약간 붉게 달아오른 얼굴로 가슴을 양손으로 감싸며 가렸다. 하지만 클레라가 가느다란 손으로 운의 손을 잡아 치웠다.

"앗, 하지 말아요!"

"있어봐."

아무리 힘이 봉인되어 있다고 하더라도 본래의 힘이 강한 클레라는 운의 손을 손쉽게 치우며 그녀의 가슴을 움켜쥐었다. 운의 입에서 헉 하는 소리가 나왔지만 클레라는 머뭇거림 없이 가슴 전체를 한번 만지작거리곤 놓아주었다.

"너, 가슴이 진짜 없구나?"

"노, 놀리지 말아요!"

"걱정 마, 티 안 나게 올리는 방법이 있으니까."

운은 거울에 비치는 자신의 모습을 보며 입을 떡 벌렸다. 절벽은 아니지만 이곳 메드리아에 있는 아름답고 매혹적인 여자들과 비교했을 때 빈약한 가슴이었다. 항상 풍요롭게 먹고 자란 여자들과 다르게 시골에서 없이 살았던 운은 분위기부터 달랐다. 하지만 클레라의 마법의 손이 몇 번 오갔고, 그 후에 드레스를 입자 감쪽같이 예쁘게 솟아오른 가슴이 돋보였다. 그저 가슴을 모아 테이프를 몇 번 붙였을 뿐인데 그 효과는 엄청났다.

"그만 좀 봐."

"그, 그치만…… 이거 도대체 어떻게 한 거예요?"

"넌 인간 세계에 살았다면서 잡지나 TV도 안 봤니? 거기 연예

인들도 드레스를 입고 다니는 걸로 아는데."

 며칠간 클레라와 만나며 알게 된 사실은 이곳, 메드리아의 여자들이 유행에 아주 민감하다는 것이었다. 남자에 비해 힘이 월등하게 약한 만큼 여자들은 유혹에 강했다. 그것이 피를 마시는 여자 뱀파이어들이 살아남는 방법이었다. 유혹하는 법이 뛰어난 만큼 현재의 이곳 여자들은 패션에도 민감했으며, 자신들을 꾸미는 시간이나 비용을 아끼지 않았다. 가장 매력적이고 유혹적인 여자는 그만큼 존경을 받으며 강한 남자를 만날 조건도, 기회도 많아졌다.

 "메드리아에서 드레스를 입을 때 이 정도도 안 하는 여자는 없어. 부족한 부분은 어떻게든 채워 넣어야지. 남자들 앞에 설 때 이 정도는 해줘야해."

 운이 타박하는 클레라의 눈치를 보면서도 신기한 듯 거울에서 눈을 떼지 않았다. 클레라는 알면 알수록 운의 무지와 한심함에 답답해져 왔다. 도대체 이 아이가 어떻게 메드리아 최고의 남자를 꾀어냈는지 몰라도 운의 현 상태를 보면, 시운의 취향이 심각하게 의심스러울 지경이었다. 드레스를 입을 때, 몸의 굴곡을 매끄럽게 보여주는 얇고 아슬아슬한 속옷이나 볼륨감을 보여주기 위해 여자들은 별짓을 다 한다. 아마 테이프로 가슴을 모아주고 고정시키는 것을 모르는 여자는 메드리아에 운 말고는 없을 것이다. 하다못해 일족이라 인정도 제대로 받지 못하는 노예도 그들의 주인이나 아니면 새로운 주인에게 간택받기 위해 자신을 꾸며댔다.

 "정말 고마워요, 절 이렇게 꾸며주셔서."

"진님의 부탁이야. 별로 널 꾸며주려 한 건 아니었어."

운의 진심 어린 감사 인사에 클레라가 얼굴을 살짝 붉히며 다른 방향으로 고개를 홱 돌렸다. 항상 이런 식이었다. 겉으로는 도도한 척, 새침한 척하지만 운은 이렇게 진심 어린 감사의 인사에 부끄러워하는 클레라가 왠지 모르게 귀여웠다. 항상 한참이나 나이 차이가 나는 높은 분들에게 칭찬은 받아왔지만, 또래에게 칭찬을 들은 적이 거의 없었던 클레라는 은근히 이런 말들에 쑥스러워하면서 좋아했다.

"그래도 고마워요."

운이 싱긋 웃으며 클레라에게 인사를 하자 흠흠, 거리며 헛기침을 한 그녀가 다른 말로 화제를 넘겼다.

"전하께서 저녁에 널 데리러 올 거라고 진님께서 전해달라고 하셨어."

"그럼 여기서 기다렸다가 같이 가요!"

"난 당분간 밤의 모임 같은 정식 행사엔 못 가."

"아……."

시운의 말에 의하면 클레라는 현재 성에서 자숙 기간을 갖고 있다고 했다. 클레라도 강한 귀족의 피를 이은 영애이기 때문에 시운의 피가 진득하게 남아 있는 운의 피에 큰 차이는 나지 않지만 반응이 있을 거라고 했다. 그때까지 외부에 노출되지 않도록 보호를 해야 한다며 다른 이들의 눈에 띄지 않게 둬야 한다고 했다. 어쩐지 그렇게 말하는 시운이 무언가 숨기고 있다고 생각했던 운이었지만 대수롭지 않게 넘어갔다.

"그럼 어디에 있을 거예요?"

운이 자숙 기간을 가질 때까지 성의 제한된 구역만 다니며 생활해야 한다던 시운의 말을 기억해 내며 시무룩하게 물었다. 그새 클레라에게 정이 생겨 버린 운은 밤의 모임에 같이 갈 수 없다는 것이 안타깝기만 했다.

"나 걱정하지 말고 본인 스스로나 걱정해. 누구한테 깔보이지 말고 정신 똑바로 챙기고."

날카롭고 정 떨어지게 말하는 것처럼 보이지만 운은 이게 클레라의 표현 방식이라는 것을 알고 있었다. 잠깐 사이에도 많은 도움을 주었던 클레라는 항상 말을 할 때 반대로 말했다.

"저 정말 잘하고 올게요."

운이 밉지 않게 웃으며 얘기했다. 순진무구한 운의 말투에 클레라가 한숨을 내뱉었다. 시운이 항상 불안에 떨며 운을 챙기려고 하는 이유를 알 것 같았다.

"바보처럼 또 혼자 약하다고 땅 파기만 해봐. 누가 무시한다고 해서 흥분하지 말고."

클레라의 말에 괜히 불안해진 운이 시무룩한 얼굴로 발끝을 내려다보았다. 요즘 클레라에게 여자로서 가지고 있는 능력을 이끌어내는 법을 배우던 중 새로운 사실을 알아냈다. 신기하게도 약하지만 운이 힘을 주면 주위가 얼어붙었다. 누군가에게 해를 끼칠 정도는 아니었지만 새로운 힘이 낯설기만 했다. 문제는 조절이 잘되고 원할 때마다 힘을 끌을 수 있다면 괜찮겠지만 순간적으로 나오기 때문에 운은 이 힘이 꺼려지기만 했다. 혹시라도 흥분해서 힘이 나와 누군가에게 해를 끼치지 않을까 하는 마음에 불안하기만 했다.

"또 힘이 나도 모르게 나오면 어쩌죠?"

시운에게도 하지 못한 말이었기에 운이 불안하다는 듯이 말했다. 클레라라도 같이 있다면 큰 불안감에 휩싸이지 않을 터였지만 이번 밤의 모임에 클레라는 없었다. 시운에게 말을 해서 혹시라도 모를 상황에 도와달라고 하고 싶지만 그에게 더는 민폐를 끼치고 싶지 않았다. 힘이 보다 더 완벽해지고 조절이 가능할 때, 짠 하고 말해주고 싶었다.

"어차피 일족이 많이 오니까 들킬 일은 별로 없을 거야. 네 힘은 아직 미약하니까. 약한 소리 하지 말고 그럴 시간에 전하를 유혹하는 방법이나 더 연구해."

클레라의 일침에 운이 자신 없다는 얼굴로 고개를 끄덕였다. 그 모습을 탐탁지 않게 보던 클레라가 미약하게 한숨을 쉬더니 밖으로 향했다. 이 이상 도와줄 수 없기에 이제 운이 혼자 일어나길 바랄 수밖에 없었다.

"어? 벌써 가시게요? 오늘 정말 고마웠어요!"

클레라가 뒤에서 급히 인사하는 운을 무시하곤 도도한 걸음으로 밖으로 나갔다. 클레라가 가자 걱정되는 마음에 하염없이 그녀가 나간 문을 쳐다보고 있던 운이 다시 거울로 시선을 옮겼다. 마법의 손길로 인해 오늘따라 예뻐 보이는 굴곡진 몸매가 거울에 비쳤다. 거울에는 힘없고 약해 보이는 여자가 아닌 도도하고 매혹적인 뱀파이어가 있었다.

"그래, 한번 해보자!"

운이 자신의 모습을 이리저리 비춰 보이며 배시시 웃었다. 비록 마법의 손길은 겉만 바꿔놓았지만 운은 바뀐 겉모습만으로도 자신감이 생기는 것 같았다. 시골에서 태어나 소일거리를 하며 하루 먹고살기 바빴던 그녀에게 있어 꾸미는 일이란 신세계를 접하는 것이었다. 이런 모습이 낯설면서도 운의 용기를 북돋아주었다.

8

 운에게 있어 두 번째 밤의 모임이었다. 처음 이곳에 왔을 때 운을 보고 수군거렸던 일족들이 여전히 그녀의 모습을 보고 수군거렸다. 전보다는 덜했지만, 그렇다고 잠잠한 것은 아니었다. 저번 파티에서 유리잔을 깨뜨리고 시운과 서로의 피를 탐하며 갑자기 일어나 도망가는 모습까지 보였으니 말이 나오지 않는 것이 이상할 것이다. 운은 살짝 위축이 되지만 클레라의 말을 상기하며 아무렇지도 않은 척 시운의 옆자리를 지켰다.
 "마음에 안 들어."
 "뭐가요?"
 시큰둥한 얼굴로 한 손에 있는 붉은빛의 술이 담긴 잔을 기울이던 시운이 작게 중얼거렸다. 클레라와의 사건 이후 운은 끊임없이 시운의 피를 탐하고 몸을 섞었다. 그러면서 운의 감각이 조금씩 트

이기 시작했고, 아무리 소란스런 연회장이라도 옆자리에 있는 시운의 작은 중얼거림까지 놓치지 않고 들을 수 있었다.

"그 옷."

"전 마음에 드는걸요."

시운이 빙긋 웃는 운을 힐끔 쳐다보다 이리저리 기울이던 잔을 들어 말라가는 입안을 축였다. 딱 보아도 클레라의 작품임을 알 수 있었다. 진의 말대로 클레라를 운에게 붙여놓으니 좋은 점이 생겼다.

"왜요? 예뻐요?"

운이 한쪽 입꼬리를 씩 올리며 물어왔다. 전에는 절대 하지 않던 행동들이었다. 아마 클레라에게 배운 것이리라. 클레라의 타박을 들으며 운은 점점 자신에게 당당해지고 다른 일족의 여자처럼 가꿀 줄 알게 되었다. 클레라가 의도를 했든 안 했든 운은 자신을 가꾸고 꾸미며 소중하게 여길 줄 알아가고 있었다. 하지만 오늘은 그것들로 인해 역효과가 났다. 많은 이들이 보고 있는 곳에서 운이 매혹적으로 웃는 것이 싫었다.

"너에게 당분간 피를 주지 말았어야 했어. 그럼 어제 아침에 너에게 남긴 송곳니 자국이 선명하게 남아 있었을 텐데 말이야."

시운이 운의 가느다란 목을 만졌다. 노골적인 그의 손짓에 다른 일족들이 급하게 숨을 들이마시며 시선을 피했다. 비록 지금은 없지만 시운은 오늘 아침까지만 해도 송곳니 자국이 있었던 곳을 천천히 쓸며 안타까운 표정을 지었다.

"네가 내 것이라는 걸 다시 상기시켜 줬어야 했는데 아쉽군."

매일같이 시운의 정기와 그의 피를 꾸준히 마신 운은 요즘 회복 속도도 빨라졌다. 비록 육체적인 관계와 피를 주는 것을 끊는다면 다시 속도가 더뎌지겠지만, 그래도 전보다는 훨씬 더 빨리 회복 되었다.

"남들이 봐요."

운은 진득하게 점점 가슴께로 내려오는 시운의 손을 급히 잡았다. 발그레하게 뺨을 붉힌 운이 주위를 힐끔 쳐다보며 눈치를 보았다. 운에게 잡힌 손을 그대로 둔 시운이 노골적으로 아래를 쓱 훑어봤다. 그러자 눈치를 보던 이들이 눈을 아래로 내리깔며 시선을 피했다.

"날 방해할 자는 이곳에 없어."

"그, 그래도 하지 말아요."

"뭘 부끄러워하는 거지? 매일 더한 것도 요구하면서."

직설적인 말과 함께 시운의 손이 다시 움직이려 했다. 하지만 운이 새빨개진 얼굴로 그의 손을 꽉 잡으며 저지했다. 매일 품에 안아주어서 그런 것일까. 처음엔 버거워하며 힘겹게 그를 받아냈던 운은 점점 적극적으로 변해갔다. 거기다 클레라와 만나기 시작하면서 유혹적으로 변하기도 했다. 물론 운은 자신이 어떤지를 잘 깨닫지 못하는 것 같았지만 그녀는 점점 더 매혹적인 뱀파이어가 되어가고 있었다.

"다른 적응은 하나도 못 따라왔던 주제에 말이야."

"전 메드리아에 대한 것들은 몰라도 그 정도로 성에 무지하지도, 바보이지도 않아요."

붉은 핏빛의 유혹

운이 뾰로통한 목소리로 말하자 시운이 픽 하고 웃었다. 하지만 그도 잠시, 맞닿은 운의 손을 진득하게 만지고 있던 시운이 그마저도 멈추며 인상을 찌푸렸다. 몇몇 일족들도 수군거리던 것을 멈추고 연회장의 육중하고 커다란 문 쪽을 바라보았다.

"환영받지 못할 손님이 왔군."

시운이 문을 노려보며 자리에서 일어났다. 시운의 손을 놓자, 운의 손이 무릎 위로 떨어졌다. 하지만 시운은 개의치 않고 천천히 문 쪽으로 걸어갔다. 아직 감각이 덜 깨어난 운은 알 수 없었지만 수많은 밖에서는 발자국 소리가 났다. 이제 홀에 있는 모든 귀족들이 하던 행동이나 말을 멈추고 문을 쳐다보았다. 운은 저도 모르게 긴장하며 이상하게 돌아가는 분위기를 이해하기 위해 애썼다.

"진, 그녀의 옆에서 떨어지지 마."

"예, 전하."

갑자기 진이 운이 앉아 있던 의자 옆으로 나타나며 시운을 향해 고개를 숙이며 대답했다. 시운이 높은 곳에서 아래를 내려다보며 계단으로 내려가려고 할 때였다. 쾅! 하는 소리와 함께 문이 열리더니 수많은 일족, 아니, 노예들이 들이닥쳤다.

연회장은 순식간에 혼란으로 휩싸였다. 시운은 끊임없이 밀려 들어오는 노예들로 인해 인상을 찌푸렸다. 많은 귀족들이 있었지만, 넓은 연회장을 채우기엔 부족한 수였다. 곳곳에 흩어져 있던 귀족들 사이로 노예들이 끊임없이 채워졌다. 다들 강한 귀족의 피였기에 혼자서도 한꺼번에 몇십 명의 노예를 처리할 수 있었지만,

어디에 자신의 일족이 있는지 알 수 없었기에 큰 힘을 쓸 수가 없었다. 귀족들이 당황하며 달려드는 노예들을 공격해 갔다. 혹시라도 자신의 귀한 피를 빨릴까 봐 스스로에게 작은 결계를 쳐둔 귀족들은 누가 다칠세라 작은 힘으로 앞의 노예들을 죽이기 시작했다.

"네 이놈들! 감히 여기가 어디라고!"

시운이 아래를 바라보며 어금니를 꽉 깨물고 분노를 표출했다. 시운의 눈이 붉게 변하자 그 주위엔 끔찍한 한기가 돌았다. 어깨를 짓누르는 시운의 위압감에 인해 공기가 깨져 가고 있는 것 같았다. 진이 급히 운의 옆으로 바짝 다가와 결계를 치며 그녀를 보호했다.

"도, 도대체 어떻게 된 거예요?"

운이 현재의 상황을 이해하지 못하며 진에게 물었다. 광기에 휩싸인 끔찍한 모습으로 징그러운 송곳니와 기다란 손톱을 내밀고 있는 수많은 노예들은 운을 겁먹게 하기에 충분했다. 잿빛 누더기를 머리까지 뒤집어쓴 노예들이 시뻘건 눈으로 끊임없이 문안으로 밀려들어 오고 있었다.

"춥지?"

진이 일부러 엉뚱한 말을 꺼내며 추위에 떨고 있는 운에게 겉옷을 벗어줬다. 상황이 좋지 않았기 때문에 운에게 자세히 말해주고 싶지 않았다.

"이놈들!"

시운이 눈을 부릅뜨며 홀을 내려다보았다. 그러자 잿빛 누더기를 걸치고 있는 노예들에게 순식간에 날카로운 얼음 조각들이 치솟았다. 조각을 맞지 않은 노예들도 시운의 묵직한 기운에 쓰러지고 있을 정도였다. 한순간에 번지는 강한 힘에 시운의 주위로 큰 소용돌이가 일어났다. 운은 강렬하게 불어오는 바람으로 휘날리는 머리를 잡으며 겨우 눈을 뜨고 앞을 바라보았다.

"도대체 무슨 일이 일어나고 있는 거예요?"

홀에서 울려 퍼지는 비명 소리에 운이 소리를 지르며 옆에 있는 진에게 물었다. 진이 그녀를 안심시키려는 듯이 어색한 웃음을 지었다. 하지만 운이 강하게 노려보며 대답을 요구하자 하는 수 없이 입을 열어 큰 소리로 말했다. 크게 말하고 있음에도 홀에 퍼지는 소란스러움과 강렬한 바람으로 인해 알아듣기 힘들 정도였다.

"아직 자세한 건 몰라. 하지만 노예들 스스로가 감히 반란을 일으키진 않았겠지."

운이 다시 앞을 바라보았다. 시운의 힘에 의해 인간이길 포기하고 뱀파이어가 된 자들은 순식간에 재가 되어 사라져 갔다.

"크아아악!"

비명 소리와 함께 노예들이 소멸되어 가며 바닥에 입고 있던 잿빛 누더기가 쌓여갔다. 진이 다소 날카로워진 눈으로 주위를 둘러보았다. 페트로가 병적으로 혐오하던 노예들을 정신지배까지 하며 데려온 이유가 분명 있을 터였다. 이렇게 많은 노예들이 아무런 힘도 되지 않을 것을 알고 들여보낸 목적을 찾아내야 했다. 아무리 강해도 지키는 것들이 많으면 약자가 된다. 이건 빨리 적의 목적을 파악해야 이기는 전쟁이었다.

"외, 외할아버지! 외할아버지는 어디에 있죠?"

진이 운의 말에 아차 하며 쉐인을 찾았다. 운이 쉐인을 조금 더 쉽게 찾기 위해 벌떡 일어나 홀로 내려가려 했다. 시운의 강한 힘에 일그러진 공기 사이로 바람이 세차게 불어와 눈을 뜨기가 쉽지 않았다. 하지만 운은 포기하지 않고 손으로 눈가를 가리며 다급하게 쉐인을 찾기 시작했다.

"가만히 있어! 내가 찾을 테니까."

진이 운을 감싼 결계를 더 강화시켰다. 생각지도 않은 노예들의 등장이었기에 대처하기가 쉽지 않았다. 약하디약한 존재이기에 노예들이 이런 혼란을 줄 수 있을 거라고 한 번도 생각해 보지 않았기 때문이다.

"페트로, 그 손 놓아."

그때 시운의 낮고 강렬한 음성이 홀을 감쌌다. 그 순간 주위에서 일어나던 강렬한 바람이 천천히 사그라졌다. 진이 시운의 시선을 따라 한곳으로 향했다. 페트로가 흐느적거리는 쉐인의 뒤에 서 있었다. 그리고 날카로운 손톱은 쉐인의 등을 깊게 뚫고 들어가 심장을 움켜쥐고 있었다.

"아……."

운의 입에서 탄성이 새어 나왔다. 운이 저도 모르게 쉐인이 있는 쪽으로 향하려 했다. 하지만 진이 재빨리 운의 손목을 잡으며 그녀를 막았다. 페트로가 동요하는 운의 모습을 보고 비열한 조소를 띠었다.

"외할아버지!"

어느새 눈물이 가득 고인 눈동자로 운이 쉐인을 불렀다. 너무 놀라 서 있을 수가 없었다. 진이 쓰러지려는 그녀를 잡아주며 페트로를 노려보았다. 그러자 페트로가 손안에 있는 심장을 조금 더 세게 움켜쥐었다.

"커헉!"

핏물을 토해내며 쉐인의 몸이 쓰러지려 했다. 하지만 페트로가 쉐인의 몸을 자신의 몸에 기대어 잡았다. 분노에 찬 시운의 눈이 페트로를 향했지만 아무것도 할 수가 없었다. 페트로가 조금이라도 더 힘을 준다면 아마 쉐인은 그 자리에서 즉사하리라.

"전하, 전에 조사한 바로는 이자도 전에는 아주 강했던 뱀파이어였다죠. 거기다 몸은 비록 퇴화되었지만, 전하의 피를 받은 자라고 하지 않았습니까?"

"페트로, 지금이라도 그만두는 게 좋을 거다."

"절 저지시켜도 됩니다. 이 인간 같은 버러지를 죽여도 된다면 말이죠."

페트로가 자신의 앞에서 흐느적거리는 쉐인의 몸을 다른 손으로 잡으며 그의 목에 날카로운 송곳니를 가져갔다.

"지금 전하의 피가 별로 남아 있진 않겠지만, 선천적으로 강한 일족이면 어느 정도는 전하의 피를 붙잡아놓았겠죠. 안 그렇습니까?"

"외할아버지, 외할아버지!"

페트로가 쉐인의 피를 마시려는 모습에 운이 놀라 달려가려 했다. 하지만 진이 꼼짝도 할 수 없게 꽉 잡고 있었다. 운이 끔찍한 쉐인의 모습에 쉴 새 없이 눈물을 흘리며 절규했다. 얼핏 가슴 앞으로 나와 있는 페트로의 손톱과 쉐인의 가슴에 범벅되어 흐르는 피가 지금 어떤 상황인지 말해주고 있었다.

"이거 놔요, 놔!"

페트로의 날카로운 송곳니가 쉐인의 목에 파고들었다. 진에게 잡혀 움직이지 못하던 운은 그 장면을 차마 보지 못하고 눈을 꽉 감았다. 감은 눈 사이로 눈물이 새어 나왔다.

"그만둬, 페트로!"

시운이 다급하게 말렸지만, 페트로는 생살을 깊게 뚫은 송곳니 사이로 들어오는 피를 게걸스레 마시기 시작했다. 곧 홀에 끔찍한 소리가 울려 퍼졌다. 운이 눈물로 범벅된 눈을 뜨며 페트로가 정신없이 쉐인의 피를 마시는 모습을 보며 좌절했다.

"외, 외할아버지! 외할아버지한테 가게 해주세요, 제발!"

"지금은 네가 가도 아무것도 할 수 없어. 미안해, 운아."

진이 힘없이 주저앉으려는 운을 지탱해 주었다. 홀 안에 있던 다른 귀족들도 어찌하지 못하는 상황에 함부로 움직이지 못하고 있었다. 시운 다음으로 메드리아에서 가장 강한 뱀파이어였다. 거기다 강력한 인질을 가지고 있었다. 인질은 사랑하는 여자의 외할아버지인 쉐인이기 때문에 시운도 어찌하지 못하며 상황을 지켜볼 수밖에 없었다.

피를 마실 만큼 마신 페트로가 킥킥거리며 입을 뗐다.

"어리석게도 피를 끊지만 않았어도 강한 일족이었을 텐데 아쉽군요. 그래도 다행입니다, 전하. 아직 이자의 피는 강하군요."

"페트로!"

분노에 찬 시운이 붉은빛의 눈동자로 페트로를 강하게 노려보았다. 하지만 페트로는 그 눈빛을 피하지 않고 시선을 마주했다. 몸은 노화로 인해 죽어가고 있었지만 유일하게 피를 마시지 않고 오래산 뱀파이어답게 쉐인의 피는 강했다. 예상보다 훨씬 강한 피를 거의 끝까지 마신 페트로는 몸 안에 흐르는 강한 기운을 느끼며 광기에 사로잡혀 웃음을 터뜨렸다. 왠지 지금이라면 시운을 이길 수 있을 것 같았다. 페트로의 눈이 짙은 욕망으로 번져 갔다.

"정말 강하군."

작게 중얼거린 페트로가 키득거리며 피가 묻어 있는 입술을 혀로 핥았다. 잘 빨리지도 않을 만큼 쉐인의 피를 마셨지만 더 욕심이 났다. 이처럼 강한 힘을 가지고 있을 줄 몰랐던 노인네였다.

"전하, 신의 가호는 더 이상 전하를 향해 있지 않은 것 같습니다."

페트로의 송곳니가 다시 쉐인의 목으로 향했다. 그 모습에 운은 가슴이 타들어가는 것 같았다.

"아아아악! 외할아버지!"

운의 절망 어린 목소리가 커다란 홀 안에, 운의 가슴 안에 깊숙이 번져 갔다. 하지만 현실을 부정하는 운과 다르게 넓은 홀에 짐승같이 꿀떡이는 소리가 계속해서 울려 퍼졌다. 운은 허망한 눈으로 그 광경을 바라볼 수밖에 없었다. 페트로가 송곳니를 빼자 그의 손에 지탱되어 있는 쉐인의 손가락이 꿈틀거리며 무거운 눈꺼풀을 들어 올렸다.

"으윽!"

흐릿한 시야로 겨우 앞을 본 쉐인이 목과 가슴에서 퍼지는 강한 고통에 신음 소리를 내며 앞으로 고꾸라지려 했다. 하지만 페트로가 쓰러지려는 쉐인의 몸을 바로잡았다.

"외, 외할아버지."

울음이 가득 담긴 운의 목소리가 아련하게 쉐인에게 들려왔다. 홀에 있는 귀족들이 숨죽이며 그 모습을 지켜보았다.

"자, 이제 어떻게 할 겁니까, 전하."

페트로가 광기 어린 웃음소리를 내며 시운에게 물었다. 광기에 젖은 페트로의 눈은 제정신이 아니었다.

"페트로, 아무리 네가 강해진다고 한들 날 이길 순 없다."

시운의 평정 어린 목소리에 페트로가 얼굴을 구기며 붉은 눈을 번뜩였다. 시운이 아무리 강하다고 한들 지금의 강자는 페트로였다.

"언제까지 그렇게 아무렇지 않은 척하고 있을 수 있을 것 같나!"

"크윽!"

흥분한 페트로가 광분하며 소리치자 그 반동으로 심장을 움켜쥐고 있던 손에 힘이 더 들어갔다. 그러자 끔찍한 고통이 닥쳐 왔다. 고통 어린 쉐인의 신음에 시운도 불안하긴 마찬가지였다. 하지만 여기서 페트로에게 조금이라도 불안함을 보인다면 그의 의도대로 흘러갈 것이다. 애써 평정을 유지하며 시운이 진에게 붙잡혀 하염없이 쉐인을 바라보고만 있는 운을 몰래 살폈다.

"원하는 것을 말해라, 페트로."

홀에 있는 모든 이들이 시운을 쳐다봤다. 무표정한 얼굴에 무심한 듯 말했지만 요구하는 것을 바로 말하라고 할 정도로 상황은 급박하고 위태로웠다. 그러자 페트로가 미친 듯이 킥킥거리기 시작했다. 고요한 홀 안에 페트로의 웃음소리만 울려 퍼졌다.

"내가 원하는 건 딱 두 가지다. 내 앞에 머리를 조아리고 빌면서 메드리아를 넘겨라. 그리고 네가 그렇게 아끼는 네 백성들을 데리고 떠나라."

"그, 그건……!"

진이 놀란 눈을 크게 뜨며 미처 말을 다 꺼내지 못했다. 메드리아는 전쟁으로 피폐해진 일족들을 모아 겨우 일으킨 나라였다. 힘겹게 같이 일궈온 나라를 내놓으라는 페트로의 요구에 황당할 따름이었다.

"그 정도면 됐어. 페트로, 쉐인을 풀어주고 이곳을 떠나. 순순히 떠난다면 해치진 않겠다."

노기 어린 시운의 목소리에 페트로가 눈을 번뜩이며 운을 쳐다보았다. 소름 끼치는 페트로의 시선에 운이 몸을 움찔거렸다. 하지만 시선을 피할 수는 없었다. 잠깐이라도 시선을 돌린다면 쉐인이 어떻게 될 것 같았다. 진이 운의 앞에 서며 시선을 막았지만 페트로는 꿰뚫을 듯한 시선으로 운이 있는 곳을 보며 말했다.

"그렇다면 네 여자를 내놔라. 그럼 더 이상의 소란을 일으키지 않고 떠나지."

"말도 안 되는 소리하지 마라, 페트로!"

시운이 강하게 노려보며 단상에서 내려와 페트로에게 두어 발 자국 다가갔다. 운을 넘기라는 소리에 애써 참고 있던 분노가 끓어 올랐다. 그러자 페트로가 조금의 움직임도 허용하지 않겠다는 듯 이 쉐인의 심장을 더 움켜쥐었다. 쉐인이 쿨럭거리며 검붉은 피를 토해냈다.

"그, 그만둬요. 제발 외할아버지를 풀어주세요."

운이 페트로에게 애원하는 것을 보며 시운이 애써 평정을 다잡 으려 노력했다. 이 상황에선 인질을 이용할 수밖에 없었다. 틈을 보이게 하여 단 한 순간에 페트로를 죽여야 했다. 하지만 늙은 쉐 인의 몸은 그리 오랫동안 버틸 수도, 틈을 만들게 할 수도 없었다. 인질로서 쉐인의 상태는 최악이었다.

"이 남자는 아직 살아 있지. 살리고 싶지 않나? 네가 온다면 곱게 보내주지. 지금이라면 일족의 피와 의학으로 살릴 수 있다."

"듣지 마! 절대 안 돼."

시운이 페트로의 말을 막으며 운에게 소리쳤다. 운이 아련한 눈 으로 쉐인을 바라보았다. 지금 살아 있는 것이 신기할 정도로 쉐인 의 몸은 갈기갈기 찢어져 있었다.

"운아, 네가 가면 시운인 평정을 잃을 거야. 어떤 싸움에서든 평 정을 잃어버리면 이길 승산은 없어."

진이 운에게 작은 목소리로 말렸다. 인질을 바꿔 틈을 보이게 하여 페트로를 처단하는 것은 위험했다. 시운의 여자인 운을 절 대 위험에 빠뜨릴 수 없었다. 잔인하지만 진은 쉐인을 거의 포기 하고 있었다. 페트로의 말과 다르게 솔직히 쉐인이 지금 병원으로 옮겨진다고 하더라도 살 수 있을지는 확신할 수 없었다. 다른 뱀파이어라면 모르겠지만 재생 능력까지 노화된 쉐인은 아무리 뛰어난 의학기술과 일족들의 강한 피를 받는다고 해도 살리기 힘들었다.

"절대 가면 안 돼. 시운을 생각해, 운아."

쉐인과 가장 친하게 지냈기에 이렇게 말하는 진은 큰 죄책감에 시달리고 있었다. 하지만 쉐인을 희생시키는 것이 가장 좋은 방법이었다. 빨리 쉐인의 명이 다해 인질로서의 가치가 떨어져야 했다.

"하지만 외할아버지가……."

운이 비틀대며 진에게 애원했다.

"네가 가면 널 데리고 협박할 거야. 시운에게 그것만큼 큰 약점은 없다고!"

진이 운을 설득했지만 그녀의 눈은 이미 쉐인에게로 향해 있었다.

"그만 수군거리고 오는 게 어때? 아니면 네 외할아버지는 죽어."

싸늘한 페트로의 눈은 곧 쉐인의 심장을 터뜨릴 듯이 번뜩거렸다. 그때였다. 넓게 벌어진 문으로 또각또각 구두 소리가 나며 클레라가 들어왔다. 강렬한 피 냄새에 이끌려온 듯 그녀의 눈은 달콤한 흡혈의 욕구로 붉게 변해 있었다.

"이, 이게 무슨 일……."

"아가, 오지 말거라! 이곳에서 나가, 어서!"

귀족들 사이에 있던 클레라의 아버지가 그녀에게 외쳤다. 시운이 힐끗 클레라를 보다 다시 페트로를 주시했다. 어떠한 상황이 일어날지 모르기 때문에 페트로를 계속 주시해야만 했다.

"도대체 무슨 일이……."

상황을 파악하기 위해 클레라가 피로 범벅되고 살생의 냄새가 물씬 풍기는 홀을 멍하니 바라보며 말을 삼켰다. 그러다 쉐인을 위협하고 있는 페트로와 눈이 마주쳤다. 순간 페트로의 눈이 잠시 번뜩였다 원래대로 돌아왔다. 하지만 뒤에서 오고 있는 클레라를 보는 페트로의 눈은 다른 이들에게 보이지 않았다.

"페트로, 제발 여기서 그만두도록 해. 이건…… 친구로서의 부탁이야."

"웃기는 말을 하는군. 친구? 진, 나는 네 그 인간 같은 모습이 미치도록 싫었다. 일족의 우두머리 옆에 있는 자가 나약한 하등동물과 비슷하다니, 역겨워."

페트로가 비릿한 조소와 함께 진을 비아냥거렸다. 홀 안에 무거운 긴장감이 감돌았다. 그 사이를 뚫고 클레라가 조금씩 안으로 들어왔다.

"아가, 들어오지 말래도!"

겨우 낳은 귀한 딸아이였다. 클레라의 아버지가 간절하게 외쳤다. 하지만 클레라는 그 말을 듣지 못한 듯 홀의 중앙을 가로지어 시운의 뒤를 지나쳐 갔다. 그리고 진과 운에게로 다가갔다.

"그래, 클레라. 위험하니까 어디 가지 말고 여기에 있어."

진이 결계를 풀어주며 클레라를 안으로 들여보냈다. 클레라가 안전한 곳으로 갔는지 확인하기 위해, 그리고 운이 어떤지 보기 위해 진이 있는 곳으로 힐끔 시선을 던진 시운이 눈살을 찌푸렸다. 언뜻 보이는 클레라의 흐리멍덩한 눈이 이상했다. 두 여자의 앞을 막느라 진은 클레라의 상태가 어떠한지 눈치채지 못한 듯싶었다. 시운이 클레라의 상태를 확인하기 위해 가느다랗게 눈을 뜨며 그녀를 쳐다보았다.

그때 클레라가 운에게 손을 뻗었다. 시운은 클레라가 지금 정신지배를 당하고 있다는 것을 눈치채곤 다급히 진을 향해 소리쳤다.

"진, 클레라를 잡아!"

"으윽!"

진이 놀라 뒤를 돌아보았지만 클레라는 이미 운의 목을 움켜쥔 채 눈을 번득였다.

"크, 클레라!"

놀란 진의 음성에도 클레라의 표정은 변하지 않았다. 페트로가 그 모습을 보며 기분 나쁘게 웃기 시작했다.

"잘했다, 클레라. 이제 이리 오려무나."

클레라가 무표정한 얼굴로 운의 목을 움켜쥐며 앞으로 걸어갔다. 목을 움켜잡은 엄청난 힘으로 인해 운이 컥컥거리며 따라갔다. 하지만 진이 그 앞을 막아서며 길을 열어주지 않았다.

"진, 네가 비키지 않으면 저 여자는 죽어."

"이런 비겁한!"

"죽게 내버려 둘 텐가? 저 인간과 같이 연약한 여자를 죽이는 건 클레라에게 일도 아닐 테지."

 아무리 힘이 봉인되어 있어도 클레라는 오래된 혈통의 높은 귀족이었다. 어렸을 때부터 귀족으로서 자신의 몸을 지키기 위해 단련을 하며 강해진 클레라가 인간과도 같은 몸을 가진 운을 죽이는 건 쉬운 일이었다.

 "비키는 게 좋을 거야, 진."

 "비켜줘, 진."

 시운이 어금니를 꽉 깨물며 말했다. 이성을 잃은 클레라에게 페트로가 명령한다면 한순간에 죽일 것이다. 클레라는 지금 어떠한 대화나 타협도 안 되는 페트로의 꼭두각시일 뿐이었다.

 진은 어쩔 수 없이 옆으로 물러나며 클레라가 운을 데려가게 해주었다. 얌전히 자신에게 운을 넘겨준 클레라를 보며 페트로가 큰 소리로 웃었다. 운이 다가오는 것을 보며 페트로가 쉐인의 등에 박은 손톱을 꺼내며 옆으로 핏물을 털어냈다.

 "커헉!"

 쉐인이 무의식적으로 심장이 위치한 가슴을 부여잡고 힘없이 나가떨어졌다.

 "외, 외할아버지!"

 클레라가 손을 놓자 운이 숨을 크게 들이마시며 쉐인을 보고 소리를 질렀다. 하지만 페트로에게 바로 팔을 잡힌 운은 쉐인에게 다가갈 수가 없었다. 순식간에 운의 양손이 결박되었다. 페트로가 발버둥 치는 운의 귓가에 섬뜩한 목소리로 경고했다.

 "움직이면 넌 죽어."

그 말에 운은 딱딱하게 몸을 굳혔다. 눈빛 하나만으로도 온몸이 얼어붙는 것마냥 두려움이 퍼져 나갔다.

페트로가 더는 클레라에게 신경을 쓰지 않자 그녀의 정신이 서서히 돌아왔다. 눈을 두어 번 깜박이며 두리번거린 클레라가 앞에 있는 페트로를 쳐다보고 얼굴을 그대로 굳었다.

"넌 이제 필요 없어."

"꺅!"

"클레라!"

페트로가 강한 힘으로 밀치자 클레라가 시운에게로 쭉 밀려 나갔다. 시운이 클레라를 잡으며 페트로를 노려보았다.

"네가 예뻐하던 클레라는 안됐지만 내가 조종해 왔지. 막내 자리를 빼앗겼다는 생각에 이미 질투심에 미쳐 있는 그녀를 부추기는 것은 쉬운 일이었지."

"그래, 네놈의 특기가 정신지배였지. 역시 너였군, 클레라를 이용해서 운의 피를 마신게."

시운이 번뜩이는 눈으로 페트로를 쳐다보았다. 시운의 힘이 담겨져 있을 운의 피를 마셨는데도 클레라의 몸은 약해진 상태였다. 또한 그녀의 몸에는 운의 피가 아주 소량만 남아 있었다. 지속적으로 많은 피를 클레라에게 빼앗아 가고 그것도 모자라 운의 피까지 가져간 것이리라.

"어려서 그런가? 클레라는 생각보다 둔하더군. 매일 밤 피를 빼앗기고 정신지배로 질투심을 부추기는 것도 모르고 말이야. 덕분에 계획이 딱딱 진행되었지."

"그때 도서관에서 운의 목을 찢어놓은 것도 너의 짓이겠지. 아니, 그 정신지배로 제정신을 차릴 수 없는 클레라가 하게 했던가?"

"내 송곳니 자국이 보이면 안 되니 어쩔 수 없지 않나. 너와 달리 클레라의 송곳니는 나보다 간격이나 크기가 작아서 말이지."

페트로의 말에서 이상한 뉘앙스가 느껴졌다. 마치 시운의 송곳니 자국에 송곳니를 박아 감쪽같이 먹은 것처럼 말하고 있었다. 진이 눈살을 찌푸리며 페트로를 노려보았다. 그러다 눈을 크게 뜨며 운과 페트로를 번갈아 보았다.

"서, 설마 운의 피를 직접적으로 탐한 적이 그때만 있었던 일이 아니란 말이야?"

진이 놀라 묻는 말에 페트로가 한쪽 입꼬리를 말아 올렸다. 긍정을 뜻하는 행동에 시운의 얼굴이 딱딱하게 굳어갔다.

검사 결과, 도서관에서 페트로가 운의 피를 마셨다는 것을 알고 있었다. 클레라의 몸은 피를 지속적으로 다량 빼앗긴 몸이었고 운의 목은 갈기갈기 찢어져 있었다. 운의 다량의 피의 행방은 제3자의 인물이 틀림없었다. 그리고 그 일이 있은 후에 사라진 건 페트로밖에 없었다. 그때의 상황은 대충 짐작할 수 있을 뿐, 또 다른 일이 있었을 거라곤 절대 상상하지 못했다.

"전하께서 내게 맡기셨지. 저번 밤의 모임에서 저 멍청한 여자를 방까지 데려다 주라고. 막 상처가 난 터라 감쪽같이 속일 수 있었어. 스릴을 즐기면서 맛본 피는 꽤나 맛있더군."

"어, 어째서, 어째서 배신한 거예요? 왜 클레라 언니까지 이용하면서 이러는 거예요?"

운이 원망 어린 목소리로 페트로에게 묻자 그가 날카로운 눈으로 운을 노려보았다. 그에게 잡힌 양팔목이 끔찍하게 조여왔다.

"너같이 약한 뱀파이어는 필요 없어. 약한 인간들도 전부 필요 없는 존재지. 이 세상은 우월한 뱀파이어만 있으면 돼!"

"페트로, 미안하지만 네 계획은 처음부터 다 알고 있었다. 네가 밤의 모임에 대놓고 나타나 쉐인을 인질로 잡을 줄은 몰랐지만 말이야."

시운이 나지막한 목소리로 말하며 최대한 페트로를 달래기 위해 애썼다. 페트로에게 잡힌 운을 보고 있자니 불안감이 치솟아올랐다. 하지만 여기서 흥분하거나 빈틈을 보이면 이길 수 없다. 지금처럼 불리한 상황에서는 정신을 똑바로 차리고 있어야 했다.

"그에 대한 준비도 마친 상태지. 쉐인의 죽음 유무에 따라 너 또한 살아남을 수 없을 거다. 희생자가 얼마나 되든 네 작전은 무조건 실패야. 하지만 지금 운을 놓고 떠난다면 아무런 제재도 하지 않고 널 보내주지."

협상을 해야 했다. 페트로가 평정을 찾는다면 이미 일으킨 사건에서 유일하게 구제받을 수 있는 이 제안을 선택할 것이다. 하지만 페트로는 운의 몸을 꽉 쥐며 광기에 휩싸인 목소리로 외쳤다.

"이제 더는 기회를 주지 않겠다! 이 여자가 죽어도 난 상관없어!"

페트로가 자신의 승리를 확신하며 소리쳤다. 그 순간 운이 머리를 힘껏 들어 올리며 웃고 있는 그의 얼굴을 들이받았다. 갑작스런 공격에 페트로가 순간 손에서 힘을 뺐다. 운은 기회를 놓치지 않고 그를 친 반동으로 최대한 멀리 떨어져 나왔다.

"최대한 떨어져!"

시운이 그 기회를 놓치지 않고 소리쳤다. 그러자 커다란 얼음 조각들이 운과 페트로의 사이로 솟아올랐다. 갑자기 엄청난 기세로 솟아나는 얼음 더미는 운의 키를 훌쩍 넘으며 페트로와 운을 갈라놓았다. 운이 다급하게 기어서 도망치는 것을 보며 시운이 더 강력한 힘을 끌어올렸다. 순식간에 얼음 더미가 높게 쌓였다.

"꺄악!"

높게 쌓인 얼음 더미에 안심하며 도망가던 운은 두꺼운 얼음벽을 뚫고 발목을 잡히자 소리를 질렀다. 그 반동으로 운이 땅에 넘어졌다. 페트로가 움켜잡은 운의 발목을 잡은 채 얼음을 뚫고 나타났다. 공포에 바닥을 허우적거리며 도망가려던 운의 목을 단번에 다시 잡은 페트로가 온몸에서 일어나는 고통에 신음 소리를 냈다.

"으으윽!"

얼음을 깰 때 옮겨진 한기가 페트로의 온몸을 감싸며 푸른 불꽃을 만들어냈다. 끊어질 듯한 한기 속에서 몸을 태울 듯한 뜨거움을 느끼며 페트로가 신음 소리를 참아냈다. 그러면 그럴수록 페트로는 운의 움켜쥔 목을 더 꽉 조였다.

"운아!"

페트로가 운과 가까이 접촉하자 푸른 불꽃이 운의 몸에도 번지기 시작했다. 끊어질 듯한 한기에서 타들어갈 것 같은 열기가 느껴졌다. 처음 느끼는 끔찍한 고통에 운이 비명을 지르며 페트로의 몸에서 벗어나기 위해 버둥거렸다.

"아아아악!"

"전하, 빨리 힘을 풀지 않으면 사랑스런 약혼자는 계속 고통에 찬 비명 소리를 지를 겁니다."

"망할!"

어쩔 수 없이 시운이 몸에서 힘을 뺐다. 그러자 커다란 바위처럼 자란 얼음과 함께 페트로의 몸에 붙어 있던 푸른 불꽃들이 점점 사라졌다.

"잘하셨습니다, 전하."

비릿한 페트로의 목소리에 시운이 주먹을 꽉 움켜쥔 채 지켜보았다. 페트로가 겨우 정신을 차린 운의 목을 움켜잡고 거칠게 위로 들어 올렸다.

"으윽!"

페트로의 날카로운 손톱에 상처가 나는 것은 느껴지지 않을 정도로 온몸이 얼얼했다. 시운의 힘을 간접적으로 잠깐 겪었을 뿐이지만 그 무서움을 알 수 있을 정도로 끔찍한 고통이었다. 운이 페트로의 손에 끌려가며 겨우 고통을 참고 진정하려 애썼다. 찬찬히 마음을 다잡으며 운이 눈을 감고 집중했다.

"전하께서는 이 여자를 끔찍이도 사랑하더군요."

아직도 뜨거운 한기가 몸에 남아 있는 것 같았다. 겨우 숨을 몰아쉬며 페트로가 나지막이 말을 꺼냈다.

"긴말하지 않겠습니다, 전하. 지금 당장 여기 있는 일족들을 모두 죽이십시오."

페트로의 말에 홀에서 숨죽인 채 지금의 상황을 지켜보던 귀족들이 경악했다. 시운의 힘은 모인 일족들이 다 덤벼도 어찌하지 못할 힘이었다.

"죽이지 않으면 이 여자는 죽습니다, 전하."

비릿한 페트로의 웃음이 홀에 있는 모두에게는 끔찍할 만큼의 공포를 주었다. 공포에 떨기 시작한 일족들이 절망감이 가득한 눈으로 시운을 바라보았다. 왕이 일족을 죽인다. 다른 의미로 페트로는 시운을 일족의 배신자로 만들 셈이었다. 페트로는 새로운 나라를 만들고 싶었다. 여자에 미친 시운이 밤의 모임에 온 일족들을 다 죽인다. 그리고 미쳐 버린 시운과 운을 죽이고 남은 일족들을 데리고 새로운 나라를 건국한다. 그것이 페트로의 시나리오였다. 인간 세계를 없애 버리는 일은 그 후에 차차 해도 될 터였다.

"아, 안 돼."

그때였다. 작게 중얼거리며 운이 자신의 목을 잡고 있는 페트로의 팔을 꼭 껴안았다. 언뜻 보이는 운의 눈은 붉었다.

"뭐, 뭐야!"

페트로가 팔에서 느껴지는 한기에 당황하며 뒤로 물러났다. 하지만 운은 그의 팔을 더 꽉 잡았다. 페트로가 운의 목을 움켜쥔 손에서 힘을 빼내며 뒤로 한 발자국 더 물러났다.

항상 시운의 힘을 두려워했던 페트로였다. 페트로는 시운만큼은 아니지만 그와 비슷한 한기를 뿜으며 뼛속까지 얼리는 듯한 한기를 뿜어내는 운에게 두려움을 느끼기 시작했다. 한기는 꼭 시운이 내는 힘처럼 살을 뚫고 뼛속까지 번져 왔다.

"오, 오지 마!"

페트로가 한 발자국 뒤로 물러나자 시운이 다급하게 운에게 달려들었다. 하지만 목이 자유로워진 운은 끝장을 보려는 듯 페트로에게 달려들어 그의 몸을 끌어안았다. 운의 몸에서 번져 오는 한기에 페트로가 한순간 강한 힘으로 운을 튕겨냈다. 시운이 떨어지는 운을 잡으며 땅으로 같이 굴렀다.

"으읏!"

운이 배를 잡으며 고통스런 신음 소리를 내뱉었다. 시운이 충격으로 기절한 운의 몸을 살폈다. 커다란 외상은 없었지만 몸 구석구석에 아까의 화상 자국이 있었다.

"피해, 시운아!"

운의 몸을 살피던 시운의 뒤로 정신을 차린 페트로가 재빠르게 달려와 날카로운 손톱을 휘둘렀다. 시운이 다급하게 일어나 기다란 손톱을 빼내어 그의 손톱을 막았다. 시운이 뒤에 쓰러진 운을 힐끔 보자 페트로가 다른 손으로 다시 한 번 손톱을 휘두르며 그의 허리를 공격했다.

"한눈팔 시간도 있었나요?"

생각보다 페트로의 힘은 많이 강해져 있었다.

"전하의 피를 마신 저 계집애가 도움이 많이 됐습니다. 제 힘이 어떤가요?"

"페트로, 넌 나에게 아직 일러."

그렇게 말했지만 시운은 확신할 수가 없었다. 멀리 떨어진 적이라면 모를까, 가까이 있는 적을 공격하기란 어려웠다. 얼려 버렸다간 그 공격에 자신이나 운 또한 다칠 수 있었다. 반면 페트로는 가까이 있는 적에게 정신지배를 한다던가 손톱을 이용해 단번에 죽이는 것에 능숙했다. 그걸 알고 있기에 페트로는 조금이라도 시운에게 떨어지지 않고 공격했다.

"진, 운을 옮겨!"

쓰러진 운이 신경이 쓰여 도저히 능력을 쓸 수가 없었다. 자신은 화상을 입든 다치든 상관없었지만 운은 아니었다. 시운의 말에 진이 다급하게 시운의 뒤로 향해 갔다. 하지만 메드리아에서 가장 강하다는 인물들이 싸우고 있어 옆으로 다가가기도 힘들었다.

"그렇게는 안 되지!"

공격을 막지 못하고 시운의 손톱에 허리가 깊게 찢기면서도 페트로가 운에게 달려들었다. 운이 안전한 곳에 가게 된다면 시운은 자신이 다치든 말든 힘을 쓰며 죽이려 들 것이 뻔했다. 어차피 계속 끌어봐야 페트로는 자신이 당한다는 것을 알고 있었다. 그럴 바에는 큰 상처를 입더라도 운을 인질로 잡아야 했다

"커억!"

그 순간 페트로가 붉은 핏물을 입에서 왈칵 쏟아냈다. 그리고 고개를 돌려 옆을 바라보았다. 금방까지만 해도 심장을 붙들고 있던 늙은 쉐인의 얼굴이 보였다. 분명 쓰러졌던 이였다. 아직 심장이 사라지지 않아 살아 있었지만 이런 힘을 갖고 있었다니, 믿을

수가 없었다. 페트로는 고개를 내려 자신의 심장까지 뚫고 들어온 쉐인의 손톱을 보았다. 심장을 관통하여 가슴까지 뚫은 쉐인의 손톱이 눈앞에 보였다. 순간 페트로는 이성을 잃으며 붉은 눈을 빛냈다.

"너, 너만은……!"

흐릿한 시야에서 운에게 날카로운 손톱을 빼내어 달려가는 페트로를 용서할 수가 없었다. 하지만 힘이 부친 쉐인은 말을 다 내뱉지 못했다. 손톱에서 힘이 빠지고 있는 것을 느끼며 페트로가 쉐인의 배를 향해 강하게 손톱을 내려쳤다.

"커헉!"

쉐인이 피를 울컥 토하며 바닥으로 쓰러졌다. 페트로가 희열에 비릿한 조소를 지었다. 하지만 뒤에서 느껴지는 강렬한 고통에 곧 조소는 고통 어린 신음 소리로 바뀌었다.

"으으으윽!"

"이제 그만 네가 갈 곳으로 돌아가라, 페트로."

날카로운 손톱으로 페트로의 등을 뚫고 시운이 그의 심장을 꺼냈다. 밖으로 나왔어도 진득한 생명력으로 펄떡이는 심장을 움켜쥐자 여기저기 핏물이 튀며 산산이 흩어졌다. 심장을 관통당한 페트로가 눈을 희번덕거린 채 땅으로 쓰러졌다. 시운이 진득한 피가 묻은 손을 털어냈다.

"운아, 일어나."

운에게 다가간 진이 그녀의 몸을 흔들어 깨웠다. 그러다 처참한 쉐인의 모습에 아차 싶었다. 운이 깨면 이 모습을 보게 된다. 이런 모습을 보여주고 싶지 않았다. 하지만 불행인지 다행인지 운이 옅은 신음 소리를 내며 눈을 떴다.

"괜찮나. 이제 다 끝났어. 안심해."

어느새 다가온 시운이 그녀를 살피며 안심을 시켰다. 그러면서도 혹여나 운이 쉐인의 모습을 볼까 봐 그녀의 시야를 막았다. 하지만 옆에서 느껴지는 강렬한 혈향에 정신을 차린 운이 주위를 둘러보며 가장 먼저 쉐인을 찾았다.

"외, 외할아버지는 어디에……!"

"운아."

시선을 돌리다 시운의 뒤에 있는 쉐인의 얼굴을 발견한 운이 멍하니 바라보았다. 시운의 뒤로 많은 양의 피가 바닥을 메우고 있었다. 피는 계속해서 더 큰 웅덩이를 만들어내고 있었다. 진득하게 맡아지는 혈향에 운이 덜덜 떨리는 손으로 시운을 제치며 뒤를 보려고 했다. 하지만 시운이 그녀의 몸을 막으며 끌어안았다.

"보지 마."

"노, 놓아주세요."

"보지 마. 보지 않는 게 좋겠어."

"노, 놓아요. 놔! 놓으란 말이야!"

운이 찢어질 듯한 목소리로 소리를 지르며 거칠게 시운을 밀치고 뒤에 있는 쉐인을 보았다. 엄청난 양의 피를 흘리고 있는 쉐인의 배는 너덜너덜해져 있었다. 온전하지 못한 쉐인의 모습을 본 운이 온몸을 덜덜 떨었다. 운이 쉐인에게로 기어갔다.

"외할아버지, 외할아버지, 일어나세요."

운이 겨우 목소리를 진정시키며 쉐인의 몸을 살살 흔들었다. 하지만 쉐인은 아무런 미동도 없었다.

"우리 여기서 오래오래 행복하게 살자고 했잖아요. 그러고 싶다고 하셨잖아요. 이제 그만 일어나세요, 네?"

"운아……."

옆으로 다가온 진이 주먹을 꽉 쥐며 쉐인의 처참한 몰골을 바라보았다. 어제까지 웃고 떠들었던 이가 한순간에 이렇게 되자 마음이 아파왔다. 그리고 쉐인의 죽음을 인정하지 않으려는 듯 계속 깨우려고 하는 운의 모습이 안타까웠다.

"8백 년 만에 돌아온 고향에서 오래 살고 싶다고 하셨잖아요! 같은 일족을 만나 제가 행복하게 사는 모습을 보고 싶다고 하셨잖아요!"

한바탕 소리를 지른 운이 곧 기운이 빠지는지 허탈한 표정으로 눈물을 뚝뚝 흘렸다. 멍하니 쉐인만 바라보고 있던 운이 옆에 있는 진의 옷깃을 잡으며 닦달하기 시작했다.

"나한테 뱀파이어는 인간보다 훨씬 우월한 존재라고 했죠? 오래 살 수 있다고 한 거 맞죠? 이쪽 의학기술이 뛰어나다고도 했어요. 우리 외할아버지 살려주세요. 제발……."

진도 마음이 착잡했다. 쉐인의 희생이 가장 좋다고 생각했던 것이 떠올랐다. 끔찍한 죄책감이 온몸을 휩싸고 있었다.

"미, 미안해, 운아. 나도 슬프지만 쉐인의 몸은……."

"외할아버지도 뱀파이어잖아! 왜, 왜 안 되는 건데! 제발 살려줘. 제발 살려줘요, 응?"

운이 작은 주먹으로 힘없이 진을 내려치며 애원했다. 아까의 죄책감과 슬픔에 진은 가만히 맞고 있을 수밖에 없었다.

"그만둬."

뒤에서 그런 운의 주먹을 잡으며 시운이 그녀를 감쌌다. 사랑하는 여자가 슬픔에 젖어가는 것을 보는 것은 힘들었다. 운이 하염없이 눈물을 흘리며 힘없이 손을 내렸다.

"진도 마음이 아플 거야. 이제 그만해."

그 말에 운이 진의 얼굴을 쳐다보았다. 쾌활한 성격답게 항상 밝은 표정만 보여줬던 진의 얼굴이 너무나도 슬퍼 보였다. 진도 자신만큼이나 슬퍼하고 있다는 걸 알기에 운이 바로 통곡하며 사과하기 시작했다.

"내가, 내가 미안해요. 근데 나 지금 너무 슬퍼서, 그래서 보이지가 않았어요. 너무 슬퍼서……."

"이제 그만 편히 보내 드려."

시운이 운을 더 꼭 껴안았다. 감싼 팔 위로 떨어지는 운의 눈물에 마음이 아팠다. 하지만 여기서 운이 기댈 수 있는 이는 자신밖에 없었다.

"진, 네가 편히 보내줘."

시운이 제대로 감지 못한 쉐인의 눈을 보며 말했다. 진이 미세하게 떨리는 손으로 쉐인의 눈으로 손을 가져갔다. 눈을 감겨주기 위해 손은 얹은 진이 눈을 크게 뜨며 쉐인을 쳐다보았다. 그리고 떨리는 목소리로 외쳤다.

"의, 의사! 의사를 불러! 지금 당장!"

진이 소리를 치자 귀족들 사이에서 잠시 소란이 일어났다. 누군가가 밖으로 나갔고 곧 의사가 홀 안에 들어왔다. 믿을 수 없는 상황에 운이 멍하니 그 자리에 앉아 쉐인을 쳐다봤다. 시운은 의사가 들어옴에 운의 몸을 뒤로 물릴 때까지 그녀는 정신을 차리지 못하고 있었다.

"왜…… 왜요?"

"숨을 쉬고 있어!"

진의 외침에 운의 눈에 서서히 기쁨이 서렸다.

"어떻게든 살려내야 한다! 지금 당장 피의 의식을 거행해라."

시운의 명에 홀 안에 있던 모두가 쉐인을 살리기 위해 일사천리로 몰려왔다. 목숨만 붙어 있다면 살릴 수도 있었다. 심장이 멎거나 뇌가 터진 것이 아니었다. 노화된 몸이 불안했지만 허리가 반쯤 찢겨져 나간 정도라면 살릴 수 있을지도 몰랐다. 옆에 있는 수많은 귀족들은 메드리아에서 가장 강했다. 진이 가장 먼저 자신의 손목을 물어뜯으며 쉐인의 입에 피를 떨어뜨렸다.

"할아버님, 꼭 일어나세요. 운이가 아이를 낳고 기르는 모습까지 보고 싶어 하셨잖아요."

진이 간절하게 말하며 피를 떨어뜨렸다. 진의 옆에 귀족들이 하나둘씩 모여들면서 피를 떨어뜨리기 시작했다. 생체회복기능을 강하게 올려주는 뱀파이어의 피는 누군가를 살리기 위해서도 쓰였다. 위급한 상황에서 그 자리에 있는 이들이 피를 줌으로써 살린다. 그것이 피의 의식이었다. 수많은 뱀파이어들의 피를, 그것도 귀족들의 피를 한꺼번에 받는다면 생체회복기능을 급격하게 올릴 수 있다.

"지, 지금 뭘……."

운이 수많은 뱀파이어들 사이에서 이제는 보이지도 않는 쉐인이 있는 곳에서 시선을 떼지 않고 물었다. 쉐인의 몸 자체에 뱀파이어들이 자신들의 피를 떨어뜨리고 있었다.

"피의 의식이야. 죽어가는 일족을 살리기 위한 의식이지."

운이 시운의 몸을 지탱하며 그 희귀한 광경을 지켜보았다.

"전하, 전하께오선 아니 되십니다! 이리 오셔서 어서 상처를……."

"내 아내의 친족이다. 치료는 피의 의식이 끝난 후에 받도록 하지."

시운이 쉐인에게 자신의 피를 내어주었다. 수많은 귀족들에게 한차례 피를 받아낸 쉐인의 모습은 온통 피로 젖어 얼핏 보기엔 처참해 보였다. 하지만 그 피의 영향으로 쉐인의 손가락이 조금씩 움직이기 시작했다.

"조금씩 반응하기 시작합니다!"

"생체회복력이 급격하게 높아졌습니다."

곧 생명의 불씨가 다시 켜지는 소리가 늘렸다. 운은 마지막까지 그 모습을 지켜보다 어느 순간 정신을 잃고 쓰러졌다.

"운아, 운아."

쉐인의 목소리가 들려왔다. 운이 천천히 무거운 눈꺼풀을 들어 올렸다.

"정신이 드나?"

바로 앞에 시운의 얼굴이 있었다. 쉐인의 목소리가 마치 거짓말인 듯 눈앞에는 시운이 있었고, 그 옆에는 진과 클레라가 서 있었다.

"외, 외할아버지는……."

잔뜩 갈라진 목소리로 운이 다급하게 쉐인을 찾았다. 그러자 시운이 한 발자국 물러나며 옆으로 시선을 주었다. 운이 그 시선을 따라가자 쉐인의 얼굴이 보였고, 이내 운의 눈에 눈물이 그렁그렁 맺혔다.

"운아."

"외할아버지."

안심이 되며 어느 순간 긴장이 풀어졌다. 운이 몸을 일으켜 쉐인에게 다가가려고 했다. 하지만 시운이 그녀의 몸을 다시 눕히며 고개를 저었다.

"그냥 있거라, 운아."

인자한 쉐인의 목소리에 마음이 놓였다. 운이 벅찬 마음을 겨우 진정시키며 애써 환하게 미소를 지었다. 인간이든 뱀파이어든 언제 죽을지 모르는 것이다. 한번 쉐인의 위기를 맛보았기에 최대한 웃는 모습을 많이 보여 드리고 싶은 마음이 들었다.

"고마워요, 외할아버지. 살아주셔서 너무 고마워요."

"내 말하지 않았느냐. 네가 아이를 낳고 기르는 모습까지 보기 전엔 절대 못 죽는다. 뱃속에 벌써 애까지 생겼는데 내 억울해서 죽을 수야 있겠느냐."

"맞아요, 외할아버지. 제가 아이를 낳고 기르는 모습까지……

네?"

 운이 의미심장한 쉐인의 말에 눈을 동그랗게 뜨고 되물었다. 그러자 쉐인이 흐뭇하게 미소를 지었다. 주름진 눈가에 더 주름이 번졌지만 그만큼 운의 마음을 편하게 만들어주었다.

"바보야, 너 임신했다고 말하고 있잖아."

 진이 옆에서 장난스럽게 운을 놀려댔다. 운이 그 소리에 고개를 갸웃거리며 진을 쳐다보다 그 말의 의미를 깨닫고 놀라 자신의 배를 내려다보며 쓰다듬었다. 팽팽한 배가 절대 안에 아이가 있다고 말하고 있는 것 같지 않았다.

"이, 임신이라니요?"

"임신 말이야, 임신! 넌 어떻게 임신해서도 그리 맹하냐."

 맹한 것과 임신한 것의 차이가 얼핏 궁금했지만 운을 자신이 임신했다는 사실이 믿기지 않아 말을 할 수가 없었다. 얼빵한 얼굴로 있는 운을 놀리기 위해 진이 더 장난스럽게 웃으며 말했다.

"너 닮아서 애……."

"그만둬, 진. 아기가 들어."

 진의 말을 끊으며 시운이 운의 머리를 쓰다듬어 주었다. 운이 고개를 시운에게 돌렸다. 그러자 시운이 부드럽게 미소를 지으며 말했다.

"몸이 괜찮아질 때까지 기다렸다가 식을 올려야겠군."

 지금 당장에라도 식을 거행시키고 싶었다. 하지만 아이의 상태가 별로 좋지 못하다는 의사의 말에 그녀의 건강을 우선시해야 했다.

"네 힘, 그거 그 아이한테서 나오는 거더라? 어쩐지, 한기를 내

뽑고 얼리는 능력들은 귀족들에게도 거의 나타나지 않는 최상의 능력이라 이상하다 싶었어."

클레라가 새침하게 말하며 갑자기 발현되었던 운의 능력에 대해 말해주었다. 자신의 힘이 아니었기에 제대로 조절이 되지 않아 운이 난감했던 힘은 아이의 힘이었다. 시운의 피를 이어 강한 힘을 가지고 있는 태아가 뱀파이어의 힘을 가지고 싶다는 어미의 바람에 의해 능력을 내보였던 것이다.

"운아, 축하한다. 이제 행복할 일만 남았구나."

옆에서 들리는 목소리에 운이 고개를 돌려 쉐인을 바라보았다. 죽은 줄로만 알았던 쉐인이 살아 있다는 것만으로도 기뻤다. 하물며 임신까지 했다니. 운은 더없이 행복했다.

"외할아버지, 고마워요."

운이 밝게 웃으며 말했다.

에필로그

 시운은 팔에서 묵직한 아픔이 느껴지자 스르르 눈을 떴다. 역시나 운이 고른 이빨 자국을 내며 자신의 팔을 물고 있었다. 요즘 자면서 생긴 운의 습관이었다. 아직 송곳니도 제대로 나지 않은 주제에 무는 건 어찌나 잘하는지 운은 시도 때도 없이 물어댔다. 시운은 다른 손으로 운의 입을 살짝 벌리고 물려 있던 팔을 빼내려고 했다. 하지만 운이 혹여나 피를 주지 않을까 싶은지 더 세게 물었다. 앙다문 운의 턱에 힘이 들어갔다.
 "줄게. 잠깐만."
 시운이 자고 있는 운을 달래며 말했다. 그러자 신기하게도 운이 입을 벌리며 시운의 살점을 놓아주었다. 어찌나 세게 문 것인지 고른 이빨 자국이 선명하다 못해 피부를 뚫고 곧 피가 나올 것 같았다. 시운이 자신의 송곳니로 살짝 상처를 낸 뒤 운에게 다시 물려줬다.

"으응."

아이가 어미젖을 먹듯이 운이 살며시 나는 피 냄새에 무의식적으로 입을 벌리며 찾았다. 항상 이런 식이었다. 임신 초반에 일어난 사건으로 많이 불안정하다는 말과 다르게 운은 점점 건강을 찾아갔고, 지금은 아주 튼튼해졌다. 임신을 하면 생긴다는 빈혈기도 없었다. 그렇다고 음식을 전보다 많이 먹는 것은 아니었다. 대신 이렇게 꿈속에서도 피를 찾았다.

"누가 보면 매일 굶기는 줄 알겠군."

"조금 더……."

이불에 흘러내릴까 봐 상처를 얕게 냈더니 금세 피가 멎었나 보다. 운이 입맛을 다시며 중얼거렸다. 시운은 한숨을 쉬며 다시 팔의 상처를 벌려 운에게 대주었다. 운이 다시 아이처럼 쪽쪽 빨기 시작했다. 시운의 피를 이어 생긴 아이는 너무나도 강했다. 그렇기에 약한 제 어미의 힘을 쭉쭉 받아먹었다. 이렇게 시운의 강한 피로 보충해 주지 않으면 아이는 만족을 모르고 운이 죽을 때까지 힘을 빼앗을 터였다. 시운은 피를 더 마시기 위해 어느새 더 불편한 자세로 침대에 누워 있는 운의 머리를 편하게 해주었다.

"으음."

누군가가 머리를 만지는 느낌에 운이 천천히 무거운 눈꺼풀을 들어 올렸다. 무수히 쏟아지는 잠으로 무뎌진 후각에서 비릿한 향이 느껴지는 것 같았다. 운이 눈을 아래로 내리깔며 자신이 무엇을 하고 있는지 확인했다. 곧 운이 눈을 크게 뜨며 놀라 시운의 팔을 떨어뜨렸다.

"앗, 미안해요! 내가 또 어느새……."

"괜찮아. 그냥 마셔."

운의 힘이 약하기 때문에 그만큼 시운이 힘을 많이 보충해 줘야 했다. 의사의 말로는 태아 때부터 힘을 방출시킬 정도면, 약한 운의 힘을 다 빼앗고도 부족해 더 힘을 갈구할 거라 했다. 전부 강한 왕의 아이가 태어날 거라며 기대를 했지만 시운은 반대로 불안하기만 했다. 혹시라도 아이가 제 어미의 힘을 전부 빼앗아 버릴까 봐 걱정이 되었다. 그래서 요즘 시운은 자신의 피가 부족할 정도로 운에게 피를 먹이고 있었다. 그걸 운이 얼마 전부터 알았는지 자제하려 했지만 그로 인해 다른 문제도 생겼기에 시운으로선 반가운 일은 아니었다.

"긴장 풀어. 아무도 안 빼앗아가."

시운이 역시나 운에게서 서늘한 기운이 뿜어져 나오는 것을 느끼며 진정시키려는 듯이 그녀의 등을 토닥였다. 그러자 운이 눈을 동그랗게 뜨며 시운을 보다가 아차 싶은지 몸에서 힘을 뺐다. 운은 항상 시운에게서 피를 받아먹지만 매일 피가 고팠다. 그중에서 극심하게 피가 고플 때가 있는데, 그럴 때마다 급하게 먹는다고 무의식적으로 몸에 힘이 들어가며 몸에서 냉기를 뿜었다.

"어떤 아이가 나올지 모르겠지만 힘 조절 시키려면 고생 좀 하겠군."

이 정도로 강하다면 아마 아이가 태어나고 나서는 힘조절하는 데 오랜 시간이 걸릴 것이다. 성장이 덜된 아이는 힘을 조절하고 자유롭게 쓰는 것이 미숙하기 때문에 교육이 끝날 때까지는 꼭 부모의 손이 필요했다. 시운은 운이 그만 팔에서 입을 떼자 단호하게 말했다.

"충분할 만큼 마셔."

"하, 하지만……."

"어서."

운이 타오르는 갈증을 이기지 못하고 다시 시운의 피를 마시기 시작했다. 원래부터 강하니 아이가 나올 때까지만 피를 많이 빼앗겨도 어떻게든 버티면 되었다. 하지만 아이의 모든 힘을 견뎌야 하는 운은 더 이상의 힘을 내어주면 안 됐다. 그나마 따로 입덧을 하거나 식욕이 떨어져 음식을 먹지 않았다면 운은 아마 오래 버티지 못했을 것이다.

"이상한 꿈은 꾸지 않았지?"

그때의 충격이 심했는지 운은 한 번씩 악몽을 꾸곤 했다. 그때 이후로 시운은 운이 깰 때마다 같은 질문을 해왔다. 시운의 질문에 운이 고개를 끄덕이며 계속 피를 마셨다. 아침에도 충분할 정도의 피를 마셨음에도 갈증이 났는지, 운의 송곳니가 그세 조금 튀어나와 있었다. 평소엔 인간의 것처럼 뭉툭했지만 전보다 운은 송곳니를 자주 뺐다. 운이 이제 만족할 만큼 다 마셨는지 상처를 부드럽게 핥으며 떨어졌다.

"다 마셨어?"

"음, 이 정도면 충분한 것 같아요."

"억지로 참으려 하진 마."

"알겠어요, 로이드님."

운이 빙긋 웃으며 시운의 품으로 파고들었다. 뱀파이어이기 때문에 모든 촉각이 인간에 비해 민감했다. 피를 탐하고 나서부터는 그 민감함이 더해졌고, 임신을 하고 나서는 아주 절정을 달리고 있었다. 운은 그것이 좋았다. 비록 싫은 냄새를 맡거나 보기 싫은 것들을 잘 보게 되는 것은 문제가 있었지만, 시운에게 안겼을 때의 느낌은 그 모든 것을 잊게 했다. 시운의 체취와 부드럽고 단단하게 만져지는 그의 몸을 느끼면 세상만사가 다 제 것이 된 것마냥 기분이 좋았다.

"로이드라고 부르지 말라고 했을 텐데?"

"원래 이름이 로이드잖아요?"

"내 이름은 이제 시운이야."

'시운'은 동양의 나라를 갈 때 그곳에서 좀 편하게 자신을 알리기 위해 지었던 이름이다. 하지만 운에게 처음으로 시운이라 불리고 인식이 되어서인지 이 이름을 쉽사리 버릴 수가 없었다. 결국 시운은 얼마 전 로이드라는 이름을 버리고 시운이라 이름을 바꿨다. 바꿨다고 해봤자 전부 시운을 향해 전하라고 부르는 이들밖에 없다며 진이 말렸는데도 시운은 꿋꿋이 자신의 이름을 바꿨다.

"싫어요. 자기 이름을 좀 소중히 해봐요."

"나도 싫어. 결국 네 이름 빼앗기기 싫으니까 전의 이름을 쓰라는 거잖아?"

운이 말로는 로이드란 이름이 좋다며, 그 이름을 계속 쓰라고 하지만 진실은 따로 있었다. 같이 운으로 끝나는 이름이 운은 마음에 안 들었다. 그래서 전의 이름을 소중히 여기고, 기존 이름을 쓰라고 항상 시운을 설득하고 있었다. 매일 시운이 아닌 로이드의 이름을 부르면서 말이다.

"듣기 헷갈리면 네가 이름을 바꾸라고."

"그 말, 치사해요. 처음에도 21년밖에 쓰지 않은 이름이니까 바꾸라고 하고. 꼭 자기는 평생 시운으로 산 것처럼."

운이 눈을 가느다랗게 뜨며 시운을 흘겨봤다. 처음 진에게 이름으로 놀림받았을 때, 시운은 운에게 21년밖에 쓰지 않은 이름을 바꾸라고 했다. 그때는 로이드란 기존 이름을 몰랐으니 운은 아무런 반박도 하지 못했지만, 지금은 할 말이 많았다. 21년밖에 쓰지 않은 이름이었지만, 시운은 채 1년도 쓰지 않은 이름이었다. 쓴 세월을 말하면 운이 더 길었고, 지금은 시운에게 두려움이나 무서운 감정 또한 없으니 절대 질 수 없었다.

"난 로이드가 좋으니까 시운을 버리세요. 어차피 1년도 안 쓴 이름이잖아요."

"임신을 하더니 아주 쪼잔해졌군그래."

"그거랑 이거랑 무슨 상관이에요?"

"아아, 원래부터 이런 거였으니, 아직 어려서 그런가?"

운이 발끈하며 양 볼을 부풀렸다. 항상 어린 운을 놀리며 우위에 서는 이는 시운이었다. 시운은 매번 어른 같은 모습으로 자신을 놀렸다. 처음에 운은 이런 것으로 불만이 많았다. 배우자가 되었으니 그만큼 자신을 대우해 주길 바랐다. 하지만 이 방법에 대처할 방법을 깨달은 운은 더는 의기소침해지거나 꽁해지지 않았다. 운은 요즘 연습하고 있는 새침한 얼굴로 날카롭게 말했다.

"전 너무 어려서 어른들이 하는 짓은 더는 못 따라가겠어요. 그러니까 이 손 치워요."

운이 자신의 허리를 매만지고 있던 시운의 손을 탁 쳐내며 침대 끝으로 굴러갔다. 그에 시운이 인상을 찌푸리며 허전한 손을 내려다보았다.

"아주 파렴치한 것도 정도가 있지. 어린아이 임신시켜 놓고 죄책감도 안 들어요?"

"너, 그 말 어디서 배웠어?"

"다 제 머릿속에서 나온 말이지요. 아직 어려도 생각할 정도로는 다 컸다고요."

요즘 클레라랑 붙어 다니던 운은 아주 말하는 게 새침하기 짝이 없었다. 진에게 들어본 결과, 클레라는 좋아하는 남자에게 적극적으로 대시를 한 다음, 자신의 것이 됐다고 여길 시에는 어느 정도 튕겨줘야 한다는 이론을 가지고 있었다. 클레라를 따라 한 운의 어설픈 유혹법이나 다른 것들은 반가웠지만 이런 것은 닮으면 절대 안 된다. 시운이 진지한 얼굴로 운을 바라보며 말했다.

"당분간 클레라의 성 출입을 자제시켜야 되겠군."

"왜, 왜요?"

"네가 쓸데없는 것들까지 배우잖아?"

"그렇다고 출입을 자제시키다니요! 치사해. 언제는 언니가 귀엽고 하는 짓도 야무지니 뭐라도 좀 배우라고 해놓고선."

물론 시운의 눈으로 봤을 때에 어린 클레라의 행동들은 귀여웠다. 거기다 어린 나이에도 도도한 공주님이란 소리까지 들었으니, 하는 짓도 똑 부러지게 야무졌다. 그런 점을 운에게 배우게 하고 싶었다. 몸이 퇴화되면서 잃은 자신감과 자격지심들을 없애주고 싶었다. 그것은 같은 여자로서, 그리고 비슷한 또래의 나이인 클레라가 적당하다고 생각했었다. 자신은 이곳에서 가장 강하고, 사랑하는 남편이니 달래주는 것은 더욱 큰 부담감을 만들어줄 거라 생각했기 때문이었다.

"나한테 그 정도로 대들었으면 된 거지. 아주 요즘 기가 살았지?"

처음 운이 시운을 봤을 때와는 확실히 많이 달라져 있었다. 시운에게서 나오는 위압감에 본능적으로 피하려 하고 두려워했던 것과는 달리 운은 이제 농담도 스스럼없이 하며 편해했다. 다른 일족들에게도 그랬다. 전에는 밤의 모임 때 불안감과 긴장감에 경직되어 있었지만 이젠 시운에게서 나오는 위압감을 이겨낸 것처럼 남들에게 모습을 보이는 것에 약간은 긴장했지만 불안해하진 않았다.

"임산부한테 협박도 하고. 태교에 참 좋겠어요."

운이 비아냥거리며 말하자 시운이 무뚝뚝한 얼굴을 풀며 픽 하고 웃었다. 서로 장난칠 정도로 변한 관계가 좋았다. 강한 아이를 가지고 있어서 그런지, 아니면 정말로 일족에게서 흘러나오는 위압감에 무뎌졌는지는 모르겠지만 운은 이제 자신을 편하게 대했다.

"이리 와. 어른이 하는 짓은 안 할게."

"정말요?"

"그래."

"난 어른이 하는 짓을 해보고 싶었는데……."

운이 눈을 가늘게 뜨며 시운을 그윽하게 바라보았다. 클레라에게 배운 방법이지만 아무리 연습을 해도 클레라처럼 매혹적이거나 유혹적이지 않았다. 하지만 시운은 운이 하는 거라면 뭐든지 통했다. 지금처럼.

"엄마야!"

"네가 먼저 유혹했어."

시운이 순식간에 운의 팔을 잡아당기며 그녀의 위로 올라갔다. 갑자기 덮쳐 오는 시운으로 인해 놀란 운이 눈을 질끈 감았다. 그러다 한쪽 눈을 살포시 뜨며 자신의 몸을 누르고 올라온 시운에게 말했다.

"저기, 배 무거운데……."

"젠장."

시운이 인상을 찌푸리며 운의 몸 위에서 급하게 내려왔다. 실제로 운의 몸 위에 있으면서 다리로 지탱했기에 무게가 많이 쏠리진 않았다. 하지만 운은 이리 말하면 시운이 금세 그만두었다. 무엇보다도 아이를 좋아하고, 운을 아끼는 것을 알고 있으니 어찌 보면 임산부인 운이 시운을 이길 수 있는 건 당연한 이치였다.

"그렇게 핑계댈 수 있을 때 많이 대는 게 좋을 거야. 3개월 후에 보자고."

시운이 위협하듯 말했지만 운은 그저 흘려 들으며 배시시 웃었다. 임신한 지가 벌써 7개월이나 흘렀다. 그동안 마음고생을 많이 했기 때문에 의사는 절대안정을 운운했다. 그걸 이렇게 이용해 먹는 운에게 시운은 심통이 나 있던 차였다. 3개월 후에는 어떻게든 운을 맘대로 취하리라. 시운은 다짐, 또 다짐했다.

"너는 볼 때마다 어찌 배가 불러오니?"

클레라가 운의 옆에 다가와 의자에 앉으며 말하자, 운이 이제는 눈에 띄게 솟아오른 배를 쓰다듬으며 대답했다.

"그러게요. 요즘 아이가 쑥쑥 자라나 봐요."

클레라는 페트로의 정신지배에 어쩔 수 없이 저지른 행동이라 당분간 근신을 당했었다. 애초에 운의 피를 마셨으면서도 성에서의 간단한 근신은 그녀를 지키기 위해서였다고 했다. 근신은 곧 끝났지만 클레라는 성에 자주 찾아왔었다. 시운이 아닌 운을 보러.

"좋겠다. 나이도 어린 것이 애도 먼저 갖고."

"그러게요. 몇백 년을 살아도 아이를 못 갖는 부부도 많다고 들었어요. 그렇게 생각하면 전 정말 행운인 것 같아요."

운이 헤헤거리며 웃었다. 처음 불안해하고 두려움에 벌벌 떨던 운은 이제 볼 수 없었다. 그저 아이를 갖고 행복한 미소를 짓는 여자만 있을 뿐. 클레라가 한쪽 입꼬리를 살며시 말아 올리다가 갑자기 눈을 치켜뜨며 물어봤다.

"네가 그렇게 헤프게 웃으니까 전하께서 널 휘두르는 거잖아."

"하지만 어제도 결국 제가 하자는 대로 했는걸요?"

운이 맑은 눈동자를 굴리며 클레라의 눈치를 봤다. 솔직히 시운이 거의 봐준 거나 다름없었고, 운은 또 치사하게 아이를 이용해 먹는 것뿐이었다. 양심이 콕콕 찔러왔지만 여자의 자존심이 이렇게 말하라 하고 있었다. 클레라가 원하는 것은 눈빛 하나로 시운을 눌러야 하는 것이었고, 당연히 내공이 부족한 운은 클레라의 바람을 따라갈 수 없었다.

"손짓 하나로도 네 노예가 되도록 만들라고!"

"원흉이 여기 있었군."

"하하하, 클레라! 너 재밌다. 시운이 노예가 되면 볼만하겠는걸?"

쥐도 새도 모르게 들어온 시운이 주머니에 손을 꽂은 채 삐딱한 자세로 클레라를 내려다보았다. 뒤에서 진이 배를 잡고 마구 웃었지만, 경악으로 멍하니 시운을 보던 클레라는 신경 쓸 수가 없었다.

"저, 전하."

"인사는 됐어. 요즘 내 아내가 하도 이상한 짓을 하기에 무슨 이야기를 하는지 보러 온 거야."

시운이 클레라를 지나쳐 커다란 눈을 요리조리 굴리며 아무런 말도 하지 않고 있는 운에게 다가갔다. 운의 옆에 앉은 시운이 아직도 키득키득 거리며 웃고 있는 진을 노려보았다.

"언니는 뱀파이어 여자라면 당연히 유혹하는 법을 알아야 한다고 했어요. 그걸 가르쳐 주러 온 거예요."

"알아. 하지만 딱히 누군가를 유혹하기보다는 특정 인물을 가지고 놀려는 수작인 것 같군."

무심하게 말했지만 시운의 시선은 날카로웠다. 그 순간 운은 생각했다.

'삐쳤다.'

한숨을 쉬는 운의 허리를 잡은 시운이 클레라를 바라보았다. 오늘도 제가 좋아하는 붉은 빛깔의 원피스를 입고 온 클레라는 당연 예뻤다.

"클레라, 네 앙큼한 입을 잘도 놀리는구나. 어디 좀 더 해보거라."

"전하, 그게 아니라……."

시큰둥하게 말하고 있었지만, 시운은 운의 생각 그대로 삐쳐 있었다. 진도 그걸 눈치챘는지 싱긋 웃으며 말했다.

"꼭 널 유혹해야 한다는 편견은 없애라고. 인간 남자를 유혹할 때도 쓰이는 거잖아. 안 그래?"

"인간 남자?"

"당연하지! 아무리 남편이 있다지만 남편 피만 마실 순 없는 거라고. 그래서 클레라, 넌 어떤 유혹법을 써?"

시운을 놀려먹는 진의 말에 운이 풋 하고 웃었다. 시운은 속에서 열이 끓어오르는 것을 느꼈다. 항상 귀엽게만 봐주던 클레라가 어느새 이렇게 커 자신의 아내에게 필요 이상의 것들을 가르치는 것이 못마땅했다. 클레라가 무슨 잘못을 하더라도 아직은 어리니 그저 귀엽고 예쁜 실수로만 봐주던 시운은 갑자기 그녀에 존재에 대해 큰 거부감을 느꼈다. 그리고 농담이지만 다른 남자를 꾀어내서 피를 마셔야 한다고 하는 진의 입을 쭉 찢어버리고 싶었다.

"저희는 그저 여자끼리의 수다를 떨고 있었습니다."

클레라가 변명거리를 생각하다가 급히 뱉었다. 클레라다운 말이었다. 어릴 때부터 영악했던 클레라는 혼날 일이 있어도 항상 요리조리 잘 피해갔다. 지금처럼 남자들은 끼어들지 말라는 식으로 말이다.

"그래? 우리가 끼면 안 되는 것이었네, 그럼. 운이 어떻게 유혹하는지도 꼭 보고 싶었는데 말이야."

진이 웃으며 일어났다. 이쯤 하고 일어서는 게 좋을 것 같았다. 클레라의 말처럼 여자들이 하는 말에 끼는 것은 메드리아에선 예의가 아니었다. 진이 일어서자 시운이 못마땅한 얼굴로 일어났다. 하지만 운이 시운의 옷깃을 잡으며 그의 걸음을 붙잡았다. 살짝 몸을 튼 시운의 목에 팔을 두른 운이 얼빠진 표정으로 보고 있는 진과 답지 않게 동그랗게 눈을 뜨고 있는 클레라를 보며 싱긋 웃었다.

"사람은 모르겠지만 내 남자 꼬시는 법은 알죠."

운이 까치발을 들며 시운의 입술에 쪽 하고 입을 맞췄다. 그리고 해맑은 얼굴로 웃었다. 맞닿은 배 때문에 자세는 조금 불편했지만 운은 다시 한 번 쪽 하고 입을 맞춘 다음에 배시시 웃으며 말했다.

"저, 갈증 나요! 우리 같이 가요. 일은 나중에 해도 되죠?"

시운이 얼떨결에 고개를 끄덕이자 운이 그런 그를 데리고 나갔다. 운은 뒤를 돌아보며 손을 흔드는 것도 잊지 않고 유유자적하게 시운을 데리고 떠났다. 뜻하지 않는 상황에 진이 허허 하고 웃었다.

"남자는 모르겠지만, 시운이 옆에 있다면 언제든지 피는 얻겠구만?"

"그럼요. 선생님이 뛰어나니까요."

클레라와 진이 서로를 마주 보고 웃었다. 둘은 왠지 메드리아의 미래가 눈앞에 보이는 것 같았다. 퇴폐적이고 음침한 세계가 아닌 밝고 환한 세계가.

✤ ✤ ✤

"아야!"

운은 따끔한 고통에 잠에서 깼다. 그리고 눈도 뜨지 않는 채로 손으로 침대를 더듬어 백운이를 찾았다. 곧 팔 안에서 꿈틀거리는 백운을 찾아낸 운이 졸린 눈을 겨우 뜨며 옆으로 안아갔다.

"또 물었어?"

시운도 운의 뒤척임에 잠에서 깼는지 허스키한 목소리로 물었다. 그리고 꼼지락거리는 백운이를 안아 옆으로 데려왔.

"얘 왜 이렇게 물까요?"

"송곳니가 일찍 나서 그런가 보지."

운이 팔에 선명하게 찍힌 이빨 자국을 내려다보며 울상을 지었다. 놀 때도, 잘 때도, 밥을 먹을 때도 백운이는 운을 물었다. 살살 물거나 송곳니가 나지 않았다면 다행이지만, 백운이는 피를 달라는 듯 날카로운 송곳니로 달려들었다. 이성을 차리거나 판단 능력이 뛰어나질 때까지 한 번 맛본 피를 또 마시기 위해서 이리 문다고는 들었지만 백운이는 조금 심한 것 같았다.

"어린애들은 한번 맛본 피를 잊을 수 없어 하니까. 그러게 애초에 주지 말지 그랬어?"

안 그래도 아이를 낳기 전 공부한 육아법엔 두 돌이 되기 전까진 웬만하면 피를 주지 말라고 적혀 있었다. 물론 피를 어릴 때부터 줘서 영양을 보충시키면 좋겠지만, 절제를 모르는 아이는 시도 때도 없이 문다는 것이었다. 하지만 아이의 영양에는 일찍부터 주는 것이 좋다기에 운은 물면 얼마나 물겠어, 란 생각으로 피를 주었다. 그 결과, 아이는 이리 매일 물었다.

"무는 힘이 장난 아니에요. 한 번씩 살이 떨어져 나갈 것처럼 무는 게……."

모유를 먹일 때에도 송곳니를 꺼내 심하게 물기 때문에 여간 아픈 게 아니었다. 아직은 어리기 때문에 송곳니가 완전히 날카롭지는 않지만, 그래도 아픈 건 아픈 거였다. 그렇다고 조그만 아이를 혼낼 수도 없으니, 속으로 아픔을 꾹꾹 참아야 했다.

"백운아, 네가 그랬니?"

시운은 옹알거리며 이리저리 눈치를 보는 아이를 내려다보았다. 뽀얀 피부에 동그란 눈을 한 백운이가 눈알을 굴리며 이제 막 눈치를 보기 시작했다. 운의 신음 소리와 함께 모여드는 시선에 혹시나 혼날까 싶은지 백운이는 불안한 듯 입술을 오물거렸다. 시운은 백운의 머리를 쓰다듬어 주었다. 그러자 아이가 제 아빠의 손길을 받고 해맑게 웃었다.

"이제는 눈치 보는 게 장난 아닌데? 분위기 보고 혼날까 봐 웃는 것 좀 봐."

백운이가 태어날 때, 하얀 구름을 만들어내듯이 주위 공기를 얼려 안개를 만들었다. 제 아비의 영향인지 아이는 강했고, 능력 또한 태어나기 전부터 깨어 있었다. 하얗게 안개가 낀 것을 보고, 하얀 구름이란 뜻인 동시에 부모의 이름을 따서 이름을 백운이라 지었다. 메드리아에선 이리 동양의 이름처럼 따서 짓는 편은 아니었지만, 이런 이름이 익숙한 운을 향한 시운의 배려였다.

"아바."

"그래, 백운아. 아빠야."

시운이 입꼬리를 말아 올리며 어설픈 백운이의 말에 대답을 해 주었다. 운이 그 모습을 보며 어쩔 수 없다는 듯이 따라 웃었다. 클레라를 대할 때도 알 수 있듯이, 시운은 어린애라면 전부 예뻐했다. 물론 클레라는 이미 다 컸지만, 어릴 때부터 예뻐했고 시운의 입장에서는 아직도 한참 어리기 때문이었다. 아이를 낳지 않았으면 어떻게 됐을까 싶을 정도로 시운은 아이를 정말 좋아했다.

"애 눈, 곧 있으면 찢어질 것 같아요. 아빠 닮아서 눈이 어찌나 날카로운지."

"우리 백운이는 찢어져도 예쁠 거야. 남자가 이리 예뻐도 되나."

아들바보로 등극한 시운은 운의 걱정이나 아픔 따위는 저리 가라였다. 아무리 하소연을 하거나 걱정을 말해도 모든 것을 장점으로 받아들였다. 시운은 자신의 손등을 살짝 깨물어 피를 흘렸다. 그리고 아이가 마시기 편하게 몸을 받쳐 주었다. 하지만 백운이는 군침만 흘리다가 방향을 틀어 운에게 다가왔다.

"백운아, 엄마한테 이제 오지 마, 응? 엄마 피보다 아빠 피가 더 좋아."

"좀 줘. 애가 얼마나 갈증이 났으면 자면서도 송곳니를 빼겠어?"

백운이는 엄마를 무척 좋아했다. 대부분의 아이들이 그렇듯이 엄마의 모유를 먹고, 잘 때도 엄마의 품에서 자기 때문에 아빠보다는 엄마를 더 따르게 된다. 백운이도 예외는 아니었다. 잘 놀아주고 안아주는 아빠를 좋아하긴 하지만, 결국 물고 빨고 안기는 대상은 항상 엄마였다.

"아프잖아요. 전 당신처럼 상처가 빨리 회복되지도 않는데……."

"아이가 엄마를 더 좋아하니 문제로군. 아빠의 마음도 알아주지 못하고 말이야."

시운이 키득거리며 말했지만 운의 울상인 얼굴은 펴지지 않았다. 한 번에 많이 먹지도 못하는 아이는 간식처럼 시시때때로 운의 피를 원했고, 운을 어쩔 수 없이 그때마다 손에 상처를 내어 피를 주었다. 아무리 뱀파이어라지만 이건 너무 심했다.

"애 송곳니, 갈아주면 안 돼요? 조금 덜 아프게요."

운의 투정 어린 말에 시운의 얼굴이 딱딱하게 굳었다. 송곳니를 갈면 안 되냐는 어이없는 발상에 한숨이 나왔다. 평생 아이를 엄마처럼 이빨 자국만 내게 하며 살게 할 순 없었다. 시운이 절대 안 된다는 듯이 고개를 저었다.

"애 잡을 일 있어?"

"그치만 너무 아프잖아요. 아니, 성장이나 다른 건 느리면서 이빨은 왜 이렇게 빨리 자라는 거람?"

돌이 지난 백운이는 다른 아이들보다 성장이 느린 편이었다. 아직 말을 할 수 있는 것도 엄마, 아빠 정도였고, 발음도 많이 부정확했다. 처음에 걱정하던 운은 원래 남자아이는 성장이 좀 더 느리다고 하고, 심각할 정도로 많이 느린 것은 아니었기에 그냥 두었다. 어차피 크면 다 제 할 일을 하게 될 터였다. 하지만 어떻게 보면 억울했다. 느리려면 전부 느리던가, 이빨 자라는 속도며 무는 힘만은 나날이 갈수록 일취월장했다. 운의 투정 어린 호소에 시운이 물었다.

"그렇게 아파?"

시운이 아까 운이 물린 팔을 들며 이리저리 살펴봤다. 움푹 파인 여린 살에는 수많은 멍이 자리 잡고 있었다. 얼마나 물렸는지 보는 이의 미간을 찌푸리게 만들었다. 운의 회복 속도도 이제는 어느 정도 빨라졌건만 그래도 이리 상처가 많은 걸 보면 하루에도 몇 번씩 물렸을 터였다. 시운은 이제 피가 맺으려고 하는 자신의 손등을 살짝 보다가 백운이를 꽉 잡고 입에 물려주었다.

"그, 그렇게 억지로 줘도 돼요?"

"한 번 마시면 계속 마시겠지."

싫다고 버둥거리는 아이의 입에 자신의 손등을 억지로 대어주자 아이가 울어댔다. 하지만 곧 입안에서 맡아지는 향긋한 피의 향에 투정 어린 울음소리를 내면서도 피를 마시기 시작했다. 눈에 눈물을 그렁그렁 달면서도 열심히 시운의 손등을 빠는 백운이를 보며 운이 웃음을 터뜨렸다.

"왜 웃어?"

"옛날 생각이 나서요. 저한테도 이렇게 피 마시게 했었잖아요?"

처음 운이 일족인 것을 알았을 때, 답답함에 운에게 억지로 피를 마시게 했었다. 운이 강하게 거부했을 때에도 시운은 운을 꽉 잡고 억지로 피를 주었다. 시운도 그때의 모습들이 떠오르는지 피식거렸다.

"지금도 억지로 줄까?"

"어머, 그때처럼 저 결박하려고요?"

운이 매혹적인 미소를 지으며 시운을 바라보았다. 클레라에게 배운 것도 이제는 제법 능숙하게 하는 운이 귀여웠다. 시운은 이제는 자신의 손을 잡고 피를 열심히 빨아 먹고 있는 아들을 보며 말했다.

"애 빨리 재워봐."

"이제 깬 애를 어떻게 재워요?"

"지금 안 재우면 애가 울든 말든 안 놓아줄 거야."

운이 황당한 표정으로 시운을 바라보았다. 입을 떡 벌리고 자신을 바라보는 운의 모습에 시운이 씩 웃었다. 밤이 깊어가고 있었지만, 점점 더 정신이 맑아지는 밤이었다.

"그래서? 지금 나한테 자랑하는 거야?"

클레라가 눈을 한껏 치켜 올리며 운을 쏘아봤다. 허리를 부여잡고 고통을 호소하는 운이 얄미웠다. 물론 운이 자랑할 생각은 아니었겠지만, 솔로 앞에서 어젯밤 무엇을 했는지를 몸으로 표현하는 운은 클레라에게 있어 눈엣가시였다.

"그, 그건 아닌데……. 전 아무 말도 안 했어요."

"젊은 애가 허리를 부여잡고 있으면 뻔하지, 뭐 오늘 전하께서 일도 늦게 하러 갔다며? 아주 금실이 좋다?"

"저, 젊기는요! 이제 같이 늙어가는 처지잖아요."

"늙다니! 네가 몰라서 그렇지, 여기선 백 살까지는 파릇파릇한 나이라고!"

클레라가 자신까지 싸잡아서 늙었다는 말을 하자 발끈하며 반박했다. 인간 세계에선 꽤 먹은 나이라도 메드리아에선 절대 아니었다. 클레라가 강하게 반박하자 운이 쿡쿡 웃었다. 시운이 클레라를 귀여워하는 이유를 알 것 같았다. 아무리 나이가 자신보다 많다고 하지만 항상 막내로 자라온 그녀는 귀여웠다.

"웃지 마! 너, 근데 백운이는 어디에 뒀어?"

"절 너무 문다고 오늘은 전하께서 데려가셨어요."

보모가 있었지만 운과 시운은 직접 백운이를 키웠다. 아이가 워낙 귀해서 아무리 귀한 집의 아이라도 대부분이 직접 자신들의 손으로 키웠다. 운의 생각도 마찬가지였다. 어렸을 때부터 만약 결혼을 한다고 하더라도 누군가에게 아이를 맡긴다는 생각은 하지 않았기에 백운이는 엄마나 아빠 품에서만 자랐다. 대부분 바쁜 아빠로 인해 엄마가 맡긴 했지만, 당분간 시운이 맡기로 했다. 자주 보이지 않으면 혹시라도 잘 물지 않을 수도 있다고 했기에 데려간 것이었다.

"그럼 너 오늘 자유야?"

"그런가?"

"애도 없는데 자유지, 뭐. 그럼 따라와. 내가 아주 신세계를 경험하게 해줄게."

클레라가 운의 팔을 잡아 일으켰다. 어정쩡하게 서 있는 운을 재촉해 클레라는 곧 자신의 차에 그녀를 태웠다.

"이때까지 애 낳고 키운다고 제대로 구경 한번 못해봤잖아? 오늘 자유인 김에 신나게 놀아보자고."

클레라의 말이 맞다. 딱히 성에서 나가면 안 된다는 법이 있는 건 아니었지만 운은 밖으로 나가본 적이 제대로 없었다. 있다면 예전에 시운이 한 번 밖을 구경시켜 준 것일 뿐일까. 하지만 그때는 자격지심에 무엇이든 소극적인 행동을 할 때였고, 별로 좋지 않은 일도 있었기에 끔찍한 외출로 기억에 남아 있었다.

메드리아에 온 지도 벌써 2년이 지나갔지만 아직도 구경 한 번 제대로 못해봤다는 생각에 운이 입을 삐쭉 내밀었다. 왠지 인생을 헛산 기분이었다.

"매일 답답하게 성안에서 어떻게 사니? 이렇게 나와서 돌아다니기도 해야지."

"그러게요. 여기 오고 나서 완전 폐쇄적인 생활을 했네요. 근데 우리 어디 가요?"

"어디 가긴! 광장으로 가야지."

운에겐 아주 신세계였다. 밤의 모임에도 많은 일족들이 모였지만, 그곳은 운에겐 뭔가 꺼려지는 모임이었다. 하지만 지금 인간 세계의 시내처럼 많은 일족들이 편하게 돌아다니는 이곳은 딱딱하지도, 불편하지도 않았다. 물론 인간 세계처럼 활기차고 왁자지껄하진 않았지만 2년 만에 운이 본 것 중 가장 활기찬 곳이었다.

"꼭 시내에 나온 것 같아요! 밤의 모임보다 일족이 더 많은 것 같아요!"

"메드리아에 살면서 여기도 한번 못 와보다니, 너도 참 딱한 인생을 살았구나? 여긴 모든 일족들이 쇼핑하고, 놀고, 먹는 곳이야."

생활에 필요한 모든 것들은 시운이 알아서 갖다 줬기에 딱히 밖으로 나갈 일이 없었다. 운도 여자였기에 직접 마음에 드는 옷을 보러 가서 쇼핑도 하고 싶었지만, 시운이 운보다 훨씬 더 잘 골랐기에 딱히 불평불만 없이 살았다. 하지만 이곳에 오니 여자로서의 욕구가 마구 솟아올랐다. 운은 눈을 빛내며 화려하고 고급스런 가게들을 둘러보았다.

"가게도 전부 멋져요! 전부 비싸 보이긴 하지만……."

"이 나라에선 싸구려 건물 따위는 없어. 전부 풍족하게 지내기 때문에 엄청 비싼 것도 별로 없고. 그리고 비싸봤자 넌 이 나라의 퍼스트레이디잖아? 뭐가 문제야?"

듣고 보니 그랬다. 별로 왕비의 특권을 누려보진 못했지만 말이다. 운은 눈을 빛내며 돌아다니기 시작했다. 역시 쇼핑은 여자에게 내려진 선물이자 특권이었다.

✝ ✝ ✝

시운은 백운이 계속 울어대자 결국 방으로 돌아왔다. 하지만 운은 그 어디에도 없었다. 경비병이 클레라와 함께 광장에 나갔다고 했지만 시운은 불안한 마음에 한시도 가만있질 못하며 방 안을 서성거렸다.

"운도 여자잖아? 쇼핑하면서 놀 나이고. 지금 시간 가는 줄도 모르고 놀고 있을 텐데, 그냥 천천히 기다려. 백운이도 이제 괜찮잖아."

울다 지쳐 잠든 백운을 안은 진이 말했다. 시운이 그 말에 침대에 털썩 앉았다. 하지만 그의 미간은 펴지지 않았다.

"애초에 클레라랑 친하게 지내게 한 이유도 그거 아니야? 또래

끼리 공감대도 형성하고 놀아야지. 여기 와서 마음고생도 많았을 테고, 백운이 낳고 키운다고 힘들었을 건데 좀 봐주지?"

진의 말이 모두 옳았다. 하지만 시운은 불안한 마음을 감추지 못했다. 나이가 한참이나 어린 아내를 맞으면 불안하다더니 딱 그 짝이었다. 보안에 더 철저해졌고, 옆에 여자치고는 웬만한 남자보다 강하면서도 높은 귀족인 클레라가 있었기에 안전에 대한 위험은 크게 걱정되지 않았다. 일족들이 가장 많은 광장에서 무슨 사고가 일어나겠는가. 그걸 알기에 시운도 그에 관한 큰 걱정은 하지 않았다. 하지만 여전히 불안감은 가시지 않았다.

"운의 얼굴을 아는 일족들이 얼마나 될까?"

"응? 글쎄, 귀족들 빼고는 거의 모르지 않을까?"

당연한 진의 말에 시운의 미간이 더 찌푸려졌다. 쓸데없는 남자들이 붙을까 봐 걱정되었다. 대부분의 귀족들이야 운의 얼굴을 알고 있지만, 서민들은 달랐다. 평소에 큰 계급 차이는 없기에 광장은 귀족이며 서민이며 구분 없이 다녔지만, 바쁘고 귀찮은 걸 싫어하는 귀족들이 광장에 가는 일은 극히 적었다. 클레라처럼 유명한 귀족가의 영애라면 대부분 알아보고 함부로 하지 않을 테지만, 운은 달랐다. 얼굴이 알려지지 않은 운에게 같은 서민 대우를 하며 쉽게 다가갈지도 몰랐다. 영악하고 매혹적인 여자들이 대부분인 이곳에서 어리버리하고 파릇파릇한 운이라면 최고의 타깃이 될 터였다.

"차를 준비해. 우리도 간다."

"어, 어? 거긴 일족이 많은 곳인데······."

자신을 놔두고 먼저 가버리는 시운으로 인해 진도 하는 수 없이 일어났다. 백운이를 안은 진은 한숨을 쉬며 그 뒤를 따라갔다. 혼잡하고 복잡한 곳을 싫어하는 시운이 광장까지 가는 이유는 당연히 운 때문일 것이다. 왠지 재미있는 일이 벌어질 것 같은 생각에 어느새 진의 발걸음이 가벼워졌다.

※ ※ ※

  시운이 우려하고 있던 일이 일어났다. 딱 보기에도 어리고 순진한 듯한 운에게 한 남자가 다가왔다. 한 차례 쇼핑을 한 뒤 운과 클레라는 카페에 들어갔다. 그러다 곧 클레라가 잠시 화장실에 간다고 자리를 비웠고, 운은 갑자기 다가온 남자를 혼자 상대하느라 난처함을 겪고 있었다.
  "처음 보는 얼굴인데? 방금 나간 일행은 클레라님이지? 엄청 높으신 귀족이신데 어떻게 알고 있어?"
  "어, 그게······."
  아마 클레라가 나가고 혼자 있기를 기다린 다음에 다가온 모양이었다. 운이 어떻게 설명해야 할지 고민하며 말을 얼버무렸다. 항상 운의 주위에 있던 뱀파이어는 극소수로 전부 높은 신분이었다. 한데 평범한 신분의 남자가 편하게 물어오자 운은 어색함에 뭐라고 대답해야 할지 잠시 고민했다. 그러자 남자가 더욱더 적극적으로 이야기하기 시작했다.
  "너도 귀족이야? 광장엔 잘 안 나오나 봐? 클레라님과 같이 다닐 정도면."

맑은 눈망울을 굴리며 어쩔 줄 몰라 하는 운을 본 남자가 속으로 음흉한 미소를 지었다. 귀족들 중에는 일족이 많이 돌아다니는 것을 싫어하여 쇼핑할 옷이나 액세서리들을 모두 집으로 가져오게 하여 쇼핑하는 경우가 많았다. 그렇기에 광장에 나오는 귀족은 드물었고, 와봤자 한번 둘러보고 가는 수준이었다. 옷이나 액세서리에 워낙 욕심이 많은 클레라는 직접 하는 쇼핑을 좋아했지만 말이다.

남자가 허락도 구하지 않고 클레라가 앉았던 운의 맞은편에 앉았다. 잘만 하면 귀족가의 영애를 꾈 수도 있었다. 이렇게 순진한 일족은 많지 않았기에 기회가 오면 바로 잡아야 했다.

"광장이 아직 낯선 것 같은데, 같이 나갈래? 내가 구경시켜 줄게."

"전 일행이 있어요."

"뭐 어때. 알아서 가겠지. 어린애랑 놀지 말고, 우리 어른들의 세계를 즐기자."

남자가 당연히 클레라를 어리게 낮추며 말했다. 메드리아에선 클레라보다 어린 일족은 여왕인 운과 왕자인 백운을 제외하곤 없었기에 당연한 생각이었다. 겉보기엔 노련하고 매혹적인 클레라가 당연히 나이가 많아 보였지만, 모든 일족들이 나이를 먹지 않은 외모 그대로였기에 당연히 운이 그저 어려 보이는 외모를 가졌다고만 생각한 것이다. 남자가 운의 팔을 끌며 밖으로 데려가려 했다.

"이거 놓아주세요. 나가기 싫어요."

운이 이제는 불쾌감이 가득 담긴 목소리로 말했다. 처음 만나는 평범한 뱀파이어였기에 조금 예의를 차려주려고 했었다. 하지만 남자의 표정이나 눈빛에서 그의 목적을 감지한 운이 강하게 손을 빼내며 단호하게 말했다.

"저한테 이러지 않으시는 게 좋을 거예요."

"에이, 빼지 말고. 귀족가 영애들은 절대 접하지 못하는 경험을 하게 해줄……!"

"야! 너 그 손 안 놔?"

그때 클레라가 눈을 세모꼴로 치켜뜬 채 다가왔다. 멀리서 운과 어떤 남자가 실랑이를 벌이고 있는 모습을 보고 깜짝 놀란 차였다. 최근 시운은 클레라를 그저 예쁘게만 봐주진 않았다. 전에는 무슨 말썽을 일으켜도 머리를 쓰다듬어 주며 주의를 주고 끝났지만, 지금은 아니었다. 대부분의 것들이 운과 연관된 일들이었기에 시운에게 남모를 미움을 받고 있는 터였다. 눈엣가시로 여겨지는 지금, 운을 데리고 나온 것도 모자라 운에게 어떤 남자가 꼬이게 한 걸 들킨다면 가만두지 않을 것이었다. 클레라는 운을 잡은 남자의 손을 탁 쳐내며 쏘아댔다.

"평민 주제에 무례하구나. 아무리 이곳에선 경계가 뚜렷하지 않다고 하더라도 기본적인 예의란 것이 있는 거야!"

"크, 클레라님, 아무리 당신이 귀족이라지만 남녀 간의 사이에 끼어드는 것 또한 무례라고 생각합니다."

"남녀 간의 사이? 웃기지 말라고 해! 어서 썩 꺼지지 못해!?"

시운이 들으면 아주 기겁할 소리를 하는 남자에게 클레라가 더 표독스럽게 쏘아붙였다. 운은 오랜만에 보는 표독스런 클레라의 모습에 웃음이 새어 나오는 것을 억지로 참았다. 저런 모습을 보고 예전에 겁을 먹었다고 생각하니 새삼 감회가 새로웠다.

'근데 여긴 나이는 신경 쓰지 않는 건가?'

분명 클레라보다 나이가 적은 이는 메드리아에 두 명뿐이었다. 그리고 앞에 있는 남자는 그 두 명에 포함되지 않았다. 거기다 클레라는 아주 오랜만에 얻은 메드리아의 막내였다고 했다. 고로 클레라는 자신보다 나이가 훨씬 많은 이에게 저리 말하고 있는 것이었다. 운이 주변에서 흘깃거리는 시선을 느끼며 클레라를 말렸다. 더는 창피하게 일족이 많은 곳에서 소란을 떨고 싶지 않았다.

"쇼핑도 다 했고, 볼일도 다 봤으니까 이제 돌아가요, 네?"

하지만 클레라의 눈에는 그런 운이 보이지 않는지 아직도 가지 않고 버티는 남자를 노려보고 있었다.

"당신이 높은 귀족인 건 알지만, 그리 권력으로 조종하려고 하면 안 되죠. 그리 막무가내로 행동하니까 저분도 싫어하잖아요?"

"전 딱히 싫어하는 건 아니고, 그러니까……."

운이 최대한 좋게 끝내기 위해 어떤 말을 할지 고민했다. 하지만 그사이 남자가 자기 멋대로 클레라에게 톡 쏘아대며 말했다.

"이쯤에서 어린 티는 그만 내시고 비켜주시죠, 저희는 어른들의 시간을 보낼 테니."

남자의 말에 열이 받을 대로 받은 클레라가 눈을 부릅뜨며 한바탕 쏘다대려고 했다. 하지만 다른 목소리로 인해 클레라의 말문이 막혔다.

"어른들의 시간이라면 이미 나와 충분히 보내고 있는데."

뒤에서 백운을 안은 시운이 천천히 걸어왔다. 진이 시운의 뒤에서 흥미로운 시선으로 바라보았고, 주변에 있던 일족들은 전부 경악을 했다. 현재 메드리아에 갓난아기는 단 한 명밖에 없었다. 메드리아의 유일한 아이이며, 축복이며, 일족의 미래.

천천히 걸어온 시운이 운에게 다가왔다. 백운을 안고 있지 않은 다른 손으로 운의 볼을 진득하게 쓰다듬은 시운은 짙은 소유욕을 드러내고 있었다. 클레라의 얼굴이 금세 하얗게 질렸다. 어쩌다 운과 엮여서 이런 일에 휘말리는지는 몰라도 운을 만나고 나서부터 무언가 일진이 좋지 않았다.

"저, 전하!"

가장 먼저 정신을 차린 누군가가 시운을 향해 무릎을 굽히고 고개 숙여 인사를 하자 다른 이들도 예를 취했다. 운의 앞에 있던 남자도 재빨리 정신을 차리며 무릎을 꿇고 인사를 올렸다.

"됐다. 이런 곳에서까지 예의를 차릴 필요는 없다."

말을 하면서도 시운은 운의 머리카락을 매만지며 시선을 그녀에게만 고정시켰다. 시운의 품에 있던 백운이 제 엄마에게 손을 뻗으며 안아달라 보챘다.

"어마."

"백운이 왔어?"

이제 막 돌이 지나 백운이 부정확한 발음으로 운을 부르며 안겨 왔다. 운이 배시시 웃으며 백운을 안자 남자의 얼굴이 순식간에 하얗게 질렸다. 시운이 나타나 운에게 진한 소유욕을 보이는 것을 보고 설마 했지만, 그 설마가 역시나였을 줄이야, 상상도 하지 못했다. 운에게로 향했던 시운의 시선이 갑자기 남자에게로 향했다. 백운을 안은 운을 보고 경악하고 있던 남자가 몸을 움찔거리며 눈을 내리깔았다.

"운에게 무슨 일이지?"

"그, 그저 이곳 지리를 잘 모르시는 것 같아서 도움을……."

"그래? 그럼 이제 됐다. 클레라도 있고 나도 있으니."

"네, 네, 전하."

시운에게서 나오는 위압감에 벌벌 떨던 남자가 뒷걸음질을 하며 잽싸게 도망갔다. 운을 옆에서 끌어안은 시운이 클레라에게 시선을 돌렸다.

"클레라, 다음부터는 운이 누구인지 제대로 신분을 밝혔으면 싶군."

"네, 전하. 전부 제 잘못이에요."

신분을 밝히면 광장에 돌아다니는 모두가 눈치를 살피며 피해 다닐 것이 뻔했다. 그런 불편한 쇼핑을 운도, 클레라도 원하지 않았고, 여기저기 알리고 다니는 것처럼 비생산적인 일을 하고 싶진 않았다. 하지만 클레라는 얌전히 대답했다. 운에 관해서라면 곧 잘 삐치고 토라지는 시운은 겉으로는 저리 아무렇지도 않은 척하며 무리한 요구늘을 내렸다. 전에는 몰랐지만 시운은 운에 관해서라면 은근히, 아니, 병적일 정도로 심각한 소심증을 가지고 있었다.

"운, 클레라에게 백운이를 줘. 오늘 하루는 클레라가 맡아준다고 하는군. 우리는 쇼핑이나 하지."

"네? 하지만 전 이제 쇼핑 끝났는데……."

"산책이라도 해. 진이나 클레라가 백운일 알아서 잘 봐줄 거야."

시운은 운의 품에 안겨 있는 백운이를 잡아 클레라에게 던지다시피 안겨주었다. 얼떨결에 손을 뻗어 받은 클레라가 말똥말똥한 눈으로 자신을 바라보고 있는 백운이를 내려다보았다. 이제 겨우 만난 엄마와 떨어졌다는 생각에 백운이 갑자기 울상을 지으며 울음을 터뜨리려 했다. 그 낌새를 눈치챈 시운이 운을 밖으로 잡아끌었다.

"어, 어? 잠깐만요! 그렇게 백운이를 맡기면 어떻게 해요!"

"알아서 잘 보겠지. 빨리 와. 오랜만에 데이트나 하자고."

시운이 카페에서 운을 끌고 나갔다. 멀어지는 어미의 모습에 백운이 눈을 깜박이다가 결국 큰 소리로 울음을 터뜨렸다. 어설프게 달래는 클레라가 결국 달래고 어르는 것을 포기하곤 진에게 눈을 돌려 도움을 요청했다. 그에 그나마 부모 다음으로 백운이를 많이 안아보고 잘 달래는 진이 받아안았다. 등을 토닥이며 겨우 달랜 진이 클레라를 보며 한숨을 쉬었다. 재밌는 상황이 연출되었지만 결국 실컷 구경한 값을 치러야 했다.

"우린 평생 이렇게 살 팔자인가 보다."

"그런 소리 다시는 하지 말아요. 전 끔찍해요."

클레라와 진이 아들을 버리고 떠나 버린 부부의 흔적을 찾으며 한숨을 쉬었다.

그후

쉐인이 노화로 인해 이제는 거의 보이지 않는 눈을 겨우 뜨며 가슴팍에서 꼬물거리는 아이를 내려다보았다. 그래도 꽤 컸다고 아이는 제법 묵직했다.

"외할아버지, 소원 이루니까 어때요?"

"정말 좋구나. 내 이제 죽어도 여한이 없어."

"에이, 조금 더 오래 사셔야죠. 무슨 소리세요."

"맞아요, 운이 말대로 조금 더 오래 사세요. 운이가 시운일 잡고 사는 모습까지 보셔야죠."

진이 옆에서 장난스럽게 얘기했다. 그러자 쉐인이 흐릿한 미소를 지으며 웃었다. 밖에서의 산책은 쉐인의 마지막 소원이었다. 품에 백운이를 안고 고손녀인 운과 고손녀 사위인 시운, 그리고 새가족이 되어 메드리아에 적응하는 것을 도와준 진과 함께 산책을 하고 싶다며 쉐인이 졸라댔었다.

재생 능력이 현저하게 떨어진 쉐인의 노화는 급격하게 진행되었다. 그로 인해 계속 몸이 좋지 않아 의료기기들에 의해 생을 연명하고 있었던 쉐인의 상태가 갑자기 좋아져 오늘 무리하게 산책을 나온 것이었다.

"전하께오선 운이를 사랑하십니까?"

문득 쉐인이 휠체어를 끌고 있는 시운을 향해 물었다. 그러자 옆에서 운이 얼굴을 붉히며 시운을 힐끔 쳐다보았다. 평소에 행동으로 표현을 많이 하긴 해도 사랑한다고 직접적으로는 잘 말하지 않는 시운이었다. 운이 말하기 싫어할까 봐 미리 선수를 치며 쉐인에게 웃으며 말했다.

"에이, 외할아버지도 참! 뭘 그런 걸 묻고 그러……!"

"사랑합니다. 메드리아를 걸 수 있을 정도로 아주 사랑하죠."

운의 말을 끊으며 시운이 바로 대답했다. 언제부턴가 아내의 외할아버지라면 그에 따른 예의가 필요하다며 시운은 쉐인에게 존칭을 했다. 쉐인이 계속해서 말렸지만 거의 막무가내로 존칭을 붙이는 시운으로 인해 이제는 그냥 받아들였다.

믿음직한 시운의 대답에 쉐인이 힘겹게 웃었다. 얼굴을 붉히며 시선을 피하는 운의 행동이 보이는 것 같았다.

"그렇다고 나라를 팔아먹으며 쓰나. 그래도 그 말을 들으니 할아비 마음이 편하군요."

"그럼 더 편하게 해드리죠. 이 세상 전부를 걸어도 운이는 절대 누구에게도 못 줍니다."

단호하고 진지한 시운의 목소리에 쉐인이 소리 내어 힘겹게 웃음을 터뜨렸다. 몸이 좋지 않아 웃으면서 일어나는 미세한 진동에도 힘이 들었다.

"운아, 너는 어떠냐?"

운이 다시 시운을 힐끔 쳐다보았다. 그의 앞에서만 표현하는 것도 부끄러운데 이렇게 여러 명이 모여 있는 곳에서 말하려니 민망했다. 하지만 쉐인에게 자신의 기분을 솔직하게 말하고 싶었다. 쉐인이 언제든지 안심할 만한 말을 되도록 많이 해줘야 했다.

"저도 같아요. 좋아서 정말 하루하루가 행복해요. 외할아버지도, 참! 뭐가 그리 걱정이 많으세요! 거울로 제가 제 모습 딱 봐도 행복해 죽겠더만!"

운이 민망함에 큰 소리로 대답했다. 이번에도 쉐인이 흐뭇하게 웃었다. 그러다 이번엔 진에게로 시선이 돌려졌다.

"자네는 언제 여자 만나서 결혼할 텐가. 내 마을을 잘 일궜으면 자네 짝도 만들어줬을 텐데……."

쉐인이 아쉬운 듯 씁쓸한 미소를 지으며 아내와 마을을 만들었을 때를 생각했다. 그곳에서 동양의 나라까지 가고 새로운 마을을 만들며 인간처럼 지냈다. 흡혈을 하지 않는 것을 원칙으로 했기 때문에 마을의 모든 뱀파이어들이 차례로 죽어갔다. 아직도 그때만 생각하면 쉐인은 마음이 아파왔다. 그 마음을 안 것인지 진이 웃으며 가볍게 말했다.

"전 제 나라에 있는 뱀파이어들이 좋다고요. 운이 보세요. 처음에 얼마나 촌스럽고 바보 같았는데, 제가 옆에서 얼마나 답답했는지 아세요?"

"뭐가요! 제가 그때 어땠다고요!"

"너 정말 그때 네 모습 몰라? 얼마나 촌스러웠는데. 지금은 완전 용 된 거지."

킬킬거리며 웃는 진의 모습에 운이 발끈하며 발로 찼다. 하지만 가볍게 피한 진이 운에게 혀를 내밀며 저 멀리 떨어졌다.

"허허, 보기 좋구먼. 내가 늙기는 늙은 모양이야. 티격태격 싸우는 모습도 보기 좋고 말이야."

"좋긴 뭐가 좋아요. 뭐가 저리 짓궂은지 요즘 백운이가 그대로 따라 한다니까요?"

"아이가 진처럼 밝으면 좋은 게지, 암."

고개를 끄덕이며 쉐인이 품에 있는 백운이의 머리를 쓰다듬었다. 그러자 아이가 그 손길을 느끼고 깬 것인지 옅은 하품을 했다. 눈을 비비며 일어난 백운이 쉐인을 보며 잠이 덜 깬 목소리로 말했다.

"할부지."

"그래그래."

백운이 쉐인의 어깨에 손을 감싸 안으며 안겨오자 쉐인이 꼭 안아주었다. 그러다 곧 정신을 차린 백운이 시운이 끌고 있는 휠체어에서 내리며 운에게 안겨왔다.

"우리 백운이, 깼어?"

운이 다정한 목소리로 백운이를 맞이했다. 백운이가 운에게 손을 뻗자 운이 사랑스런 아들을 꼭 안아주었다. 백운이 아직도 잠이

덕지덕지 묻어나는 목소리로 말했다.

"응. 엄마, 나 목말라."

"아빠 물어. 엄마는 아파서 안 돼."

"이봐, 나도 아프거든? 상처가 빨리 낫는다고 아프지 않은 건 아니라고."

시운의 투정 어린 목소리에도 운이 고개를 저으며 그에게 백운을 안겼다. 곧 운이 시운이 잡고 있던 휠체어 손잡이를 넘겨 잡았다. 운과 시운의 다정한 목소리에 쉐인이 희미한 미소를 지었다. 이제는 미소를 짓는 것마저도 힘겨웠다.

'당신이 보고 싶구려.'

쉐인은 이제 기억도 잘 나지 않는 아내를 떠올렸다. 몸이 아픈데도 피 한 방울 먹이지 못하고 타향에서 죽게 했다. 쉐인이 어렴풋이 생각나는 아내의 얼굴을 기억해 내려 애쓸 때 운이 뒤에서 물었다.

"외할아버지는 옛날에 전하와 만났다고 하셨죠?"

항상 시운을 존칭으로 부르며 대하기 때문에 운은 쉐인의 앞에서 시운을 전하라고 불렀다. 은근히 고지식한 쉐인으로 인해 어쩔 수 없었다.

운의 물음에 쉐인이 옛날에 있었던 일을 떠올리곤 말했다.

"어찌나 늠름한 청년이던지. 그때의 인연이 지금까지 이어질 줄은 몰랐구먼."

"저도 몰랐습니다. 처음 운의 존재를 깨달았을 때 혹시나 했었는데 역시 할아버님이셨죠."

타국의 땅에서 다시 고향으로 데려온 시운은 쉐인에게 구세주였다. 문득 쉐인이 운에 대해 생각해 냈다. 운으로선 고향이 동양의 나라였다. 이곳이 그녀에게는 타향이기 때문에 운에게는 계속 낯설 수도 있었다. 처음 이곳에 데려올 때만 하더라도 항상 어두운 표정을 하고 있던 운이다.

"운아, 너는 이곳에 온 걸 후회하느냐?"

"처음엔 잠깐 후회했었어요. 근데 지금은 여기가 더 좋아요. 한 번씩 그립지 않다고 하면 거짓말이겠지만 마음 편히 피를 먹고살 수 있는 나라잖아요."

처음이라면 모를까 지금은 메드리아만큼 편한 곳은 없었다. 뱀파이어의 습성을 깨달은 운은 아마 다시는 동양의 나라에서 피를 마시지 않고 인간처럼 살 수는 없을 것 같았다. 쉐인이 여태껏 피를 마시지 않고 살았던 것이 신기할 정도로 피가 고팠다.

"한때는 이곳에서 내 자신이 초라하고 비참하다고 생각했지만 그건 그쪽이나 여기나 똑같은 거였어요. 여기서도 제가 당당하게 허리를 펴면 되는 거더라고요."

사람 사는 곳은 다 똑같다고 했던가. 운은 뱀파이어도 사는 세상은 다 똑같다고 생각하며 웃음을 터뜨렸다. 이곳에서 아무것도 아니라며 위축된 삶을 살았지만 지금 생각해 보면 인간 세계에서도 마찬가지였다. 시골에서 처음 도시로 상경했을 때만 하더라도 일을 하지 않기 위해 눈치 보며 살았었다. 하지만 기죽어 살진 않았었다.

"아직도 전 아무것도 아니지만 처음 왔을 때랑은 달라요. 혼자 땅 파고들어 가지 않고 당당하게 살면 되는 거였어요. 아무것도 없어도 당당하게 말이에요."

 모두 하기 나름이었다. 그때는 몰랐지만 지금은 알 수 있었다. 지금 이곳에서 아직도 아무런 능력도 없는 것은 운뿐이었다. 한기를 내뿜던 백운이를 낳고 나서 그나마 잠깐 있었던 능력도 사라졌다. 메드리아에서 유일하게 송곳니와 손톱을 빼지 못하며 날개를 피지 못한다. 아들인 백운이보다도 약한 뱀파이어였다. 하지만 위축되거나 우울하진 않았다. 옆에 시운이 있는 것도 많은 도움이 되었을지도 모르지만, 마음먹기에 따라 달라지는 것이었다.

 "운아, 네가 행복해 보여서 마음이 놓이는구나."

 쉐인이 요 근래 가장 흐뭇하게 미소를 지었다. 뿌연 시야 앞에 검은 인영이 하나 보였다. 눈을 감고 다시 뜨자 그 인영이 더 뚜렷하게 보였다.

 "나중에 운이 네 고향에 갔다 오려무나. 신혼여행을 가지 않았으니 신혼여행 겸 가도 괜찮겠지. 안 그렇습니까, 전하?"

 "그렇군요. 운에겐 그곳이 고향일 테니까요. 백운이가 조금 더 큰다면 둘째라도 가지러 가야 되겠습니다."

 "허허, 욕심도 참."

 쉐인이 몸을 힘겹게 들썩거리며 웃었다. 앞에 보이는 인영이 조금씩 더 뚜렷하게 보였다. 실루엣이 점점 선명해지며 곱고 아름다웠던 아내의 얼굴이 보였다. 쉐인을 따라 임신한 몸으로 동양의 나라로 가서, 그 긴 여정과 출산으로 인해 세상을 떠나간 아내가 쉐인의 눈앞에 있었다.

 "운아, 난 지금 너무 행복하구나."

"외할아버지, 저도 행복해요."

즉각적으로 들려오는 운의 목소리에 쉐인이 아내에게 웃음을 지어 보였다. 그러자 잘 키웠다며 칭찬해 주듯이 아내가 밝게 웃었다.

"아가, 이제는 울지 마렴."

"제가 언제 울었다고 그래요."

백운이보다도 더 어렸던 운이 울어대는 것을 달래던 때가 생각났다. 점점 커가면서 우는 횟수가 줄어들었지만 운은 항상 쉐인의 품에서 울어댔다. 얼마나 서럽게 우는지, 보고 있으면 가슴이 찢어질 것 같았다.

"어릴 때 얼마나 서럽게 울던지……."

"그때가 언젠데 그래요."

작게 웃으며 대답하는 운의 목소리가 이제는 희미하게 들렸다. 힘이 나지 않아 다음번에도 아무렇지 않게 말할 수 있을지 확신할 수 없었다. 하지만 이제는 목소리를 끌어내어 힘겹게 말할 필요가 없었다. 걱정되었던 것들은 전부 해결이 되었다. 그렇게 그리워했던 고향에 돌아와 살게 되었고 운이 행복해하는 모습도 확인했다. 운의 마음속에 남아 있던 걱정거리들도 모두 사라졌다. 지금은 행복한 고민만 하는 운만이 남아 있었다. 다른 이들도 행복하게 살고 있었고, 어린 백운이도 부모의 사랑을 듬뿍 받으며 살고 있었다.

'고생했어요. 이제 저와 함께 쉬어요.'

그 목소리를 들은 쉐인은 스르르 눈을 감았다. 이제 쉬고 싶었다. 이곳도 행복했지만 사랑하는 여자의 옆에서 있는 것만큼 행복한 것은 없었다. 이제는 아내와 함께 행복해지고 싶었다. 더는 아내를 혼자 두고 싶지 않았다. 운을 혼자 두고 가는 것이 걱정되었지만, 시운은 믿을 수 있는 남자였다. 쉐인은 앞으로 다가와 손을 내미는 아내의 손을 잡았다. 전과 같은 따스함이 느껴졌다.

그렇게 쉐인은 자신의 육체와 그 옆에서 조잘거리는 운을 두고 떠났다.

"외할아버지, 우리 다음에 백운이가 좀 더 크면 다시 한국에 가요. 거긴 얼마나 걸렸죠, 전하?"

"아무리 빨라도 열 시간은 가야지."

"으아, 정말 멀다. 외할아버지, 빨리 건강해지셔야 해요!"

투덜거리는 운이 휠체어를 밀며 쾌활하게 이야기했다. 휠체어에 앉아 있는 쉐인의 얼굴은 행복이 가득하기만 했다. 운은 그렇게 한참 동안 행복에 젖은 채 휠체어를 밀었다.

✥ ✥ ✥

많은 것이 변해 있었다. 운은 오랜만에 오는 인간 세계를 둘러보며 예전 모습들을 찾아보았다. 십 년이란 세월밖에 흐르지 않았지만 세상은 많은 것이 변해 있었다. 운이 처음으로 태어난 곳도 가봤지만 재개발이 되어 높은 건물들이 생겨나 있었다. 예전 모습은커녕 처음 보는 곳 같았다.

"여기서 우리가 처음 만났지."

태어난 고향에 갔다가 온 곳이 호텔이었다. 호텔 연회장에서 아르바이트를 했던 운이 그래도 전에 있었던 모습을 거의 유지하고 있는 호텔의 모습에 감탄하며 구경했다. 사사로운 물건이나 인테리어는 많이 바뀌었지만, 기본적인 틀은 그대로였다. 운이 옛날에 이곳에서 아르바이트를 했던 것을 생각해 내며 키득거렸다.

"그때 얼마나 놀란 줄이나 알아요? 편하게 쉬고 있었는데 괜히 여기로 와서……."

"그러게 농땡이치지 말았어야지."

"그때는 정말 무섭고 나한테 왜 이런 일이 생기는 건지 억울했었는데, 지금 생각해 보니 그렇게 무서운 일도 아니었네요."

"상황이나 나이에 따라 생각이 다 다른 것이니."

과거의 기억을 되새기던 운이 예전에 숨어 있었던 자리에 털썩 앉았다. 그리고 벌벌 떨면서 말했다.

"저, 전 아무것도 안 봤어요! 정말이에요!"

"인간 주제에 눈이 좋군. 내가 두렵나?"

시운이 과거에 처음 만났을 당시를 재연하는 운의 장단에 맞춰 주며 다가가 앉았다. 그리고 운의 가느다란 목을 움켜잡았다. 하지만 처음 만났을 때처럼 우악스런 손길이 아니었다. 행여나 다칠까 봐 사랑과 배려가 담긴 부드러운 손길이었다.

"화장품 냄새와 향수 냄새로 범벅된 저런 여자보다 너 같은 여자가 더 맛있지. 네 피가 얼마나 달콤한지 한번 시험해 보고 싶군."

"땡! 대사가 틀렸잖아요."

"틀린 김에 더 틀려볼까? 룸으로 들어가서 내 피를 억지로 먹기보다는 다른 것을 하는 게 어때?"

시운이 한쪽 입꼬리를 매력적으로 올리며 말했다. 그 소리에 쿡쿡거리며 웃던 운이 손을 뻗었다.

"안아줘요. 원래 신혼여행 첫 날엔 공주님 자세로 안겨가는 거예요."

"룸까지?"

시운의 한쪽 눈썹이 꿈틀 올라갔다. 이곳에서 룸까지의 거리는 제법 멀었다. 거기다 사람이 가장 많은 저녁 시간이었다.

"싫으면 말고. 저녁이나 먹으러 가죠, 뭐."

"내가 못할 줄 알아?"

"그게 무슨…… 엄마야!"

시운이 운의 무릎과 등에 손을 넣어 안았다. 자세를 한번 바로 잡은 시운이 그대로 운을 안고 걸었다. 빨개진 얼굴로 운이 주위를 둘러보며 속삭였다.

"이, 이제 놓아줘요."

"그때도 겁먹고 기절한 널 룸까지 안아서 데려갔었지. 지금이라고 그 짓을 못할 건 없어. 더군다나 신혼여행이니 이런 것쯤은 여행 내내 계속해 줄 수 있지."

연회장을 지나 호텔 로비로 들어서자 많은 사람들이 지나다녔다. 하지만 시운은 전혀 개의치 않아 하며 당당하게 운을 안고 앞으로 걸어갔다. 백운이를 낳고 기른다고 신혼여행이 9년이나 미뤄졌다. 아이의 존재를 알았을 당시, 태아의 상태가 많이 안 좋아 거의 만삭의 몸으로 결혼을 했었다. 결혼과 동시에 이루어진 출산으로 매일같이 육아에 신경 쓰게 된 운으로 인해 둘은 신혼여행은커녕 여행도 한 번 제대로 가보지 못했었다. 그래서 이참에 시간을 내어 쉐인의 유언대로 이곳으로 여행을 온 것이었다. 시운과 운은 귀찮은 방해꾼도 없고 백운이도 없는 지금, 이 기회를 놓치고 싶지 않았다.

"이참에 둘째도 만들어볼까?"

"또 아이가 절 독차지한다고 싫어하려고요?"

"클레라가 이제 아이를 맡는 건 아주 고단수가 됐을걸? 진도 그렇고. 둘한테 맡겨두고 우린 또 이렇게 여행이나 다니지, 뭐."

시운은 한 번씩 운을 데리고 어디로 간다는 말도 없이 산책을 가거나 드라이브를 했었다. 그때마다 백운이를 진이나 클레라가 어쩔 수 없이 맡았다. 지금은 백운이가 많이 커서 그런 수고는 없어졌지만, 전에 백운이를 키우던 요령들이나 경험들로 봤을 때 안심하고 맡겨도 될 터였다.

"그러지 좀 마요. 그것 때문에 저한테 놀러 안 오려고 하잖아요."

미운 네 살로 접어들면서 백운이가 말을 안 듣자, 한동안 클레라가 운에게 놀러 오는 것을 피하기 시작했다. 하도 백운이를 맡기니 애초에 그럴 상황을 피하려 한 것이었다. 하지만 시운이 클레라의 집 앞에 일부러 백운이를 내려놓고 가기도 하며 소용없다는 것을 몸소 알려주었다. 낯가림이 심한 백운이는 낯익은 진이나 클레라가 아니면 말도 듣지 않고 말썽을 너무 심하게 부렸기에 어쩔 수 없었다. 백운이의 통제는 낯선 이들에겐 너무나도 어려운 일이었다.

"그럼 아주 클레라네 집에 맡겨 버릴까?"

클레라가 들으면 정말이지 크게 경기할 만한 말이었다.

시운이 운과 키득거리며 농담을 하는 동안 룸에 도착했다. 예전에 시운이 머물렀던 곳이었다. 인테리어는 많이 바뀌었지만 구조가 바뀐 것은 아니니 추억에 잠기기에 충분했다. 그때는 끔찍했지만 지금은 그저 아련하기만 한 추억이기에 운이 추억에 잠긴 채 룸을 둘러보았다. 그러자 시운이 한쪽 입꼬리를 말아 올리며 장난스레 말했다.

"여기라면 둘째 갖기에 딱 적당한 곳이지 않아?"

"외할아버지가 들었으면 욕심 많다고 타박하실걸요."

운이 미소를 지으며 쉐인의 얘기를 꺼냈다. 몇 년 전 가족과의 마지막 산책 길에서 숨을 거둔 쉐인은 평안하게 하늘로 가셨다. 그 모습이 너무 평온하고 행복해 보여 운은 편히 쉐인을 떠내 보낼 수 있었다. 하지만 그렇다고 슬픔이 없는 건 아니었다. 운이 쉐인의 얘기를 꺼내자 시운이 잠시 운과 같은 미소를 지어 보였다.

"그래도 말이야, 할아버님은 후계자 생기는 거 무척 좋아하셨잖아?"

시운이 장난스럽게 말하자 운도 키득거렸다. 누구보다도 백운이를 바라고 축하해 줬던 쉐인이었다. 생존이 어려웠던 마을에서 살았기 때문에 누구보다도 아이를 간절히 원했던 이였다.

"생각해 보니까 어렸을 때요, 뱀파이어에 대한 전설을 들었어요."

"전설?"

시운이 한쪽 눈썹을 찡그리며 되물었다. 인간에게 뱀파이어의 전설이란 너무나도 터무니없는 얘기들일 뿐이었다.

"너무 어렸을 때라 기억이 잘 나지는 않지만 외할아버지가 이것 저것 많은 걸 얘기해 줬던 것 같아요."

"아아, 할아버님이 얘기했다면 웃기지도 않는 허구들은 아니겠군."

마늘과 십자가를 싫어하며, 빛을 보면 타들어간다. 관에서 잠을 자며 곧 부서질 것 같은 음침하고 캄캄하기만 한 성에 사는 비정상적인 행동을 하는 뱀파이어. 거기다 성 창문은 깨져 있고 여기저기 먼지가 휘날리며 별 이상한 물건들을 모으고, 메이드에게 야시시한 옷을 입히는 기이한 취미를 가진 뱀파이어. 오랫동안 별의별 소문을 들어왔다. 운이 무슨 얘기를 하려는지 모르겠지만, 터무니없는 얘기는 지긋지긋하기만 했다.

"유치원인지 어딘지 기억은 나지 않지만 학교에 가서 자랑을 했어요. 너희는 뱀파이어 모르지? 정말 멋있고 똑똑하고 강해! 이러면서요. 근데 한 아이가 뱀파이어는 괴물이라며, 오히려 절 놀렸어요. 뱀파이어를 알고 있는 다른 몇몇 아이도 합세해서 아니라고 외쳤죠."

아련한 추억들이 머릿속을 지나갔다. 집에 가자마자 외할아버지에게 달려가 펑펑 울었던 기억이 떠오르자 입가에 절로 미소가 걸렸다.

"당신도 처음 날 봤을 때는 괴물이라고 했잖아?"

"그거야 나한테 못되게 피를 먹이고 쫓아오니까 그렇죠. 아무튼 그때 이후로 점점 뱀파이어에 대한 인식이 바뀐 것 같아요. 그리고 크면서 영화나 드라마, 소설을 보며 나쁘게 생각하기도 했죠."

"내가 그 친구들 다 찾아줄까? 그들이 생각하는 허구의 뱀파이어의 모습으로 가서 골려줄게. 대신 널 줘."

그 말을 하면서 시운이 운의 허리를 받치고 있는 손을 내려 옷 안으로 슬금슬금 집어넣었다. 진지한 얼굴로 엉큼한 행동을 하고 있는 시운을 보자니 미소가 점점 짙어졌다. 운이 시운의 욕망을 온몸으로 느끼며 재빨리 말을 돌렸다. 이러다 약속했던 것을 못 이룰 수도 있었다.

"흐음, 오늘 인간 세계의 밤하늘을 같이 날아보자고 하지 않았어요?"

뱀파이어는 박쥐처럼 검고 큰 날개를 펼 수 있었다. 비록 운은 날개 쪽이 너무 퇴화되어 날 수 없었지만, 시운이 그런 그녀를 위해 메드리아에서 그녀를 안고 날아다녔다. 그리고 이곳에 오기 바로 전에, 인간 세계에 오면 야경이 비치는 밤하늘에서 같이 날아보자고 했기 때문에 운이 항의하듯 말했다. 외할아버지인 쉐인이 이 동양의 나라로 온 수단이기도 했고, 이곳을 날아다녔다는 생각에 인간 세계에서의 비행은 꼭 해보고 싶었다. 이곳에 온 목적을 놓칠 순 없었다.

"오늘이란 말은 하지 않았어. 아니꼬우면 네가 날아."

시운의 어린아이 같은 심술에 운이 한숨을 쉬었다. 어른인 척은 있는 대로 다 하면서 행동은 어린아이 못지않다. 처음 시운에게 사랑의 감정을 느끼고, 나이 차로 인해 좌절했을 때를 생각하면 어이가 없을 지경이었다. 시운의 어린아이 같은 행동들을 보면 백운이

까지 아이 둘을 키우는 기분이었다. 남자는 다 애라는 말이 거짓이 아니었다.

"아니꼬우면 당신 혼자 해결해요."

운이 시운의 가슴을 밀어내며 바닥에 발을 내딛었다. 아쉬워하는 그의 손길에서 벗어난 운이 화려한 경관을 보기 위해 베란다로 향했다. 인구가 적고 조용한 메드리아에선 볼 수 없는 혼잡함과 화려한 도시의 모습이었다. 이제는 낯선 곳이 되어버린 화려한 도시. 운이 추억에 젖어 눈이 깊게 잠기자 시운이 그녀를 뒤에서 안아주었다.

"추억에 젖어드는 것은 좋지만 거기까지야. 내게서 도망가면 안 돼."

시운이 뒤에서 안으며 귓가에 낮게 속삭였지만 운은 시선을 돌리지 않았다. 멍하니 도시의 야경을 내려다보던 운이 설핏 웃으며 대꾸했다.

"내가 없어도 이곳은 정말 잘살고 있는 것 같아요."

"그게 섭섭해?"

당연한 거였다. 인간 세계에서 그저 일반 사람이 한 명 없어졌다 한들 문제가 될 것은 없었다. 하지만 조금은 서운했다. 운에게는 고향이었고, 세상 전부였던 곳이었다. 못 살아, 라는 것은 아니었지만 운이 없어도 보란 듯이 잘살고 있으니 조금은 서운했.

"조금은요. 난 이곳을 정말 좋아했는데, 이곳은 내가 없어도 잘 살잖아요?"

"여길 전부 부숴 버릴까?"

진지한 그의 말투에 운이 시운을 흘낏 째리다가 픽 하고 웃었다. 100% 농담이 아닌 진담도 어느 정도 섞여 있는 그의 말에 웃음이 나온 것이다.

"당연히 안 돼요. 행여 잘살고 있는 여기에 무슨 짓 하지 말아요."

시운에게 그만큼의 힘이 있다는 것을 알기 때문에 운이 못을 박으며 단호히 말했다. 그리고 다시 아련한 눈빛으로 야경을 바라보았다. 환한 불빛들이 내려다보이는 곳이 무척이나 아름다웠다. 익숙하지만 낯선 곳이 되어버린 곳을 내려다보며 운이 다시 감성에 젖어들었다.

"메드리아는 네가 없으면 못 살아. 왕이 미쳐 날뛰어 버리거든."

하여간 미워할 수가 없는 남자였다. 위로하는 스케일도 남달랐다. 운은 어깨를 감싸 안고 있는 시운의 팔을 풀어내며 뒤로 돌았다. 그리고 그의 목에 매달리며 입술을 가까이에 댔다. 아슬아슬하게 닿을 듯 말 듯 스쳐 가는 입술을 보며 시운이 애가 탔는지 그녀를 꼭 안으며 가까이 다가가려 했다. 하지만 운이 뒤로 몸을 빼내며 계속 아슬아슬한 거리를 유지했다.

"비행 꼭 간다고 약속해요."

"둘째 갖고 나면."

"그게 언젠지 어떻게 알아요? 첫째 낳아준 것만으로도 감사하게 여겨야 되는 거 아니에요?"

"계속 이렇게 애태울 거야? 아직도 이상한 것만 배우고 있지?"

클레라에게 배운 유혹하는 온갖 방법들을 어설프게 따라 하는 것을 집어내며 말하자 운이 키득거렸다. 그리고 시운의 입술에 살짝 닿았다가 떨어지며 말했다.

"그게 보여요? 잘도 찾아내네요."

"네 스스로 생각해서 할 만한 행동이 아니니까."

그 말에 운이 키득거리다가 입을 꾹 다물며 요염하게 미소를 지었다. 그리곤 한쪽 발을 올리며 그의 허벅지에 문질렀다.

"전에는 어설프더니, 이제는 곧잘 하는군."

"어설퍼도 좋아했잖아요?"

"사랑하는 여자가 두 손을 벌리고 안겨오는데 누가 싫어할까."

"내가 언제 두 손을 벌리고 안겨왔다고……."

부끄러운지 운이 투덜거리며 시선을 피했다. 하지만 이미 아찔한 접촉들에 달아오를 대로 달아오른 시운이 더 이상 참지 못하고 그녀에게로 달려들었다. 그 순간 운이 재빨리 그를 밀쳐 내며 떨어졌다.

"말했죠? 아니꼬우면 혼자 해결하라고. 난 비행 약속 안 해주면 오늘 다른 방에서 혼자 잘 거예요."

산통을 깨버리는 운의 돌발 행동에 시운이 인상을 찌푸리며 그녀를 노려보았다. 하지만 운은 아무렇지도 않게 양손을 잡고 쭉 기지개를 켜며 어떻게 할 거냐는 시선을 보내왔다.

"알았어. 일주일 후에 해줄게."

"일주일?"

운이 한쪽 눈썹을 일그러트리며 반문하자 시운이 불만스런 얼굴로 운을 바라보았다. 클레라에게 좋은 것들도 배우지만 이런 부작용들이 점점 많아지고 있었다. 시운은 못마땅하게 자신을 쳐다보는 운을 보며 한숨을 쉬었다.

"일주일 후에 원하는 시간만큼 해줄게."

시운은 그녀를 안고 하루 종일 비행하는 것을 꺼려했다. 아무리 힘이 좋다고 한들 장시간 그녀를 꼭 껴안고 비행하는 것은 피곤했다. 그리고…… 사실 오랫동안 그녀를 꽉 껴안은 채 비행을 하는 것은 욕구불만을 일으키기에 충분했다.

"정말이죠? 그 약속 어기면 안 돼요?"

"일주일 동안 버티기나 해."

시운이 순식간에 운에게 다가가 그녀를 결박한 채 옆에 있는 침대로 넘어뜨렸다. 갑작스런 그의 행동에 운이 놀라 눈을 동그랗게 떴지만 시운이 그녀의 입술을 막으며 항의를 한 번에 먹어버렸다. 조급했던 키스가 점점 부드러워지며 깊어져 갔다. 시운이 운에게 숨을 쉴 수 있게 입을 살짝 떼며 나지막이 속삭였다.

"일주일 후에 어디 힘이 남아 있나 보자."

그의 생각이 고스란히 담겨 있는 은밀한 접촉에 운이 항의하려 입을 벌렸다. 하지만 시운이 다시 그녀의 입을 막으며 손을 내려 그녀의 볼록한 가슴을 쓰다듬었다. 시운은 속으로 음흉한 미소를 지으며 사랑스런 자신의 아내를 내려다보며 마음껏 탐하기 위해 빠르게 손을 놀렸다. 그때였다, 운의 주머니에서 핸드폰이 울린 것은.

"자, 잠깐만요!"

"받지 마."

"있어봐요, 좀."

운이 강하게 시운을 밀어내며 상체를 일으켰다. 가쁜 숨을 진정시키면서 핸드폰을 꺼낸 운이 급하게 전화를 받았다.

[엄마.]

"으응, 백운아."

백운이란 소리에 시운이 인상을 팍 쓰며 핸드폰을 노려보았다. 서로의 타액으로 인해 번들거리는 운의 입술에서 백운이의 이름이 나오자 순간 짜증이 치밀어 올랐다. 흐트러진 머리와 몽롱한 운의 눈, 그리고 상기된 운의 얼굴을 옆에서 보며 참고 있는 것은 있을 수 없는 일이었다.

[나 동생 싫어.]

"응? 동생이 싫다니, 그게 무슨 소리야?"

[진 선생님이 엄마랑 아빠가 동생 만들러 갔대.]

투정 어린 아들의 목소리에 운이 쿡쿡거리며 웃었다. 현재 백운이는 메드리아의 모든 사랑을 독차지하고 있었다. 동생이 태어난다면 아마 자신에게 쏟아지는 그 모든 사랑을 빼앗긴다는 불안함을 느낀 모양이었다. 분명 진이 그들의 달콤한 휴가를 방해하기 위해 백운이에게 이상한 말을 한 것이리라.

"동생은 쉽게 만들어지는 게 아니야, 백운아."

[그래도 동생 만들려고 간 거 아니야?]

"아니…… 앗!"

시운이 아들을 타이르기 위해 조곤조곤 말하던 운의 핸드폰을 거칠게 빼앗아갔다. 흘러나오는 아들의 목소리를 듣고 있자니 도저히 이런 장난에 말려들고 싶지 않았다. 시운은 핸드폰을 달라고 눈짓하는 운을 가볍게 무시하며 그녀의 다리를 매만지곤 사납게 말했다.

"백운! 진에게 한번만 더 쓸데없는 얘기 꺼내면 나라 말아먹을 거라고 전해!"

　대답을 들을 새도 없이 시운이 전화를 끊으며 자신의 무게로 그녀를 내리눌렀다. 단둘이 있어 애가 탈 대로 탄 상태에 방해를 받으니 그 짜증을 참아낼 수가 없었던 것이다. 시운은 거칠게 그녀의 입술에 자신의 입술을 들이대며 속삭였다.

"거칠어도 한 번만 봐줘."

　뭐라 항의하려는 입을 단번에 막으며 거칠게 파고드는 시운으로 인해 운이 속으로 깊게 한숨을 쉬었다. 애가 둘, 몸은 하나. 뱀파이어 세계에서는 두 번째로 어렸지만 운은 질투 많은 두 아이를 키우느라 누구보다도 사는 것이 정말 힘들었다. 하지만 그만큼 뱀파이어 세계에서 누구보다도 행복했다.

The End

작가 후기

안녕하세요, 연(蓮)입니다.

어느덧 네 번째 작품으로 다시 찾아뵙게 되었습니다. 빨리 서두른다고 했는데, 생각보다 출간이 늦어졌네요. 새로운 글을 쓰고 또 쓰는 일에 푹 빠지다 보니 밀리고 밀린 수정들을 잠시 회피했었던 것 같아요.

글을 쓰는 일을 본격적으로 시작할 때쯤 뱀파이어물을 한번 쓰고 싶다는 생각을 했었습니다. 기존 뱀파이어들과 다르게 조금 색다른 글을 쓰고 싶었습니다. 일반적으로 알고 있는 뱀파이어는 사실 가짜다! 새로운 뱀파이어를 탄생시키자! 라는 생각을 가지고요. 그래서 탄생된 글이 '붉은 핏빛의 유혹'입니다.

아름답고 신비로운 뱀파이어를 쓰면 정말 재미있을 것 같다는 생각을 했어요. 그런데 가장 먼저 닥쳐온 시련은 흡혈이었습니다. 송곳니를 박고 피를 빨아 먹는 장면에 몰입하며 상상하니, 소름이 돋더군요. 너무 몰입한 나머지 우습게도 흡혈을 하는 초반부터 슬럼프에 빠졌던 것 같아요. 그래도 중반부를 넘어가면서 슬슬 적응이 되더군요. 적응이 완전히 됐을 때는 완결이 나서 조금 아쉬웠던 작품이 아니었나 싶습니다(물론 수정 때는 연재 때 기분을 잠시 잊어 다시 적응하는 데 조금 힘겨웠지만요).

글을 쓰면서 항상 독자님들께 감사드리고 있습니다. 아직도 많이 부족한 제 글을 읽어주시고, 응원을 해주시는 분들께 무한한 감사의 인사를 드립니다.

항상 멀리서 응원해 주시는 부모님. 매번 제가 올리는 연재글을 놓치지 않고 읽을 때마다 솔직하게 얘기해 주셔서 얼마나 큰 도움이 되고 있는지 모릅니다. 다음부턴 결말에 대한 얘기 안 해드릴 테니, 계속 지켜봐 주세요.

그리고 제 글을 함께하자고 해주신 문혜영 부장님, 끝까지 제 글을 담당해 주신 손수화 팀장님, 틀을 잡아주신 장미연 편집자님, 그리고 제 글을 하나의 책으로 만들어주신 청어람. 아직 미흡한 점이 많은 저를 끝까지 끌고 가주셔서 정말 감사드립니다.

제 책을 읽는 모든 분들께 웃음을 드리도록 항상 노력하겠습니다.
감사합니다.

연(蓮) 드림.

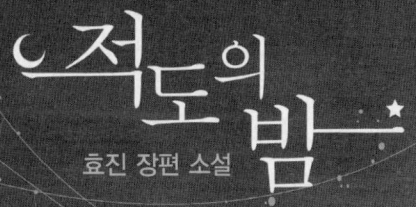

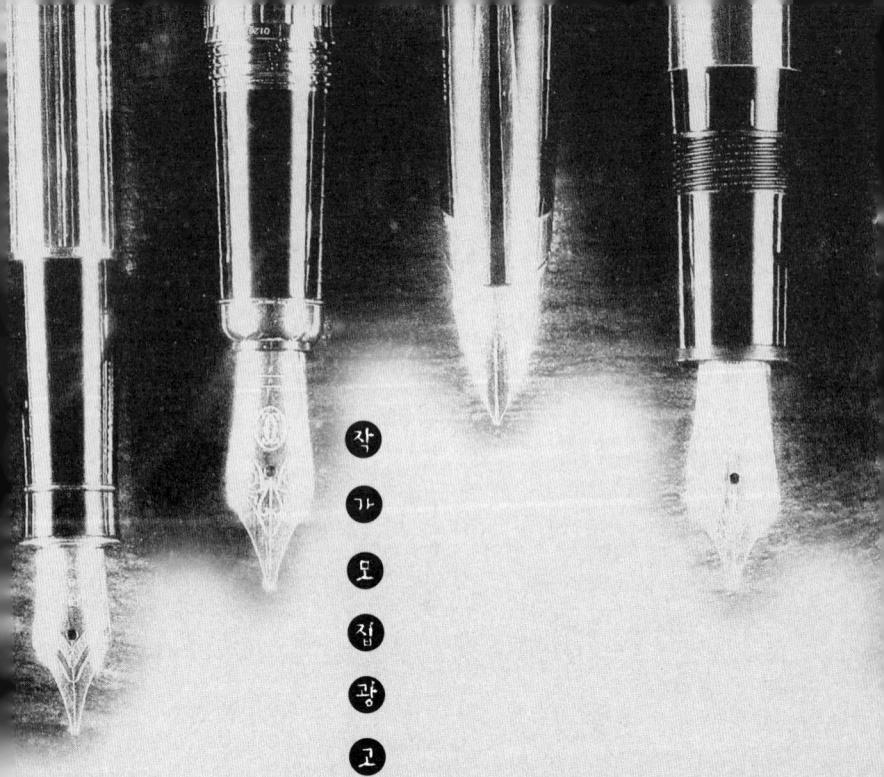

작 가 모 집 광 고

도서출판 청어람의 문은 항상 열려 있습니다.
실력있는 작가 분들의 많은 관심 부탁드립니다.

TEL:032-656-4452 • FAX:032-656-4453
http://www.chungeoram.com
e-mail:chungeorambook@daum.net